大鞠家殺人事件

芦辺拓

東京創元社

目次

大鞠家《おおまりけ》殺人事件

登場人物

大鞠万蔵《おおまりまんぞう》　大鞠百薬館創業者
大鞠多可《たか》　万蔵の妻
大鞠千太郎《せんたろう》　万蔵と多可の長男
大鞠喜代江《きよえ》　千太郎の妹
大鞠茂造《しげぞう》　喜代江の婿。現当主
鶴吉《つるきち》　大鞠家丁稚
清川善兵衛《きよかわぜんべえ》　大鞠家の遠縁

大鞠多一郎《たいちろう》　喜代江と茂造の長男。陸軍軍医
大鞠美禰子《みねこ》　多一郎の妻。陸軍少将・中久世《なかくぜ》英輔《えいすけ》の娘
大鞠茂彦《しげひこ》　喜代江と茂造の二男。探偵小説愛好家
大鞠月子《つきこ》　喜代江と茂造の長女
大鞠文子《ふみこ》　喜代江と茂造の二女
お才《さい》　大鞠家女子衆頭
喜助《きすけ》　同番頭
種吉《たねきち》　同丁稚

日下部《くさかべ》宇《う》一《いち》　大阪府東警察署署長

海原《かいばら》知秋《ともあき》　同巡査

浪渕《なみぶち》甚三郎《じんざぶろう》　船場の町医者。浪渕医院院長

西《にし》ナツ子　浪渕医院の見習い女医

源之《げんの》助《すけ》　浪渕医院のお抱え車夫

方丈《ほうじょう》小四郎《こしろう》　民間探偵

その他、戦中戦後の大阪の人々

プロローグ

とある近未来、とある街角にて――


船場《せんば》は、大阪市中央区（旧東区・南区）内に東西一キロ、南北二キロを占めるエリアで、江戸時代からの商業の中心地です。

北は土佐堀川《とさぼりがわ》、東は東横堀川《ひがしよこぼり》、南は旧長堀《きゅうながほり》川（現・長堀通）、西は旧西横堀川《にしよこぼり》（現・阪神高速道路）に囲まれ、かつては四十もの橋で外界と結ばれていました。

大阪では南北方向の街路を「筋」、東西の街路を「通《とおり》」と呼びますが、船場にはそれらが織りなす碁盤目のような町並みに、さまざまな商家が軒《のき》を連ねていました。有名なのは道修町《どしょうまち》の薬種、丼池《どぶいけ》の家具、本町《ほんまち》の繊維、南《みなみ》久宝寺町《きゅうほうじ》の小間物・化粧品などで、「大阪商人」のイメージはここで形づくられたといっても過言ではありません。

その文化は独特で、何よりも暖簾《のれん》すなわち自家のブランドを第一にし、そこで働く人々も、幼くして丁稚《でっち》として奉公してから手代《てだい》となり番頭となるまで、きびしい修業に耐えた人たちばかりでした。

中でも特異だったのは、〝船場言葉〟と呼ばれる独得の大阪弁で……


……バキッ！　荒々しい音とともに表示板が、背後の壁もろとも地面にたたき落とされた。直接手書きしたらしい端正な文字列がへし曲げられ、文章が断ち切られた。もうその続きを読むことはできない。

もとより誰も文句を言うものはなく、まして惜しむものなどいない。そもそもこの場には、こんな説明文を読んでいる人間など誰もいなかったからだ。

何しろ周囲では、削岩機が鏨《チゼル》をめまぐるしく地面や壁に打ちつけ、油圧ショベル《ユンボ》が一撃必壊の腕を振り回している。コンプレッサーはたえまなく身を震わせ、破砕機は無限の食欲でもって廃材《ガラ》を噛みくだく。

およそ、落ち着いて土地の歴史を学べるふんいきではなく、そもそもこの一角は再開発によって消えてなくなろうとしていた。味もそっけもないコンクリートの箱も、暮らしの手ざわりを感じさせる家屋や店舗もひとしなみに壊され、たちまち瓦礫《がれき》と化してゆく。

あの表示板も今は原形をとどめず、無残な廃物となって路傍《ろぼう》に転がされていた。

「船場」――その過去の栄光を語りつつも、いくぶんかの批判を込めた文章は、お役所や企業団体の手になるものではなく、このあたりに住まう篤志家《とくしか》にでも記されたものだろうか。

だが、その人ももうこのあたりにはいないようで、だからこの仕打ちを見ずにすんだのは、幸いだったかもしれない。

もとより、この説明文は不適切なものとして、いずれ撤去される運命にあった。ここに記された歴史も文化も忘れられ、あげく地名まで――「大阪市」の名まで消されようとした今となっては。

解体作業はその後も休みなく続き、工事車両はひっきりなしに往来した。と、ふとその喧騒がやわらいだかと思うと、にわかに高まった作業員たちのざわめきにとって代わられた。

「何か見つかったらしいで」

「何かって何や」

「穴らしいぜ」

「穴？」

「どうやら防空壕の跡らしい」

とたんに「なーんや」と「ホホウ」という声が半々に起こる。いや、前者の方が明らかに多数派だった。

確かに、汗と土、むせっぽい塵埃《じんあい》、そして怒号《どごう》にまみれたせわしない工事現場では、防空壕跡の一つや二つ、取るに足らない発見でしかなかった。

もともとこのあたりは人家の密集地で、太平洋戦争では激しい戦火にさらされたのだから、住民の多くが防空壕を掘ったろうし、それらを埋め戻さないままに忘れられたとしても不思議ではない。不思議ではなかった、のだが……。

「何だろう、あれはいったい――？」

取り壊されたばかりの建物跡の更地。そこに古代の墓窟《ぼくつ》さながらぽっかり開いた穴を見下ろしながら、工事業者の若い現場監督が言った。穴は三畳ほどの長方形で、深さは一・五メートル以上は確かにあった。

「部屋、みたいでんな」

ベテラン作業員が、周囲の明るさと穴の中のほの暗さに、目を細めたり開いたりしながら答える。現場監督はうなずいて、

「部屋……確かにそれっぽいですね。机があり座布団があり、寝具や食器そのほか身の回り品らしいものがあり、葛籠《つづら》や長持みたいなものも見える。こりゃ部屋というより納戸《なんど》か物置かな」

「なんだか隠れ家っぽいですね」

かたわらからヒョイッと首を突っこんだのは、昔で言えばもやしっ子めいた風貌で雇うときは危ぶまれたが、今ではすっかり現場になじんだアルバイトの青年である。

「隠れ家って、君……」

「あんまりあんな窖《あなぐら》に隠れて、上からフタをされとうはないな」

監督たちは、彼の差し出口を注意するより先に噴き出してしまった。だが、その青年は平気なもので、小手をかざして穴の奥に目をこらすと、

「それに……あれは本じゃないですか」

と妙なことを言いだした。

「本？」

異口同音に言い、首をかしげた現場監督とベテラン作業員に、

「ええ、確かに本ですよ。僕ちょっと見てきますね」

青年はそう言い置くと、「あ、やめろ！」「危ないっ」という周囲の叫びを背に、穴の中へ身を躍《おど》らせた。

近くに居合わせた人々も、あわてて穴の周りに駆けつけ、中をのぞきこんだ。幸い、青年はすぐに眼下の暗がりから顔を出し、何の屈託もなさそうな表情で、両手に抱えた何かかさ高い代物《しろもの》を、穴の縁《ふち》にドサリと置いた。

それも一度ではなく、二度も三度も。その結果、解体現場にぽっかり口を開いた防空壕跡の縁には、露店の古本屋さながらに本が積み上げられた。

ある種の愛好家ならいざ知らず、この現場の人々にとっては見たこともない本ばかりだった。

「何や、これは……昔の小説本か」

スタッフの一人がつぶやいた。彼らにわかったのは、かろうじてその程度だった。それとせいぜい、どれもがある特定のジャンルに属するものであることぐらいか。

青年はといえば、ちょうど浴槽につかっているような格好で、それらの小説本を手に取ったり、パラパラとめくったりしながら、

「へえ、こりゃ驚いた。柳香《りゅうこう》書院の世界探偵名作全集じゃないですか。イードン・フィルポッツの『赤毛のレドメイン一家』にアガサ・クリスティの『十二の刺傷』（『オリエント急行の殺人』）、……これらとは別に出たクロフツの『樽《たる》』もありますな。黒白書房の世界探偵傑作叢書に春秋社の傑作探偵叢書……おほっ、バーナビイ・ロス名義の『Ｙの悲劇』まである。昭和十年とか十一、二年ごろってすごい時代だったんだなあ。日本作家はほとんどないですね。あ、でも大阪圭吉《おおさかけいきち》はけっこうあるな。それ

と、蒼井雄《あおいゆう》の『船富家の惨劇』、北町一郎《きたまちいちろう》の『白日夢』に多々羅四郎《たたらしろう》の『臨海荘事件』、それに赤《あか》沼三郎《ぬまさぶろう》の『悪魔黙示録』の切り抜きがあるのは、これはひょっとして……うん、『魔棺殺人事件』って何だ？」

「おいおい、そんな蘊蓄《うんちく》はいいから、早く上がってこいよ」

現場監督に言われて、青年は「あ、そうだった」と頭をかいた。

あきれ顔の人々をしりめに「ヨッ！」と掛け声も軽く跳び上がってきたのはいいのだが、奇妙なことにその片手にはひどく古びてホコリにまみれた布が握られていた。

「何やそれ、持ち主不明とはいえ、あんまり勝手に持ち出したらあかんで」

苦笑まじりに釘をさしたベテラン作業員に、

「これですか、本をくるんであった布です。長年の間にほどけてしまったみたいで、それで中の本が見えたんですけどね」

そう答えると、アルバイトの青年はその布をサッと広げてみせた。すると、そこには手毬《てまり》をかたどった家紋だか商標《トレードマーク》の下に、右横書きでこんな文字が染め抜いてあった。

「大鞠《おおまり》……」

「……百薬館《ひゃくやくかん》？」

「大鞠百薬館、か」

誰からともなく、その古風な字体《ロゴ》で表わされた社名らしきものを読み上げた。

だが、一人として、心当たりのありそうな人間はいなかった。工事関係者の中に、この一帯になじみのあるものはおらず、土地の歴史や由来について知識を持つものにいたっては皆無だった。

　かりに地元住民に訊いてみたとしても（そこまでする熱意は彼らにはなかったが）、望み薄だったろう。この都市の過去を忘れ、かつて咲き誇った文化に興味を持たないという点では、よそ者たちと大差なかったからだ。

　――こうして、船場の防空壕跡から見つかった探偵小説本や、さまざまな生活道具は、地権者にも引き取りを拒否され、誰もが処分の決断をしないまま放置された。くだんの青年がもらい受けることができたのかどうかはわからない。

　およそ八十年ぶりに日の目を見た奇妙な空間は、ほどなく埋め戻され、今度こそこの世から消滅した――かつてこの地で《大鞠百薬館》がくりひろげた華やかな暮らしと商いを、そしてその末期に起きた謎めく連続殺人を思い起こさせることもなく。

*

――その解体現場から離れること数十キロ、とある一室で、奇《く》しくも同じ店の名が話題に上ろうとしていた。

　あちらとは違って一粒のホコリも舞い散らず、猛々《たけだけ》しい重機の咆哮も聞こえてはこない。そのかわりに単調なリズムを刻むのは、かすかな電子音とモーターやポンプの息遣いばかりだった。

　カーキ色だったり蛍光色を含んだ派手な原色に近いものだったり、あるいは反射板付きのベストを掛けた作業用ブルゾンにあふれているあちらに比べると、この部屋は厳格なばかりに白装束で統一されていて、汗にも土にも縁がなかった。

　――そこは、末期《まつご》を迎える人のための病室だった。

　そのことは、ここに備え付けられた医療機器や医師・看護師等のささやくような会話、それにカルテの記述などにも増して、ベッドの上の患者自身が雄弁に物語っていた。

もういくつになるのだろう。ここまで加齢を重ねると、十歳や二十歳の差はどうでもよくなるようだ。おまけに性別も、これまでどんな人生を歩んできたかも。

このところ一日の大半を、いや、しばしば全てをまどろみの中で過ごすことの多くなっていた患者だった。それが今日に限っては生気を取り戻し、絶《た》えてなかったことに饒舌《じょうぜつ》に語りたがった。

それらに優しく耳を傾け、相槌《あいづち》を打つのも医療スタッフの仕事だったが、あいにく彼らにはピンと来ない単語が多かった。

戦争、空襲、大阪、船場、商家、番頭、手代、丁稚……そして暖簾。

かつてなら何がしかのイメージを喚起したであろうそれらの単語は、しかし今となっては通用しなかった。

それでも患者は、困惑を隠しきれない白衣の人々に、こんな風に語りかけるのだった。

「昔むかし大鞠百薬館というのがあってね、それは大阪の船場というところに何百となくあった商家の一つなんだけど、そこでは橋を一本越えた外の世界とは、何もかも違っていた。もうとっくに時代が変わろうとしていたのに、かたくなに変わろうとしなかった。いや、変われなかったのかもしれない。

何の話かよくわからない？　そうか、昔は、本物を見てきたものの目からすれば、まちがいや誇張だらけでも、船場の商家を舞台にした芝居やドラマがたくさん作られていて、番頭さんとか丁稚どんとか、旦《だん》さんとか御寮人《ごりょん》さんとか誰でも知っていたのにね。

そう、それはあなたたちには想像もできないような世界で……今で言えばただの経営者なのに、神様のようにお店の者たちに君臨し、その人生を縛り付ける主人一家。一方、奉公人たちといえば、小学校を出たぐらいで親元を離れ、ほとんどお給金ももらえないまま朝から晩まで働かされ、少しずつ出世するにつれて羽織を着ていいとか煙草《たばこ》を吸っていいとかの〝特権〟を与えられるけど、どうかすると三十四十になってもお店に住みこみで、結婚など思いもよらなかったりもする……。

　でも、雇う側も決して自由ではなかった。跡取り息子以外は厄介払いか飼い殺し――かといって、運よく長男に生まれたとしても安心はできなくて、もし無能だったり商売に向かないとなれば追い出され、かわりに娘に婿《むこ》を取る。家業に役に立つとなれば、それが下っ端の奉公人でもね。

　私は大鞠の家にはあとから入ったよそ者だから、それがどんなに変わらない、変えられないものだとしても、どうしても受け入れることはできなかった。

　だから……みんなを殺したんです」

　その瞬間、病室内の空気が凍りついたようだった。それまで患者の一人語りを何となく聞き流しにしていた人々も、ハッとしてふりかえる。


　だが、患者はそれきり眠りに落ちてしまい、聞こえるのはかすかな寝息と、医療機械のノイズばかり。

第一章

今のこの大大阪に於て大きな忘れられたものがたつた一つある。大阪人士自らもまたそれを殆と忘れてしまつた

それは何であらうか、即ち『大阪の丁稚』そのものである。恐らくこの黄金の都市大阪を築き上げた元勲者は、この『大阪の丁稚』なるものに外ならぬのであつた。言ひ換れば『丁稚の大阪』である。

林春隆「大阪の丁稚」

明治三十九年、難波停車場前パノラマ館

へぇ、そないにまでおっしゃるのならば、何もかも包み隠さず申し上げます。あの日、ぼんぼん――大鞠千太郎《おおまりせんたろう》様のお出かけのお供を務め、おそらく最後の最後にお顔を見たんは、このわて、丁稚の鶴吉《つるきち》でごわります。

南海《なんかい》鉄道の難波《なんば》停車場のほん近く、道を隔《へだ》てた南地《なんち》の一角に何ともけったいな丸《ま》ァるい建物があるのはご存じでごわりまっしゃろか。

丸い、いうても玉の形やのうて寸の詰まった筒形とでも申しますか、まわりの壁がこうなだらかに曲がっておりまして、どこにも角というものがない。そうしてその上に平べったい三角帽子のような大屋根がのっかっておるのでごわります。

あれは……わてがご当家に奉公にまいりまして、《大鞠百薬館》の暖簾《のうれん》の下で働かしていただくようになって間《ま》もなく、初めてあの近辺にお使いに行かしてもらいましたときのことでごわりました。

大阪に来てからは見るもん聞くもん珍しいことだらけでしたが、これほどけったいな建物は初めてでごわりました。遠目にも大きなその建物の不思議さに、しきりと小首をかしげておりましたところへ、

「何を見てるのや、鶴吉」

そない声をかけなはったのが、ちょうど学校帰りの千太郎ぼんでごわりました。

ふだんでごわりましたら、こちらからは口も利かしてもらえんようなお相手ではごわりましたが、尋《たん》ねられて黙ったままと申しますのもご無礼と思いましたので、

「彼処《あこ》の、あの建物は何でございますか」

と、恐る恐るうかがいますと、

「パノラマ館や」

と、こないお答えでごわります。いきなりそううかがいましても、訳がわからずキョトンとして

おりますと、ぼんぼんは言葉をお続けになりまして、

「あの中に――あの丸い壁の向こう側にな、別世界があるのや。というても、わしも小《ち》さい時分のことで、薄《う》っすらとしか覚えてへんねけどな。確かにあの中には遠い国の風景が広がっとった……あとで聞けば普仏戦争のセダン会戦のパノラマやったそやけどな」

そないおっしゃったのには、ますます不思議な思いがしたもんでごわります。

あの建物の中に、わてらが日々働かしていただいております「船場《せんば》」の地その他とは別の世界があって、それは時も場所も遠く隔てた異国……。しかも戦争というからには何百何千もの人間が、あの筒形の中にひしめいておらねばならん理屈《じょうとう》ですが、あの建物がどない大きい言うても、城東の練兵場よりは確かに小そうごわります。

さようでごわりますか。ぼんぼんをセダンの何たらにお連れになったのは先々代の大旦《おおだん》さんでごわりましたか。わてがこちらにご奉公に上がらしてもろて間《ま》なしにお隠れあそばしたと覚えておりますが、千太郎ぼんにはパノラマ見物が大旦さんとのええ思い出とならはりましたんでごわりまっしゃろなぁ。

それで、ぼんぼんのおっしゃるには、その建物――通称「難波パノラマ館」は明治二十四年の開館で、当座は珍しさに連日大満員やったそうで。けど、おいおい飽きられて、その後いろんな持ち主の間を転々としたそうでごわります。

「それで、今は――」

と、ついこちらも釣りこまれて訊きますと、

「あいにく何もやってへんようや。そのうち取り壊されるのかもしれん。この大阪にはほかにもぎょうさん娯楽があるよってな」

との、えらいあっさりとしたお答えでごわりました。

何となく拍子抜けしまして、それきりパノラマ館のことも、その中にあるという別世界のことも

忘れておりました。ところが、それが去年新たにこけら落としということになりまして、演目は日露大海戦やと新聞広告に出ておりました。

　いったいどんなことをするのやろ、陸の戦いですら見当もつかんのに、舞台の上に大海原《おおうなばら》をこしらえ、そこへまた軍艦を浮かべる、てなことができるんかいナと気は引かれましたが、何分奉公の身ではちょっこらちょっと見に行くわけにも行かず、ついそのままになっておりました。

　そうこうするうちに、明けて丙午《ひのえうま》の歳（明治三十九年）も、たちまち春三月となりまして、ちょうどぼんぼんもぶじ学校の卒業が決まらはって、ご一家はお祝いに北浜《きたはま》の浪花《なにわ》亭でお食事、わてらにも洋食とまでは行きまへなんだが、いつもより一品多いお菜《さい》がついて、下のもんの隅々まで大喜びしたもんでごわります。

　さて、そのあくる日のことでごわりました。ぼんぼんがわてに、こないなことを言うておいでになりましたのは――

「鶴吉、今度パノラマを見に行くのやが、いっしょに連れてったろか。ほれ、いつか話した難波駅前のパノラマ館や。なに、番頭やお母はんらにはわしから言うといたる」

　そないまで言うていただきますと、こちらに否《いな》やがあるはずがごわりません。楽しみに待つうち、やがてその日はまいりました。

　あいにく前の晩は手習いや商品の勉強でつい遅うなりましたが、いつも通り朝は五時に起きまして、お店の表の掃除に水まきから始まり、店の間の掃《は》き掃除拭き掃除、帳場の硯《すずり》の水を仕替え、煙草盆も吐月峯《はいふき》もきれぇにしたところで、朝ご飯の声がかかりました。

　ありがとうご膳をいただきまして、いつもでしたらそのあとは荷造りに荷ほどき、次から次へのお使いの合間には、釘の折れをたたいて直したり、紙袋を貼ったりということになりますのやが、そこへ女子衆《おなごし》のお才《さい》どんから、

「ぼんぼんがお呼びだっせ。早《は》よ支度しなはらん

か」

と待ちに待った声がかかりました。支度と申しましても、いつもの縞《しま》の着物に前垂れ姿が変わるわけではごわりまへんから、そのまますぐに参上いたしました。

お店へ出ますと、いつもの詰襟の制服姿とは違《ちご》て、新品《さら》の単衣《ひとえ》――あれは書生絣《しょせいがすり》とでもいいますのか、紺の地に井桁と、それと何や小さい柄を散らしたのに袴《はかま》をお召しになり、そのかわり頭は学生帽、足元は洋靴という格好でぼんぼんが笑顔で立っておいでになります。

「ほたら、ちょっと鶴吉借りるで」

と、おことわりになりますと、帳場格子《けっかい》の中でご番頭がハハーッと頭を下げはりました。

これがちょうど九時になった時分で、ぼんぼんとお供のわてがそのときお店を出たことは、上《かみ》（主人一家の住まい）のお方々も下《しも》（店舗と奉公人の住まい）の皆々もご承知のことでごわりまひょ。

てっきり堺筋《さかいすじ》あたりに出て、南さしてテクテク歩くか、ぼんぼんは人力車《じんりき》に乗らはって、わてはその後駆けかいなぁ――とばかり思ておりましたら、どうした回りか反対の東に向こうて、わてに荷物も持たしはらんと歩きだしなはる。

どなたもご存じの通り、ぼんぼんはわてらのようなものにも優しいお方でごわりましたが、ときどき下々《しもじも》にはわからんようなことをしなはる。そのままずんずんと久宝寺橋《きゅうほうじばし》のたもとまで来ると、初めてこちらをふりかえって、

「何を不思議そうな顔してんねんな、本町橋《ほんまち》から巡航船に乗るねやがな。いったん船出したら、あとは楽なもんやで」

巡航船でございますか？　何でも三年前の博覧会（第五回内国勧業博）に合わせ、この船場を囲む四つの川のほか、堂島《どうじま》川や安治《あじ》川、道頓堀《どうとんぼり》川、木津《きづ》川を往来しだした汽船のことで、わても存じてはおりましたが、乗るのはこれが初めてでごわりました。

なるほど、ぼんぼんのおっしゃった通り、涼しい川風を受け、岸沿いのながめを楽しむうちに戎《えびす》

橋の乗降所に着くことがでけました。まことに便利なもんで、丁稚車を押したり、頭より高い荷物を背《せ》たろうて、巡航船を横目に川べりをえっちらおっちら行くのんと、見ると乗るとではこない違うもんかと——ああいや、これは身に過ぎたことを申し上げました。何とぞご堪忍《かんにん》をばたまわりますよう……。

そこから溝《みぞ》の側《がわ》（南地五花街の外れで現在の難波センター街一帯）を横切り、一帯のそらもうにぎやかな店通りをぼんぼんとそぞろ歩いて行ったのでごわりますが、何やら藪《やぶ》入りのときのようで気分が浮き立ったのを覚えとぉります。

あと覚えておりますのは……さよう、ぼんぼんがわての言葉づかいのことを尋《たん》ねはったことでごわります。

「鶴吉、お前確か備州《びしゅう》の出やったな。大阪とはさぞかし言葉も違うのやろな」

「へえ、こちらへ来た当座は、そもそもまわりのみなさんが何を言うてなはるのやらわからず、こちらが何か言うとゲラゲラ笑いだしはるので、ほんまに往生したもんでごわります」

「それや、その『ごわります』——ゴワス言葉というやつや。大阪もんでもないのに、ようそんな妙なもんを覚えられたもんやな」

「妙やなんて……商人《あきんど》として一流になろうと思えば、大阪へ出て船場で働くほかなく、そこで一人前になるには船場言葉を覚えるほかない、いうので、先輩丁稚や手代、番頭の方々に算盤《そろばん》のけいこのついでに、晩遅うまで仕込まれたもんだす」

「そういうもんらしいな。丁稚の仕事は厳しい。十やそこらの子を朝から晩まで追い使《つこ》うて、めったなことでは家にも帰さんために、伝手をたどってなるべく遠方から雇い入れるから、そういうことになるんや。しかも親のくれた名を奪い、お国言葉まで封じてしまう……お前ら知らんかもしれんけど、額縁みたいに船場を囲む川を越えて一歩外へ——島之《しまの》内《うち》か靭《うつぼ》へでも出れば、もう『ごわります』てなこと言う人間は、今どきは減ってきてるんやからな」

「へえ……」

「さあ、その『へえ』や。わしかて学校では自分のことを『僕』と言い、『ハイ』と返事せな先生《せんせ》に怒られるんやけど、家へ帰れば『わて』『へえ』やからな。ほんまにかなんわ……」

　言うてはるうち、だんだんお腹立ちになりあそばすのが傍《はた》でもわかってヒヤヒヤいたしますが、さすがはお優しゅうお賢い千太郎ぼんだけに、すぐに照れたような笑顔になりはって、

「いや、こんなことお前に言うても詮ないことやったな。かんにんやで。……お、あれ見てみ。大きいだけにパノラマ館が、もうあない近《ちこ》うに見えてきたがな」

　と、指さしはった先には、にょっきりと三角帽子を突き出した例の丸い建物。それまで何度か遠目にしたとは申しますもんの、あらためて間近に見るパノラマ館の姿の珍しさと大きさは、やはり格別でごわりました。


　正面入り口への通り道には、平日にもかかわらず、なかなかに人が連なっておりまして、中途にはこんな枠付きの看板が掲げてありました。

大パノラマ
十二月廿五日ゟ《より》開場中
パノラマ専門家　野村芳光画伯筆
日露戦争　旅順総攻撃
大人金十銭　小人五銭　軍人半額
難波停車場前　パノラマ館

　どうやら旧年中に、日本海海戦から出し物の取り換えがあったようですが、それからもだいぶたってこの入りならば、なかなか大したものと申せますやろ。

　ぼんぼんは、わての感心したようすにお気づきになられましたか、問わず語りに、

「パノラマ館いうのは、この大阪や京都にもいくつかできたが、直径二十一間（約三十八メートル）もあるのは、

まぁほかにはないな。東京浅草《あさくさ》にも、これと同じぐらいの日本パノラマ館いうのがあったそうなが、あっちは木造の仮造り。こっちは煉瓦造りの洋館建てで総工費五万円というから、大阪もんにとっては誇らしい話やないか」

さっき「大阪もんでもないのに」と言われた身としましては、どう答えさせてもろたらええもんか困っておりますと、ぼんぼんもわてのようすに気づかれたごようす。懐中から何かの切り抜きらしいもんを取り出さはりまして、

「ほ、ほれ、新聞にもこないほめて書いたぁる。『難波パノラマ館にて開演中のパノラマは京都の背景画家野《の》村芳光《むらよしみつ》子の筆にて旅順《りよじゆん》陥落前の景を描写したるものなり、配色の塩梅《あんばい》より位置の結構に至るまで日本画家の手になりしパノラマとしては最上の出来たるを失はず、傷病者の収容、コサック騎兵隊の退却、鹿柴《ろくさい》、鉄条網、塹壕《ざんごう》、砲台破壊の模様など悲絶惨絶を極めたり』——おぉ、てなこと言うてる間に着いてしもた。さ、入り口はこっちや。……ん、どないぞしたんか？」

「いえ、ちょっと」わては答えました。「入り口の上の、あの英語は何と書いてあるんかいなぁと思いまして」

パノラマ館には、お店で扱う輸入品のラベルに書いてあるような、飾りつきの横文字が貼り付けたぁりました。あいにく学校に通わしていただいてない身では、ただ英語らしいとわかるだけでごわりました。

すると、千太郎ぼんはいきなりプッと噴き出さはりまして、

「あんなもん、英語でも何でもあるかいな。OSA《オオサ》KA《カ》 NANBA《・ナンバ・》 STESHION《ステーション》 MAE《・マエ・》 PANORAMA《パノラマ》 KWAN《クワン》——それをアルファベットで書いただけで、スペルかて大まちがいやがな。……どないした、何ぞ気に障《さわ》ったか？」

わては、思わず赤《あこ》うなりながら「いえ」と答えると、そのようすを見られとうないばかりに小走りに正面の入場口まで行って、ぼんぼんを手招き

いたしました。

「ぼんぼん、早《はよ》う早う！　後ろから大人数で来ますよって、先の順番取らんと待たされまっせ！」

てなことで、わてらは難なくパノラマ館の中に入ることがでけました。ところが、すぐにも中が見られるやろと思てたら、これがとんだ大まちがい。狭ァい道に通されまして、これがまるでトンネルみたいに真っ暗なんには面食ろうたもんでごわります。

全く灯りのないのは、やっぱり危《あむ》ないのんか、足元には飛び飛びに種油ランプが置いてありました。しかし、これぐらいではとうてい足りず、おまけに左右の壁は黒渋《くろしぶ》塗りときましては、まるで話に聞く長野善光寺《ぜんこうじ》さんの胎内くぐりさながら。おそるおそる手探りで進むほかおまへなんだ。

おまけに、足元に何ぞ敷いたぁるなと目を凝らしたら、どうやら棕櫚《しゅろ》の編んだんを敷き並べたぁりました。

すぐ前を歩いてはるはずのぼんぼんの姿を見失《みうしの》うたところへもってきて、この敷物《しきもん》のせいで足音まで吸い取られて、あたりの人の気配すらわからんようになるありさまでごわりました。

それでもしばらく行きましたところ、前方にぼんやり、何やら縦長の妙なもんが浮かび上がりました。何かネジネジと妙な形をしたもので、そこを先行く人々がクルクルとめぐりながら上って行かはります。

そこだけが明るく輝いて見え、舞い散るホコリが金銀砂子《きんぎんすなご》のようにきらめいているのは、上の方に切り穴のようなものがあって、そこから光がさしてるからのようでごわりました。

どうやら段梯子《だんばしご》のようなもんかいな、何にしてもこの暗がり地獄から逃れられるなら結構《けっこ》な話や──などと思いながら、だんだんと近づくそれに目を凝らしておりました。すると、思いがけず間近で人の気配がいたしまして、

「鶴吉」

と、わが名を呼ばれました。これにはハッとい

たしましたが、すぐに耳元に生温かい息が吹きかかったかと思うと、ぼんぼんの声で、

「あれは、らせん階段いうもんや。あれを上ってゆくと真上の別世界に出られる寸法や。会津若松《あいづわかまつ》にある栄螺堂《さざえどう》いうお寺の建物の話を聞いたことないか？　何でもあれと同じ理屈やそうやで」

「へえ、そういうもんがおますのんか」

と思わずホッとして聞き返したときには、しかしお返事はおませなんだ。何かしらドキリとするとともに、何やら不吉なものさえ覚えまして、

「ぼんぼん？」

と、われながら上ずった声で呼びかけさせてもろても、もう答えはおまへなんだ。

　ぼんぼんの気配や息遣いまで感じられておりましたのが、いつのまにやらすっかり消えて、わてはまた独りぼっちになっておりました。周りに人はぎょうさんいてはったのに、けったいな話だすのやが……。

　気がつくと、ぼんぼんらしき人影がらせん階段を上り、今しも上からさす光の中に吸いこまれてゆくようでごわりました。

「ま、待っとくなはれな」

　わてはあわてて、ぼんぼんのあとを追いました。手すりをつかみ、慣れんらせん階段をめぐりめぐり上っていきますと、いきなり周りが明るうなり、パァッと景色が開けました。

「………！」

　ああ、あのとき見たもんのことを、そして感じた何とも申しようのない不思議さを、わては一生よう忘れまへんでごわりまひょ。

　――そこには確かに別世界がありました。

　千太郎ぼんのおっしゃったことは、嘘でも大げさでもなかったんでごわります。あのときのことを細大《さいだい》もらさず話せという仰《おお》せですので、思い切って申し上げますれば……。

　いきなり目に入ってきたんは、そびえ立つ山と、その頂《いただき》にあって火を噴く建物でごわりました。手前には小高い丘があり、その向こうには荒々し

い山並みが折り重なっております。

　そうして、そのありとあらゆる場所に人がひしめき、日の丸や旭日旗がひるがえり、そこかしこから火の手や煙、そして血しぶきが上がっておりました。

　それは異国の戦場《いくさば》――音に聞く旅順は二〇三高地の激戦のありさまで、そこにひしめく人々というのは日本とロシアの兵隊さんでごわりました。

　ぼんぼんからパノラマ館の話をうかがいましたとき、何となく芝居の舞台のように一方から見物するものかいなと思ておりました。けれど、そうではごわりまへんなんだ。

　前も後ろも右にも左にも、どこを向いても兵隊さんが突撃し斬り結び、銃を撃ち大砲を放ち、あるいはまた爆発で吹き飛ばされたり、負傷して担架で運ばれたりしております。それは、ぼんぼんが読んどくなはった新聞記事と寸分違わぬ光景でごわりました。

　何より、そこには無《の》うてはならんはずの建物の壁を突き抜けて、どこまでも――地平線の彼方《かなた》まで続く風景がありました。見上げれば、いつも煙突の烟《けむり》に曇《くも》った大阪の空のかわりに、抜けるような青空が広がっております。

　まるで、たまらんほど恐ろしゅうて、何やしらん美しい夢のように思えてならん眺めでごわりました。さっきまでおりましたパノラマ館の外には汽車が走り、停車場一帯にはそらもうぎょうさんの人らが行き来しますのに加えて、南地のにぎわいが耳にじんじん響くぐらいでしたのに、今はそちらが夢であったかのよう。

　千太郎ぼんや嬢《いと》さんの喜代江《きよえ》様が、お小さい時分にお読みやったというお伽噺《とぎばなし》の本。あれに載っておりました魔法とは、これのことかと思われたことでごわりました。

　けったいなことに、この戦場には時というものが流れず、音というものが聞こえてまいりまへんのだす。あちこちに見えます煙や炎はパッと打ちあがったまま動かず、山あいの川も寸分とて流れることなく、じっとその場にとどまっておるのでごわりました。

何より恐ろしかったのは、戦う両軍の姿だす。鉄砲玉を受けたり、サーベルで斬られた兵隊さんらは、クワッとのけぞったり、倒れかかったままの姿勢で、悲鳴もようあげんまま、いつまでもいつまでも苦しみ続けるかのようでごわりました……。

けれども幸い、めまいのするような夢から醒《さ》め、パノラマの魔法が解けますまでは、さほど時間はかかりはしまへんでした。

そのきっかけは、ちょうど大阪城《おしろ》で午砲《ドン》を撃ったその音で、いつもやったらこれが昼餉《おひる》の合図で、決して聞き逃すことはないだけに、このときも耳に届いたものと見えます。

午砲の響きに夢を破られ、ふいにわれに返ってみますと、わてが立っておりますのは、周囲《ぐるり》に手すりをめぐらした径六間ほどの丸い展望台でした。

そうして、そこからわてが見た人間も風景も、一切合財が作りものであることに、いやおうなしに気づかされましたんでごわります。

どこまでも奥があると思えた風景は、筒形をした壁の内側に描かれた絵で、山も丘もハリボテ。兵隊さんも全て人形で、展望台の傍《ねき》にあるのんは大きさも生身の人間に近《ちこ》うて、顔立ちや体つきもていねいにこしらえ、衣装も本式そっくりに着せた生人形《いき》ですが、遠ざかるにつれ小そうなって、作りもだんだんぞんざいになります。

一番遠方の兵隊さんに至っては、ただの絵ェで……一事が万事、先に行くほどだんだん寸法を縮め、それらをまたうまいこと配してあるもんでごわりますによって、みごとに見物の目をくらまし、ちょっと走ればすぐ突き当たるほどな奥行きを、あたかも無限に続く満洲《まんしゅう》の広野のように見せかけたものでごわりました。

ただ、そうなりますと壁と天井の継ぎ目《つめ》がわかって興がさめ、またそのあたりには明かり取りの窓を設けなくてはならんことから、展望台の前に屋根代わりの天幕を垂らして、そこだけは見えんようにする――という抜け目のなさでごわりました。ほんまに人間の知恵というか熱と申しますかは空《そら》恐ろしいほどのもんで……。

さて、パノラマの魔法は解けたものの、それとは別の不思議が起きておりました。それは、展望台の手すりの向こうにくり広げられる、まがいもんの戦場よりも何百倍も恐ろしく、いまわしい出来事でごわりました。

(ぼんぼんが、いてはらへん！　こらえらいこっちゃ)

さよう、千太郎ぼんの姿はどこにも見当たらしまへんだした。たった今までごいっしょさせてもろてたぼんぼんが、まるで煙のように消えてしもたんでごわります。

そのことに気づいたわてては、展望台に集まったパノラマ見物の人々をかき分け、その間をぐるぐるとめぐりました。最初はこちらの見落としか、それとも悪戯《てんご》してはるのかと思たんでごわりますが、だんだんそうではないことがわかってまいりました。

そのとたん、わてはぼんぼんのお供をしくじって申し訳ないとか、はぐれてしもて心細いとかの段やなく、この別世界にただ一人置き去りにされたような恐ろしさに打ち震えたのでごわります。

これもまたパノラマの魔法やったのか、とにかく総身から冷や汗が噴き出るわ心の臓は早鐘を打つわ、手足はガクガクとして、まるで雲の上を歩いてるてなあんばいでごわりました。

そのときわてが、ついお店で居眠《いねぶ》りしたのが旦さんのお耳に届き、細竹の割れたんで何度となく打ちすえられたときのことが思い浮かばなんだかというと、そうではごわりません。

けれども、それよりもわての心にありましたのは、このままお店にもどったらしかられるということより、ぼんぼんの身に何か変《へん》が起きたのやないか、そしてそれはぼんぼんと今生《こんじょう》の別れになるような大ごとやないのか――かんにんしとくれやす、ただでさえご心配のとこにこんなこと申し上げまして――という何ともいえん胸騒ぎでごわりました。

　それからわては、血まなこでぼんぼんを探し歩きました。けど、どうしても見つかりまへん。展望台を何べんも回って、しまいには目が舞いそうになったところで、

「ぼんぼん」

　わては、とうとう声に出して申しました。

「千太郎ぼんはどちらにおいででごわりますか。いてはるなら返事しとくなはれ！」

　そない大声をはりあげたつもりはなかったんでごわりますが、まわりの人ら――二十何人かはいてはりましたやろか――には、ただごとでないよう聞こえたらしゅおます。

　何や何やとこちらをふりむき、不思議そうな顔をしはるお方もあれば、こちらの難儀を察してか気の毒そうな顔をしはる人もおられました。かと思えば、何がおかしいのんかニヤニヤする人もあり、中には、

「丁稚どん、迷子かいな」

　と、なれなれしゅう話しかけるご仁もごわりまして、これなどとうてい心配してくれはるようには見えまへんでした。

　そんなお人に詮索されるのがいやなもんでっさかい、「いえ」と首を振りますと、らせん階段の昇り口のねきに机を置いて、「日露戦争旅順総攻撃パノラマ図解」という、この風景を悉皆《しっかい》もらさず上から見た案内図を売るのを兼ねている番人さんに、

　――これこれこういう服装《ふう》をした、書生風のお方をお見かけにはなりまへんでしたか。

　と尋ねますと、番人さんは変な顔もせんと取り合《お》うてはくれはったものの。ウーンと首をかしげて、

「わしはここで見とるよって、たいがい見落としはないはずやが、そういう書生はんみたいな若い衆は目にしとらんなぁ。いや、コドモさん、あんたがあこから出てきたのは覚えてるんやで。妙に

あわてて上がってきたからな。――そのぼんぼんいうのは、あんたのすぐ前に上がってきたんかいな。ウーン……ねっから覚えがないなぁ。そうかというと、出て行ったお客はんの中にもおれへんかったで……あ、おい！　どないしたコドモさん？　あかんで、そっちは下りられへんで！」

　案内図売りの番人さんのびっくり声を背中で聞き流し、わてはさっきここへ上ってきた階段口に向かいました。

　けど「そっちは下りられへんで」というのも道理、実はここの階段は上り下りが別々で、わては新たにやってきた見物客に押し返されて展望台にもどってしまいました。聞けば、二つのらせん階段は、ちょうど一対の蛇のようにからみ合《お》うておりますのやそうで。

　……へえ、お前は千太郎の話をちゃんと聞いといやなかったんか――とは、おそれながらどないなことでごわりますか。

　へえ、ぼんぼんがおっしゃった会津の栄螺堂は、坂道になった廊下が同《おんな》しようにネジネジとてっぺんまで続いているが、上る客と下る客が出会うことは決してない。千太郎ぼんはパノラマ館のらせん階段の仕掛けを、それと同じことやとお言いになりたかったんやと――ああ、さようでごわりましたか！

　やはり、大家《たいけ》の跡取りになられるお方は、違《ちご》たもんで……何はともあれ、そこでわては階段の降り口に回りますと、飛ぶように下へ下へと向こたんでごわります。

　もし、ぼんぼんがパノラマの展望台に出て来はらずじまいであったなら、ここを下って行きはったはずはないのでごわりましたが、そのときのわてにはそうするほかに術《すべ》がおまへなんだので……。

　ほどなくらせん階段を下りきった先は、出口へと通じる廊下。こちらは行きのときのように真っ暗でもなければ、床に棕櫚を敷いてもごわりまへん。

　それどころか見物帰りの客を当てこんで、お土産の出店がいくつか並んでおりまして、しかもそこにはご当家――大鞠百薬館の名前と〝毬印〟の商標を染め抜き、商品の名をうとうた旗や幟《のぼり》が立っているところがあったのでごわります。

　こんなところで、こんなものに出くわすとは思ておりませんでしたので、ちょっとびっくりいたしましたが、ここでハッと気づきましたのが、この出店の売り子――女子《おなご》の方でした――をしてはるお人ならば、南久宝寺町のお店にも出入りしてなはるやろし、きっと千太郎ぼんの顔を見知ってなはるに違いない、ということでごわりました。

　そこでわては、転がるようにそこへ駆け寄って、

「大鞠のぼんぼん……千太郎様をお見かけやおまへんでしたか。それもつい最前、こちらのお店の前を通りはるのを！」

　いきなりこう詰め寄ったもんでっさかい、売り子の女子はんは目を白黒させはりました。それからわての顔をまじまじと見つめて、

「あんさん、確か南久宝寺町の大鞠ご本家の……えっ、あちらの千太郎ぼんならよう存じとりますけど、うちの見てる前を通ったりはしはりまへんでしたで。はいな、通りはったのなら見落としっこおまへんわ。たとえお顔が見えいでも、そんな風体《ふうてい》のお方は一人もいてはりまへんでしたからな。パノラマから出るにはここの一本道だけ。疑いはるんやったら、外で訊いてみなはれ」

　そない親切に言うてくれはりました。けど、そうと聞いて納得はでけても安心はできませず、そのまま外へ出て、そこの番人さんにたんねたり、またあらためてパノラマ館の係の方にこれこれと事情を話して、ぼんぼんを捜してもらいましたんでごわりまっけど、とうとう見つけることはかないまへんでしたのでごわります。

　ひょっとして、わてがぼんぼんと二人でここへ来たことからして、夢幻《ゆめまぼろし》やなかったか。最初から一人やったんやなかったのかとさえ思われて、気ィがどうかなりそうでごわりました。いっそそうなら、よかったかもしれへんとまで……。

ただ、わてとぼんぼんがパノラマ館に向かい、入り口から入ってゆくとこはご覧になったお人がおられました。しかし、らせん階段から廊下を抜け、出口からお出にならはるところは誰ひとり見ててやごわりまへなんだ。ということは、あの丸ァるい建物の中にいまだにいたはることになりますが、そうでないことは、どなたも請け合うておいでてごわります。

千太郎ぼんは、あの大パノラマで神隠しにでもお遭いになったんでごわりますやろか。考えれば考えるほど不思議でならず、頭が割れそうな気ィがいたします。

――そのあとやっとの思いでお店に帰りまして、みなさま方にことの次第をお話しし、わての不行き届きをおわびさせていただきました次第は、すでにご存じのことと存じます。

わての話はこれが全てでごわります。いかようなお叱りも罰も覚悟しておりますので、どうぞこの鶴吉の身、いかようにもご処断くださいますようお願い申し上げますでごわります……。

*

……そうやがな、実はわし、あの大鞠の息子はんが難波のパノラマ館で行方知れずになったとき、ちょうどその時分にあの場所に居合わせたんやがな。再開したあそこの評判は前から聞いてたとこへ、たまたま溝の側あたりまで買い物に出かけたもんやから、何とのう見物しに行く気になったんや。

ひとわたり見て感心することは感心して、こんなもんかいなと思たときに、そうや時計のネジ巻かなと気ィついたんや。ほれ、今も持ってるこの舶来のウオッチをば取り出して、こうキリキリキリッと竜頭《りゅうず》を回しながら……今は回せへんで、むやみといじくると内蔵《なか》の機械が傷むそうやよってな。

とにかくそのときフッと前見たら、千太郎はんらしき人がおったんや。いや、実はそのときはとっさに名前を思い出されへんかってな。誰やったかいなぁと思ううちに、いつのまにかいてはらへんようになっててな。まぁええわとそのまま下りのらせん階段から出て行ったんや。

その途中に大鞠百薬館の売店があってな、そのときやっと、あぁ千太郎ぼんやったかと思い出したんや。まさか自分が出て行ったあとにそんな騒ぎがあったやなんて夢にも知らんがな。

その話を大鞠のお家に言いに行ったかてか？ いや、それがしてへんねん。何でて、千太郎はんは書生姿やった、いうんやけど、わしが見たそれらしい人は学校《がっこ》の制服みたいなん着てはったんや。そやさかいあれは他人の空似、わしの思い違いやったんやろし、ただださえ心配してはるとこへ、そんな不確かなことで煩《わずら》わせてはいかんよってな。むろん、先方からお尋ねがあったら話すつもりやったが。

……何かい、その後、千太郎はんは見つからずじまいやてかい。それは気の毒のきわみやなぁ。え？ それはまぁ大丈夫やろ。人の一人や二人がどないなろうと、たとえそれが跡取り息子であろうと何とでもなるのが、ああした商売人の家ちゅうもんや。ああ、わしらが同情するようなこっちゃあらへんわ。

大正三年、博労町難波神社

〽浜梶木《はまかじき》、今は浮世《うきよ》と高伏道《こうふしど》
平野《ひらの》淡路《あわじ》に瓦備後《かわらびんご》

荷車や馬車の往来激しい、だが決して広いとは言えない道路を、四、五人の子供たちが歌いながら駆けていった。男の子も女の子も、この危なっかしい遊び場には慣れきったようすで、巧みに人と人、車と車のすき間を抜けていった。

いったんは何組かに分かれ、また合流すると歌いだす。もっとも歌というには節にとぼしく、むしろ言葉遊びといった方がよかったかもしれない。

〽安土本町《あづちほんまち》、米《こめ》に唐《から》
久太久太《きゅうたきゅうた》に久々宝《きゅうきゅうほ》
博労順慶《ばくろうじゅんけい》、安堂塩浜《あんどうしおはま》

それは、京都の通の名を歌いこんだ「丸竹夷二《まるたけえびすに》押御池《おしおいけ》、姉三六角蛸錦《あねさんろっかくたこにしき》……」と似た、船場《せんば》の町名の覚え歌であった。

北浜と梶木《かじき》町《まち》に始まって、今橋《いまばし》、浮世小路《うきよしょうじ》、高《こう》麗《らい》橋、伏見《ふしみ》町、道修《どしょう》町と続いたあとは町名そのままが六つ。本町、米屋《こめや》町、唐物《からもの》町から北久太郎《きたきゅうたろう》町と南久太郎町、北久宝寺《きたきゅうほうじ》町と南久宝寺町、博労、順慶、安堂寺《あんどうじ》、塩の各町のあと、南端の長堀通《ながほりどおり》をさす「浜」で終わる。

もっとも、子供らによって多少異同があって、「今は浮世に」であったり「平淡《ひらあ》、瓦に備後安土、本米唐物《ほんこめからもの》」となったり、「久太久太《くたくた》に二久宝《にきゅうほう》」と読んでみたり、締めが「安堂塩に長堀」となったりしていたが、この地で暮らすもの、とりわけ丁稚たちにとってこれは必須の歌だった。

船場の地には、南北方向に十三本の筋、東西に二十三本の通が走っており、それらが交差するところに町が形成された。幕末には百三十七を数えたそれらは、明治大正の町名改編を経て百十町（平成元年以降は七十一町）となっていた。
よその土地からやってきて、すぐさま使い走りにこき使われる丁稚にとっては、これらの地理は最初の試練であり、そこでこの歌が重宝されたというわけだった。

ふいに子供たちの歌が途切れた。かと思うとワッと歓声があがり、ひとかたまりになって走り出す。何か面白いもの、珍しいものを見つけたようすだ。

「お嫁入りやっ」

「お稲荷《いなり》さんとこでお嫁入りやて」

「早《は》よ行こ、行列見よ！」

口々に叫びながら向かったのは、仁徳《にんとく》天皇を祭神として創建された由緒より、稲荷社があることで土地の人に親しまれてきた博労町の難波《なんば》神社だった。桜の名所として名高い淡路町の御霊《ごりょう》神社や、〝坐摩《ざま》さん〟の愛称で知られる渡辺《わたなべ》町の坐摩《いかすり》神社と並び、船場の人々が氏地とする神社である。

子供たちが駆けつけたのは、ちょうど石の鳥居をくぐり、打掛《うちかけ》姿の花嫁が出てくるところだった。そのようすに、とりわけ女の子たちはすっかり見とれて、

「きれいなナァ」

「うちもあんなん着てお嫁入りしたいわァ」

と感心したり、気の早いことを言ったりした。

だが、あいにく子供たちは根本的なところでまちがっていた。だからといって、どうということはないのだが、見物の大人たちは、当然そのあたりが気になっていて、

「おお、またえらい派手やかな嫁入り行列でんな」

「嫁入りちゃいまっせ、婿取りだっせ。それも家付き娘と若手番頭の縁組みや。まぁようある型だすけどな」

「へぇ、そうだしたんか……けど、今日びは昼日中から神主《かんぬ》っさんの前で式挙げまんのやな。昔はそれぞれの家でしたもんだすが」

「まぁまぁそこらがハイカラで……何しろ、ああ

見えて大鞠百薬館の将来の主人夫婦だっさかいな」

「お、ほな例の『ラヂウム水』と『人工美女液』で当てた……」

「その大鞠さんだす。そこの嬢《いと》さんの喜代江はん。相手は番頭の茂助《もすけ》はん――いうても、ついこないだまで手代やったんやけど」

「あこの家もご長男が神隠しに遭《お》うたりせなんだら、今がちょうどええ年ごろだしたのになぁ。確か千太郎はんでしたかいな」

「しっ、それは言うたらあかんことらしゅおまっせ。生みの親の御寮人《ごりょん》さんの涙の種になる。いうてな」

「けどまあ、今後は喜代江はんが若御寮人さん、いずれ御寮人さんにならはって、今のお方はお家《え》はんにならはるわけで……毬屋商店の時分とはだんだん変わっていきますのやろな」

見物人の一人が感慨深げに言ったとき、子供たちがまたはしゃぎ始めた。

「見てみ、自動車や！」

「ほんまや、自動車がえらい何台も連なってきたで」

「うち、自動車で婚礼の行列すんのん初めて見たわ」

その言葉通り、シボレーやフォードなど何台もの箱形自動車が、列をなして難波神社の門前に乗り入れようとしていた。とはいえ「通」の幅は八・四メートル、「筋」は六・五メートルが基本で、車が自由に走り回れるものではなかった。

それだけに子供たちは、あこがれの乗り物の出現がうれしくてしょうがなく、男の子などは自動車の背後に回り、排気ガスの甘いにおいを嗅ごうとしてしかられるありさまだった。一方、大人たちの考えは、当然そんな無邪気なものとは違っていた。

「へえっ、自動車とはまた奇抜な……けど、豪儀なことするもんでんな。ここから大鞠さんの店のある南久宝寺町は、御堂筋《みどうすじ》をヒョイとまたいで目と鼻の先だっせ」

ちなみにこのころ、御堂筋は堺筋《さかい》・心斎橋筋《しんさいばし》と比べても見劣りのする街路で、その長さも淡路町から長堀までのわずか一・三キロに過ぎなかった。

「さ、そこがハイカラというか近代でんがな。式は神社で挙げたあと、家で祝いをするのやのうて、ホテルで披露宴をしますのやと。それも、あの純洋式の大阪ホテルで！」

「ひええ……こら確かに近代や」

大阪ホテルというのは、あのパノラマ館の事件が起きた明治二十九年に、市の肝いりで新規経営者を募集し、中之島《なかのしま》公園内に開業したホテルだ。本来の目的は、外国人相手の宿泊施設の充実だったが、やがて市民のサロンとしての役割を打ち出すようになり、会合や結婚式もその一つだった。

大正に入って東区の今橋に支店を開業し、そのあと中之島の本店が焼失したことから、そちらに主力を移し、いっそうサロンとして親しまれてゆくのだが、それはまだ先の話。

その大阪ホテルが売り出したのが、「大正婚礼」と呼ばれる新しいスタイルの結婚式で、披露宴をホテルで行なうというものだった。さきほどの会話にもあったように、もともとは人前式が中心だったところ、維新以降、神前式が盛んになった。

それはやがて、ホテルに神主を出張させ、婚礼の全てを一か所ですませるやり方につながってゆくのだが、このときはまだそこまでは至っていなかった。とはいえ、十分に物珍しくはあった。

一方、大鞠百薬館といえば、幕末には船場の南久宝寺町に軒を連ねるようになっていた小間物問屋の一つで、そのころは「毬屋《まりや》」と称していた。新町《しんまち》をはじめとする店に卸された紅白粉《べにおしろい》、手鏡や櫛《くし》は粋筋や良家《ええし》の嬢さんたちに愛されたものだった。明治になると「大鞠」の名字を名乗り、「毬屋商店」と店名を改めたが、商売のありかたは大きく変わらなかった。

それが日清戦争ごろを境《さかい》に、化粧品を主力商品とすることに大きく舵《かじ》を切った。輸入品の香水に「毬印香水」の名をつけて売り出したところ、予想を超える売れ行きを示したのがきっかけだった。

もともと化粧品商という分類はなく、小間物業界の一部門に過ぎなかった。たとえ主力がそちらであっても、営業登録上は小間物商とするほかなかったほど軽い存在だったのが、明治の半ばから急速に発展した。

西洋式の化粧法が入ってきて、これまでにはなかった需要が掘り起こされたのだ。それまでの女性たちの好みや流行《はや》りの振れ幅をはるかに超えた、新奇な品が次々と求められるようになった。

そうなると消費のスピードも段違いだし、輸出品としても有望だということで注目されたのだ。そこに目をつけたのが、一昨年亡くなった七代目当主の大鞠万蔵《まんぞう》で、卸だけでなく製造業に進出し、社名も改めた。

経営者の名字の下に何々館とか何々堂とつけるのは、当時の流行りだったが、あえて「百薬館」などと薬業をにおわせる商号を選んだのは、毬屋商店が売薬も扱っていたことと、明治以降、人々の衛生意識が飛躍的に向上したことがあった。

化粧品製造には零細業者が多く、紅や白粉、香油など肌に直接つけるものを、薄汚い裏長屋の鍋釜で煮て作るようなことが横行していた。

見ぬもの清しですませてきた以前とは打って変わり、顧客の清潔さへの要求は高まった。そこに向け、毬印の商品は多少高価でも、そんな不潔な代物とは違うのだと訴える必要があった。

明治の世には新たな権威が生まれ、それが求められていた。「何々病院・誰々博士調剤」とか「ドクトル何某保證《なにがしほしよう》」という表示が薬の広告にはつきもので、食品にもやたらと「滋養」があり「健康」によいということが強調された。

こうした中で売り出された大鞠百薬館の「毬印ローヤル歯磨」や「毬印無鉛白粉〝花をとめ〟」、また「毬印白肌クレーム」「毬印安心毛染ゼンビ」には長々と効能書きや、まるで有毒だと言わんばかりの他社製品との比較がつけられた。折しも、肌のびをよくするための鉛《なまり》入りの白粉やカドミウムの入った染髪剤などが問題となっていた。いかにも手堅いが、堅実な消費層には着実に届くそうした商法が一変したのは、明治も末の末になってからである。

毎日つけるだけで確実に美しくなるという「人工美女液」、肌に塗るばかりか飲んでも効能があるという「ラヂウム水」といった、何やら怪しくはあるが蠱惑《こわく》的な名をつけた製品が、アールヌーボーをそっくり拝借した美人画の広告とともに大鞠百薬館の名を広めたのだった。

それらの商略に、今度婿を取った長女の喜代江が深くかかわっていたことは、知る人ぞ知る事実であった。父であり当主である万蔵の「安心・安全」路線から大きく踏み出したそのやり方は、彼が溺愛していた娘が強く勧めた結果だからこそ——というのは、想像に難《かた》くはなかった。

だが、ただの商家の箱入り娘である彼女が、どこからそんな発想を得たかについては、誰もが首をひねった。

——やはり商品《もの》が商品だけに、若い娘さんの方がええ意見が出せたんと違うか。喜代江はんは女学校に通てはったんやし。ほれ、新製品の名前のつけ方からしてそれらしいやろ。

せいぜいそう臆測するぐらいだった。だが、今回の番頭の茂助——ついこのあいだまでは手代の茂七《もひち》——の婿入りで、腑《ふ》に落ちたものも多かった。現に今も、

「なるほど……」

「……そういうことやったんか」

花嫁花婿が自動車に乗りこむ姿を見ながら、まさにそうつぶやいたものたちが少なからずいた。

だが、この場の人々の大半にはよくわからないことだったし、そもそも化粧品界に地歩を占めつつある大鞠の家の内実など知る由もなかった。ただ、ひょろりとした優男《やさおとこ》で、やや色青白く、穏やかな微笑《ほほえ》みを絶やさない花婿に、どれほどの魅力があったのかと首をひねるばかりだった。

そんな見物人たちの思惑にはむろん頓着《とんちゃく》なく、

ここぞとばかり贅をこらしたいでたちの親族郎党が自動車に分乗してゆく。そんな中で乗ることを許されず、ぽつんと鳥居の前に取り残された丁稚に、

「今、出発やとお店に伝えてや、鶴吉！　一刻も早《はよ》う走って帰りますのやで！」

車内から、花嫁の喜代江自らピシャリと言いつけた。そのとたん、

「へえ！」

鶴吉と呼ばれた丁稚は、一声叫ぶと後をも見ずに駆けだした。

「こらまた気のキツい……ああいや、しっかりしてはるこっちゃ」

「亡《の》うなった万蔵旦那も、御寮人さんも安心なこっちゃろな——たぶん」

「それはどやわからんがな……お、ご出立らしゅおまっせ」

車列がゆっくりと動き始め、さきほどの子供らのうち男の子たちがあとを追う。いくらのろのろ運転でも、はるばる大阪ホテルまで追いかけられるとも思えないが、そこが子供の無邪気さ自由さだろう。

とはいえ、このうちの何人かもやがて奉公に出れば、命令なくしては駆けっこ一つできなくなるのかもしれなかった。

大鞠喜代江と末席番頭・茂助の披露宴は、大阪ホテルでつつがなく開かれた。だが、婚礼はこのあとがむしろ本番なのだった……。

「若御寮人ご夫婦、お帰りだっせ！」

その日の灯《ひ》ともしごろ、南久宝寺通。その道端に立って奥の薄暗がりに目をこらしていた丁稚の鶴吉が叫んだ。

《大鞠百薬館》の看板を掲げ、毬印の暖簾を垂らした店の前に自動車が次々と止まる。

待ちかねたように店の者たちが出迎えに飛び出し、ずらりと整列する。番頭は紋付袴、手代や丁稚はいつものお仕着せ姿ながら、真新しいそれら

に身を包んで、うやうやしくこうべを垂れる。

運転助手が開いた扉から、まず降り立ったのは吉祥《きつしよう》花毬大鞠喜代江。家業にちなんであつらえた吉祥花毬柄の打掛は豪華絢爛《けんらん》そのもの。着物は高麗橋《こうらいばし》の三越、宝飾は心斎橋の芝翫香《しかんこう》でそろえたというから豪儀なものだ。

他家に嫁ぐのではないから必要はないのに、わざわざ何荷《なんか》もの嫁入り道具を実家に運びこませた。当然、何かと批判するものがいたが、「これも宣伝」の一言で黙らせた。

三枚芯の花嫁草履《ぞうり》が、惜しげもなくほこりっぽい地面を踏むか踏まないかの瞬間、年配の番頭たちがチョコチョコとやってきて、小腰をかがめ手を取らんばかりにして店の中へ招じ入れる。

次いで婿の茂助が下りてきたが、丁稚たちこそペコリと頭を下げたものの、手代たちはどこかおざなりで、先輩番頭たちに至ってはほぼ無視だった。それは婿入りによって突然自分たちを抜き去った彼への意趣返しであるかもしれず、半面正しい態度を取っているともいえた。

どんなに商才を買われ、主家の嬢さんにほれこまれ、将来は主人の座が約束されているとしても、婿の地位は決して高いものではなく、義父母はもちろん、しばしば自分の妻よりも下座につかねばならなかったからだ。

だが、どこか商人らしくない、剃刀《かみそり》のような鋭さを秘めた茂助は、そうした扱いをあらかじめのみこんでいるようだった。一切合財をへりくだった笑みに吸い取ってしまうようなところがあって、周囲の者たちもあえてかかわろうとしないのかもしれなかった。

新夫婦は、妻を前に、夫をあとに付き従えながら奥へと通った。まだこの時代は、主人一家の住まいと店舗が一体となった職住近接が常識。とはいえ〝下〟と〝上〟の二つの空間には歴然とした差があって、空気や温度、光さえも違っているようだった。

やがて喜代江と茂助は、奥のとある一室の前で立ち止まり、その襖《ふすま》の前で四角く膝をそろえて座った。

「両人、ご挨拶にまいりましてござります」

と畳《たたみ》に頭を擦りつけて申し上げると、

「お入り」

と、かすかな、だがしっかりとした応えがあった。両人はハハッと声にならない声で返事したあと、おもむろに引き手に指をかけた。

まるで機械のような正確さで襖を開いた先は、いっそう冷え冷えとした仏間だった。金色燦然《こんじきさんぜん》とした仏壇があり、その上の長押《なげし》に一対の写真額があった。

一つは先の当主、大鞠万蔵であり、もう一枚は、その長男だった大鞠千太郎の肖像であった。

そして、その下に彼らの妻であり、母であった人が端座《たんざ》していた。当然、喜代江にとっても生みの母であるその人の名は大鞠多可《たか》――当家の御寮人さんとして長年君臨してきた女性である。

鴻池新田《こうのいけしんでん》の地主の娘で、苗字帯刀を許された家柄であることを誇りとし、女としてのたしなみにも何一つ欠けることなく育てられた。だが、そんな彼女ですら〝土臭い出庄《でしよう》〟と軽侮《けいぶ》する船場では、何もかも勝手が違った。舅姑《しゆうとしゆうとめ》に仕え、商家の切り回しに奔走し、夫の新事業進出を支えるかたわら、千太郎と喜代江の一男一女を生み育てた。そしてその一人を失い、さらには先年、夫に先立たれた。

多可はまだそれほどの高齢ではなく、皮膚には張りがあり白髪《しらが》もあまりないのに、何やら長老めいた威厳を備えていた。しかも、今日という日はひときわ……。

「……失礼いたします」

茂助は緊張のためか、ややかすれた声で言うと、にじり寄るように前に進んだ。ほどなく多可に気《け》圧《お》されたかのように膝を止めると、懐《ふところ》から折りたたんだ奉書紙を取り出した。それを広げると、

「私儀、此度《このたび》貴家へ貰ひ受けられ候《そうろう》に付ては、天下に他に帰る家無しと心得、先《ま》ず御家法大事と

之《これ》を堅く相守り、御家業第一に努めて繁昌に専心致し候。然《しか》るにより不心得 仕《つかまつ》り候節は如何様《いかよう》のお取計らひくだされ候共、一言の申し分之無く屹《きっ》度《と》仰せの通り致し候。依《よっ》て後日の為件《くだん》の如し……」

緊張の面持《おもも》ちで、そう読み上げた。そのあとに保証人の署名その他があり、全てを読み終えたあとに、平伏しながら多可に手渡した。

一人の人間が他家に貰い受けられ、そこでの服従と奉仕に専心せよという生々しい内容で、これほど船場商家における婿取りのあり方をあけすけに語るものはなかったろう。もっとも、女性たちは特にこういった誓約書抜きで嫁となり妻となり、母として生きることを求められているのだが。

そのあと、家内での祝言《しゅうげん》があらためて開かれた。ホテルでの挙式は男性主体であったため、こちらは女性が多く華やいだふんいきとなった。もともと「婚」の字に「昏」がふくまれているように、夕方過ぎから始め、夜を徹し、何段階にも分けて祝うのが伝統的だった。

旧来の儀式ならば、仲人のみが立ち会って夫婦の杯を交わし、そのあと出席者全員で雑煮を食べ、いったん休憩してからさらに宴が続く。すでに神社とホテルですませた部分もあり、いくぶん簡略化されつつも、共白髪を願って白髪大根を食べ、膾《なます》をいただき、嫁菜と赤貝入りの味噌汁を飲むなど慣例に沿っての献立に、誰もが舌つづみを打った。

奉公人たちにも、ご馳走がおすそ分けされ、来る日も来る日もご飯と沢庵《おこうこ》だけの箱膳に、二つ三つおかずが加わり、お菓子までついた。

彼ら彼女らにすれば、これだけでも新夫婦を支持し、感謝するに十分だった。

丁稚の鶴吉も、むろんその例外ではなかった。今日の祝言では、人一倍こき使われたが、そのあとでこっそりお小遣いをもらった。

（こうなったら、わてはもう茂助はんと若御寮人さん党や）

紙に包んで配られた菓子を、金平糖《こんぺいとう》の一粒ずつ、干菓子《ひがし》のひとかけらずつ味わいながら、鶴吉はひそかに決意したことだった。

（あんな根性悪《こんじょわる》の古参の番頭さんらより、早よあのお方に出世してもらわな。そないなったら、わてかてひょっとして……）

＊

――その明け方、大鞠家の誰かがこんな夢を見た。

そこはどこかの橋の上で、何もかもが煤《すす》けた黒に塗りつぶされた晩のこと。

あたりはおおむね静まり返っているが、ときおり鋭く鳴る汽笛に驚かされる。するとここは海か川か。今のは橋の下を行く汽船の合図だろうか。

いや、そうではなかった。ガッシュガッシュ……と足元から荒々しい轟音が聞こえてきたかと思うと、橋の下から濛々《もうもう》たる煙が噴き上がってきて、たちまち何も見えなくなった。

その直後、耳を聾《ろう》するような機械音と金属音が間近でぶつかり合い、まもなくどこかへ遠ざかって行った。

ポポォッ！　と、どこか哀切さを帯びた汽笛が鳴り、再び静寂を取り戻す。

そう、ここは橋は橋でも跨線橋《こせんきょう》――川ではなく線路に渡しかけられたものだった。そこから見える灯りは天王寺駅《てんのうじ》のそれだ。

天王寺駅は明治二十二年に大阪鉄道の駅として開業し、その後、関西鉄道に譲渡された。そこへ南海鉄道の支線が乗り入れ、また同社の路線と付近で交差したりして、遅くまで列車の往来が絶えない。

この一帯の線路は上町台地《うえまちだいち》を削った掘割に敷設されており、街より一段低いところを走っている。当然、そこをまたぐ橋も必要となったのだった。

――通過したばかりの汽車の黒煙が薄らぐと、跨線橋上に人影が一つ現われた。人影は思いつめたような表情で、じっと線路を見下ろしていたが、ふと背後をふりかえった。

とたんに、夜目にもその人影の顔つきが、安堵《あんど》のためかやわらぐのがわかった。その視線の先には、人影がもう一つたたずんでおり、どうやらその到来を待っていたらしかった。

「………………！」

最初の人影は、第二の人影の名を呼んだ。だが、それは新たにやってきた汽車の咆哮にかき消され、またしても黒煙が橋を包んだ。

わあっという声が、音と煙のただ中から確かに聞こえた。

濛々とした中にのみこまれながら、二つの人影が激しくぶつかり合っているのが、かいま見られた。

「死ね、死にたくなくばあのノートをよこせ！」

「誰が渡すか！　お前、やっぱり最初からわしを……」

ひときわ大きな叫びがあがったとき、人影の一つが跨線橋から半身をはみ出させ、ジタバタと手足を動かしているのが見えた。そして、もう一つの人影が相手にのしかかるようにして、首を絞めている姿も。

どれほどの間、そうして争っていたろうか。ついに人影の一つがバランスを失し、橋の外側にこぼれ落ちた。だが、かろうじて両の手指は手すりに食いこんでいた。もう一つの人影がそこめがけて拳を振り下ろす。

長編成の列車が、線路のピッチを刻みながら眼下を通過してゆく。と、その最後の一両が橋の下に吸いこまれようとした刹那、橋からぶら下がった人影は、ついに力尽きた。

人影は、驚愕と恐怖に目と口を極限まで開きながら落下していった。

やったか!?　とばかり、もう一つの人影は手すりに駆け寄り、眼下の線路に目をこらした。だが、そこにはよどんだ闇があるばかりで、いかなるものの姿も認めることはできなかった――。

昭和十八年、南久宝寺町大鞠百薬館本店

「これがお父はんがお母はんといっしょになって、この大鞠の家にご養子に入りはったときの写真か……みんなきれいな、ええ着物《べべ》きてはるなぁ。船場《せんば》はもちろん、大阪じゅう捜したかて、こないな格好してる人なんかいてはらへんわ。それにこのご馳走……！　料理も見たことのないもんばっかりや、えぇなあ……何で昔あったもんが、いまは無《の》うなってしもたんやろ。いつのまに何もかもあれへんようになってしもたんやろ」

誰もいない板の間での、誰にも聞かれることのない一人語りであった。そこにあるのは一冊のアルバムと、それを寝っ転がったり起き直ったり、ときに頬杖をついたりおさげ髪をもてあそんだりしながらながめる少女――歳は十五、六、女学校の制服がしわになるのもおかまいなしな気ままさだった。

少女――大鞠文子《ふみこ》にとっては、そのアルバムはちょっとした発見だった。いや、以前も見たことはあるのだが、久しぶりに取り出してみると何とも不思議な感じがしてしようがなく、つい夢中になってしまった。

それは、自分がまだこの世にいないころに、すでに存在していた世界への興味だった。ためつすがめつそのアルバムをめくりながら、自分がいるこの場所とそっくりなのに、どこか作り物めいて、決して行くことのできない別世界に思いをはせずにはいられなかったのだ。

「ふぅん……うちにも、こないぎょうさん働いてはる人がおったんやな。今はほんの数人……あれっ、これは多可おばあちゃん？　髪の毛とか着物とか今とはすっかり違うのに、顔だけは変われへんような……フフッ、みんな大鞠のお家《え》はんは化けもんやて、裏で言うてはるのはそのせいかいなぁ。

あれっ、こっちの写真でおばあちゃんに抱かれてるのは、ひょっとしてうち？　うちだけ大きなって、おばあちゃんは昔のまんまやないの。フフフッ、こらそない言われてもしょうがないかもしれへんなぁ……」

　文子はこみ上げてくる笑いを抑えながら、アルバムのページを行ったり来たりした。そこに写っている景色は、ふだん見慣れたものばかりで、とりわけ店の中のようすは何一つ変わりがなかった。

　さまざまな調度も、壁にかかった時計も、あちこちに下げられた商品名入りの琺瑯《ほうろう》看板やポスターも何もかも。だが、にぎわいや豊かさはほんのり色あせかけた写真の中にしかなく、その外側にあるのは火の消えたような寂しさと、えたいの知れない不安だけだった。

　文子はそうした思いを振り切るように、さらにアルバムをめくった。と、その顔がいちだんとほころんだかと思うと、

「これが多一郎《たいちろう》兄ちゃん……まだこのころは眼鏡かけてはれへんかったんやね。眼鏡のない大きい兄ちゃんて、変な感じやなぁ。この時分からもう医者になりたかったんやろか。あっ、こっちは茂《しげ》彦《ひこ》兄ちゃんや。へへぇ、小《ち》さいのに悪そうな顔して……このゼンマイのおもちゃでよういっしょに遊んでくれたなぁ。あれ、そない昔からあったんや。それから……」

　ページをめくった先にあったのは、きれいな着物に身を包んで髪には花飾りをつけ、椅子に腰かけた少女のポートレートだった。これも最近ではすっかり見なくなった少女雑誌の〝令嬢訪問〟グラビアページさながらで、実際当人もそのつもりなのかもしれなかった。

「月子《つきこ》姉ちゃん……ええなぁ、まだこのころはこんなことが許されたんやね。うちらはほんまにしょうむないわ」

　ぼやきながらさらにページを繰ったところで、文子の顔がパッと輝いた。

「これは浜寺《はまでら》の海水浴場に行ったときの写真？

それからこっちは白浜《しらはま》の温泉に瀞峡《どろきょう》のプロペラ船……わあっ、これは何？　木津《きづ》川の飛行場から飛行艇で九州旅行？　ものすごいことしてたんやなぁ。うちもけっこう写ってるのに、全然覚えてないのがいっぱいあるわ。何かくやしいなぁ……」

そんな不満もやむを得なかった。この国に都市文化が花開き、とりわけ大阪がモダン・シティとして輝いていたのは、文子が小学校低学年のころまで。その後も外見上は似たような日々が続いたが、いつのまにか真綿で首を絞められ、いろんな楽しいもの、愉快なもの、そして美しいものが消えていった。

少女たちあこがれの女学校生活も、文子が入学したときにはすっかり輝きを失っていた。ヨーロッパ趣味の夢見る中原淳一《なかはらじゅんいち》的世界も、アメリカ式でおちゃめな松本《まつもと》かつぢ風世界もそこにはなく、あこがれを語ることさえ許されなかった。

月子姉ちゃんのころはまだあった修学旅行もなくなり、今や学校へ勉強しに行っているのやら工場で働かされているのやら。

そして、今——化粧品などという不要不急の非愛国的製品を扱う彼女の生家などは、消えてなくなることを積極的に期待されていた。

といって、自分で自分の家を潰すわけにもいかない。いずれはそうなるのかもしれないが、いまはただゆっくりと朽ちてゆくのを待つだけだった。

もう何も目新しいことはない。何ももう……いや、あった。

（そやわ、新しいことはまだあったわ。それも今日がその日！）

文子がそのことに気づき、立ち上がったとき、板戸の向こうで声がした。この大鞠の家にかれこれ四十年近く仕えてきた女子《おなご》衆頭《しがしら》のお才どんの呼び声であった。

「小嬢《こいと》さん、どこ行きはりましたんや。花嫁はん、もうじきお着きだっせ！　早《は》よお支度しなはらんと、御寮人《ごりょうん》さんにまたしかられまっせ」

「はーい」

と返事だけはよく答えて、文子は立ち上がった。

アルバムをもとの場所にしまうと、制服姿の下半身を占めるもんぺを情けなさそうにながめ、それでも元気よく自室へと向かった。

途中、とある部屋の前でふと立ち止まった。

それは、兄姉《きょうだい》の中で一番大好きな茂彦の部屋だった。

お才どんに注意されるのは承知で、ちょっと寄り道。そっと戸を開いてみた。それはおそらく、あのアルバムの写真がもたらしたノスタルジーのせいに違いなかった。

久しく主のいないそこは、静まり返っていた。だが、何もかも小さい兄ちゃんがいたときのまま……。机も身の回り品も、愛用の文房具も、そして何より本棚をびっしり埋めた愛読書の数々も何もかも変わりなく、時を止められた写真のようにかつてと同じ姿を保っていた。

文子は本棚に近づいた。そこにあったのは柳香書院の世界探偵名作全集に黒白書房の世界探偵傑作叢書、春秋社の傑作探偵叢書……クリスティやフィルポッツ、クロフツにクイーン、そしてロスらの探偵小説。それに少数だが日本作家たちの著書もあった。

その一冊に手をのばそうとしたとき、またしてもお才どんの大声が鳴り響いた。

「何してはりますの、小嬢さん。花嫁御寮との対面に遅れたらあきまへんやないか。ささ、早《はよ》う早う！」

こうまで言われては、手を引っこめないわけにはいかない。文子はちょっと舌を出すと、探偵小説の背表紙だけなでておいて、今はどこかの戦地にいるはずの次兄の部屋をあとにした。

廊下でふっと立ち止まると、いたずらっぽい笑みとともにこうつぶやいた。

「中久世《なかくぜ》美禰子《みねこ》さん……今日からは大鞠美禰子、そしてうちの新しいお姉ちゃんや！」

と――。

第二章

千船百船追風《おいて》を受けて　ささか大阪！
港は繁昌　支那や満洲南洋まで
ドンとドンと来る波の音
国の宝を山ほど積んで　ささか大阪！
港は繁昌　出船にゃ文化の花が咲く
ドンとドンと来る波の音

第二十二回北陽浪花踊『浪花賑淀川絵巻』より「繁栄の大阪港」

昭和十九年、大阪港天保山桟橋

船が遠ざかるにつれ、舷側《げんそく》で手を振る人の声も姿も鉛色の空と海にはさまれて溶けていった。

天保山《てんぽうざん》桟橋——〝日本一低い山〟と親しまれる天保山のほど近く、安治川《あじがわ》に並行して築かれた船のターミナルである。大正十一年（一九二二）の完成以来、もっぱら内航客船の発着所として発展してきたが、いま出て行った船の行き先は日本占領下の上海《シャンハイ》であった。

ふだんここに停泊する四国九州行きの便と比べれば、飛び抜けて巨大な船影。それが、やがて名残《ごり》の汽笛とともに見えなくなったとき、見送りの人々はふいに気の抜けたようになってしまった。

「祝・大鞆多一郎《たいちろう》君壮途《そうと》」

そう大書した幟も、いまはダラリと垂れ下がって、そそくさとしまわれてしまった。

もっとも、身内や知人を戦地に送ったあとというのは、こんなものかもしれなかった。いっときは毎日のように見られた町内の行列で、いかに盛大に出征を祝い、万歳を三唱したところで、あとは重苦しいむなしさが残るばかり。

今、この桟橋にかき集められた人々もまたそうだった。しばらくはその場に立ち続けていたものの、にわかに潮風が冷たく感じられたかブルッと体を震わせると、

――もうこんなもんでやすかいな。

――ほたら、ぼちぼち引き揚げまひょか。

――そうだんな、お年寄りもいたはりますよってな。

――そないしまほ。

そんな覇気《はき》のない声が交わされると、ゆっくりと来た道をもどり始めた。

その顔ぶれは、たった今あの船で赴任の旅へと発《た》った大鞠家の長男の肉親と、それ以外に分かれていた。前者はさらに老若の二グループに分けられ、後者は親戚知人、それに従業員たちだ。

……いや、もう一人いた。桟橋の端《はし》っこに一人だけ、その場を離れかねたようにたたずむ女性の姿があった。それもあと半歩、いや、そのまた半分で海に落ちそうな危なっかしい位置に、である。

いま和装としてギリギリ許される、袖が短く袂《たもと》のほとんどない、ごく地味な柄の着物をまとったその人は、同行の人々から取り残される形になっても、動こうとはしなかった。

誰もがその人に声をかけようとして、かけそびれた。だが、そんな中から、

「行こ、美禰子姉ちゃん！」

そう声をかけたのは、上はセーラー服、下はもんぺ姿という女学校の制服姿の少女だった。その声に初めて気づいたかのように、その女性はゆっくりとこちらに歩いてきた。

少女は〝美禰子姉ちゃん〟に駆け寄ると、半ば強引に腕を組みながらスキップするように一行の方にもどってきた。それらをほほえましく、いくぶん切なげに見るものが大半な中で、

「何やの、文子ときたら、うちにはあないな態度見せたことないくせに……」

二十《はたち》歳代半ばの、目立たぬようで金のかかった洋装をした娘が言った。化粧はしっかり塗っていたが、巧みに控え目のように見せかけており、その分眉をひどく細くしているのが目立った。うるさ型に文句をつけられても、「生まれつきですねん」と言い張るつもりだ。

「まぁまぁ月子、そない言うたりな。すぐ上の茂彦に続いて長兄の多一郎までおれへんようになってしもたんや。まして文子は甘えたい盛りやないか」

長女で二番目の子である月子に答えたのは、当代の大鞠家当主・茂造《しげぞう》であった。もとはでっぷり肥えていたのが、ここ何年もの食糧不足でか痩せしぼんでしまい、それでも薄くなった髪をふうわりと後ろになでつけるなどして体裁をとりつくろっている。

月子はしかし、それでは全く納得せずに、

「美禰子さんも美禰子さんや。だいたいあの人は、いつでもあんたらとは人間の種類が違《ちゃ》うと言わんばかりにお高《たこ》う止まってかなんわ。うち、あの人と一つ屋根の下で暮らす自信あれへんわ」

非難の矛先《ほこさき》を変えてなおも言いつのった。むしろ、こちらが本来の矛先なのかもしれなかった。

「おいおい、多一郎がお国の仕事でおれへんようになって、その嫁をほうりっぱなしになんてできるかいな。まぁ、そこはおまはんの器量ちゅうか、心の広いとこで堪忍したってぇな」

茂造はオロオロとしつつも、おだての一手で娘をなだめにかかったが、そこには妙に手慣れたものが感じられないでもなかった。

これでも若いころ――本名の茂造から一字取って手代のときは茂七、番頭となって茂助と名乗っていたころは色男自慢だった。早々と出世したのも婿に選ばれたのも、主家の娘を男前ぶりでたらしこんだおかげと陰口をたたかれたこともあったが、今はその面影を求めるのも難しい。その点は、妻の喜代江も同様で、

「けど、月子の言うのもわかりまっせ。今さら言うても何だすけどな、あの美禰子いう子はどうも肌合いが違いますのや。やっぱり出庄が船場《せんば》の商人とは違いますよってな」

それが性格なのか、何やらイラつきながらまくしたてるようすは、夫の年齢をいつのまにか追い越したような老けこみ方だった。もっとも少女時

代から周囲を閉口させてきた勝ち気さには何の変わりもない。

　喜代江が蒸し返したことで、せっかくの茂造のとりなしも水の泡となったが、そこへ思わぬところから援軍が現われた。

「出庄が違ういうのは、わてのことでおますかいな。そらわては、鴻池新田の地主の娘で、たとえ苗字帯刀を許された家柄とはいうても、生まれながらに船場の水で育ったおうちらとは違いますわなぁ」

　ごく細い、しかし鋭くて冷たい針のような声で言ったのは、八十近い老婆だった。白髪頭に小さな髷《まげ》を結って、最近めっきり小さくなった体に長羽織をまとっている。

　昔と変わらず、その迫力というか威厳に気圧されて、

「お母はん、うちは何もそんな意味で……」

「さようでございます、御家《おいえ》」

　茂造と喜代江は、あわててとりなした。


〝お家《え》はん〟こと大鞠多可は娘と婿養子に一瞥《いちべつ》を投げ、ふいに孫娘をふりかえって、

「月子、自動車まで手ェ引いとくなはらんか。わて、小《ち》さいよって潮風に飛ばされへんか心配だすよってな」

「は、はい！　お祖母《ばあ》はん」

　両親のようすを冷ややかに見ていた月子は、いきなりのご指名にあわてて祖母・多可のあとを追った。少し小首をかしげていたのは、たとえ嵐が来ても飛ばされるようなお祖母はんではないことを知っていたからに違いなかった。

　多可の後ろ姿は、少し怒っているように見えた。それは今のやりとりを不快に思ったこともさることながら、孫の多一郎を異国に送り出すなら送り出すで、もう少し盛大にしてやれなかったかということかもしれなかった。

　確かに、これが昔なら「毬印」の商標をつけたそろいの法被《はっぴ》を着、小旗を手にした何十人もが桟橋を埋め、万歳万歳と歓呼の声をあげていたに違

いない。ついでに「毬印マスタークリーム」「毬印頭髪香油《ヘヤーリキッド》」などの看板や美人モデルのポスターもかかげられていたかもしれない。

だが、もうそんな時代ではなくなっていた。かつて何十人もの奉公人を抱え、支店や工場まで持ち、日夜ひっきりなしに人や車が出入りした《大鞠百薬館》は今や火が消えたようで、人影もまばらな寂しさだ。

そもそも、化粧品商というのがこの非常時には不要不急のきわみ。長く親しまれた手毬形の紋章をかかげ、商品名を口にするだけで、非国民と言われかねない今のご時世なのだ。

それでも何とか「素肌化粧で翼賛美人《よくさん》」とか「戦争にも身嗜《みだしな》みを」とか苦しいキャッチフレーズを作って、業界の生き残りを図《はか》ってきたが、ついに昨年を最後に婦人雑誌からも広告が消えてしまった。

大手でそうだから、昭和に入ってゆっくりと頽《たい》勢《せい》に入り、事業の縮小が相次いだ大鞠家にそんな派手なふるまいはできるはずもなかった。今日の見送りも、家族以外は大した人数も集められず、

――けどまぁ、多一郎ぼんは病院勤務やよって、ご両親もお家はんもまだご安心だっしゃろ。

――大鞠の跡取りさんが大阪帝大の医学部に入りはったと聞いたときにはびっくりしましたけどなぁ。しかも、軍医さんになりはるやなんて。

――何でも、奥さんのお父さんいう方が第四師団の偉いさんやったそうな。それで、奥さんも娘時分は大阪にいてなはって、いっとき、阿倍野《あべの》の芝蘭《しらん》高女に通てはったんでやすと。

――なるほど、それで……わたいはえらいまた風変わりなご縁組みだんなぁと思てましたんやが。

――おっと、みなさんお発ちのようだっせ。お見送りしまひょ。

――しまひょ、しまひょ。

などと、噂話に花が咲きかけたところで解散となった。近くに店もなし、あってもろくな飲み食いもできないのだから、しかたがなかった。

とはいえ、かつて船場は南久宝寺町《みなみきゅうほうじまち》に繁盛を誇った大鞠家の長男ともあろうものが外地に旅立つとあっては、それなりの見栄が必要だった。

その「それなり」は、桟橋のたもとで奇妙な音とにおいを立ちのぼらせながら、人々がもどってくるのを待っていた。今や大阪市内でもめっきり数を減らしたタクシーが、それも二台だった。

今どきなかなか豪勢な話といえたが、これもかつてとは大いに様変わりしていた。片方はドイツ・アドラー社の高級車ディプロマート、もう一台は国産のトヨタＡＡ型で、前から見ると何の変哲もなく、ことに前者は堂々とした外観だったが、後ろに回ったが最後、全てが台なしだった。

後部トランクに当たる部分にバカでかいストーブかボイラーみたいなものをデンと据え、そこからのびたパイプがさまざまに武骨で不細工な器具につながっている。ガソリンのかわりに木炭や薪《まき》を不完全燃焼させ、そこから発生するガスでエンジンを動かす代用燃料車——通称・木炭車だ。

昭和十二年に日中戦争——公《おおやけ》には「事変」と強弁し続けているが——が始まると、政府は石油を民間に使わせまいと躍起になった。のちには「ガソリンの一滴は血の一滴」とまで言われるようになる戦時体制下、資源節約になる薪炭《しんたん》代用エンジンの開発がすすめられた。

ことに昭和十六年八月一日、日本軍の南部仏領インドシナ進駐への制裁として、アメリカが対日石油輸出を全面禁止すると、ついに翌月からバスやタクシーのガソリン使用が全面禁止されてしまった。

となれば、どんな高級車だろうが搭載しないわけにはいかないが、この木炭エンジンときたらスピードと馬力の出ないことおびただしく、ことに始動に時間がかかるのと坂道にはてきめんに弱いのが難点だった。

それでもアドラーの方はまだしもで、茂造・喜代江夫婦と多可が乗りこんでまもなく、まずまずスムーズに発車したのだが、

「あ……ちょっと待っとくれやっしゃ。今、エンジンかけますよって」

二台目の運転手は、続いてやってきた若い女三人連れ――長男の嫁・美禰子と長女の月子、二女の文子を見ると、煤で黒くなった顔をぬぐいながら答えた。

運転手は、わずかなすき間に強引に詰めこんだ叺《かます》から薪をつかみ出すと円筒――ガス発生炉の中に投げこんだ。木炭車という名に反して、木炭さえ最近はなかなか使えなくなっていた。

そのあと運転手は、発生炉から突き出た送風機《ブロア》のクランクをくるくると回した。そうすることで発生がうながされたガスは、遠心分離機や濾過器《ろかき》にかけて煤を取り去り、冷却したうえでエンジンキャブレターに送られる。あとはガソリン自動車と同じ――なのだが、これがそう簡単にはいかないのだ。

運転手はその後しばらく車のあちこちに目を配っていたが、やがて、

「お待っとぉさんでした。ほな、どうぞこちらへ」

車の後部ドアまで小走りに行くと、それを開きながらうやうやしく一礼してみせた。素早く取った帽子の陰から、ちらりと客たちを一瞥すると、

(往路《いきし》は、あんじょう顔を拝めなんだが、こらまた美人姉妹やないか。いや、一番年上でスラーッとした女子《おなご》はんはよそからお嫁に来はったようやし、血のつながりはないのんか。あと、一番下の子ォがまたかいらしいな。まぁ、真ん中のお人はそうでもないし、美人姉妹ということでもないか)

などと、かなり失礼な品定めをしながら、運転手は車のアクセルを踏みこんだ。

とたんに車は、客たちをいささか不安にさせるような音をたて、車体を震わせながらも走り出した。これでも毎朝の始業のときは一時間はかかるのに比べれば、早いものなのだった。

こうしてようやく、二台目のタクシーが走り出したが、そのころには見送りの一行のその他の人々は、とっくに市電築港《ちつこう》線の天保山桟橋停留所の方

に散っていて、物寂しいうえに、何となく間延びした感じだった。

「今のお船、大きかったねぇ。何万トンあるんかしら」

木炭タクシーが南久宝寺町さして走りだしてまもなく、〝一番下〟で〝かいらしい〟と評された文子が言った。彼女は戸籍上の姉と義理の姉にはさまれて、シートにちょこなんと腰かけながら、

「あんな豪華客船が今でもあるやなんて、うち知らへんかったわぁ。あれやったらお兄ちゃんも安心やね。今は海も物騒やそうやさかい」

興奮さめやらぬようすの義妹に、大鞠美禰子はようやく笑顔を取りもどしながら話しかけた。

「ああ見えて、中身は何もないんですって。うちの人が言ってましたけど、あの船は今度の戦争が始まってまもなくインドシナで海軍が拿捕《だほ》したものので、もとは豪華客船。だからレストランとかダンスフロアとか、全部がらんどうのままだそうよ」

「へえ……」

と無邪気に目を丸くする文子に、月子が反対側の座席から、

「ずいぶんのんきなんやね、あんたも多一郎兄さんも。昔ならいざ知らず、今は日本を離れた船が軍民の区別なく、ボッカンボッカン沈められてるというのに」

ひどく辛辣《しんらつ》に、夫を案ずる妻の神経を逆なでするように言った。そのためになら、みんなが薄々知っていながら口にしない事実——新聞ラジオが景気よく戦果を語る裏で起きていることだって、あけすけに語るぞと言わんばかりだった。

美禰子は、しかし少しも動じたようすを見せずに、

「ええ、そのようですね。ですから夜はきびしく灯火管制をして、瀬戸内海《せとないかい》から玄界灘《げんかいなだ》、そこから北へ、朝鮮半島に沿って渤海湾《ぼっかいわん》へと大回りして、それからやっと揚子江《ようすこう》に入る——あるいはそれと全く別の、敵の意表を突くような航路を取って上

海に向かうと聞かされました。だからきっとだいじょうぶだろうと安心しています」

流れるような返答に、月子は「へ、へえ？」と気圧されながら、

「お兄ちゃんとは、ふだんからそんなことを話し合ってるの。だいぶん変わってるんやね。さぞかし、今日の見送りでもずいぶん話のはずんだことやろね。これで今生の別れになるかもしれへんのやから」

「お姉ちゃん！」

見かねた文子が、姉の放言をさえぎるように言った。

「今日、美禰子姉ちゃんは多一郎兄ちゃんといっしょの自動車に乗るはずやったのに、今と同じようにうちらといっしょのんで行きはったんやないの。ほんまやったら、行きの道中で積もる話もできるはずやったのに」

「それは……」

月子はいったん言いよどんだあと、居直ったように再び勢いをつけると
「なに、あんた？　タクシーが来《け》ぇへんかったのが、うちのせいやとでも言うの。うちがわざと台数を減らして、夫婦の間に水を差したとでも言うんかいな」

無邪気な文子は気づいたかどうか、語るに落ちたと取れなくもない月子の言葉だった。

そのことに気づいたか、彼女は手に提げてきた袋から、見とがめられたらうるさそうなコンパクトを取り出すと、一心に化粧直しを始めた。

——実は今日の見送りには、タクシーを三台用意するはずだった。それにも茂造・喜代江夫妻と多可、多一郎・美禰子夫婦、それに月子・文子姉妹が分乗し、余裕があるようなら親戚の誰かが乗ってもいいが、若夫婦を水入らずの二人だけにしてやろうというのは、暗黙の了解となっていた。

ところが直前になってタクシーが二台しか手配できないとわかり、となれば夫婦より親子を優先させるのが当然というのが、世間一般の考え方だ。

幸い、アドラーは大型で余裕があるので、当人と両親、祖母が同じ車に乗り、美禰子は夫と離ればなれにされて姉妹と同乗することになった。

　まさか、そこに誰かの悪意がひそんでいたとは思わなかったし、実際どうだったのかはわからない。だが、これからの船場の商家での生活が一筋縄では行かないことだけは確かなようだった。

（お父様なら、何とおっしゃるだろう）

　姉の非礼をつぐなおうとするかのように、いっそう明るく饒舌に「あのね、美禰子姉ちゃん」と話しかける文子を好もしくながめながら、大鞠——旧姓・中久世美禰子はふとそんなことを考えていた。

　堂上華族《どうじょうかぞく》上がりの陸軍少将・中久世英輔《えいすけ》なら、これから敵地に赴《おもむ》くときにはどうするだろう。いや、現に父は外地にあって、正真正銘の敵と対峙しているわけだから、

「主人の実家に入るぐらいで大層なことを言うな。お前の母親の苦労に比べれば、万分の一にも満たんぞ」

　とでも、しかられてしまうだろうか。でも、あれで父は冷静冷淡にはなりきれない人だから、あまりはっきり言ってしまったら、

「そ、それでは多一郎君と離縁するか」

　とでも言いだしかねない。それでは困るので、ここは自分が受け流すしかなかった。

「あ、あそこに見えるあの建物知ってはる？　あれはね……」

　なおも話し続ける義妹・文子が指さすのにつられて、美禰子は車窓の外を見た。

　そこにはすっかりかつての活気を失い、モダン・シティとしての輝きもにぎわいも消し去られた大阪のみじめな姿があった。

　——ただし、まだ全く無傷なままで。

昭和十六年、
東京偕行社九段新館

美禰子が思いがけず大阪の地で暮らすことになったのは、昨年すなわち昭和十八年のこと――女学校以来、ざっと六年ぶりの大阪だった。

もともと中久世家は京都の出で、維新《いしん》以来ずっと東京で暮らしてきた。系図をいくらたどっても、武人の血など一滴も入ってはいないのに、いつのまにか何人もの高級軍人を輩出するようになり、もうはるか以前から武門の誉《ほま》れを掲げていたかのような家柄になった。

美禰子の父・英輔もその一人で、その影響を受け、彼女も公家《くげ》のお姫様という大人しやかなありようとは、いささか様変わりして育った。

父が大阪の第四師団勤務となったとき、美禰子は躊躇《ちゅうちょ》なく同行を申し出た。それは父の仕事を手伝いたいという思いからであったが、しょせんそれは娘らしい思いこみに過ぎず、大したことができたわけではなかった。あげく、父の再度の異動にともなって大阪の地を離れることになった。

そのとき、ほんの短い間を過ごしただけの女学校の思い出が、思いがけず楽しいものとして彼女の中に残った。

編入先はごくふつうの府立高女で、名前からしてただ者ではないふんいきを漂わせた彼女は、とかく特別な目で見られがちだった。

だが、何の屈託もなく付き合ってくれる同級生たちもいっぱいいて、それが何ともうれしく、かえって申し訳ないような気がした。

それからだいぶたった昭和十六年――そう、あの運命の日米開戦の年の初夏だったと思うが、美禰子は一人の青年を紹介された。陸軍将校の親睦団体でありサロンである東京偕行社《かいこうしゃ》の、いたって外観モダンな九段《くだん》新館でのことだった。

たまたま買い物のあと、父と合流するつもりで偕行社に向かったら、そこの社交室に前後してやってきた青年がいた。やたらと背の高くて細長い眼鏡男だなと思ったら、それが大鞠多一郎だった。

その日、美禰子が九段新館に足をのばしたのは偶然だったから、別に父が彼に引き合わせようと仕組んだわけではないが、結果的にそういうことになった。

とにかく美禰子が会ったことのないタイプの男性だった。できて十年そこそこの大阪帝大の医学部に籍を置いているということだったが、こんな不愛想な人が医者の卵ならば、将来は死体相手の解剖学者か法医学者かとひそかに〝推理〟したぐらいだった。

だから、あとで大阪出身、しかも船場《せんば》の商家の生まれと聞いてびっくりしてしまった。さらによくよく聞けば、生まれ育った環境というか土地の気風がどうにも肌に合わず、周囲の反対を強引に押し切る形で医学の道に進んだのだという。

父の英輔とは、彼の大阪時代に知り合ったという。そういえば、父が一度出先で急病になって、阪大に担ぎこまれたことがあり、美禰子があわてて駆けつけると、すっかり回復していて拍子抜けしたことがあった。

そのとき、居合わせた学生だか研修医だかの処置にしきりと感心していたが、それがどうやら大鞠多一郎だったらしく、彼が上京したついでに招き寄せたらしい。

多一郎の腕前だけでなく人間に注目したらしいが、あんな目立たない、自分をアピールすることなど思いもよらない彼のことがよく目に留まったと、彼女は父の眼力には感心することがある。

そのときの九段新館で、さらなる一幕があった。とにかく血の気の多い軍人が、長い戦争の時代を迎えてのぼせあがっていたさなかのことで、ささいなことから激論になった若手将校がとうとう軍刀を抜き、血を見る大げんかをやらかしたのだ。

みながあわてふためきつつも傍観する中で、多一郎は傷を負って吹っ飛んできた一人を軽く受け止め、近くの長椅子に引き倒すと、ありあわせの品で応急手当をし始めたのだ。そのようすを見て、あっけにとられたもう一人は、居合わせた人々に取り押えられ、騒ぎは一件落着となった。

多一郎は、騒ぎに巻きこまれたせいで汚れ乱れた服を脱ぎ、困ったように見ていたが、やがて近くにいた紳士に煙草《たばこ》を所望し、うまそうに吸いつけた。

そのようすを、感心するとも訝《いぶか》しむともなくながめていた美禰子に、父が言った。

「美禰子、お父さんな、彼を軍医になるようすすめたいと思うんだがどうだ」

「さあ……胆《きも》はすわっておられるようですけど、あまり軍服は似合わないような」

そのときは半ば冗談かと思っていたが、父はその前から多一郎に卒業後は軍医にならないかとすすめていたらしい。

もっとも、当人はとても自分には向かないと辞退し続けたようで、それはそうだろうと、美禰子は今にして思う。

彼は彼にふさわしくない選択をしてしまったのではないか、そしてそれは自分のせいなのではないか——という思いが、どうしても胸を去らないのだ。

——明治のころは陸海軍ともに専門の学校があって一から軍医を養成していたが、ほどなく大学の医学部や専門学校で学んだものをスカウトする形に変わった。

将来軍医を目指すものを選抜し、在学中は夏休みに歩兵の基礎や乗馬を学ばせ、卒業後は見習士官として連隊で訓練を受けさせる。そのあと陸軍軍医学校乙種《おつしゅ》学生となると同時に、医学部卒は軍医中尉、医専卒は少尉となるという手順だ。

さらに日中戦争開始以降は、戦地での医師不足解消のために軍医予備員制度ができ、これに登録しておけば召集されてもヒラの衛生兵にはならずにすみ、ある意味楽に軍医になることができた。

というより、登録しなければただの衛生兵として戦地に送られかねないわけだが、これはあくまで予備役としての制度。だから多一郎が軍医になるとしても、やむなくこちらのルートから、ということになるはずだった。

なのに、ある日東京で再会した彼は、美禰子にこう宣言したのだ。

「僕、来週から新宿戸山町《しんじゅくとやまちょう》の軍医学校に入ります。なので、そのあとは大鞠軍医中尉ということになります。ということで……どうかよろしくお願いします」

「どうかよろしくって……ええっ？」

あまりに唐突すぎて、彼女にはしばらく理解できなかった――それがどうやら彼から自分へのプロポーズを意味するらしいということに。

――あの偕行社九段新館での出会いから、彼が父を訪ねてくることが何度かあった。医者になる勉強も忙しいだろうに、そんなに東京に出てくる用事があるのかと思ったが、あれはもしかして、美禰子に会うこと自体が目的ではなかったろうか。

そんなまさか、と一笑に付しかけて思い当たることがあった。

（もしそうだとしても、お父さまの軍医をめざしたらどうだというすすめを辞退し、実際軍人には向いていなさそうな彼が、なぜまた急に進路をそちらに――？）

そう考えてみてハッとした。もしかして、彼はあの何を考えているかよくわからないご面相の下で、一心に思いつめることがあったのではないか。

そうと知ったときには驚くよりあきれるほかなかったが、つまり大鞠多一郎の考えは、つまり大阪町人のせがれに過ぎない自分が、家柄もあり位《くらい》人臣《じんしん》を極めた（かは疑問の余地があるとして）中久世家のご令嬢（これにはさらに異論があるが）とはとうてい釣り合わない存在であって、せめて少しでも近い世界に入らなければということだったらしい。

こちら側からすれば、中久世の家はそのように崇《あが》め奉《たてまつ》られるような身分ではなく、父・英輔は非戦的な考え方がうとまれて失脚とまではいかないが、今や閑職を転々とさせられている。

ちなみに今の政府や軍中枢《ちゅうすう》にとって閑職とは最前線で血と汗を流す任務を意味するらしい。でなければ、気に入らない記者や学者を懲罰《ちょうばつ》として最前線に送りこむようなまねはしない。

中久世家を継ぐものは別にいるし、美禰子も別に籠《かご》の鳥というわけではない。とはいえ、多一郎の決断が彼と彼女の間に立ちふさがったであろう障壁を取り去る役に立ったことはまちがいなかった。

その後もいろいろあって、船場の大鞠家で祝言《しゅうげん》があげられたのは昭和十八年のことであった。

東京でのお披露目はまた別のこととして、本来ならどれだけ華やかに行われても不思議ではない婚姻の儀は、あまりにもつつましやかに行なわれた。場所は大鞠百薬館の店舗とつながった本宅――近年の大鞠家では〝上〟すなわち主人一家の住居部分のことをそう呼んでいた――の幾間かを開け放った広間である。


大正から昭和にかけて、新しもの好きの大阪市民の結婚を華やかに彩ったホテルは、どこもとっくに営業を停止している。かつて新郎の両親――今の当主夫妻の結婚披露を行なった大阪ホテルは、中之島本店の焼失以後、拠点を移した今橋《いまばし》でますますモダンな結婚式を発展させていったが、それも忘れた方がよさそうな昔話となってしまった。

だからといって案じることはない。今やすっかり定着した神前結婚を執《と》り行なうのが愛国的ではないか。

だが、あいにくそうはいかなかった。神社の神主が疎開していたからで、結局さらに昔へと立ち返り、自宅での人前結婚式となったのだった。

多一郎は、中尉の襟章《えりしょう》をつけ、右胸のポケットの上には医学をあらわす「M」と刺繍した軍服に身を包み、美禰子はほんの少しばかり華やかな着物に綿帽子をかぶっただけの花嫁衣装で、式に臨んだ。

出席者はごくささやかなもので、中久世家からは久々来阪した父とわずかな身内だけ。母はもうとうに亡くなっていた。

食糧不足に加えて電力節約が叫ばれる折柄、かつてのような夜通しの宴会など思いもよらず、お昼前からの集いとなった。

料理はせいぜい奮発して、何とか都合をつけたモチ米と小豆《あずき》で赤飯を炊き、何とか透明ではない汁に、ずいぶん小さくはあったものの、ちゃんと魚とわかる魚がついた。

最古参の女子衆《おなごし》、お才《さい》どんの才覚によるものだが、酒の不足を嘆く連中には、

「多一ぼんはお医者やねんから、病院のアルコール分けてもらわれへんか、思いましたんやけどな。あきませんねんて、『飲んだら死ぬで、死なんまでも目ェつぶれるで』言うて、えらいしかられましたわ」

と、ちとドギツい冗談を飛ばしながら、これもあちこちからかき集めた酒をついで回った。

オイオイ、これは大丈夫なんやろなと軽口が飛び、

「安心しとくれやす。これは正真正銘の合成酒ですよって」

とのお才どんの切り返しにドッと笑い声があがる中で、新郎席から多一郎が、

「薬用のメチルアルコールは、これはほんまに危ないのでみなさんもお気をつけて。今日びのように体に栄養が足りてないときは、ちょっとしたものが体にこたえますので」

と大阪訛《なま》りをのぞかせながら、場違いな生まじめさで警告したが、誰も取り合うものはなかった。

そのようすを隣で見ながら、いかにもこの人らしいと美禰子は思った。多一郎がどうにも生まれ故郷の気風が肌に合わなかったのには、そんな彼自身の性格との落差がわざわいしていたのかもしれなかった。

(そういえば)

美禰子はふと思わずにはいられなかった。

(大阪《こちら》の女学校で出会った人たちも、面白い人が

多かったな。みんなどうしているのかな。ここに呼べればよかったんだけど）

世の中がこんなでなければ、こんな節約づくめの挙式でなければ、当然呼んでいただろう。だが、人数的に招待する余裕はなさそうだったし、連絡先もとっさにはわからず、つい知らせそびれてしまった。

それに、こちらの意思で長らく連絡を絶やしていたのに、いきなり自分の結婚式だからと再会を望むのも、何となくはばかられるものがあった。

とりあえず、父は今日という日を喜んでくれているようで、それだけで十分だった。安心してもらえて何よりだった。

一方の大鞠家側はといえば、一番下の義妹となる二女・文子がひどく喜んでいる以外は、義父母は何もかも通りいっぺんで、うれしいのかどうかさえわからない。

ただ、舅《しゅうと》の茂造は、今度の結婚で軍関係とつながりが生じることに期待をかけているらしい。そのことに商売の起死回生をかけているらしいことは、これまで接した際の話の節々に感じられたが、それはたぶん期待外れになる可能性が大きかった。

長女の月子に至っては、妙に突っかかるような調子で、

「あんた、ようようちの兄ちゃんみたいなんと結婚する気になったなぁ。言うとくけど、大鞠の長男というても、この店の跡取りとは違うんやからね、兄ちゃんは家業を嫌がってさっさと外へ出て行った人間やねんから、美禰子さんやったかいな、あんたにもその資格はないわけや」

とまで言い放った。

それだったら誰に資格が？　そう真顔で訊きかけて、やめておいた。あまりに絵に描いたような嫁いびりに、傷つくよりも唖然としないではいられなかった。

ちなみにこのとき、二男で兄に代わり家業に従事しかけていた茂彦は、すでに応召していて不在

だった。

そんな一幕はありながら、宴そのものは大過なく執り行なわれた。

数少ない来客の中に、ちょっと風変わりな老人がいた。清川善兵衛《きよかわぜんべえ》といって一家の遠縁に当たり、大鞠百薬館とは長年の取引相手でもあったらしい。今はとっくに引退しているし、この統制経済下では商売自体が成り立ちそうになかった。

清川老人はずいぶんと使いこんだ、骨董品《こっとう》といってもいいような大ぶりな懐中時計を取り出しながら、

「昔はこないしてな、決まった時間にネジ巻かんと傷みが早い、いうのを本気にしてなそれを守ってたもんや。おかげさんでかれこれ四十年近《ちこ》うは保ってるわ……おっと」

機嫌よくしゃべっていたかと思うと、急に黙りこんだものだから、何ごとかと見ていると、どこかでつけているらしいラジオが時報を告げた。

「今や！」

小さく叫ぶと、清川老人はキリキリと時計の竜頭を回しだした。そのあげく、

「これこれ、こんなあんばいにしてきたんやがな。もう癖になってしもて今さらやめられへん」

満足げに言うなり懐中時計をしまってしまい、それきり話はおしまいになった。

「はぁ……」

まわりで聞いていたものはポカンとするばかりだった。

ちょうどそのとき、多可が長時間にわたる祝言への疲れのためか退席しようとした。美禰子ら新夫婦と義父母があわてて世話をしようとしたが、

「かましません、かましません」

と笑みをふくみ、だが断固として辞退した。そこへ、さきほどの清川老人がにじるように近寄っていって、

「こらどうも、近ごろはすっかりご無沙汰で……ちょっとまた珍しい品が手回りましたんやが、近近またいかがでございます」

と愛想よく話しかけたが、多可は、

「はい、また何ぞのときに」

と、あからさまに生返事だけして、そのまま隠居部屋の方に立ち去ってしまった。

あとでわかったことだが、清川老人は当人の話通り、ときおり多可を訪ねてきて、珍奇な形をした石とか掛け軸とかを売りつけて小遣い稼ぎをしていたらしい。

といっても十数年ほども前のことで、別に気の合う茶飲み友達というのでもなし、堅実そのものの多可にガラクタ集めの趣味があるわけでもなし、誰もが首をかしげていた――そんな話だった。

とにかくこうして、中久世美禰子は大鞠美禰子となったのだが、すぐさま彼女がこの屋根の下で暮らし始めたわけではなかった。

夫の多一郎には軍医としての勤務先があり官舎があり、新婚家庭はそちらで営めばよかったからだ。

だが、明けて昭和十九年、戦況の悪化に伴い、ついに外地への赴任命令が出た。幸い南方などの激戦地ではなく、

――上海陸軍病院附《ツキ》ヲ命ズ
ということだったのは、ひょっとして父・英輔のさしがねだったかもしれない。

軍務という性質上、美禰子が上海についてゆくことははばかられた。一方、多一郎が異動で出て行ったからには、いま住んでいる官舎を引き払わねばならない。

それなら、東京の実家にもどったら――という声もあった。だが、そのとき父・英輔は遠方に赴任していて、世話は必要なかったし、中久世の家は兄が新家庭を営んでいた。

かりにそうでなかったとしても、美禰子は今さら実家に帰るつもりはなかったし、婚家で夫の帰りを待つことに躊躇はなかった。周囲が心配したのは、まさにその点であったのだが……。

ともあれ、大鞠多一郎軍医中尉は天保山桟橋から拿捕客船で上海に向かい、美禰子はそのまま船場は南久宝寺町の大鞠家本宅で、そこの一家や使用人たちと一つ屋根の下で暮らすことになったのだった……。

昭和十七年、南久宝寺町大鞠家本宅

——文子は、その日のことをよく覚えている。もし自分の一生で、消してしまえる一日があったなら、その日以外にはありえない。ただし、その日のいまわしい出来事からつながる、あらゆることを無にしてしまえるという保証つきに限るが。

目を射《い》るように日差しの強い日だった。視界に入るもの何もかもが真っ白く、輪郭《りんかく》も凹凸《おうとつ》もすっ飛んでただ一面にギラギラと輝いているようだった。

その夏のことのほか暑い日、文子は学校あげて勤労奉仕に行かされた。行きも帰りもえんえんと歩かされたが、途中水を飲むのは禁止、おしゃべり禁止、休憩禁止、日陰に入るのも禁止、何もかも禁止禁止禁止。ついでにふらついたり、へたりこんだりするのも禁止。

いくら頭ごなしに禁止しても、鋼《はがね》のごとく頑健というのからはほど遠い乙女たちは次々に体をふらつかせ、へたりこむぐらいならまだしも、その場に倒れてしまうものが続出した。なのに引率の教師たちは、やたらと声をはりあげ、叱咤激励するばかりで助けてさえくれないのだった。

だが、文子たちはしっかり見ていた。教師たち——それも男先生ばかりだったが、彼らがこっそりと水筒を携え、すきを見ては水分補給に余念がないのを。

とにかく暑さと日差しと、そして奉仕仕事にぐったりとしながら、一行は学校に帰り着いた。そのあとも、およそどうでもいいような訓示を長々とやるうちにまた何人かが倒れ、やっとのことで解散となった。

これにはクラス、いや学年全体でも元気いっぱいなことではベスト3に入る自信のある文子もすっかりへこたれて、家に帰り着くなりバッタリ倒れこんでしまった。

暑いには暑いが、家の中はいくぶん涼しい。誰も見ていないのが幸い、畳の上に仰向けになると、背中がひんやりして気持ちよかった。

そこは店の正面入り口の脇にある小部屋で、以前は接客なり手作業なり、あるいは荷物を置くなどの用事に使われていたらしいが、今はほぼ空《あ》き部屋となっていた。

こんなところで家のものが、しかも女の子が寝っ転がったりしていれば、奉公人たちに示しがつかないとしかられるだろうが、なにかまいはしない。見つかりそうになったら、猿《ましら》のごとく、あるいはルパンのごとく、あと白波《しらなみ》と逃げ出せばいい。

——なんて言い回しは、多一郎兄ちゃんと茂彦兄ちゃんがどっさり貸してくれた本や雑誌で覚えたのだが、何てまぁ面白い読み物がたくさんあることだろう。当然男の子向けのものが大半だったが、楽しむのに少しも違和感はなかった。

文子が小学校高学年に上がるころになると、親だが「少女倶楽部」を取ってくれるようになったのだが、どうもこれが面白くない。薄っぺらで、お説教くさくて、連載小説もちっとも血湧き肉躍らせてくれなかった。唯一、長谷川町子《はせがわまちこ》というまだごく若い漫画家の「仲よし手帖」は共感できたけれど。

女の子向きだからつまらないのかと思ったら、そうでもなかった。友達の家に行って見せてもらったり、江戸時代の夕市にさかのぼるという順慶町《じゅんけいまち》の夜店に出る古本屋で買った、何年も前の「少女倶楽部」はとても分厚くて、時代ものや探偵ものや冒険ものの小説がぎっしり載っていた。

今では火が消えたようになってしまったが、夜店は船場という生まじめで物堅い町での数少ない楽しみだった。ことに盛んだったのは〝御霊《ごりよう》さんの一六《いちろく》の夜店〟と呼ばれる平野《ひらの》町のそれで、こちらは家から遠いので、そんなにしょっちゅう足を運ぶことはなかったが、古本の充実ぶりははるかに大したものだった。

そうした場所に連れて行ってくれたのは、二人の兄とりわけ茂彦の方だった。

姉の月子は本嫌いだったので、兄妹三人でのそぞろ歩きとなったが、そのとき買ってもらった古雑誌には可愛らしい絵や写真もいっぱいで、今はもうなくなった付録があったのもうらやましく（古本だから現物がついてないのは残念だったけれど）、二人の兄が見せてくれた男の子向けの「少年倶楽部」やいろんな単行本にも決して負けなかった。

せっかく面白かったものを、どうしてわざわざつまらなくするのか。それはひょっとして、話に聞き本で読んだ女学生生活が、実際はずいぶんと違うものになっており、あこがれの学び舎が、日々ますます有名無実なものと化してゆくのと関係があるのかもしれなかった。

だいたい「この一戦、何がなんでもやり抜くぞ」はともかく「我は海の子　アジヤの盟主」なんて文句を少女雑誌の表紙に刷りこんで、どうしようというのか……その時局迎合ぶりはおかしいほどだった。

でも、何もないよりはまし。部屋に行って二、三冊取ってきて、昼寝のお供にしようかな――そんなことを思いかけたときだった。

夏の真昼のけだるさを破るように、カラカラと車輪を響かせてやってきた自転車があった。そのままわが家の前を通り過ぎると思いのほか、キイィッとブレーキの金切《かなき》り声をたてながら止まった。

それ自体何の変哲もないことなのに、文子は何だか妙に気になった。多少涼しいとはいえ、ともすれば汗のにじむ部屋にいながら、なぜか妙に肌寒いような気がした。何かが胸のうちをザワザワと這い回っているような変な感じがしてならなかった。

文子は心地悪さに、ゆっくりと寝返りを打った。するとこの部屋の表に面した格子《こうし》窓越しに、外の光がまばゆい縦縞模様になって射しこんでいるのが見えた。

時折その向こうを通行する人や車の影がよぎるのが、細かい切りこみの入った紙の下で絵をずらすと別の絵柄に変わってしまうおもちゃのようで、文子は格子越しにぼんやりと外の往来をながめていることがあった。

このときも何となくそうしていると、格子の向こうに一つのシルエットが現われた。

それはてっぺんが妙に突き出た帽子をかぶった男の人で、自転車を曳行しながら窓のすぐ前をスッと通り過ぎていった。そのあとバタンという音がしたのは、どこかに自転車を止めたのだろう。

シルエットはそのまま来た道を徒歩で取って返した。それ自体には何の不思議もないのだが、ほどなく折り返しまた反対側に消えた。おやおやと思っていると、またしても格子窓をよぎってゆくではないか。

何をそんなに行きつもどりつしているのかな？　あまりのことに文子がとうとう立ち上がり、店の入り口まで行きかけたとき、影の主らしき男の人の声がした。

「すんまへん、区役所のもんだす。大鞠茂彦はんはおいでてでございますか？」

——大鞠茂彦は、そのとき本宅二階の自室にいた。

子供のときから愛用してきた座り机に向かい、さきほどからずっと原稿用紙にペンを走らせている。そのようすは真剣そのもので、ときに歯を食いしばり目をむき、またときにはニヤニヤと口元をほころばせながら、一瞬も手を休めることなかった。

そのまわりにうずたかく積まれているのは、『赤毛のレドメイン一家』『十二の刺傷』『樽』『Yの悲劇』……ほかに『支那オレンジの秘密』『西班牙《スペイン》岬の秘密』『和蘭陀《オランダ》靴の秘密』だの『英海峡の怪奇』『ポンスン事件』だの『赤色館の秘密』、『殺人環』『白魔』といった翻訳ものが主。今ではすっかり本屋から消えたものばかりだ。

のっぽで近眼、一見とっつきの悪い兄・多一郎とは違い、茂彦はやや小柄で愛嬌のある顔立ちをしている。兄のような優等生ではなかったが、敏《びん》捷《しょう》で気が利き、商業学校では算盤と同じぐらいスポーツが得意だった。

その彼が、ひそかにこんな本を買い集め、読みふけっていると知る人は少ない。家族の中でも兄の多一郎ぐらいだ。妹の文子にはまだ少し早い気がして、まだお仕込みは始めていない。

何もかも対照的な兄弟ではあったが、すこぶる仲はよく、よく小遣いを出し合って本や雑誌を買っていた。

読書とりわけ小説を読むというのは、あまりほめられることのない趣味であり、まして商家では無用のわざとして厭《いと》われがちだったが、とにかく両親が商売で忙しいので黙認されていた。そして、そのお下がりが末の妹の文子に回っているというわけだ。

船場の商家に長男として生まれながら、多一郎が後を継がず医学部に進もうとしたことは、当然ながら大鞠家に波乱を引き起こした。いくら将来有望な秀才であったとしても、商人になるつもりがないなら無能な放蕩《ほうとう》息子と同じこと。そのまま廃嫡《はいちゃく》ということにもなりかねなかったところ、救いの手をさしのべたのがこの茂彦だった。

「大鞠百薬館は僕が継ぎます。そのために商売の勉強はしますし、よそのお店にも修業に行きます。そやさかい、兄さんは好きなようにさしたげてください。それに医学は今後の化粧品作りになくてはならんもんになります。僕らのおじいちゃんに当たる先代かて、いちはやく薬学を取り入れはって、それが大成功につながったんでしょ？」

そう熱弁をふるって、両親を説得にかかった。

むろん、それぐらいでは折れない茂造・喜代江夫婦だったが、ここに思わぬ援軍が現われた。それは、もはや大鞠百薬館のヌシとでもいうべき隠居の多可だった。

言い争う親子の間に、突如として降臨した多可は重々しく、

「多一郎は思うようにさしたりなはれ。これはわての願いでもある」

「け、けどお母はん……」

「そうでございますがな、御家《おいえ》。もしここで長男が後を継がんということになったら、わてら大鞠家の先代、先々代、さてはまたご先祖の皆々様方に何と申し開きをいたしたものやら」

と容易には納得しない娘夫婦に、

「……千太郎はかわいそうな子ォやった」

多可はいきなり思いがけない名を出して、周囲の度肝を抜いた。とりわけ茂造の驚きは大きく、

「お、御家、突然何を……」

と言うなり白目をむいて絶句してしまった。それを横目に、

「兄ちゃん、千太郎って誰」

「確か多可お祖母はんの一番上の子や。早《はよ》うに亡くならはったと聞いてるけど……いや、神隠しに

遭《お》うたんやったかな」

　ささやきかわす兄弟をよそに、多可はさらに続けた――。

「あの子は、ほんまは商売修業なんかしたいことなかったんや。わてはそれを知ってた。知ってたけど、あのときのわては『店なんか継がいでも、好きな道を行ったらええねん』とはどうしても言うてはやれなんだ。わてにもうちょっと勇気と息子を思う気持ちがあったら、あんなことは起こらなんだんや。よろしな、わてにもうあんな思いはさせんといとくなはれや！」

（あのときはびっくりしたなぁ。しかしお祖母はんの援軍がなかったら、今ごろどないなってたか……あれきり親父もお袋も口つぐんでしもたもんな）

　茂彦はペンを走らせながら、ふとそのときのことを思い出していた。

　大鞠百薬館は僕が継ぐ、と宣言したのはその場しのぎの嘘ではなく、単に兄をかばうための方便でもなかった。むろん、長男という立場と、自分の性格やセンスとはどうにもずれまくった船場商人という生涯背負わなければならない役割との間で悩んでいた（あいにく、あの顔ではそうは見えないのが気の毒だったが）ことを見かねて、自分が身代わりになればいいかな――と全く思わなかったわけではない。

　だが、それにも増して店での接客や取引相手との駆け引きが、まるで刻々と変わるゲームのようで面白かった。こう見えて、茂彦は商業学校ではラグビー部に所属して、なかなかのエースだったのだ。

　兄はあれで文学趣味を解し、筆もけっこう立つ方なのだが、茂彦の方はからきしだ。映画も兄はヨーロッパ映画、とくにドイツのウーファがごひいきだが、彼はもっぱらハリウッド製の活劇やスリラー。それで下地を作られていたのが、翻訳もののの探偵小説にのめりこむきっかけとなったのかもしれない、といったことはともかく――。

（あれからいろいろあって、ついにはアメリカとの戦争まで始まって、化粧品業界もえらいことになってきた。さっさと消えてしまえと言わんばかりや。けど、広告はかろうじて雑誌に載ってるし、まだ何とでもやりようはある。この大鞠茂彦様の手腕をごろうじろや……もっとも、なまじ商売繁盛で忙しゅうなりすぎたら、こんなこともしてられへんからな。ハハハ……）

執筆《こんなこと》に脂がのってきたこともあって、茂彦はひそかに微笑《ほほえ》みをもらさずにはいられなかった。

微笑ましいといえば、多一郎兄貴に何とロォマンスの噂があるらしい。女にもてるという点では自分に一日《いちじつ》も二日も長があると思っていたら、何と先を越されるとは……まぁこちらはこれを書き上げてしまおう。そうなったら、おれにも春が……。

そんなことを考えながら、茂彦はふと手を休め、視線をもたげた。机の真ん前の壁には雑誌の切り抜きと思われる変色しかけた紙が貼ってあり、そこにはこんな文字が記されていた。

長篇探偵小説募集

一　締　切　昭和十**八**年一月**九**日限

一　発　表　昭和**二十**年三月中旬

一　発表形式　単行新刊として発売

一　原稿枚数　一枚四百字詰、四百枚以上八百枚以内

一　賞　金　一等一篇　五百円
　　　　　　二等一篇　三百円
（再版以後は印税報酬とす）

以上の規定によつて長篇探偵小説を募集致します。元来長篇小説の味は、書下しの新しいところにあるのですから、成るべくは新聞雑誌の手を経ずに新稿そのままを出版するのが本道でせう。況《いわん》や探偵小説の如き、書下し出版といふことがその神秘的魅力を倍加する

のが当然です。今日では出版界の事情でそれが却々《なかなか》実現され難いことになつているのですが、小社では大いに感ずるところがあり、微力ながら斯界《しかい》の発展の為《た》め此の試みを発表いたした次第です。何卒《なにとぞ》奮つて御応募下さい。

――それは、何とも奇妙な募集広告であった。

　今どきこんな懸賞小説などあるわけがない。人気作家の本ですら出しにくい昨今、無名の新人にこんなチャンスが与えられるなど、およそありえないことだった。

　しかも探偵小説といえば敵性文学のレッテルを貼られ、新刊どころか重版もはばかられているありさまだ。何と、あの江戸《えど》川乱歩《がわらんぽ》ですら収入激減に苦しんでいるという。

　社会の秩序を乱し、尊い人命を奪った犯人を、科学的な証拠と推理によって明るみに出し、法の裁きにかける――かつて、探偵小説のそうしたあり方を、体制迎合でありブルジョア趣味だとたたく評論家がいた。

　ところが今は、同じことが非愛国的であり、国策にそむくものだと白眼視されているのだから、世の中はわけがわからない。何がいけないかというと、一億臣民全員が、お国のために命をささげている日本人が、痴情だの利欲だのといった個人的感情によって互いに殺傷し合うなどあってはならないからだ。しかも世界一優秀な日本の警察が、その犯人がわからないなどという、そんな無法状態を描くなど許されるわけがなかった。

　加えて、その応募要項にはおかしなところがあった。ところどころ――「締切」と「発表」の日付の一部に紙を貼って書き直したようなあとがあるのだ。

　そう……これはれっきとした贋《にせ》記事。ただし全くの嘘ではなかった。とうに応募期限を過ぎ、もはや行なわれることのなさそうな小説の懸賞募集に、架空の日付を貼り付けたものだ。

種を明かせば、この切り抜きの正体は、数々の翻訳小説を出し、国内作品では夢野久作《ゆめのきゅうさく》の『ドグラ・マグラ』や横溝正史《よこみぞせいし》『鬼火』、海野十三《うんのじゅうざ》『深夜の市長』、小栗虫太郎《おぐりむしたろう》『二十世紀鉄仮面』といった名作を単行本化、一時は「探偵春秋」という雑誌まで出していた春秋社が行なった懸賞小説の募集広告だった。正しい日付は、

一　締　切　昭和十一年一月十五日限
一　発　表　昭和十一年三月中旬

——であり、もう六年以上前となるが、これは今なお画期的な試みであり、若い探偵小説ファンの血をわかせたものだった。

探偵小説とりわけ本格物は雑誌連載に向かず、といって大家たちに長編を書き下ろす余裕はなく、新進にそんなチャンスは与えられない。一方、続々と紹介される海外の本格長編をむさぼり読んだ無名の若者たちの創作意欲は高まる一方だった。

そのため募集期間が短かったにもかかわらず、分厚い原稿が続々寄せられ、江戸川乱歩・甲賀三郎《こうがさぶろう》・大下宇陀児《おおしたうだる》による選考が行なわれた。その結果、蒼井雄の『船富家の惨劇』、北町一郎の『白昼夢』、多々羅四郎の『臨海荘事件』が選ばれ、昭和十一年の三月から毎月連続刊行された。

風光豊かな南紀と大都会を結んで、スケール大きな犯罪とアリバイトリックを描くもの、大学野球の軽快な試合描写から幕を開け、スキャンダラスな殺人事件につながってゆくもの、各室に水道ガス完備という高級アパートで起きた老人殺しを、ベテラン刑事がじっくり追ってゆくもの——など三者三様であった。

続いて第二回が募集され、赤沼三郎の『悪魔黙示録』が選ばれたが、この本はとうとう出なかった。昭和十三年になって「新青年」に掲載されたものの、それは半分に短縮されたものだった。すでにそのころ、時代は探偵小説から去りつつあったのだ。

大鞠茂彦がその魅力にとりつかれ始めたとき、すでにそうなっていた。あまりにも短い黄金時代だった。

もはやあの新刊ラッシュはあとかたもなく、となればこまめに古本屋を回るほかなかった。幸いにも、お供に連れ出した文子が少女雑誌に夢中になっている間にずいぶんたくさんの収穫があった。

そして、それらをむさぼり読むうちに、いつしか頭をもたげ始めた夢があった。

自分でもこういったものを書いてみたい――それは茂彦のひそやかな夢であり、兄に代わる後継者として家業を手伝い、商売を学ぶ合間の全てを、ここに投入してきた。

もう応募する当てがないとしても、今のうちに書いておかなければならなかったのだ。ペンもインクも鉛筆すらも、それらを走らせる紙までも手に入りにくくなってきたとしても――。

なぜなら、茂彦にはもう時間がなかったからだ。さまざまなものが削られてゆく日々の中、残されたものは今この瞬間の連続だけだったからだ。

それというのは、毎年四月から六月にかけて全国的に行なわれる徴兵検査だった。

対象となるのは、その年の十一月三十日からさかのぼって前年十二月一日までの間に満二十歳に達する男子で、茂彦もついに「壮丁《そうてい》」としてその対象となった。

指定の会場まで出かけて行って全裸になり、屈辱的な姿勢を強《し》いられ、しかし隠れた疾患や障害を見落とすことの多い検査を受けさせられた。

結果は、甲種《こうしゅ》合格であった。ずっと無理な読書をしていたにもかかわらず、彼の視力は落ちず、インテリにありがちな乙種に落としてはくれなかった。

ともあれ合格となれば、通例なら――あくまで平時の通例だが――来年すなわち昭和十八年の一月十日に入営するのが決まりだ。

そうなったが最後、全ての自由は失われてしまう。それが、これまでしたこともない小説創作に彼を向かわせたのは事実だった。それまでには、何としてもこの作品を完成させたかった。

だから応募の締め切りは、入営の前日に設定された。発表の時期は、現役兵の義務期間が二年間であることから昭和二十年とした。自分が解放される日をそれに充《あ》てたのだが、何月かははっきりしなかったので、もとのままにしておいた。

だとすると、あと半年には少し欠けるものの、時間はたっぷりある。その間にとにかく書き上げておきさえすれば、あとはどうにでもなる。いや、どうにもならないかもしれないが、それでもよかった。

とはいえ、こんなに長い文章、複雑な物語を書いたことなどないし、何を明らかにし何を伏せればいいのかも誰も教えてはくれない。日本作家ではせいぜい甲賀三郎ぐらいしかお手本がなく、後はやたらと読みあさった海外の探偵小説を頭の中で組み換えつき直して、自分の物語に当てはめて行くほかなかった。


だが、苦労のかいあって光は見えてきた。やみくもに書き進むことで、そして行き詰まったところで頭から煙が出そうになるまで考え抜くことで、自分なりの方法論ができてきたのだ。

まだ朦朧《もうろう》として、固まっていないところもいっぱいある。だがきっと何とかなる。後は時間だ、あと少し自分に少し時を藉《か》してくれるなら……。

と、そのときだった。

――ふいに背後の襖《ふすま》をたたく音がした。

「どうぞ」

という応えを受け、ややあって開いた襖の向こうには、妹の文子が真っ青な顔で立っていた。

その異様さは「どないした？」と訊こうとした声をのみこませたほどだった。

「茂彦兄ちゃん」文子は震える口を開いた。「下に兄ちゃんへの手紙持ってきた人がいてはんねんけど、何でも本人に直接手渡しせんとあかんのやて。そやから……」

この暑いのに二年前に制定された国民服甲号をきっちりと着こみ、烏帽子《えぼし》のようにてっぺんの突き出た奇妙な帽子をかぶったその男は、区役所の兵事《へいじ》係だった。

「大鞠茂彦殿は――あなたですか、はい。このたびはまことにおめでとうございます……」

という声はひどくかすれていたが、それは暑熱によるのどの渇きのせいだけではなさそうだった。

男は帽子を取ると、肩掛けカバンからうやうやしく取り出した封筒を、深々と頭を下げながら茂彦に手渡した。

茂彦は、放心したようにそれを受け取り、何度かしくじりながら封を切った。その中から取り出されたのは召集令状――いわゆる「赤紙」だった。

臨　時　召　集　令　状

大阪府大阪市東区南久宝寺町

（東警察署管内）

大　鞠　茂　彦

右臨時召集ヲ令セラル依《ヨリ》テ左記日時刻ニ到著地ニ参著シ此ノ令状ヲ以《モッ》テ当該召集事務所ニ届ケ出ヅベシ

但シ　年　月　日　午前／後　時　分

駅（港）発ノ汽車（汽船）ニ乗ルベシ

到著日時　昭和十七年八月十日　十三時

到　著　地　大阪府大阪市　歩兵第八聯隊《レンタイ》

召集部隊　歩兵第八聯隊

大　阪　聯　隊　区　司　令　部

かつては本当に真っ赤な色をしていたのが、もうその染料さえ惜しくなってきたのか、その名に反してピンク色をしていたが、その分はお前の血で補えということかもしれなかった。

「恐れ入りますが、こちらに日時の記入と、判子をお願いいたします」

兵事係の男はそう言うと、召集令状に付された受領証を指さした。茂彦は言われるまま、そこに今日の日付と時刻を記入することはできたが、どうしても受領証を切り取ることができない。

見かねた文子が手伝ったが、そのときしてはならないことをしてしまったという感じが強くした。むろん、拒否することなどできないし、文子がどうしようが、赤紙は厳としてそこに存在していた。

ふと玄関の方を見ると、ちょうど出先から帰ってきた両親――茂造・喜代江の夫婦が茫然と立ちつくしていた。父は紙のように白くなった顔をクシャクシャにし、母は凍《い》てついたように身動き一つしなかった。

「し、茂彦……」

茂造はかろうじてそう言うと、妻の方をふりかえった。

「こ、こらいったい、どないしたらええんや。喜代江、わしゃいったいどないしたら――?」

「わてそんなん知りまへん。お国の決めなはったことに逆らえますかいな」

冷酷きわまりないことを口走りながら、喜代江の顔は見えない万力《まんりき》にかけたように歪んでいた。それがたまに引き起こすヒステリーの前兆だと周囲が気づいたとき、彼女は軋《きし》るような奇声をあげ、店先の土間から板の間にへたりこんでしまった。

ふりかえると、すっかり少なくなったとはいえ、まだ何人も住みこんでいる奉公人たちが、棒立ちになっていた。

それはまるで、デパートや呉服店に見るマネキン人形のようだった。いや、この場にいる誰も――当の茂彦を除く全員がただの人形のように見えた。みんなとっくに死んでいて何の意思も力もなく、だからこれから死の国に連れてゆかれる茂彦兄ちゃんをどうしようもなく見送るしかないのだ、と。

ともあれ、これではっきりしたことがあった。茂彦の入営日は、彼がはかない期待をかけて想定していたより五か月も早まったということだ。そして、それは彼の夢の崩壊をも意味していた。

こうして、大鞠家の家族はここで一人、その数を減らしたのだった。

昭和十九年、
南久宝寺町大鞠百薬館本店

——その男は何とも奇妙な格好をしていた。

軍服姿というのは、今や珍しくも何ともない。街はどこも兵隊さんだらけ。今日は背広や国民服を着た勤め人や、和服や仕事着の職人さんたちも、ある日突然軍服軍帽に姿を変える。

あるいは物資不足の昨今《さっこん》のことだから、もらい下げの軍服を適当に仕立て直して着ているのも、ざらに見かける。その日、大鞠百薬館の店先にふらりと現われたその男も、その部類であることはまちがいなかった。

だが……いくら何でも、今どき日露戦争時代の軍服というのはどうだろう？

もうはるか以前から、軍服といえばカーキ色。それが、やや色あせたとはいえ濃い紺色で、詰襟の周りと肩のあたりにはかなり大きな短冊《たんざく》状の赤い布が縫い付けてある。むろん襟章と肩章だろうが、今とは全く違う形式だ。

　軍帽に至ってはストンとした平べったい円筒形に金色か黄色の帯を巻きつけ、硬くて短い庇《ひさし》がちょこんと突き出していて、何だかチンドン屋の仮装のように見えた。いや、チンドン屋の方が昔の軍装を真似ているのだが。

　とはいえ、その男が大阪で言ういわゆる東西屋《とうざいや》で、何かの宣伝で入ってきたのでないことは明らかだった。というのも、男は大きな傷跡か腫物《できもの》でもあるのか、片方の目だけを残してボロ切れで顔を覆っていて、いかにも異様な風体《ふうてい》だったし、その態度からして穏やかでないものがあった。

　応対に出たのは、たまたま居合わせた種吉《たねきち》という丁稚だったが、まだ半分子供のようなありさまだったから、相手が紙やすりみたいなザラザラ声で、

「ここの旦《だん》さん、出してもらおかイ」

　そうすごんだとたん、もうベソをかきながら奥の方に引っこんでしまった。種吉に呼ばれて、ひょろりと細長い姿を現わしたのが、今はもう一人しかいない番頭の喜助《きすけ》だった。

　喜助はもちろん丁稚からのたたき上げだが、奉公先が左前《ひだりまえ》になったことから別家《べつけ》の機会を失い、行き場もないまま勤め続けていた。それだけに、こうした場合の応対は手慣れたもので、

「あんさん、お門違《かどちが》いやごわりまへんか。うちの旦さんがおたくのようなお方にご用はあるとも思えまへんのやが……。とりあえず裏の方に回っていただけましたら、ご用件もうかがえますし、それにお入り用のものがありましたら、何なと——なぁ」

　押し売りにしては手ぶらだし、おおかた食いつめ者が食べ物か酒でも脅し取りにきたのかと見当をつけ、慇懃無礼《いんぎんぶれい》になだめすかした。近ごろは、こういう船場流の底意地の悪い物言いをする機会が少なくなっていて、久しぶりに気持ちがよかった。

日露戦争の軍服姿の男はしかし、いっこうにこたえたようすもなく、やたらとのっぽな喜助を上から下まで一瞥すると、

「おう電信柱、勘違いしてもろたら困るのウ。わしゃ物乞いやないで、ただこちらの旦さんにあいさつに来ただけやがな。さっさと呼んできたらどないじゃァイ。呼ぶか呼ばんか、どっちやねン！」

ドスを利かせて、どっかと店の上がり框《かまち》に座りこんでしまった。と、そこへ、

「何ごとや、騒がしい」

いつもの不機嫌さに輪をかけたしかめっ面で、御寮人《ごりょん》さんの喜代江が出てきた。

すると日露戦争の軍服男は、打って変わった態度で――といっても顔はほぼ見えなかったが――ヘッヘッへと愛想笑いなどしながら、

「おう、これはここの若御寮人さん……それとも嬢《いと》さんでっかいな。実はこちらの旦さんにお目にかかりとうて参りましたんでやすが、おいでできざいますかいいな」


と見えすいたお世辞を言った。こんな男にこんな出まかせを言われても、言われないよりはうれしいらしく、やや機嫌を取りもどしながら、

「アホらしい。うちはここの家内だす。それで、主人《うちのひと》に何ぞ……」

「それは」

男は愛想笑いを、くぐもった薄気味悪いものに変じてゆきながら、

「お会いしたらわかることやとは思いますがなァ……ヒッヒッヒ」

大鞠喜代江はそこで顔をほんのり青ざめさせ、それでもキッとした表情になりながら、

「ちょっと待っといやす。今、呼んできますよってな」

そう言い置くと、足早に奥へと歩み去ったのだった。

＊

……ちょうどそのころ、美禰子は大鞠百薬館の

裏手の作業場で、せっせと袋詰め作業に励んでいた。

大阪商家の多くがそうであるように、大鞠家も店舗部分からさらに奥の方――台所や井戸、蔵のある一帯につながる「通り庭」がある。それは、建物内にありながら石敷きや土間になっていて、土足で通ることができる廊下のような部分である。

作業場は、その通り庭を抜けて裏庭に出た先にあり、かつてはそこで化粧品の調製や商品の梱包《こんぽう》などをやっていたらしい。畳敷きと板の間、土間があって、それらを適当に使い分けていたのだろうが、今は化粧品やそれにかかわるものは何もなかった。

かわりにびっしりと積み上げられた品々と、それを入れるための布袋があって、その仕分けと収納が美禰子に与えられた仕事なのだった。

――夫の海外行きにともなって、彼の両親や妹たちと同居することになった美禰子は、ただ居候《いそうろう》していては申し訳ないと、何か仕事を手伝わせてほしいと申し出た。

来たばかりの嫁がさしでがましいことを、と叱られるかと思ったら、義父母も感心したり喜んだりして、お店に出てもらおうか帳簿付けを頼もうか、英語ができるなら海外向けの商用文を頼もうか――と大乗り気だった。

寄る年波と長引く戦争疲れで、さしものやり手夫婦も思うように動けずに困っていたところへの申し出で、まさに渡りに舟だったらしい。女子衆《おなごし》頭《がしら》のお才どんも、近年はほぼたった一人で毎日の炊事にてんてこまいしていて、美禰子に手伝ってもらえるならと、えびす顔だった。

ところが、そこへ物言いがついた。言うまでもなく、といったらいいのか、それは大鞠月子で、

「ふん、せっかくこちらが親切気出して、お客さん扱いしたげてるのに、それでは気に入らんてか。そないに仕事したいのやったら、してもらわんならんことは何ぼでもあるわ。お店に出たり帳場に座るのなんか百年早いわ。何ぼでも働かしたげる

よって、こっちへ来てもらおか！」

一気にまくしたてて、まわりが止めるのも聞こえない顔で、美禰子を通り庭から作業場に連れて行き、

「さ、これがあんたの仕事や。せいぜいお気張りやす！」

と指し示したのが、くだんの品物と袋の山というわけだった。

「それで、これはいったい――？」

美禰子は作業場を出てゆく月子の背中に、静かな、だが鋭い一声を投げつけた。とたんに月子はビクッと肩を震わせたが、それでもせいいっぱい虚勢を張り、ふりかえりもせずに、

「そんなことも知らんのかいな。慰問袋《いもんぶくろ》やがな！」

(なるほどね)

美禰子は苦笑いし、月子が去ったあと、あらためて周囲を見渡した。

(それで、こんなにいろんなものがあるのか……石鹸《せっけん》に飲み薬に膏薬《こうやく》、口中清涼剤にタオルに下着に読み物冊子に鉛筆に手帳その他いろいろ。これらを詰めて戦地の兵隊さんに送るわけね。そして、それを商品として売るのが大鞠百薬館――というわけか)

前線の兵士への感謝と慰労をこめて送られる慰問袋。ときに手紙を入れたり写真を添えたりして、いかにも手作りのように見えるが、実は出来合いのものをデパートなどで売っていた。

買う側にとっては面倒が省けるうえに、代金と引き換えに自分の愛国心に満足することができる。売る側としても、何でもかんでも贅沢品だ不要不急だと難癖をつけられる中で、これほど誰からも文句のつかない商品はないわけだし、どちらにとっても好都合なのだった。

そして慰問袋の取り扱いは、大鞠家が生きのびるための数少ない手段となった。だとすれば、たとえ月子が意地悪のつもりで押しつけたものだとしても、やらない理由はなかった。

そういえば、月子は何かとチクチクと嫌味らし

きものを言ったり、美禰子が実家から持ってきて自室の箪笥《たんす》にしまってある衣類を別の安物と勝手にすりかえて、

「あんたは、船場どころか大阪とも無縁な遠方から来たんやから、うちらの作法はご存じおまへんやろ。そやさかい、うちがあんたにふさわしい着物を選んであげたんや」

とか妙なことばかりしかけてくる。ひょっとしてあれも、今日のこれも意地悪の一環なのだろうか。

「では、やりますか」

美禰子は、男の子のように両腰に手を当てると、自分で自分に言い聞かせた。

近くに居合わせた丁稚どんたちから手順を聞き、さっそくに仕事にとりかかった。そして単純だが興に乗ると面白くなくもない作業を進めるかたわら、ふと頭に思い浮かんだものがあった。

それは、大鞠家がその隆盛から、どんな過程を経て、慰問袋に頼る今の状況に至ったかということだった。

——明治の終わりごろ、それまでの手堅いが小規模な小間物商から化粧品業に転じた大鞠百薬館は、衛生管理と品質保証を打ち出して一気に名を高めた。現在の店舗兼住宅もそのとき大々的に増改築されたものだ。お家《え》はん——当時はむろん御寮人さんだったが——の夫だった大鞠万蔵の大胆細心な商略のおかげである。

大正に入り、家付き娘の喜代江と末席番頭だった茂助改め茂造が結婚し、当時の科学トピックスを取り入れ、大いにハッタリをきかせた製品でまた大いに売り出した。ところが、どうしたことかその後は必ずしも順調にはいかなかった。

それまでのアイデアが急に尽きてしまったかのように、他社のようなヒット製品が続かず、かといってロングセラー商品も生まれることなく、その名はしだいにパッとしないものになっていった。自前の工場を持とうとして失敗したり、それとこ

れは主人茂造の個人的なしくじりなのだが、株で大欠損を出したりして、みるみるその家勢は傾いていった。

何より同業他社、いや、同じ船場に根を生やした異業種と比べても大幅に立ち後れたのは、業態の変化であった。

すでに大正時代から、急激な工業都市化が進み、東洋のマンチェスターだの煙の都だのとたたえられる一方で、大阪市内の環境は極度に悪化した。それを受けて、この地に何代となく住み続けてきた富裕階級たちは、あっさりと市外——主として西宮《にしのみや》、芦屋《あしや》などいわゆる阪神《はんしん》間の新興住宅地に豪邸を造って移り住んだ。

それは、これまでの職住一体の生活スタイルを否応なく変えていった。むしろそちらが不必要になったから、移住が可能になったのかもしれない。

主人一家の住居と店舗が一体化し、ほぼ全ての従業員、いや奉公人が住み込みで寝起きし、一日二十四時間、正月やお盆などわずかな例外を除く一年三百六十五日完全に管理されて過ごすということが必要でなくなったのだ。ほとんどの商店が組織を会社化し、幼い子供を丁稚小僧としてコマネズミのように働かせながら一から商売を仕込むのではなく、学校出の人間を社員ないし店員として採用する形態に変わっていった。

丁稚手代などの職制はそのままに、番頭ぐらいになると外に住まいを持ち、妻をめとり、阪南町《はんなんちょう》あたりから通ってくるというような形も珍しくなくなった。帳場は事務所となって、デスクと椅子が並べられ、和室は洋間に改装されたり、畳敷きのままでも絨毯《じゅうたん》が敷かれ、洋家具が置かれた。

こうして街中で、店先で、かつてはあれほど見かけた前垂れや厚司《あつし》姿に出会うことも少なくなっていった。

一方、あくまで古い商家のあり方にこだわるものたちもいた。サラリーマン的な生き方にあこがれる若者たちに、

「ええか、一日八時間、週に六日、それも土曜は

半ドン。それでいて毎月給料袋がもらえる、いうてもな。定年になればハイさいならでクビや。そこへ行くと昔ながらのお店《たな》奉公はな、一生面倒見てくれはんねん。しかも年季勤め上げたら暖簾分け、別家させてもらえるのやで。会社勤めいくらしても会社はもらわれへんで。どっちがええか、ゆっくり考えてみ」

などと説得する船場伝統派もいたが、それはあくまで繁盛している場合の話だった。

そうした流れの中で、大鞠百薬館が頑《がん》として変わらなかった、いや変われなかったのは、むろん頑迷さのせいではあったろうが、それ以前に、やはり経営が落日に向かっていた結果ではあったろう。

それでも、「毬印」のブランド力は息長く、ことに昔ながらの化粧品屋などでは変わらず売られ続けていたし、客の手にも取られていた。何といっても、いつの世にも女性に愛される手堅い商売ではあった。

だが、そうは言っていられない時代が来た。ヨーロッパで戦争が始まった翌年、皇紀二千六百年に当たる昭和十五年、化粧品の物品税は二〇パーセントに値上げされ、公定価格《マルコウ》が定められた。戦時体制には無用の贅沢品として、ゆっくりと首を絞めにかかったのである。

新聞は街を行く洒落《しゃれ》た洋装の女性を無断撮影し、挙国一致の体制にそぐわぬ不心得者だと憎悪を煽《あお》り、ご町内には頼まれもしないのにパーマネントヘアに難癖をつけ、着物の袖を切り落とそうとする一般市民や〝純真無垢〟な子供たちが横行した。

そして日米開戦の一年と五か月後、企業整備令により戦争遂行に寄与しない企業の淘汰《とうた》が始まった。そこに何がふくまれるかは言わぬが花だった。

そんな中で、大鞠百薬館、いやむしろ大鞠家は変わらなかった。変わりたくても、商売そのものが成り立たなくなる中では変えようがなかったのだ。

たとえそうなっても、地縁血縁を通じて寄せられる「うちの地元の子弟を住み込みで雇ってやってくれ」という要望は、細々とはなっているが絶えることはない。こうして、戦時下大阪の一角にかつての船場商家の姿をとどめた店が残された。

もっともそれ自体は、さして珍しいものではなかった。四方を川に囲まれた、この閉ざされた空間にはまだ至る所に古い建物があり、昔を今に継ごうとしている人たちが、おおぜい住んでいた。

だから、この町の形も人も心も、まだしばらくはそのまま保たれるはずだったし、少なくともそう信じられていた——東西南北のどちらからでもなく、頭上《いへ》から攻め入ってくるものがあろうなどとは、誰ひとり夢にも思わなかったからには。


「————？」

美禰子はふいに作業の手を止め、顔をあげた。店の方から、誰かの叫ぶ声がしたからだった。

（あれは……お義父《とう》様？）

まさかと思ったが、確かにそうだった。舅の大鞠茂造が、いつもの如才なく落ち着きはらったようすをかなぐり捨てて、こう叫んでいた。

「たた、助けてくれーっ、誰ぞそいつを追い出してくれー。お化けや、お化けが出よったーっ！」

次の瞬間、美禰子ははじかれたように立ち上がり、作業場を飛び出していた。

石だたみにカッカと履物を響かせながら通り庭を駆け抜け、途中の壁に立てかけてあった天秤《てんびん》棒か何かをつかむと、ひとっ飛びで店の間に躍り上がった——

「曲者《くせもの》はどこに？」

そんな時代がかったセリフを、つい口走ってしまいながら。

美禰子は、棒を手に店の間を駆け抜けた。その剣幕に、月子が恐怖となぜか後悔に顔をゆがませ、あわてて飛びのいた。

その場に立ちつくす茂造・喜代江夫婦の脇をすり抜け、素足のまま店先の土間に飛び降りざま、手にした得物を一閃、軍服の男の胴中を打ちすえた。

　とたんにギャッと叫んだ男は土間に転げ落ちた。その背中にしたたかに一撃。男はゲッと奇声をあげ、文字通りほうほうの態《てい》で逃げようとした。と、そこへ、

「美禰子、もうそのぐらいにしといたげなはれ」

　背後からの細いが鋭い声に、美禰子ばかりかその場の誰もがふりかえると、そこには文子に体を支えられながらも、隠居の多可が毅然《きぜん》と佇立《ちょりつ》していた。

「行きなはらんか！」

　さらなる一声に、男はよろよろと立ち上がり、体をかしがせながらアタフタと店を出て行った。

　美禰子は幼いころから修練してきた剣道の習慣で、棒を左脇に置くと正座し、多可に深々と一礼した。

「ご苦労はんやったな、美禰子」

　多可はあくまで毅然として言った。それからふと思い出したように、

「そや、ちょっと頼みたいことがあるよって、あとで来とくなはるか」

　重々しく言うと、頭を垂れたままの美禰子に見送られて奥へと引っこんでいった。

　そのときには、茂造はもうすっかり平静を取りもどしていて、

「取り乱してすまなんだ、しかし今のはいったい何やったんやろな」

「ただの駄々《だだ》けもんですわ。ちらっと見えましたけど。あんな服の下に着物着て、よっぽど不自由してまんのやろ」

　と吐き棄てる喜代江。だが、二人とも美禰子を見る目は明らかに変わっていた。

　店の者たちは畏敬《いけい》の念をもって彼女をながめ、月子に至っては歯の根も合わないようすで、口をパクパクさせておびえていた。そんな中、

「美禰子姉ちゃん、すごい……」

　そう口にしながら、あこがれの目で彼女を見つめるものがあった。言うまでもなく、それは大鞠

文子であった。

昭和二十年、北久太郎町浪渕医院

西《にし》ナツ子は、膝の上に置いていた読みさしの法医学書が床に滑り落ちた音で目を覚ました。

（アッ、しもた……ついウトウトッとしてしもたわ）

ナツ子は、顔からこぼれ落ちかけた眼鏡をちょいと直すと、誰も見ていないのに照れ臭そうに頭をかいた。

壁の時計を見ると、もう午前三時近い。けっこう持ちこたえたと思ったが、ちょっとした心のすきに睡魔が入りこんでしまった。

ここは、東区北久太郎町《きたきゅうたろうまち》の一角に、南欧風というのか中国趣味《シノワズリ》というのか、ちょっと風変わりな外観を見せる浪渕《なみぶち》医院。内科外科産科婦人科と何でもござれの典型的な町医者だ。

以前はほかにも医師がいたのだが、みな応召してしまい、残るは大先生《おお》の甚三郎《じんざぶろう》医師のみ。いや、今は自分がいるのだが、何となくその人数に加わるのは気が引けた。

何しろ、だいじな宿直の仕事だというのに、このざまだ。いくら昔と違って部屋に煌々《こうこう》と灯りをつけるわけにもいかず、ほの暗い中で夜通し過ごすというのは至難の業《わざ》であるとしても、である。

眠気覚ましにコーヒーでも入れようかと思い、そんなものが手に入らなくなって久しいことを思い出し、またちょっと情けなくなった。えーっと、代用コーヒーはどこにあったかいな……。

——西ナツ子が、府立芝蘭高女を出て女子医専に入ったのは、昭和十二年のこと。まさかあの年が、あの何もかも面白く楽しく、そして毎日のように目新しいものに出会えた〈モダン大阪〉の最後になろうとは想像もしなかった。

むろん、そのあともこれまでと同じ生活は続いていたし、戦争の影もちょっと目をそらせば見なくてすむ程度のものだった。

だが、その影はみるみる大きくなって、見て見ぬふりができなくなった。気がついたときには、自分と周囲のすべてがうっとうしい暗がりの中にのみこまれていて、もう逃れようがなくなっていた。

あまりにも多くのことが、取り返しがつかなくなっていったので、結局その一つとして押しとどめることはできなかった。

ナツ子のような、世の中から一人前扱いされない若い女性はもちろんのこと、りっぱな成年男子も地位ある人も富める人も学識ある人も、誰ひとりとして無力でないものはなかった。

今、見習い女医となった彼女は、ここ浪渕医院で助手をつとめるかたわら、こうしてときどき宿直の仕事もしている。

浪渕甚三郎先生は、この建物と棟続きの家に住んでいるのだが、小規模ながら入院患者がいることもあるし、最近は看護婦不足が深刻で、なかなか常駐などしてくれないので、ナツ子のような新米にも修業と小遣い稼ぎの機会が回ってくるというわけだった。

何しろ町医者の仕事の半分、いや、それ以上は往診に占められている。診察時間などあったものではない。大阪は赤十字社が日本初の救急自動車を配備した土地だが、そんなものがすぐには来てもらえない以上、急病人やけが人にはかかりつけの医者が対処するほかないのだ。

とはいえ、患家にも遠慮があるのか、ここまで遅い時間になるとめったに電話したり、直接駆けこんでくることはない。人間眠っているときは案外何も起きないもので、今のところ重篤《じゅうとく》な状況を抱えている患者はいないはずだった。

そんなわけで、めったに大したことは起きはしないのだが、今晩はどうも落ち着かなかった。妙にソワソワとして、さまざまな思考や記憶が明滅した。

（あれから——）

ナツ子は、ふと心につぶやいた。

楽しかった女学生時代から、途方もない歳月が流れた気がする。女だてらに、と陰口をたたかれながらも医者になる学校に進ませてもらった自分はまだいい。

卒業と同時に、いやそれさえ待たずに学び舎を去り、あるいは家業を手伝わされ、嫁に出され、あるいは遠くに旅立った友人たちは今どうしているのか。もうすでにその何人かの消息が絶えてしまった事実は、ナツ子に肌寒い思いをさせずにはおかなかった。

今、かろうじてついている電球に照らされた机上の電話機。その回線の彼方に、彼女らの何人かはいるはずなのだが、あいにくその番号は知らないし、たとえわかっていても今かけるわけにはいかないのだった。

そのことに物寂しさと孤独を感じた瞬間だった。

ふいにけたたましく鳴りだした電話のベルが、ナツ子をひどく驚かせた。

大げさでなく心臓をいきなりワシづかみにされ

たような衝撃を覚えて、ナツ子は椅子の上から数センチ飛び上がってしまった。それでもお尻を着地させざま、素早く受話器を取ると、

「はい、浪渕医院でございます……はいはい、院長はおりますが、一体どのような……ええっ!?」

西ナツ子の素っ頓狂な叫びが建物中に響きわたり、次いであわてふためいた足音が猛烈なリズムを刻みながら、浪渕医師の自宅に通じる廊下を突進していった。


「な、何や西君。どないしたんや、そない真っ青な顔して。眼鏡が今にも落ちそうやないか」

ぐっすり就眠中をたたき起こされた浪渕甚三郎医師は、みごとな銀髪を、またみごとに爆発させながら問いかけた。

「あ、すみません」

ナツ子は指ではなく手のひらで、グイッと眼鏡を顔にはめこみながら、

「とにかく、南久宝寺町《みなみきゅうほうじ》の大鞠さん……大鞠百薬館に大至急、来てくれとのことです」

「南久宝寺町？　そんなとこに、当院《うち》がかかりつけの患者はんあったかいな？」

浪渕医師は、けげんそうに訊いた。

「大鞠百薬館やったら古《ふる》ぅからあるから知ってるけど、彼処《あこ》の人なんか確かいっぺんも診たことないで？」

ナツ子はそこで、かんじんな情報を伝え忘れていたことに気づいて、

「いえ、それが東署《ひがし》からの電話で……」

おずおずと付け加えたとたん、浪渕医師は眠そうだった目をパッチリと見開いた。

「東署？　ほたら警察かいな！」

付け加えられたその一言で、もう完全に眠気が吹っ飛んだようすだった。そのままベッドから飛び出すと、若い娘の前なのもかまわず寝間着を脱ぎ捨て、シャツを着、ズボンをはいた。

「しばらくそんなこともなかったから、すっかり忘れとったがな……わし警察医やったことを！」

　監察医制度がなかったころ、変死があったとき検案をするのは警察の委嘱《いしょく》を受けた医師の仕事だった。そして浪渕先生は、この一帯の警察医の仕事を引き受けていた。

「すまんが、車夫《しゃふ》の源《げん》さん呼んでんか。あんなわしより年寄りに夜中に人力車《じんりき》曳《ひ》かしたりして、だいじょうぶかいな。まぁしゃあない。……そ、それで、今日のはどんな事案や。何ぞの事故か、まさか首吊り自殺とかやないやろな」

　早くも白衣を羽織りながら訊く老医師に、西ナツ子は「そ、それが」と一瞬絶句し、ゴクリとつばをのみ下してから続けた――。

「殺人事件、らしいです。それも、とんでもない流血の大惨事やそうで……はい」

第三章

我が大阪を舞台とした驕敵米機に対する防空戦闘の火蓋は遂に切られた、敵米は飽迄其の物量に依存し、ふてぐ〵しくも我が大阪の上空にも来襲するの愚挙を敢てして来るが既に我が大阪には此の事あるを覚悟し万全の態勢と戦備を整へて来た、闘志将に天を衝く我が防衛陣は巧に戦機を捉へて活動し敵の企図する野望を断固粉砕せねばならない

大阪府警察局「警備放送用文例・ラジオ班用」

昭和二十年、
南久宝寺町大鞠家本宅二階

——それは、少し以前、とある晩のこと。

大鞠文子は、ふと一人寝の床《とこ》で目覚め、むっくりと起き上がった。もともと勘が鋭く、眠りの浅いところへ、何とも奇妙な音を聞いたからだった。

トットト、トットト……何かで何かをたたくような、妙によく響くリズム。

トットトト、トットトト……だんだんとこちらに近づいてくると思うと、またふいに遠ざかる。

トトトトトトト、トトトトトトト……それが、何者かの足が廊下の床を踏みしめる音だとわかったとき、文子は急に怖くなり、と同時に、何とも言えない好奇心がわいてくるのを止められなかった。

そっと背後の襖をふりかえってみる。とたんにドキッとしてしまったのは、長押の衣紋《えもん》掛けに吊った女学校の制服が、まるで人の姿のように見えたからだった。薄闇を通して見ると、まるで幽霊だ。

もともとは姉の月子と一つ部屋だったのだが、少し前から彼女は別の空き室へ勝手に移って行ってしまった。文子の子供っぽいのにつられるのがいやだとかで、

「娘一人に一部屋与えるやなんて、そんなぜいたくなことができますかいな」

とお母はんにはしかられたが、そんなことで引っこむ月子姉ちゃんではない。強引に荷物を運び出し、引っ越し先の部屋の掃除は奉公人たちにやらせて、さっさと出て行ってしまった。

引っ越すの出て行くのといったところで、同じ建物の同じ階のうちなのだが、わざわざ文子が残った元の部屋から離れた一角に陣取《じんど》った。そんなに嫌われたのかなぁと少し悲しくなったが、いざ一人になってみると、それもなかなかいいものだった。

何より考えごとができるのがいい。月子と違って、文子は家やお店の手伝いを積極的にする方だったが、その合間にぼんやりと空想をめぐらし、ときには鋭く深く考えこんで、頭の中に別天地をまるごと創り上げてゆくのは、たまらない楽しさだった。

もともと文子には、そうした癖《へき》がある。学校とは名ばかりの勤労奉仕の合間にも、いろいろと夢想をくりひろげた。いや、妄想といった方がいいかもしれない。

その中で文子は、たった一人で国際スパイ団と戦い、無実の罪に落とされた兄を救う少女探偵であり、たくましい冒険男児と南方の王国に旅立つ博士の娘であったりした。しばしば時を超え、運命を背負った姫君となって、少年剣士とともに秘宝をめぐる善・悪・謎三つ巴《どもえ》の戦いに身を投じることも……。

夢想にせよ妄想にせよ、時と場所を選ばないのがいいところだが、自分の部屋にこもってする分には、先生にしかられたり、工場の機械に巻きこまれる心配がない。

トットト、トットトト、トトトトトト……なおも続く足音を聞くうちに、文子の中で恐怖や不安が、何か不思議なものへのあこがれにすりかわった。

あの向こう側に、西洋のお伽噺に登場する妖精や小人国の住人がいて、楽しげに踊っているのではないか――そんなことまで考えると、何としてもその正体を見きわめないではいられなくなってきた。

(よし……)

文子は布団からはい出すと、畳に足音を吸いこませるようにして襖のそばににじり寄った。

そして、トットト……のリズムが一番間近に迫ったとき、思い切って襖を開けてみた。できるだけ慎重に、音をたてず、でも逃げられてしまわないように素早く……。

「………!」

次の瞬間、文子は目を真ん丸に見開いていた、

(え、あれは……座敷童《ざしきわらし》?)

思わず心につぶやいた言葉は、西洋のお伽噺とはあまりにかけ離れ、でも大好きな物語の登場人物だった。

トットト、トットト……小さく愛らしい影が、床を軽やかに踏み鳴らし、奇妙な踊りのようなものを披露する姿を、文子はいつまでもあかずながめていた——。

＊

「よっ、はっ……ホイッ、ホイッ、フゥ、ハァ……ちょ、ちょっとだけ休ましとくなはれ。へぇ、もう大丈夫でやす。よっ、はっ……」

夜露《よつゆ》に濡れた街路を、一台の人力車がヨタヨタと左右に傾《かし》ぎながら走ってゆく。旧弊《きゆうへい》な船場《せんば》一帯でも、今やすっかり珍しくなった光景だ。

珍しいというより珍《ちん》なのは、人力車そのものと曳き手だ。長年のご奉公のため、かつては黒光りしていた塗りは剝《は》げ、折りたたみの幌《ほろ》はあちこち裂けているし、車軸まで歪んでいるようだ。今どき新品の人力車などありえないから、やむを得ない。

だが妙に進路が定まらず、走行が危なっかしいのは俥《くるま》の老朽化もさりながら車夫にも問題があった。五分刈り頭は真っ白で、長年の日焼けがしみついた顔には深いしわが刻まれている。

年齢はもう七十近いか、うっかりすると越して

いるだろう。乗り手と曳き手、合わせて百三十歳のとんだ道行きであった。

「げ、げ、源さん」

浪渕甚三郎医師は、乗り心地良好とはいえない座席にしがみつきながら、車夫の後ろ姿に問いかけた。

「だ、だ、大丈夫なんやろな。今だいぶフラフラーッとしたようやが、大事ないか。降りて歩こか」

「フゥ、ハァ……だ、い、じょ、フゥ、ぶ、だす……ヒィハァ……」

浪渕医院お抱えの車夫、源之《げんの》助《すけ》は言葉とは裏腹に、息も絶えだえになりながら請け合った。

「そ、そうかいな。そんなら、あんまり無理せんようにあんじょう頼むで……ふわあっ！」

浪渕医師はその言葉も半ば、素《す》っ頓狂《とんきょう》な叫びをあげた。源之助が梶棒《かじぼう》を支える力をなくしたのか、大きく車体をのけぞらせてしまったのだ。

二輪しかない人力車は、うっかりするとこんな風にバランスを崩してしまう。こうなると、車夫は足を宙に浮かせ、左右の梶棒をつなぐ文《し》木《もく》に鉄棒体操よろしくしがみついてジタバタするばかり。

浪渕医師はそのまま後方へとこぼれ落ちそうになり、必死に体を前倒しにして路面との激突を避けようとした。悪くすると脳天から真っ逆さまに転落して、首の骨を折りかねない。

（死体検案に行く途中に、自分が死んだのでは何にもならへん）

必死で車輪の泥除《どろよ》けをつかみ、蹴込《けこ》みに足を踏ん張りながら、ただもう無事を祈るほかなかった。何しろ胸には命の次に大事な黒の診察カバンを抱えているから、空《あ》いた方の手だけが命の綱であった。

——源之助は、開業当時から浪渕医院に詰めていて、昼となく夜となく往診に明け暮れる甚三郎医師を乗せて、船場内外の患家に運んでいた。とにかく健脚で韋《い》駄《だ》天《てん》で、今とは正反対の意味で命に危険を感じることも多かった。

大柄で筋骨たくましく、大工仕事や家の修繕にも力を発揮してくれて、とりわけ患者を運ぶときにはなくてはならない存在だった。同じ医院で賄《まかな》い婦をしていた女房と近くで所帯を持ったが、二人ともほぼ詰めきりで仲よく働いていた。

だんだんと自動車の時代となり、浪渕医院でもダットサンの小さいのを買って往診に使い始めた。ちょうどそのころ、源之助は女房と小さな食べ物屋を開くことになり、北久太郎町《きたきゅうたろうまち》から一時よそへ移った。

その後、女房に死なれ、戦時体制下で商売も成り立ちにくくなって、舞《ま》いもどってきた。「給金は要《い》りまへんよって、置いたっとくなはれ」とまで頼みこんで、下働きに住みこんだ。

そこへガソリンの統制で、往診用の自動車を維持できなくなり、物置に放りこまれていた人力車の復活となった。浪渕医師は「いや、それは」と、人力車の状態と源さんの体力を考慮して辞退したのだが、老いの生きがいを見出した源之助は譲らなかった。

そこは昔取った杵柄《きねづか》で、あまり無理のないよう引いてもらう分にはさしつかえなかったが、米英との戦争も丸三年ともなると、老いの身には何かとこたえることが多いようで——と案じ始めていたところへの、今夜の呼び出しというわけだった。

「あ……これは……もうアカンかも……わからん」

源之助の、すでに覚悟を決めたような悲痛なうめきとともに、車体が一段と大きく傾いた。

(そら何ちゅうこと言うねん)

浪渕医師があわて、これは思い切って自分から飛び出し、昔かじった柔道の受け身でも使うほかないと思ったときだった。

突然、背後からキキーッ、ガラガッチャン!とけたたましい音がした。ややあって、きわどいところで傾きが止まったばかりか、ほんの少しだが持ち直したように思えた。

とたんにパタパタッと足音が間近を駆け抜け、ようやく源之助の地下足袋《じかたび》が路面に届いたかと思うと、サッと飛び出してきた白い人影が梶棒の先っぽ、象鼻《ぞうばな》と呼ばれる曲がった部分をつかんで引き下ろした。

　ふわーっ！　反動で前のめりに倒れかけた浪渕医師は、とうとうカバンを取り落としてしまった。アッと思わず両腕を泳がせた。だが次の瞬間、

「あ、西君……」

　と目をパチクリとさせた。

　――そこにいたのは、見習い女医で宿直兼任の西ナツ子だった。しかも、浪渕医師が放してしまったはずのカバンを抱えている。医師はキョトンとしながら、

「ど、どないしたんや。何でまたこないなとこに……とにかく、そのカバンが無事でよかった。とりあえず返してんか」

「先生、これは違いますよ」

　西ナツ子は、黒いカバンを抱えたまま眼鏡を押し上げた。

「へ？」となった浪渕医師をしりめに、近くに停めた自転車――さっきのキキーッとガラガッチャンはこれがたてた音らしかった――のところまで行くと、何か手に提げてもどってきて、

「はい、いま入り用なのはこっち――検死立ち合い用のカバンでしょう。そんで、さっきまで抱えてはったこれは、ふだん持ち歩いてはる診察道具の入った方で……」

　言いながら、黒い診察カバンとは色違いの茶色で、形もだいぶ角張ったカバンを差し出した。確かに、死体検案をするのに注射器や聴診器、額帯《がくたい》鏡《きょう》、それに包帯やら絆創膏《ばんそうこう》は必要なさそうだった。

「あっ」

　と思わず頭をかいた浪渕医師に、ナツ子はにっこりとして、

「人力で出かけはったあとに気づいて、あわてて自転車で追いかけたんですよ。でも、まさか、こんなことになってたやなんて……源之助はん、だいじょうぶ？」

「そらもう、えら大丈夫ですわ。ほな先生、行きまひょか」

幸い息切れや手足の不調も収まったのか、車夫の源之助は何ごともなかったかのように浪渕医師に言った。

「い、いや、それはちょっと……」

と座席から降りたそうにしたが、すでに楫棒は持ち上がっている。飛び降りるわけにもいかず、このあとトボトボ歩いてゆくのも大儀だった。そこへナツ子が自転車を曳行してきて、

「私が先導しますわ。道はわかってますさかい」

とサドルにまたがった。源之助も年をかえりみず勢いを出しすぎたのを反省したらしく、

「ほな出しまっせ、よろしか。よっ、はっ、ホイッ、ホイッ……」

と今度はゆるゆると俥を走り出させた。そのようすを時折ふりかえって見守りながら、ナツ子がペダルをこいでゆく。

こうして自転車と人力車の奇妙な三人組が、夜の街路を駆け、やがてぶじに南久宝寺《みなみきゅうほうじ》町の通りに到達した。


家という家、店という店が寝静まり、四つの川の流れまでもが止んだような真夜中。動いているものといえば、彼らだけだったかもしれない。

——いや、違っていた。ほどなく三人の行く手に、煌々とした光に包まれた一角が見えてきた。そこだけ真昼から切り取ってきたように、人影がうごめき、白い息を吐きながらざわめいていた。

ただ、さぞかしお巡りさんたちが大勢詰めかけ、今どき珍しく木炭以外で動く自動車も一台ならず停まっているのではと想像したが、そうでもなかったのは意外だった。

ともあれ、そんな中に照らし出された《大鞆百薬館》の看板と毬印の商標に、ナツ子が「ここか……」と息をのんだときだった。背後で源之助の大声が鳴り響いた。

「お見舞《んま》い！」

（うわっ、源さん、それは……）

西ナツ子は、そう聞いたとたん冷や汗をかいた。ふりかえれば、浪渕医師は〝しもた！〟と言わん

ばかりにあんぐり口を開けている。それも無理はなかった。

つい日ごろの癖で出てしまったのだろうが、「お見舞い」とは、昔ながらの医者が患家を訪問するときの文句。むろん相手が生きている場合に限られ、となれば死体検案のため駆けつけた警察医が使うべき言葉ではなかった、はずなのだが……。

「どうぞこちらへ……そちらは、あぁ看護婦さんだっか。どうぞお入り」

えらく貫禄のある中年女性が、ジロリと浪渕医師とナツ子に一瞥を投げると言った。家人ではなく女子衆《おなごし》さん、それも店のヌシ的存在なのではと彼女は見当をつけたが、どうやら当たっていたようだ。

(看護婦やないんやけど、これでも医者の免状持ってるんやけどな)

ナツ子は心の中で抗弁したが、この手の誤解はよくあることで、わざわざ訂正を求めるほどでもなかった。本当は、看護婦として招じ入れられたことに不満より不審を覚えるべきだったのだが……。

店の玄関から入るのかと思ったら、そちらは板戸が閉まっていて、そこから少し離れたところにある小さいが立派な門をくぐらされた。

そこは、大鞠家の一族と、選ばれた来客にだけ許された入り口であった。やってきたのが出入りの商人はもちろん、別家や分家のものたちであったとしても、勝手口に回されるところだった。

はぁ、彼処《あこ》から先は、こないなってたんかぁ
——ナツ子は思わず嘆声をあげずにはいられなかった。というのも、日ごろ大阪のさまざまな商家の表の顔を見慣れたナツ子にとっても、ここはほぼ未知の世界といってよかったからだ。

なぜといって、彼女の実家は電気治療と東洋医学を組み合わせた診療所を営んでおり、学校友達にもふつうの勤め人や、そこそこ繁盛している商

人職人の子が多かった。むろん、豪商や旧家のお嬢たちもいたが、クラスメートとしてみれば、ふだんの物腰や言動が、これといって自分たちと変わりがあったわけでもなかった。

——門内に足を踏み入れて、まず目についたのは、塀に沿って植栽の施された細長い前庭だ。そこを横目に石だたみを進んでゆくと、反対側には豪壮な造りの母屋《おもや》がそびえ立ち、奥の暗がりへとつながっている。

没落したとはいえ、かつての繁盛とプライドをしのばせるものものしさと、行く手に待っている「流血の大惨事」に、ナツ子は早くも心くじけそうになって、

（お、おとなしゅう留守番しといたらよかった。ああ、先生がふだんの診察カバンをまちがえて持って行かはったりせなんだら、こないなことにならへんかったのに！）

浪渕医師の背中にくっつかんばかりについて歩きながら、つぶやかずにはいられなかった。その手には、彼ととっかえっこした診察カバンが提げられたままだ。

何しろ東警察署からの電話で、確かにそう告げられたのだ。であれば相当に血みどろで、現場には人死にも出ていることはまずまちがいなかった。

だが、そのあと浪渕先生を起こしたり支度を手伝ったり、送り出したあとでカバンの取り違えに気づいたりして、すっかり頭から飛んでしまった。

死体検案用のカバンを届けるべく自転車であとを追ったところまでは夢中だったが、あのあとだんだん怖くなってきた。カバンを渡して、折り返し帰ればよかったが、すっかりガタの来た人力車と、それを引く源之助はんのへこたれたようすを見ては、そうもいかなかったのだ。

むろん女子医専で死体解剖や手術の実習も体験し、大けがをした人の手当てもしてきたが、警察から依頼のあるような血みどろの現場となると話は別だ。

「何ごとも経験、何ごとも経験……」

そうお題目のようにくり返した折も折、案内役の女子衆がついと方向を転換した。ハッとして見直すと、その先には意匠を凝らした格子戸があった。船場商家独得の「内玄関《うち》」である。

　そこから邸内に入ったナツ子は、よく言えば重厚、悪く言えば陰鬱《いんうつ》なふんいきにますます萎縮させられた。

　店のヌシらしき女子衆さんは、むろん彼女の気持ちなど頓着なく、

「こちらでございます」

　前方に現われた急な階段を指さすと、先に立ってどんどんと上ってゆく。

　ほどなく広々とした二階に出ると、そのとたん階下とは光も空気も入れ替わったような気がした。決して外気の寒さのためばかりではなかった。

　一階の大半を占めるのが商売と接客用の空間なら、二階は生活のためのそれ――もっとも、それはもっぱら主人一家にとっての話だ。奉公人たちにとっては一日の大半は勤労と奉仕に費やされ、三度の食事も台所の板の間でしばしば立ったままかっこむとあっては、つかのま泥のように寝るだけの場所に過ぎなかった。

　大阪の商家の多くがそうであるように、ここの正面二階部分はいわゆる虫籠《むしこ》造り。一階の軒――一文字瓦《いちもんじかわら》の通り庇と二階の大屋根にはさまれた漆喰《しっくい》壁に、細い格子窓がいくつとなく切ってあり、その内側に丁稚たちの寝間《ねま》がある。

　すぐ上に屋根が覆いかぶさっているから天井は低く、しかも一人一畳分しか寝床はない。そこに年端の行かない子供たちが詰めこまれ、朝の五時や六時といった起床時刻まで眠りをむさぼり、あるいは眠れないまま辛い毎日と親元恋しさに枕を濡らす。

　もっとも今はわずかな人数しか雇っていないので、ひっそり閑《かん》としていた。ほかに女中部屋もあるのだろうが、狭さや環境のお粗末さでは大差ないに違いなかった。

　それら〝下々〟のものたちの場所と少し離れて、

いくつとなくある納戸や押し入れ、それに廊下を隔てた向こう側に広がるのが、大鞠家の人々のための空間だ。

　場所的には近くとも、奉公人たちには気軽に足を踏み入れられる一帯ではないのだろう。むろん、主人一家の生活を快適で清潔なものとするために、雑巾がけや掃き掃除に駆け回らされるときは別だが。

　人手不足の今でも、そうした労力は惜しみなく費やされているのだろう、どこを見回してもほこり一つなく、特に床は足を滑らせそうなほどピカピカに磨き上げられていた。

　丁稚部屋とは違って天井はむろん高く、さまざまに意匠が凝らされている。柱はどれもどっしりとして疵《きず》一つなさそうだ。

　襖や障子、小窓に欄間《らんま》に照明のどれ一つとっても、こだわりと趣味の良さが感じられ、と同時にそれを支えるためにはなくてはならない財力を感じさせずにはおかなかった。

　こういう世界、こういう階級があることは話に聞いていたから、全く未知の世界というわけではなかった。ただ、理解しにくいのは確かだった。

　そうしたことを抜きにしても、ナツ子は何やら違和感めいたものを感じずにはいられなかった。

　というのも、警察から警察医が呼ばれるということは、すでに警察沙汰になっているということであり、当然それは人命にかかわるものでなくてはならない。

　だが、それにしてはこの女子衆さんの態度に緊迫感がない――ことはないのだが、それより困惑や混乱の方が大きいようで、何だか申し訳なさそうなものすら感じられた。

　むろん、事件現場に臨むなど初めてなのだから、自分の感じ方がおかしいだけかもしれないのだが、それにしても人死にが出たようなふんいきではなかった。

　ふと見ると、浪渕医師もけげんそうな顔をしている。もしかしてと思い、

「先生、これは……？」

ナツ子が声をかけると、浪渕は何か答えかけたが、その表情が〝おっ〟とでも言いたげなものに変わった。その視線の先には若い巡査が張り番らしく立っていて、ナツ子たちに気づくと、

「あ、浪渕先生。これはわざわざ……」

と半ば安堵したような、半ばはとまどったような顔になった。そのようすからして、どうやら互いに顔見知りらしかった。

「わざわざも何も、君とこの上司の命令で夜中にたたき起こされたんやから……船場《せんば》警察さんとも長い付き合いやが、どうも人使いが荒いのにはかなんわ」

浪渕医師がぼやくと、若い巡査は苦笑いしながら、

「もう二年前から船場警察署というのはなくなって東警察署ですよ。場所も人間も、それからたぶん人使いも変わってはいませんが」

（もう、そんなノンキな話してんと、早《は》よ室内《なか》に……それとも、事件慣れするとこないなるんやろか）

ナツ子は一人気をもんだが、かといって口出しもしづらく困ってしまった。

「そやったな。ほんまややこしいこっちゃ」

と浪渕医師も苦笑していたが、そのあと急に真顔になって、

「それで……ホトケさんは、その中かいな」

すると巡査は何だか微妙な顔になって、

「は、そうですが、はたしてそう言っていいのか……とにかくお入りください」

と、自分がずっと盾になっていた襖の引き手に指をかけた。それから貫禄のある女子衆さんに向かって、

「ご苦労さん。もう行っていいよ」

すると女子衆は太い首を振って、

「いえ、嬢《いと》さんのことは、長年お世話してきたうちが見届けんなりませんよって」

と従おうとしない。

（えっ、嬢さん？　ということは、死なはった――とはまだ聞いてないけど、たぶんそうなったのはここの娘はん……）

ナツ子はドキリとし、同時に胸の痛む思いを感じたが、

「そうか、それだったらまぁ……ただ、中へはまだ入らないようにね」

巡査はあっさり折れて、官憲失格ともなりかねない、えらく柔軟な態度を見せた。そのうえで、

「では先生、お願いいたします」

と、襖を開いた。そのとたん、

「……………！」

ナツ子は、眼鏡を素っ飛ばしそうになるほどの驚きに打たれ、咳きこまんばかりに息をのまずにはいられなかった。

――二階廊下の暗がりに慣れかけた目には、ひどくまばゆく感じられる電球の下にくりひろげられていた光景。それはまさに流血の大惨事だった。それ以外に表現のしようがなかった。


六畳ほどの部屋だった。この二階に居並ぶうちの一室だから、むろん純粋にして古風な和室だが、机を置き鏡台や洋服ダンスを据え、洋画のポスターを貼ったりして、かろうじて昭和時代に足を突っこんでいた。

昭和といっても、まだ戦争の泥沼に落ちこむ前の、モダンでおしゃれな若い女性の部屋だ。憲兵だの警官だの、何とか婦人会だのに見つかったら難癖をつけられかねないが、こんな屋敷の奥の奥まで入りこんでくることはないから安心だ。

だが、そのささやかな女性の牙城を台なしにしているものがあった。

鮮血だ、血潮だ。部屋のあちこちに飛び散り、壁や畳を汚している血痕だ。

その中心にあるのは、寝乱れた姿で布団に横たわる一人の女性だった。年のころは二十歳代半ばか、あるいは後半にさしかかったところか。

そこが流れの源なのだろうか、彼女の胸元から漏れ出た液体は寝間着や布団をしとどに濡らし、

鮮やかに赤に染め上げていた。自殺か他殺かは見当もつかないが、とにかくここで一人の女性の命が奪われたことは確かだった。

（うっ、これは……）

大量出血を見たせいか、ナツ子の顔からはサーッと血の気が引き、意識が遠くなっていった。ほとんど卒倒寸前となったまさにそのとき、

「……何やおかしいな。けったいなホトケさんもあったもんや」

浪渕甚三郎医師が、目の前の惨状にみじんも動じたようすを見せずに言った。そして、あろうことか、手近な血だまりに指先をひたすと、真っ赤に染まったそれをまじまじと見つめたり、クンクンと嗅いでみたり、あげく、ペロリとなめてしまったから驚いた。

「せ、先生！」

あまりの衝撃に、ナツ子は遠ざかりかけた意識を取り返した。

「うーん、これは……」

うなりながら、しわくちゃのハンカチで口元と指をぬぐう浪渕医師に、

「やはり、そうでしたか」

若い巡査が、わが意を得たように言った。

「うむ」

浪渕医師はうなずくと、いきなり血まみれの寝床に歩み寄った。女性の頭部を持ち上げると、その顔面は苦痛か恐怖によってゆがんでいるのが見えた。次いで彼は、何を思ったか空いた方の手で彼女の体を強く押した。

（え、いったい何を……）

とナツ子が目を見開いたのと同時に、死者がパッチリとまぶたを開いたから驚いた。

今度こそ彼女は気絶するところだった。かろうじてそれを免れたのは、浪渕医師がいつになく鋭い口調で、

「この人の名前は？」

と女性を見つめたまま訊いたのと、それに答える声が折り重なって聞こえたせいだった。

「この人は大鞠月子……」

「月子、月子嬢《とう》さんでおますっ」

かたわらの巡査と背後の女子衆から答えを得るや、浪渕医師は女性の耳元に口を寄せて、

「大鞠月子はん！　聞こえるかっ、わしは医者や。聞こえてたら返事してやっ！」

その叫びに対する反応は、十数秒遅れであらわれた。

ウッ……といううめき、次いで激しく咳きこんだかと思うと、いったんゆるんだ表情が再び苦痛にゆがんだ。そこへ巡査が、

「やっぱり生きてましたか。通報で駆けつけたときには、てっきり死んでるものかと思いましたが、このあたりに飛び散った血が偽物らしいとわかって、ひょっとしてと確かめてみて、どうやら息があるとはわかったんですが……」

「血が偽物？」

きょとんとして聞き返したナツ子に、

「そう、芝居でいう血のりというやつですよ。色も粘りも本物そっくりだが、いわばただの絵の具。だからこの通り、時間がたっても変色せず、凝固することもない……」

「血のり……でも、何でまたそんなことを」

ナツ子はあっけに取られながら言い、そのあとハッとあることに気づいて、

「ほんなら、この人は無傷？」

「ええ、そういうことになります」

巡査が答え、背後で女子衆がゴーッというすごい吐息をついて、

「よ、よかった……そやないかとは思うとりましたが、これで安心いたしましたでござります」

と安堵の声をもらした。つられてナツ子が、さっぱり事情はのみこめないながら、うなずきかけたとき、

「いや、そういうことでもないようや」

浪渕医師はそう言うなり、ナツ子を見すえた。

「西君、いつもの方のカバン、持ってきてるか？」

「は、はい！」

ナツ子は死体検案用のカバンと引き換えに、預かったままになっていた診察カバンを差し出した。だけでなく、自分も〝生きていた死体〟のそばに寄って、医師を手伝うことにした。

浪渕医師は遠慮なく「月子嬢さん」の寝間着の前をはだけさせると、ガーゼでグイとその胸から腹のあたりをぬぐって、

「見てみ、この流血はまがいもんやが、右の脇腹のとこにかなり大きな切創《せっそう》がある。そこから流れ出てるのは、れっきとしたほんまもんの血液や。それにごく軽いひっかき傷のようなものが二つ、三つ……それに何やこれは、ただ血のりを塗りつけただけか」

「えっ」

ナツ子が声をあげ、若い巡査と女子衆も息をのんで立ちつくしてしまった。だがそのとき、浪渕医師は慣れきった手つきで応急処置を始めていて、

「まずは止血せんとな。ガーゼをもっと……ええい、この場で縫うてしまうか。西君、消毒頼むで。ああそれから、海原君！」

と手早く指示を飛ばした。

「は、はい！」

海原というのが名前だったと見え、若い巡査は飛び上がった。

「ちょっと荒療治になるかもしれんよって、患者を押えててんか」

「わかりました！」

こうして、〝生きていた死体〟というだけでもややこしいのに、偽物の血を流し本物の傷を負っていた女性への手当てが始まったが、ここへ至るいきさつというのは、ざっと次のようなものだった。

彼女――大鞠月子がこの異様な状況で発見されたのは、今夜もだいぶ更けてのこと。きっかけは、何か異様な気配に気づいた家人が邸内を見回った結果だという。

見回りの結果、月子の部屋から聞こえてくるうめき声のようなものと、それがふいに途切れたこ

とに不審を覚え、その家人は部屋に立ち入った。

そのときは、たまたま起き出してきた女子衆のお才――それが、ここへ案内してくれた女性の名前だった――といっしょだったそうだが、暗がりごしにも、室内に何か飛沫《しぶき》のようなものが飛び散っているのが察知され、とっさに部屋の電灯を今そうなっているようにつけてみた。

そこで月子の〝死体〟発見となり、当然大騒ぎとなったのは言うまでもない。これまた当然の反応として、なじみの病院に電話したものの、どうしてもつながらない。片っぱしから他の病院にかけてみても、時間が時間のためか同じことだった。

やむなく所轄の東署への電話で、あわせて病院の手配を頼んだわけだが、どうやらその際に、血まみれの惨状を伝えたことが、

――何でも流血の大惨事らしいから、警察医の浪渕先生を呼べ。

といった風なことに、すりかわってしまったらしい。

さっそく東署の最寄り巡査派出所から警官たちが駆けつけたが、そこで妙なことになった。死んだと思われた人間にはかすかに、だがはっきりと息があり、しかも血の臭いがしないと思ったら、どうやら本物の人血ではないということもわかった。

そこで、本来ならさらなる応援を呼ぶべきところ、学校出たての海原巡査を残していったん引き揚げ、浪渕警察医の判断を待つことにしたらしい。それもずいぶんな話だが、何しろ源之助爺さんのノロノロ人力車で到着が遅れるうちに、そういうことになったとあっては、あまり文句も言えなかった。

道理で、大事件発生にしては、ろくに警官や刑事の姿を見なかったわけだ。ここまで案内してきた女子衆さんの態度が変てこだったわけだ。

(私のことを看護婦さんと呼んだのも、そのせいかな。死体検案には看護婦はふつうついてこないことを、彼女が知ってるかどうかはわからないけ

ど）

ナツ子はふと、そんなことを想像してみたりした。

だが、今やそうではなくなった。殺人事件でこそなく、流血も大惨事というほどではなかったとはいえ、確かに月子の体には決して浅くはない傷がつけられていた。

それが他人による傷害であるにしろ、あるいは自傷によるものであったにしろ、これはもう警察と警察医の出番であることはまちがいなかった。

「と、とにかく本署に知らせてきます」

とりあえずの処置がすんだあと、海原巡査が立ち上がった――そのときだった。

ギャーッというすさまじい叫びが、廊下の方からナツ子たちの鼓膜をぶったたき、心臓をキュッと縮み上がらせた。

ぎょっとしてふりかえった彼らは、続いてこう喚く声を聞いた。それは明らかに階下から聞こえてきたものだった。

「誰ぞ、誰ぞ、早《は》よ来てーっ！　うちの人が、うちの人があぁぁっ!!」

それが年配の女性の魂切《たまぎ》るような絶叫であることに誰もが気づいたとき、女子衆のお才が頓狂な声をあげた。

「あれは、御寮人《ごりょん》さんの声？　まさか、そんな……こらえらいこっちゃわ！」

食糧難の昨今にもかかわらず福々しい顔をブルブル震わせ、いきなり階段口に向かって駆けだした。

「先生、ちょっと行ってきます！」

海原巡査がそう言い置くと、ダッとばかりに部屋を飛び出し、床に響く足音も荒々しく駆けていった。

西ナツ子は何ごとかと思ったが、医者としての持ち場を離れるわけにはいかず、そんなことをするつもりもなかった。それからしばらくは夢中で手当てをし、その間、大鞠月子は、いったんは目覚めてしきりと苦痛を訴えたが、浪渕医師はすぐさま注射を施《ほどこ》して眠りの世界に送り出してしまった。

「――先生」

ふと気がつくと、海原巡査が、かろうじて興奮を抑えこんでいるような、真剣そのものの表情で立っていた。夜の冷えこみはますますきついというのに、玉のような汗をかきながら、

「よろしければ、今すぐ一階《した》に来ていただけませんか。というのも、今度こそ警察医としての先生にお願いしなくてはならない件が生じまして……」

昭和二十年、南久宝寺町大鞠家本宅一階

そこは大鞠百薬館の店の間から奥に入り、次の間、中の間、茶の間などを経てたどり着く部屋だった。

さきほどナツ子たちが入った内玄関から直接につながるのは、これらの閑静な座敷で、むろんここも奉公人たちの勝手に立ち入れる場所ではない。

といって、純粋に主人一家のプライベートな空間というわけではなく、主人の大鞠茂造は次の間で執務をしていることが多かったし、御寮人《ごりょん》さんの喜代江は中の間あたりに陣取って、茶棚を背に、長火鉢を前にして煙管《きせる》などひねくりながら終日過ごしている。

だが、これは怠《なま》けているのでも何でもなく、家の全てににらみをきかせるためであった。

というのも、中の間は屋内路地ともいうべき通

り庭に面していて、店から蔵への往来、勝手口からの出入りを一目に見ることができるし、内玄関からの訪問者も、奥の各室へ向かうものも、全てここの前の廊下を通らなくてはならない。

ことに御寮人さんの監督下となる女子衆《おなごし》の仕事は、ここから一目瞭然だし、尾籠《びろう》な話ではあるが、奉公人専用の下雪隠《しもせんち》へ丁稚たちが通う回数を算《かぞ》えていれば、腹具合が悪いのか、それとも用便にかこつけて怠けようとしているのかまで把握できるというものだった。

主従が顔をそろえる正月のあいさつや、祝いごとが行なわれるのもこのあたり——現に、二年前に大鞠家の長男の祝言が行なわれたのも、そうだった。

それらの突き当たり、母屋の一番奥にあるのが当主・大鞠茂造の寝所だが、これはもう別天地だ。そこに面した庭には築山《つきやま》を造り、池を掘り泉水を設け、庭石を積んだり、今は冬枯れているものの木々をこんもりと植えたりして、他と隔てられている。

同じ敷地内の裏手でも、蔵や作業場のあるあたりと地続きとは思えない。ちなみに、お家《え》はんことと多可が住まうのは、ここからさらに渡り廊下を通った離れにあって、御寮人さんの喜代江は、実母の世話を兼ねて、そこの別室で起き伏ししていた。

……などといったことを西ナツ子が知るのは、もうすこしあとのこと。今、重要なのは、さきほどの絶叫の主が大鞠喜代江であり、その発信地点が夫にして入り婿である茂造の部屋であるということだった。

「こここ、これは……これはいったい……」

そのひときわ大きな和室の中をかいま見たとたん、ナツ子は震え声でそう言い、それきりその場に立ちつくしてしまった。

つい先刻、ナツ子は二階でいきなり対面させられた血まみれ死体に恐れおののき、次いでその血が偽物であり、死んだと思った大鞠月子が生きていたことに仰天し、にもかかわらず彼女は本物の刺傷を負っていた――という驚きの連打を食らった。

なのに今度は、それらを全部合わせたのにさらに数倍する衝撃に打ちのめされずにはいられなかった。

「ほれ、どいたどいた！」

海原巡査の急報を受け、今度こそ本格的に駆けつけた東警察署の面々がドカドカと彼女の間近を駆け抜けた。その風圧と荒々しい声にハッとわれに返ったが、してみるといったいどれだけの間、茫然としていたのか、自分でもわからなかった。

気がつくと、東署の制服・私服の警官たちはすでに活動を開始している。あるものは浪渕医師を囲んで評議をくりひろげ、またあるものは巻き尺であちこちを測ったり、指紋採取用のべんがら粉をふりかけたり、手早くスケッチをしたりしていた。

あらためて見回せば、部屋は十二畳ほど。もとは左右二間続きの部屋でもあったのか、ちょうど真ん中あたりの天井に、精緻な細工を施《ほどこ》した欄間がしつらえられていた。むろん大枚を投じて特別注文したものだろう。

だが、いずれ名のある職人が丹精を込めたであろうそれは、いま全く別の用途に用いられていた。

そこからは一条のロープがぶら下がり、その先には輪がつくられていた。そして、その輪の中には人間の頸部がすっぽりと収まり、そこから醜くゆがんだ顔がはみ出していたのである。

生前より奇妙に伸びたように見える首の下には、寝間着姿でダラリと垂れ下がった胴体と手足があり、欄間と十文字をなす形で敷かれた寝床すれすれに爪先が浮いていた。

あたかもそれは、富める者の傲慢《ごうまん》ささえ感じさせる静謐な和室に、いきなり出現したまがまがしい物体《オブジェ》のようだった。そして、今まさに警官たちを往来させ、彼らの注目を集めているその物体こそは、大鞠茂造その人にほかならなかった。

西ナツ子はむろん、彼の名も顔も知らない。だが、この大鞠百薬館の現当主であり、この広壮なご大層でもある邸宅のあるじが、自室で首を吊り、死んでいたことぐらいは、すぐに了解された。

さっきの絶叫は、この光景を目にした結果であるとすれば、あのように狂気じみた響きを帯びていたのも納得がゆく。まして、ここに無残な死にざまをさらしているのが、自分の夫であった場合には……。

(あけへん、私も医者やねんから、こんなところでボーッとしてたら、せっかくの免状が泣くわ)

ナツ子はそうつぶやくと、眼鏡をグイッと押し上げ、死体に歩み寄った。もう恐れることなく視線を走らせ、死者の顔色を、その首の角度を、体のあちこちから漏れ出て、真下の布団にしたたった見苦しい体液を、仔細《しさい》に観察し始めた。

——今夜この死体が、新たな一品《ひとしな》として加わる前から、この部屋はさまざまなコレクションに満ちていた。

掛け軸だの壺だの釜だの、木像やら鎧《よろい》やら刀剣やら、それに歌舞伎舞踊がモチーフらしき人形だとか、いささか成金趣味めいてゴタついていたが、どれもさすがに金のかかったものばかりだ。

それらは、庭に面した縁側障子の対面、死者が本来だったら枕を向けていた側の床の間に並べられていた。

中でも目立っていたのは、洋画のような仏僧の肖像のような不思議な絵であった。画賛によれば、薬の神である神農と医聖ヒポクラテスをごっちゃにして描いた図らしい。

もっともこれは誤解や無知による混同というよりは、西洋人を大っぴらに崇拝することをはばかった結果だろう。こんなものを購入したのは、小間物商が発祥の大鞠百薬館の、医薬品業とのかかわりを示したかったためか。

その視点から見ると、部屋に入って真正面の壁に据えられた調度にも、同様な思いがうかがえなくはなかった。というのも、それらにはいずれも虎の姿が彫りこまれていたからだ。

大阪で虎といえば、日本医薬総鎮守をうたう少彦名《すくなひこな》神社のお守りで、たとえばそれにちなんだと思われる虎の意匠入りの簞笥には、ふつうの箱形をしたものと、一段、二段、三段と引き出しの数が右から左へ増えてゆく風変わりな形のものが肩を並べていた。いずれも朱漆《しゅうるし》塗りの豪奢《ごうしゃ》なものだ。

だが、そんなことは実のところどうでもよかった。ナツ子は自分を一瞬とはいえ茫然自失させたものを果敢に見つめ、そこに自らの判断を下そうとしていた。この家の新たな騒動の中心となり、人々を新たな、そして真の恐怖に落としこもうとしている忌まわしい物体に対して……。

「おお、西君。大丈夫やったか」

浪渕医師が彼女のようすに気づき、心配そうに訊いた。

「もちろんです」

ナツ子はきっぱりと答えた。それからしばしの間、頭の中でこれまでに観察した結果を突き合わせると、

「頭部顔面がドス黒くなる鬱血《うっけつ》が見られず、眼瞼《がんけん》結膜に溢血《いっけつ》点も生じていないことから、静脈だけでなく頸動脈も閉塞した結果の窒息死であることがわかります。すなわち定型的縊死《いし》——いま現に宙に足を浮かし、全体重をかけてぶら下がっている状態で亡くなったことにまちがいはなさそうです。

それから死後経過時間は——二、三時間といったところでしょうか。縊死体としてはごく一般的に見えますが……けど、何か変ですね」

「わかるか」

浪渕医師が小さく笑う。ナツ子はうなずいて、

「ええ……通常の首吊りなら必要な踏み台がどこにもありません。自分で蹴飛ばしてしまったのかもしれませんけど、それらしいものは見当たらないようです」

実はそれらの所見は、浪渕医院での宿直のつれ

づれに読んだ法医学書から得たばかりの知識だった。

「そういうことやな。もっとも、死体検案に早合点は最大の禁物やで。生きた相手も同じことやが、ゆっくりと容体を見、周囲の状況を観察し、そのうえでホトケはんの声に耳を傾けなあかん」

「ホトケはんの声…？」

ナツ子はとまどったが、浪渕医師の言うことはわかるような気がした。そのとき、ふと目に留まったものがあって、

「たとえば、死体の下の寝床が、妙にふくらんでいることとかですか」

と指さした布団は、確かにコンモリ盛り上がっていた。すると浪渕医師は微笑して、

「おお、ええとこに気がついた。そんなら、自分でめくって確かめてみ」

え……と、困惑しつつ、ナツ子はしかたなく布団を持ち上げてみた。次の瞬間、彼女はヒッ！と後ろへ飛びのいていた。


何とそこには、全身のっぺりした人間――いや、人間にそっくりな等身大の人形が横たわっていた。蠟《ろう》製なのか生白く、なまじ精巧にできて目鼻もついているのが、かえって薄気味悪い。

「せ、せ、先生、こ、これは……？」

「ほう、知らんかいな」浪渕医師は笑った。「昔は薬屋に、こういう人体模型がよう置いてあったもんや。臓器の構造を説明したり、病気の恐ろしさを示すためにな。ほれ、下の方に《大鞠百薬館》と書いてあるやろ。たぶん化粧の効果や、粗悪品を使う害を説くためにこしらえた宣伝用の人形やな」

言われてみると、ナツ子も昔どこかの街角で見たことがあるような気がしたが、

「そ、そやけど、何でこんなものがここに、しかも寝床の中に……？」

「さあ、それもまたホトケはんの声や。そこを考えてみるのや」

声を震わせるナツ子に、説き聞かせる浪渕医師

だった。そこへ、

「いよいよややこしいことになってきましたな、浪渕先生」

ひときわ立派な制服の中年の警察官が、二人の間に割って入った。

ナツ子には、その階級章が警視のそれであることまではわからなかったが、その人の姿を見たとたん、海原巡査ら署員たちがいっせいにしゃっちょこばり、敬礼したところを見ると、相当に偉い人であることにまちがいはなさそうだった。

「おお、日下部《くさかべ》署長。じきじきのおいでとは驚きましたな」

浪渕医師が古なじみらしく言うと、日下部署長と呼ばれた人物はにっこりと笑みを見せながら、

「いやなに、ちょうど宿直勤務をしていたものですからな。こう誰もかれも兵隊に取られたり、満洲国や蒙古《もうこ》連合自治政府、はたまた南方占領地域の警備や宣撫工作に送りこまれていては、わが大阪府警察局も慢性人手不足ですからな。もっとも、こんな現場では、役人あがりの私など足手まといですがね。それで、こちらは……？　ああ、先生の助手さんですか。ほう、女医さんですと？　近ごろの女性は大したものだ」

あっさり納得すると、署長はさらに浪渕医師に向かって、

「それで、先生のお見立ては？」

「三つばかり考え方がありますかな」

浪渕医師は、指を三本立てて見せた。

「一つは、死者が踏み台を使わずに行なった自縊。といっても、思い切りピョンと跳び上がってロープの輪の中に首を差し入れたぐらいしか思いつきまへんけどな。二つ目はロープからぶら下がったあと、当人が何らかの方法で踏み台を隠滅したか、誰か協力者が持ち去ってしまったという可能性です」

「ふむ、その考えだと二つとも自殺説ですな。で、その方法とか協力者というのはおわかりで？」

「いえ、皆目見当もつきまへんな。そこはやはり

そちらの領分ちゅうことで」

署長の問いに、浪渕医師はあっさりと答えた。

「それもそうですな」

日下部署長は、いとも鷹揚《おうよう》に答えた。それに続けて、

「それで、三つ目の考え方というのは？　これも自ら縊《くび》れたという説ですか」

「いえ、他殺説です」医師は答えた。「死者は――この場合は被害者ということになりますが――何らかの手段で、首吊り縄にかけられたというものです。その方法でっか？　そう……言いにくいところを申し上げれば、何らかの非常に大きな力で空中に持ち上げられ、そのままあの欄間のロープに首を巻かれたとか……どないです？」

この言いぐさには、ナツ子も浪渕医師が本気で言っているのか、それとも冗談なのか判断がつかなかった。それは現場に詰めかけた警官たちも同じで、

「へ……？」

と、ちょっとあっけにとられたような空気が広がった。あの海原巡査も、その例外ではなかった。

だが、ひとり日下部署長は「なるほどね」とうなずき、それからまた部下たちを見渡すと、

「さて。かの首吊り死体が発見されるまでの状況を聞かせてもらおうか。えーっと……ああ、そこの君、海原君だったか、君がずっとこの家にとどまっていたんだってな。もう一つのというか、本物でない方の、いわば死体まがいのお守《も》りをしながら」

海原巡査は「は、はいっ」と答えると、先輩や上司たちの視線を気にしながら、これまでのことを報告した。

まず大鞠月子をめぐる騒ぎから始まって、それに続く大鞠喜代江の絶叫によって、騒ぎの第二幕が始まったこと。そして、そこに至るまでの状況というのは――。

最初に大鞠月子が血まみれ、いや血のりまみれになった死体まがいの姿（とは、署長もうまいこ

と言ったものだ）が発見されたとき、家じゅうが大騒ぎになったのは言うまでもない。

当然、母親の喜代江も真っ先に駆けつけたが、日ごろ気の強い彼女にも似ず、その場で卒倒してしまった。

知らせはむろんのこと、父親である茂造のもとにももたらされたが、なぜかそのときは返事がなかったという。そして、そのままちゃんと伝えることなくすませてしまった。

それも無理がないこともなかった。誰もこんなことを旦《だん》さんに告げに行きたくはない。ましてわざわざ部屋に入り、強引に揺すぶり起こすことまではする気にならなかったのもやむを得なかった。

そこへ喜代江のありさまを見れば、なおさら先延ばしにしたくもなるだろう。その間、病院に電話をかけ続けるわ、派出所から巡査が駆けつけるわといった騒ぎに取りまぎれて、そのままになっていた。

その後、月子がどうやら生きており、血がただの偽物とわかって、わけのわからぬまま一同はホッとした。

その後、喜代江も気絶から覚め、娘の無事を知った。実際には傷を負っていたのだが、そうとはまだ知らぬまま、あらためて夫のもとに報告に出向いた。

寝所は今は別にしていても、長年の夫婦となれば遠慮はない。まして家付き娘の喜代江は、丁稚あがりの夫・茂造には容赦のないところがあった。

（そうか、それであの〝ギャーッ！〟という叫び声になったんやね）

ナツ子がそう納得したとき、日下部署長はふと思い出したようにたずねた。

「それで…そもそも最初に、その血のりまみれの死体まがいを発見したのは、いったい誰なんだね」

そうか、そのことを聞き忘れてたわ――ナツ子がそう思い当たりながら、海原巡査の方を見た。

「はい、それは…」

海原がそう答え、言葉を続けようとしたときだった。ナツ子がちょうど背を向けていた部屋の入り口から、凛《りん》とした声が投げかけられた。

「それは、私です。私が月子さんの異変に気づいて、思い切って部屋の襖を開けてみたんです」

ナツ子はそうと聞くや、ハッとしないではいられなかった。

(えっ、今の声はいったい……?)

この場で耳にした誰とも違う、美しく澄み切った若い女性の声。言葉つきも、何よりアクセントがふだん耳にしているものとはまるきり違っていた。

にもかかわらず、ナツ子にはなぜか親しみ深いものがあった。たまらなく懐かしく、甘やかな思い出に満ちているような気がしてならなかった。

彼女はわれ知らず、はじかれたようにふりむいていた。次の瞬間、彼女の顔は笑みにあふれ、眼鏡の奥の目は喜びと驚きに見開かれていた。

ナツ子は、ここが殺人現場であることも忘れて叫んでいた——。

「あなたは……美禰子さん! 中久世美禰子さんやないの!」

それは、まさに思いがけない——いっそ涙ぐましいといっていい再会だった。

かつて西ナツ子は阿倍野にある芝蘭高女の生徒であり、そこで数多く出会った友達の中でも印象深い一人が、当時は中久世姓の美禰子だった。

もっとも、彼女がナツ子と学窓をともにすることができたのは、大阪にいたわずかな期間だけであり、親しみをもってつきあうことができた時間はさらに短かった。

でも、校内にはそこそこの金持ちや権力者の娘もいる中で、美禰子の美しさというより気高さは群を抜いており、その人柄は強く印象に残った。

あの楽しかった少女時代が、モダン・シティ大阪の記憶とともに遠ざかり、ぼやけて見えづらくなってきていた——そんな今日このごろ。

しかも長引く戦争のもとで、散りぢりになったクラスメートたちと会うこともかなわなくなっている。現在と過去のあまりの落差に、あれは夢ではなかったのではないか――そんなことさえ考えそうになっていた。

そこへ、しかもよりにもよって、こんな物騒な状況下で彼女と出会えたことは、どんなことにも増して驚きであり、何やらあたたかいものが胸の内に灯ったような気さえしたのだった。

美禰子もその思いは同じだったらしく、だが、こんな忌まわしい場では再会の喜びをあらわにしてはならないと思ったのだろう、せいいっぱい感情を自制しながら、

「西さん……どうして、あなたがここに？」

とだけ言った。それでもそこに、再会への熱い思いは隠しようがなかった。

「それは、こっちのセリフやわ」

ナツ子も、そう答えるだけで感極まってしまいそうだった。それから、やっと大事な事実に気づいたように眼鏡の奥で目を真ん丸にしながら、

「中久世さん……あ、今はひょっとして違ったりする？」

「ええ」美禰子はうなずいた。「実は私、ここにお嫁にきたの。夫は今、上海の病院に赴任して……」

「えっ、そんなら旦那さんはお医者さんやの？」

「そう、ひょっとして、西さんはあのころ言ってたように女医さんになったの」

「そう。そちらのご主人も同商売とは奇遇やね」

「ほんとに……」

いくら周囲をはばかっても、元女学生同士のおしゃべりはなかなか止められるものではない。それでもせいぜい小声になりながら、そこまで言いかけたとき、美禰子はふいに後ろをふりかえった。

何だろう？　とナツ子が見ると、美禰子の陰に隠れるようにして、可愛らしい少女が、こちらをのぞきこんでいた。一連の騒ぎと知ってか知らずか、凍てついたような表情だった。

幸いそのとき、茂造の死体はすでに欄間のロー

プから外され、むしろを掛けたうえで担架に載せられていた。

だがさすがに、こんな子に見せていい光景ではないと二人とも気づいて、

「えっと、向こうでお話ししましょか」

この子が何者かはまだ知らぬながら、ナツ子が早口で言い、美禰子はその少女の視線の盾になりながら言い添えた。

「そうしましょ。ね、文子ちゃん」

そうして二人は、文子をかばうようにしながら恐ろしい死の現場を離れたのだが、その廊下を渡る途中で少女はふいに立ち止まり、動かなくなってしまった。

「どうしたの、文子ちゃん」

「そうそう、早《は》よお部屋に戻って、眠りましょ」

美禰子とナツ子がこもごも言ったが、文子はガラス障子越しにある一点を見つめて、動こうとしなかった。

「どないしたん？」

とナツ子が問いかけた折も折、文子はスッとたおやかな腕をもたげると、まだ暗い庭の一点を指さした。

「あれ……何かしら」

え、あれって……？　と美禰子とナツ子がその先に目をこらす。そこにあるのは、庭園に掘られた池だった。

もとは真鯉《まごい》緋鯉《ひごい》などを放ち、水の流れも絶やさない工夫がしてあったのだが、今やそんなお道楽にかける余裕はあるはずもない。のんびり遊んでいた魚たちはとっくに捕えられて食べつくされ、あとはよどんだ水がたまっているだけのはずだった。

だが、そうではなかった。

何もないはずの池の水面に、文子の言う通り何かキラリと光るものがあった。どうやら屋内の灯りを照り返しているらしいが、何やら垂直に細い光の帯のようなものが立ち上がっているように見えるのだ。

「どうかしましたか？」

ふいに背後からした声に、ナツ子たちが驚いてふりかえると、そこには海原巡査が心配顔で立っていた。

「え、それが……」

「実は――」

ナツ子と美禰子が、どう説明したものか口ごもるのをよそに、文子はまっすぐに海原巡査を見つめ、言った――。

「あそこに何か突き刺してあるみたい。何や細長くてピカピカして……」

その言葉が終わるのを待たず、海原巡査はややうわずった声で言った。

「まさかあれは……いや、ひょっとして……ちょっと調べてきます！」

言うなり、手近の出入り口から庭へと出て行ったのだった。

――十数分後、日下部署長と東警察署の一行はそろって庭に下り、池の周りを取り囲んでいた。

そこには確かに、〝細長くてピカピカ〟したものが突き立てられていた。それが何であるかは、もう疑いようもなかった。

「君、行ってくれるか」

「はっ！」

日下部署長の指名をむしろ待っていたかのように、海原巡査は躊躇なく冷えきった池の中に足を踏み入れた。

以前よりはだいぶ減ってしまったとはいえ、まだ優に膝を超す水をザブザブとかき分けながら、海原巡査はほどなくそれに近づいた。

一度上司たちをふりかえると、合図で同意を得てから、ハンカチでくるんだ手で一気に抜き去った。

「おお……」

期せずして嘆声があがった。

それはまぎれもなく、一振りの抜き身の刀であった。

触れれば人の体など簡単に傷つけられそうな正真正銘の日本刀――そしてそれが、故・大鞠茂造の収集品の一つであることは、まもなく証明されたのだった。

昭和二十年、本町二丁目東警察署

東警察署――元の船場警察署は本町《ほんまち》二丁目にあって、大正三年竣工《しゅんこう》の重厚な石造り二階建て。屋上に四角い塔屋をそびやかし、ちょっと西洋の古城か城砦《じょうさい》を思わせる。

昭和十八年、大阪市は福島《ふくしま》区、大淀《おおよど》区、阿倍野区など七区を加えて二十二区となり、戦時体制強化の一環として自治機能を持つ区会が廃止されてしまった。

あわせて行なわれたのが、行政区域と警察管轄を一致させるための統廃合で、船場署は東署に、島之内《しまのうち》署は南署と改称されたのをはじめ、網島《あみじま》、朝日橋《あさひばし》、鶴橋《つるはし》、泉尾《いずお》、今宮《いまみや》、中津《なかつ》ほかの各署にも区名が冠されることになった。何とも味気ない話だが、こちらも劣らず市民になじまれた玉造《たまつくり》署や川口《かわぐち》署、芦原《あしはら》署に至っては廃止されてしまった。

大鞠家での殺人事件の翌日、その署長室では警察医・浪渕甚三郎の報告が続いていた。同席しているのは日下部宇一《ういち》署長、東署で刑事事件を取り仕切る司法主任、それに海原巡査が特に参加を許されていた。

「……以上のような検案結果から、大鞠茂造氏の死亡推定時刻は当夜の午前零時から前後一時間程度と思われます。死因は縊死……それもきわめて強い力がかかったことから頸骨《けいこつ》を粉砕同様に骨折し、ただちに窒息死したもので、絞痕《こうこん》から見ても現場に残されていたロープが凶器となったことはまちがいないと思われます」

「すると」日下部署長が言った。「やはり死因は自殺ということになってしまうのかね、現場の和室には踏み台らしいものが見あたらないという一点を除けば」

「いや……」

と浪渕医師はかぶりを振って、

「私に言えることは、大鞠茂造氏が確かにあの部屋で、あのロープでもって首を絞められ。亡くなったということだけです。それが他から強いられたものであるかどうかは、私の仕事の範疇《はんちゅう》ではありません」

浪渕医師は、いつもの洒脱な調子をかいま見せもせず、答えた。

「けど、そやからというてやで」

司法主任が口をはさんだ。彼は生まじめな性格らしく苦り切った表情で、

「あれが自殺か他殺かさえわからんというのでは困るで。だいたい大鞠茂造には自ら死を選ぶにしろ、誰かに殺されるにしろ、それだけの理由があるんかいな。しかも、自分の代わりにあんな人形を寝床に横たえて……となると、相当特殊な趣味の持ち主ということになるが……」

「は、それは」

海原巡査が思わず発言し、だがすぐに躊躇したように口をつぐんだ。刑事でもない自分がこうした席にいるだけでも異例なのに、口を出してもい

いのかと考えたのに違いなかった。そこへ、

「かまわん、続けたまえ」

日下部署長が、助け舟を出すように言った。

「君は大鞠百薬館の近くの派出所勤務なのだし、それに何より事件発覚の前からあそこにとどまっていて、色々と見聞きするところもあったろう。……で、率直なところどのように思うね」

「わかりました」

海原巡査はそう答えると、署長の言葉に勇気づけられたように話し始めた。

「大鞠家は明治以降、化粧品販売で成功をおさめた家ですが、次第に会社同士の競争に敗北を重ねるようになり、まして近年は化粧品自体の商売が成り立たなくなって、一家の者とわずかな従業員がやっと生活しているありさまです。

家族は、大鞠百薬館を今日の姿にあらしめた先代当主の未亡人・多可、その娘の喜代江、入り婿で現当主の茂造、二人の間に生まれた月子・文子の姉妹。文子はまだ女学生です。そして現在軍医として大陸で勤務している長男・多一郎の妻・美禰子——同じく出征中の二男・茂彦を除いて、この六人が現在の大鞠一家ということになります。

従業員は番頭の喜助、本名・田《た》ノ中喜市《なかきいち》と丁稚の種吉、本名・浦東種二郎《うらひがしたねじろう》、女中頭のお才こと近《こん》藤《どう》才、住み込みなのはこの三人ぐらいで、あとは通いのものが若干《じゃっかん》……」

「親からもらった名前を変えてのご奉公か。もうそんなことも珍しくなってゆくのかもしれんな」

日下部署長が言うと、司法主任が珍しく感傷的になって、

「そういえば、私の小学生時代の同級に、そういうのがおりましたわ。田舎から奉公に出てきて、でも義務教育ぐらいはすませてやろうと学校にやられていた。そいつ、本名は太郎《たろう》というんですが、下校してお店《たな》に帰ると丁稚の松吉《まつきち》になって、態度もガラリと変わる。たまたま彼と使いの途中で出会うと、まるで別人のようでしてね。ニコニコ作り笑いをして、でも決して口をきかへんのです。

そういう風にしつけられとったんでっしゃろ。あいつも今は一人前の商人《あきんど》になっていればええんですが……」

だが、戦時下の今、万事統制でさまざまな商売が成り立たなくなっていては、それもたぶん望み薄――ということは、この場の誰もがわかっていた。

その重い空気を振り払おうとしたのか、日下部署長がふと妙なことを言いだして、

「本名が太郎なら太吉《たきち》じゃないのか。どこから松の字が出てきたんだ」

「ああ、それでしたら」司法主任が苦笑した。「確かに本名から一字取って、吉とか七とか助とかをくっつけるのがふつうですが、そうすると言いにくかったり、同名の丁稚がすでにいたりすることがある。そういうときは別の字にするんですわ。そいつの奉公先ではわかりやすく松・竹・梅の三文字を使い回していたそうで、それで松吉と名付けられたようですな」

「おやおや、まるで人としての名というよりは符牒《ふちょう》だな」署長はおかしげに嘆息して、「……おっといかん、では海原君、報告を続けてくれたまえ」

「は」

と海原巡査は困惑気味に答えたが、それは話の腰を折られたその先には、事実関係に関する限り、大した内容がないからだった。

「と、とにかくそういったわけで、大鞠家では細々とした商いのほかは、内職のようなことをして食いつないでいる以外は、生活を支えるのがせいいっぱいというところのようです。大鞠百薬館の暖簾を引き継ぐ意思を示していたのは二男の茂彦ですが、彼の消息もほぼ絶えてしまって、家業再興の望みもほぼ断たれたというのが、もっぱらの評判です。その意味では、主人の茂造氏が将来を悲観しても不自然ではないと思われるのですが……」

「ですが、何だね」

日下部署長がたずねた。ここからがかんじんだ

と海原巡査はうなずいて、

「はい……仮に自殺するとしても、なぜあのときだったかがわかりません。あんな人形――あれは大正年間のあの店で実際に使っていたものだそうです――と同衾《どうきん》するような性癖があったということもなく、ごくふつうの女好きで浮気騒ぎも何度もあったとか。むろん、自殺者の心理など本人以外は計り知れないわけですから、いつ首を吊っても不思議はありませんが、それにしてもあまりにおかしなことが、それもいっぺんに起こり過ぎました」

「あの奇妙な、署長の表現をお借りすれば、〝血のりまみれの死体まがい〟をめぐる騒ぎか」

司法主任の言葉に、海原巡査は深くうなずいて、

「そうです。あれがもし、本当の血潮だったとしたら、まだわからなくもないのです。たとえば茂造氏が娘の月子嬢を何らかの動機といきさつによって刺してしまい、しかも相手が死んだと思いこんでしまったとします。その結果、自分の過《あやま》ちをつぐなうために首を吊ったというならまだわからなくもありません。あるいは、逆に彼女が父の死に何らかの責任を感じて、自殺を図ったのだということもありえなくもないでしょう。でも、そのどちらだったとしても、偽の血のりなどまく必要はない……」

「しかもおかしなことに、でんな」

浪淵医師がくたびれた手帳を開くと、首をかしげかしげ言った。

「本物の、かなり深い切り傷は一か所のみですが、ごく浅いひっかき傷程度のものが三か所、それに単に血のりを塗りつけた個所が八つばかり……」

すると署長は「とはまた、念の行ったことだな」と口をはさんで、

「ならば、たとえば、狂言自殺だったとしたらどうかね。大鞠月子は父が首を吊って死んだ――それが自殺であれ他殺であれ――そのことに何らかの責任や恐怖を感じ、それから逃れるために一芝居打ったのだとしたら？　そのあと、偽の血潮や

死んだふりをどうごまかすつもりだったかは別にして……」

「それだと、彼女が本当に切り傷を負っていた理由がわかりません。それに、狂言自殺なら凶器を身辺に置いておくはずではありませんか」

海原巡査はそこまで一気にしゃべると、ハッとしたようにあたりを見回した。つい熱をこめて語り過ぎてしまったことに気づいたようだった。

日下部署長はしかし、彼の心を見透《みす》かしたように微笑しながら、

「率直な意見をありがとう。――そのあたりのことについて、捜査担当としてはどう考えているね？」

視線を司法主任に投げかけた。すると主任はほろ苦い顔つきで、

「さよう、まさに彼の言ったようなことが悩みの種、矛盾の塊《かたまり》なのでして……。大鞠月子の脇腹につけられた傷は、相当に鋭利な刃物によるもので、それに相当するものは当人の部屋からは見つかっておりません」

「なるほどね」

署長は、自席の机で両の手指を組み合わせた。

「では、あのとき池で発見された日本刀が凶器ということは？」

すると、司法主任は渋面を浮かべながら、

「十分にありえます。ただ……」

彼から視線のバトンを受けた形で、浪渕医師が口を開いた。

「私もその意見には賛成ですが……しかし断言はいたしかねますな。水の濁《にご》った池に投げ込まれ、ことに切っ先は底の泥にまみれていたせいで、そこからは何も検出できませんでした」

「大鞠月子の皮膚組織や血液も？」

「さようです、署長」

司法主任がかわって答えた。だが彼はそのことに加え、別のことに憤っていたようで、

「そもそもああいう刀剣類は本来、金属供出で手元にあるべきものではないので、まことにけしか

らんというか、われわれの手抜かりというか……」

もっとも、この場に金属類回収令の遵守についての気にするものはなく、そのあとしばらくの間は、各自思案投げ首しながらの沈黙が続いた。

「あ、そういえば……あ、いや、その」

海原がふと思い出したように言い、だがすぐに口ごもった。

「言ってみたまえ」

日下部署長にうながされて、海原巡査は答えた。

「これはそのとき、本署のみなさんとも話し合ったことなんですが……あの晩どうも、大鞠邸のようすをうかがっていた者がいるようなのです。むろん、事件発生当時は、周囲に野次馬もいましたし、おそらくはそのたぐいとは思うのですが……」

「おいおい、そんなことがあったやなんて、報告を受けてへんぞ」

司法主任が気色《けしき》ばんだ。

「いえ、何の証拠もないことですから……それにあの晩の大鞠邸には、われわれ警察の人間と浪渕先生、それに助手の女医さん以外は出入りした者がないのは、はっきりしていたもんですから」

「その点は私も保証します」浪渕医師が言い添えた。「いや、私というよりは当院《うち》の車夫――源之助という、私よりさらに年かさのご老体なんですが、彼が正面や横手の入り口の見える場所で、待機というよりはヘタっておったようですが……。とにかく、何か忍術でも使って塀を飛び越えたのでもない限り、怪しいものの出入りはなかったと請け合っておりますよ」

「ふむ……にもかかわらず、君らにはその人物が、どうしたことか気になったというんだね」

日下部署長が海原巡査に問いかけた。

「そういうことです。とにかく妙ちきりんな……一昔前なら別にそう奇抜な格好でもないんでしょうが、とにかく風変わりな男でした」

「妙ちきりんで……」

「風変わり、ねェ」

そう言われても想像できなかったとみえ、司法主任と浪渕医師が割りゼリフの形で言い、それぞれ首をかしげたときだった。ドアにノックの音が鳴り響いた。

「入りたまえ」

署長が声をかけると、すぐにドアが開いて、くりくり坊主の男の子が、まだ子供っぽく初々《ういうい》しいようすでお辞儀をしてみせた。それは、署で使っている給仕の少年だった。

「あの、主任さんか、できれば署長さんにお目にかかりたい、いうお方が来てはるんですが」

「私か主任に⁉」

「私か署長に⁉」

署長と司法主任がみごとなまでに声を合わせて答えると、くりくり坊主の給仕はびっくりしながら、一、二歩退《しりぞ》いた。

町なかの警察というところには、とかくいろんな人間がやってくるもので、署長だの司法主任だのは、その標的となりやすい。だから、何でもかんでも取り次がないようにと教えられているはずだ。

にもかかわらず、うっかり通してしまったことでしかられると思ったのか、給仕はもう少しでベソをかきそうなほど申し訳なさそうに、

「はい、ぜひにと……やっぱりあきませんでしたか。けど何だか、妙ちきりんで風変わりな人ですねん。それで、つい……」

昭和二十年、南久宝寺町大鞠家土蔵前

空は白っぽく曇《くも》っていたが、奇妙に明るかった。その下で語り合う二人の若い女性の声は、それよりもなお明るく朗《ほが》らかだった。翼こそなかったが、まるで空翔ける二羽の鳥のように、彼女らの思いは、そしてそれらを乗せた言葉は、どこまでも気まぐれに、そして自由に飛び回るのだった。

野天に置かれた床几《しょうぎ》に腰かけた一人は、眼鏡をかけた親しみやすそうな女性。もう一人はスラッとした体つきで、若武者のようにきりりとした女性だった。うち前者が言うことには、

「そやったの、美禰子さん、軍医さんと結婚しはったん……船場《せんば》生まれの阪大出で、そんな人がいてはると聞いた気がするけど、ひょっとしたらご主人さんのことやったのかもしれへんね」

「確かに、かなり変わり種かもしれないわね。でも本人は、大阪のことに船場の万事如才ないところとか、へりくだっているようで相手を高みから見下ろしているみたいな商人気質が苦手で、とにかく逃げ出したかったんだって」

「フフフ、そういう浪花《なにわ》っ子もいてるかもしれへんわね。でも、美禰子さんは今まさにそのただ中で暮らしてはるわけでしょう。確かに、大阪生まれの私ですら、船場いう土地はちょっと苦手やし、ここで生まれ育ったご主人でも耐え切れへんかったわけでしょう？　ましてあなたは、そもそもまるで違う土地とお家《うち》で育ったのに、大変と違う？いびられたりしてへん？」

「いびられてるわよぉ。特にあの月子さんには」

「えっ、ほんま？」

「でも、あることをきっかけに、逆に怖がられるようになっちゃった」

「へぇ、どんなきっかけで？」

「ほら、これよ」

大鞠美禰子は床几から立ち上がると、軽く握っ

た拳を重ね、竹刀《しない》を構えるしぐさをしてみせた。

「え、ほんなら剣術《やっとう》の腕で恐れ入らせたの？　あはははっ、さすがは美禰子さんやわ」

　西ナツ子は驚きあきれて目を見開き、さも痛快そうに笑い始めた。それからあわてて口を手でふさぐと、

「あけへんあけへん、こない大声で笑《わ》ろたりしたら、怒られるんと違う？　ほら、あの貫禄たっぷりの女子衆《おなごし》さんに見つかったりして」

「お才さんのこと？　彼女なら大丈夫よ。酸《す》いも甘いも噛み分けてるというのかな。忠義でとてもいい人。――それより西さん、結婚は？」

　するとナツ子はびっくりしたように自分で自分を指さして、

「私？　私はまだ独身よ。一生ひとりでおるかもしれへん」

「えっ、そんなことないでしょう。もっとも、私だってずっとそう思っていたけどね」

　大鞠家の裏庭、作業場と並んでそびえ立つ土蔵の前で、さきほどから二人の元女学生の会話は続いていた。

　――あの〝生きていた死体〟騒ぎと、その直後に発覚した大鞠家当主の惨劇から、三日ほどたった昼下がりのことだった。

　浪渕医師のあとを追う形でここにやってきたことが縁となり、ナツ子は自宅療養することになった大鞠月子のため往診医として通うことになった。

　肉体に負った傷も決して軽いものではなかったが、心に受けたショックはそれ以上だったと見え、以前の高飛車さがうそのように黙りこみ、ナツ子の診察に対してもろくに口をきこうとはしなかった。

　自分の身に何が起き、なぜ血のりまみれになっていたかも、一切語ろうとしない。前後して父があんな奇怪な最期を遂げたのだから、それも無理はなかったが、自分が何者かに刺されたときのことすら、

「うち、何も覚えてまへん」

の一点張りで話そうとしないのでは、ますます疑惑の雲を深めるばかりだった。警察が訊こうが医者が訊こうが、奉公人の中で一番心やすいというお才どんに頼んですら同じことで、本当に覚えていないのか大いに疑わしかった。

あのとき美禰子が自ら名乗り出たように、発覚のきっかけはあの晩、二階に何者かの動き回る気配を感じ取ったことだった。美禰子は同じ階にあって、もとは夫の多一郎がいた部屋をあてがわれており、そこで異変に気づいて廊下に出たのだった。

確かに誰かがいたのはまちがいなく、そいつが当主の茂造が秘蔵していた日本刀で月子に斬りつけたあと、刀を持って脱出し、庭の池に投げこんだということになるが、それはいったい誰なのか。

もっともこれは、あの池の刀と月子に傷を負わせた凶器が同一であった場合で、現場に血のりがまかれた謎については無視したうえのことだ、まして、それが当主・茂造の縊死とどうつながるかについては、皆目見当がつかなかった。

確かなことは、この二つの事件が大鞠家の人びとに落とした影で、気の強いことで知られた大鞠喜代江でさえ、夫の無残な死にざまに半狂乱になったあとは、まるで別人のようにおとなしく、無気力になってしまった。むろん、なるなという方が無理な状況ではあったが……。

喜代江はここ数年来、夫とは寝所を別にしていて、その理由は（少なくとも表向きには）長寿で達者とはいえ、さすがに心身の衰えが目立つようになった実母の多可の世話をするためだった。

大鞠多可はかなり以前から、茂造の部屋よりさらに奥の奥、渡り廊下でつながった離れで暮らしており、めったにそこから出ることもなくなっていた。

喜代江はそこの一室で寝起きし、母屋《おもや》から運ばれる食事などを供し、身の回り全般を手伝いながら、昼は店の方に出て女子衆たちを指揮し、いそがしく立ち働いていたのだという。

だが、夫が亡くなったことで茫然自失し、まだ回復したとはいえない喜代江に高齢の多可の世話ができるのか。もちろん月子はいま言ったようなありさまだから、大鞠家の家政を取り仕切っていた二人がその座を保てなくなった今、どうすればよいのかを考えなくてはならなかった。

美禰子とナツ子の会話は、しかしそうしたことの根深いところまでは触れなかった。そうしたことは最低限ですまされ、危うくなりかけると、さりげなく懐かしい思い出話にポイントを切り替えた。

「ねえ、田守《たもり》さんて覚えてる？　ほら、芝蘭高女のクインとまで呼ばれてたお嬢さま……。いつでも取り巻き引き連れてはって、ちょっと私らには根性悪《こんじょわる》やった――」

「ええ、政友会の代議士のご令嬢だった田守増代《ますよ》さんでしょ。あの方がどうしたの？」

「それがね、その代議士のお父はんが亡くならはって、そのあと世間の手のひら返しにおうて、そらもう大変な苦労をしはったらしいの。せっかく入った音楽学校も中退しはったんやけど、歌の道はあきらめはらへんかって、今は何と大手のレコード会社と契約して歌手してはるねんて！」

「へえ、職業歌手に！」

といった具合だった。

中でも、二人を懐かしがらせた共通の友人がいて、美禰子はその消息を知りたがったのだが、一番の親友のナツ子さえ連絡を絶やしているのだという。

そうして、あのクラスメートはこの先生はと挙げてゆくと、思い出が豊富であればあるほど現在とつながる糸がプツンと切れていることが痛感されて、そぞろ寂しい思いをしたりもするのだった。

むろん二人は知っていた――この時間が止まったような、止まったままゆっくりと朽ち崩れてゆく船場の商家の外側で、あらゆる糸を叩き切る死神の鎌《かま》が振るわれていることを。そして、それはやがて自分たちにも向かってくるであろうことを。

ただ、それがどんな形であるかは、このときに及んでも二人も、ほかの誰もよくわかってはいなかった。かりに、誰か未来を見通す人がそれを知らせたところで、海野十三や蘭郁二郎《らんいくじろう》の科学小説としか受け取ることができなかったであろうほどに……。

「このあと、どうなるのかしらね」

美禰子がふと空を見上げ、言った。

「どうなるって、それはどっちの……」

ナツ子がきょとんと聞き返す。言わなくても、それが大きく二つに分かれ、それぞれ何を意味するかは互いに理解された。やはり避けようとしても限度のあることだった。

「どっちもよ」

美禰子は小さく笑った。それこそ少女のように、床几に腰かけたまま足をぶらぶらとさせながら、

「今度のこと、あんなことがあった以上、ただではすまないでしょ。警察はきっと犯人を逮捕しようと躍起になるでしょうし、それで真実が明かされればいいけれど、誰かが……もしかしたら、ひょっとしたらだけど、よそ者の私が罪を着せられてしまうかもしれない」

「えっ、まさかそんなことは……」

ナツ子は笑い飛ばそうとして絶句した。そのあと、とりつくろうように、

「でも、どないなっても……今みたいな世の中やから、かりに犯人が捕まらんかったとしても、えらいことになるでしょうね。——うん、そやわ」

「急に、どうしたの？」

下を向き、拳を握りしめたナツ子に、美禰子がおかしそうに訊いた。

「私、この事件でできる限りのことはしよう、思うの。幸い浪渕の大《おお》先生が警察の嘱託《しょくたく》医なんやし、今度のことでも捜査に協力してはるみたい。そやから私もできるだけお手伝いをして、情報を集めるし、真実を明らかにしたい——うん、きっとそうする！」

意を決した表情で、いつのまにか立ち上がった

女医の卵に、美禰子は何ともいえないおかしさと、確かな頼もしさをないまぜに感じながら、

「さしずめ名探偵登場、というところね」

「名探偵、私が？」

ナツ子はまんざらでもなさそうな顔をしたが、すぐに手を振ると、

「だめだめ、私なんかとてもそういう柄やないわ。そやね……せいぜい名探偵の助手、いうところかな」

「じゃあ、あなたが助手なら浪渕先生が名探偵？」

「うーん、それもちょっと違うかな」

「じゃ、名探偵登場、待望ということで」

「そやね、相願わくば、神よ、われらのもとに名探偵をつかわしたまえ！」

そのあとは、一段と朗らかな笑いに包まれ、たわいもない会話はなおも続いた。

語られなかった方の〝このあと、どうなるのかしらね〟については、それきり立ち消えになってしまった。


今もどこかでくりひろげられている戦闘と殺戮、そして飢餓《きが》。厚く覆い隠されて見えない、そして誰もが見ないようにしている破局が、いつどんな形で自分たちのもとにやってくるのか。そんなことを口に出してみてもしかたがなかったかもしれない。

だが、それを無視した歓談が、いつまでも続くものではなかった。

美禰子とナツ子の会話がふと途切れた。古びた土蔵とその周辺以外の世界が全て消えてしまったような、灰色の寂寥に包まれたような気がした
――そのとき。

「美禰子姉ちゃん、ナッちゃん先生」

ふいに間近から、二人に呼びかけた声があった。

――大鞠文子だった。彼女らがもう通り過ぎた、女学生という時間をまだ生きている少女が、いつのまにかすぐそばに立っていて、つぶらな瞳を向けていた。

「どないかしたん？　文子ちゃん」

「どうしたの、何かあったの？」

まるで実の妹にでも問いかけるような彼女らに、文子はこっくりとうなずいてみせた。そして言った——。

「うん、ちょっと……ちょっとばかり変なことがあってね、ほんで姉ちゃんたちに来てほしいの」


——その男は、確かに妙ちきりんで風変わりだった。彼を見た人々が、こぞってそう評したのも無理はなかった。

だが、ほんの十年足らず前ならどうだろう。仕立てのいい英国ツイードらしきスーツをぴったりと身に着け、その上から軽く外套《がいとう》を引っかけている。頭にはボルサリノあたりかと思われる中折れ帽、手にはステッキ、足にはピカピカのコンビ靴——そんないでたちの青年紳士が、ことに大阪や東京にはざらにいて、心斎橋《しんさいばし》や銀座《ぎんざ》を闊歩《かっぽ》していたものだ。

帽子からのぞいた髪は、当世に逆らったようにのばされ、油を使ってきれいになでつけられていた。しかも、その身からはかすかに香水の匂いさえ漂っている。よくもまぁ、こんな格好で憲兵や街のうるさ型たちに見とがめられず、鉄拳制裁を受けずに歩いてこられたと思われるほどの反時代的なスタイルだった。

まるで、今やたった五十六ページと薄っぺらで、味もそっけもなくなった雑誌「新青年」が、その六倍もの厚みを誇っていた時代の人気コーナー〝モダン大学〟や、〝ばにちい・ふえいあ〟改め〝ヴォガンヴォグ〟から抜け出てきたような……いや、そういうのとも少し違っていた。

「新青年」仕込みのモダン・ボーイといっても千差万別だったが、胸ポケットから銀色に輝く虫眼鏡をのぞかせていた青年紳士は、そうはいなかったろう。まして、空いた方の手にはやたらと分厚くて古びた洋書を抱えており、その表紙には〝HANDBUCH FÜR UNTERSUCHUNGSRICHTER ALS SYSTEM DER KRIMINALISTIK

von Dr. Hans Gross"（ハンス・グロッス著『予審判事必携』）とれいれいしく記されているときては！
　確かに、妙ちきりんで風変わりとしか言いようのないその男は、今ゆっくりと足を踏み入れようとしていた――本町《ほんまち》の東警察署に続いて、南久宝寺町《みなみきゅうほうじまち》の大鞠家へ、その闇のただ中に。

第四章

京阪神の探偵熱はどうも本来のものらしく、いつまでもさめないのに感心します。探偵趣味はやつぱり関西畑のものかも知れませんね。

昔で云へば西鶴でも秋成でも関西人だし、現在の作家でも、名古屋以西に多く、我々もやつぱり大阪式ネバリ屋ですからね。

江戸川乱歩書簡より

昭和二十年、南久宝寺町大鞠家
――探偵登場

「方丈小四郎《ほうじょうこしろう》、探偵です」

――それが、その男の第一声だった。

玄関口でその名乗りを聞いたとたん、美禰子は曰《いわ》く言い難い表情で、かすかに片頬を引きつらせ、ナツ子は眼鏡の奥でパチパチパチパチと目をしばたたいた。そんな中、ひとり文子だけが、

「探偵さん、ほんまもんの？」

と両手を合わせ、ひどくうれしそうな顔になった。大げさに言えば、まるで小躍りせんばかりだった。


「探偵、と言われますと――」

美禰子は、そんな義妹のはしゃぎようを横目にしながら、用心深く言った。

「私立探偵社とか、そういったところの方でしょうか」

いろんな職種が不要不急とみなされて廃業に追いこまれ、日本にさえ居場所がなくなって、算盤やペンを持っていた手で凍てついた不毛の大地に鍬《くわ》を入れているこの非常時に、果たしてそんな商売が成立するのか。まずその点が疑問だった。

「いや……よくまちがわれますが、そういうのではないんです」

方丈小四郎なる男は、にこやかに、だが断固として否定してみせた。

「警察の刑事のことも昔はそう呼んだものですが、かといって、それでもない。まぁ、あえて言うなら民間探偵、あるいは犯罪研究家というところでしょうか」

「は、はぁ……」

「民間探偵、ですか」

そう聞かされても、美禰子とナツ子は煙《けむ》に巻かれたようだったが、またしても文子だけは、

「民間探偵？　そんなら、あの明智《あけち》小五郎《こごろう》と同じですね！」

と、ますますうれしそうだった。

「ちょ、ちょっと文子ちゃん……」

そのようすを見かねた美禰子に引き留められて、文子は「あ、はい」とやや冷静さを取りもどした。

それでも、今や思い出と古雑誌の中にしか存在しない欧米の映画から抜け出てきたような青年への興味は隠しきれずに、

「それで、探偵さんは……当家《うちとこ》の事件を調べにきはったんですか」

ひどく神妙な表情になりながら、問いかけた。

「えぇ、まぁ、そういうことです」

探偵を名乗る方丈小四郎は、その真剣なまなざしに逆に気圧《けお》され気味になりながら答えた。

「あなたのご職業については、わかりましたが」

美禰子はすかさず言った。実のところは把握しきれてはいなかったのだが、それでも相手をキッと見すえながら、

「いくら探偵だからといって、当家で起きた出来事に口出しされる理由はありません。事件の捜査なら、すでに警察の方で十二分にやっていただいておりますし、それ以上、立ち入っていただく必要は一切感じておりません」

まさに一刀両断という感じで言い切ったのを、文子が畏敬の目で見ていた。わらをもすがる思いであったとしたら無理もないが、危うくこの〈探偵〉の口車に乗せられそうになったのから、踏みとどまったような感じだった。

一方、方丈と名乗り、民間探偵と称する男は、

美禰子の語気にややひるんだようなようすを見せた。だが、それでも口元にたたえた微笑は絶やさずに、

「すると、僕は……？」

「お引き取りください。あまりしつこいようなら、警察を呼びますよ」

美禰子はきっぱりと、断ち切るように言った。そのまま相手にクルリと背を向け、ナツ子と文子をうながして奥へ去ろうとしたのだが——そのとき、

「ほう、警察を呼ぶと。そうしてやってきた警察が僕に立ち入りの許可を出したとしたらどうします？」

方丈小四郎が、どこか挑むような、この状況を楽しんでいるかのような調子で言った。ハッタリや駄法螺《だぼら》にしては、いやに自信に満ちていた。

「さぁ、どうでしょう……そんなこと、あまりありそうとも思えませんが」

美禰子はふりかえりざま言ったが、半信半疑というにはほど遠いにせよ、一信九疑ぐらいは心がぐらついたようだった。

「そうですか」

方丈小四郎はニヤリと唇の端で笑うと、手品師めいた手つきで内ポケットから一枚の名刺を取り出した。美禰子たちはうさん臭げな目を向けたが、何とそこには、

大阪府警察局　東警察署署長
警視　日下部宇一

という活字に添えて、こんなペン字が記されていたのである。

——方丈小四郎君を紹介します
と。

「！」

これには彼女らも顔を見合わせずにはいられなかった。

東署の日下部署長といえば、大鞠家の当主であ

る――今となっては、当主だったというほかないが――茂造の縊死《いし》事件と、長女・月子が偽の流血と本物の刺傷《ししょう》に彩られて昏睡《こんすい》状態で発見されたあの夜、現場で陣頭指揮を執《と》った人物である。

その人のお墨《すみ》付きとあれば、むげに追い返していいものかどうか。もっとも、真偽のほどは定かではなかったが、こんな名刺と添え書きをわざわざ偽造する人間がそうそういるとも考えにくかった。

だからといって――と美禰子は思案に困ってしまった。こんな怪しげな人物を家に上げるわけにもいかないし、上げなければ上げなかったで面倒が起きるかもしれない。

そんなこんなで、さすがの美禰子にもとっさには判断がつかず。どうしたものかためらわれたとき、

「あっ、そないいうたら！」

西ナツ子がいきなり素っ頓狂な声をあげた。この新米女医は、何ごとかとふりかえった美禰子たちに、

「浪渕先生《せんせ》が言うてはったわ。東署に検死の報告に行ったら、自分で探偵と名乗るけったいな……オホン、exzentrisch《エクスツエントリッシュ》（エキセントリックな）な人が押しかけてきたんやて。それも、捜査に協力したいとか言うて。ふつうやったら追い返すんやけど、何でも有名な政治家の身内とかで――えっ、ひょっとして、その人が？」

そう言いながら、男の顔や風体をじっと見つめた。

「ハハハ、それはどうやら、僕のことのようですね」

方丈小四郎は微笑みを濃くすると、軽くうなずいてみせた。それから、今の発言者である西ナツ子が、自分の手元をじっと見つめているのに気づくと、

「ははぁ、するとあなたが浪渕先生の助手さんですね。今ヒョイっと口をついて出たドイツ語からも、そして僕の愛読書であるこの本に、なかなか

興味がおありのようであることからしても」

「いえ、別にそんなわけでは」

ナツ子はいったんは否定したものの、方丈がことさら見せつけるように抱えた洋書への興味は断ち切れずに、

「あなたが持ってはるその本は……ひょっとして、ハンス・グロッスの『予審判事必携』と違いますか」

とたずねてみた。そのとたん、

「これはお目が高い。この本をご存じでしたか」

方丈小四郎は、わが意を得たとばかりににっこりした。ナツ子はといえば、つい乗せられたことに気づいたように、もとの用心深さを取りもどして、

「いえ、まぁ……浪渕先生の書斎に『採證学《さいしょう》』という大正時代の訳本があったのを見ただけですけど」

それは、『予審判事必携』――別の訳し方では『裁判官のための犯罪入門書』となるが、刑事事件を担当する司法官に、犯罪捜査や現場鑑識《かんしき》について記した大著の、日本における抄訳本だった。

「何なの、いったいその本は」

むろんそんなことまでは知らないものの。ナツ子が何となくこの男に丸めこまれてしまったような気配に、美禰子が問いただす。すると文子が、

「名探偵が読む本よ、美禰子姉ちゃん。確か茂彦兄ちゃんが、特に好きで読んではった本に出てきた……何でも、いろんな犯罪の手口や、その見抜き方がびっしり書いたぁるんやとか」

へぇ？　と美禰子はあっけにとられたが、すぐに気を取り直して、

「とにかく、署長さんのお墨付きがあろうと、またどんな本を読んでおられるにせよ、当家に上がりこんでいただくわけにはいきませんし、それを許す資格も私にはありません。少なくとも、義母《はは》の意見を聞いてみないことには……」

大鞠家の当主である茂造亡き今、家内のことについて指示を出せるのは、その妻である喜代江以

外にはなかった。むろん、その背後に彼女の実母であるお家《え》はんこと隠居の多可がいることは言うまでもなかったが……。

「ああ、こちらの奥様ですか。それなら何の問題もありません。あなたはご存じないようですが、僕の父は代議士をしておりまして、こちらとは長年のご昵懇《じっこん》……とりわけ亡くなられた茂造さんからはいろいろ応援をいただいて、そのおかげで先の選挙でも当選を果たしましたようなことで」

——先の選挙とは、昭和十七年に行なわれた、いわゆる翼賛選挙だ。日米開戦前の昭和十二年の総選挙で選ばれた衆議院議員たちは、戦時体制ということで本来なら四年の任期を延長されていた。

その間、大政《たいせい》翼賛会の成立で全ての政党が解体されたが、時の首相・東條英機《とうじょうひでき》は軍部に非協力的な議員の一掃を狙い、戦争真っ最中にもかかわらず衆議院の解散と選挙を断行した。

その目的は、議会を自分たちのめがねにかなった人間だけで占めようとするもので、「推薦候補」として選ばれたものには選挙資金を提供したり、政府お声がかりの団体である大日本翼賛壮年団が選挙運動に協力したりするなどの優遇措置を加えた。それ以外の候補者は徹底的に不利になるよう仕向けられ、場合によっては立候補そのものの断念に追いこまれた。

四六六議席中三八一議席を推薦候補が占め、議会はますます無力になったが、その一方で非推薦候補の得票率も三五パーセントにのぼった。

何より大きな結果は、議会の半分が入れ替わったことで、軍や官庁と密接な関係を結んで推薦を得た方丈小四郎の父も、そのようにしてまんまと代議士になり上がった一人だった。

むろん、美禰子もナツ子もそんなことまでは知らないから、いきなり大鞠家と昵懇の、代議士の息子のと聞かされても、にわかに信じるわけにはいかない、文子にしても同様かと思われたが、彼女はいきなり何か思い立ったかのように、

「うち、お母《か》はんに訊いてきます！」

いきなりそう言うと、クルリときびすを返し、奥の方へと独りパタパタと駆け去っていった。

「あ、文子ちゃん……」

と美禰子が声をかけたときには、もう少女の姿はなかった。

――大鞠喜代江は、以前から夫とは臥所《ふしど》を別にし、お家《え》はんこと多可と同じ離れで起居していて、事件以後はさらに籠《こも》りがちだったから、文子はたぶんそちらに向かったのだろう。

これはしばらく時間がかかりそうで、となるとこの〈探偵〉と上がり框をはさんで気まずいにらめっこを続けねばならないかと思われた。だが幸い、文子は割合すぐにもどってきて、

「お母はんは、かめへんと言うてはりました。今度のこととの真実がわかり、犯人が見つかるのなら、誰によらず力を貸してもろたらよろし、と……」

と意外な返事をもたらした。

「へえっ、ほんとに？」

「こちらの御寮人《ごりょん》さんにそうまで言われたら……どないしょ、美禰子さん？」

予想しなかったなりゆきに、美禰子とナツ子が顔を見合わせたとき、奥の方でヒョイと顔をのぞかせたものがあった。それまで二階で月子の世話をしていた女子衆《おなごし》のお才どんであった。

押し問答を聞きつけたか、心配そうな顔をしている彼女に、

（だいじょうぶ、こちらは気にしなくていいから）

と目で合図すると、小首をかしげながら二階の方にもどっていった。

方丈小四郎は、そちらに気を取られながらも、

「では、失礼して、上がらせていただきますよ」

コンビの靴を脱ぐと、まるでここが来慣れた親戚の家でもあるかのような遠慮のなさで、板の間に上がった。

「では、さっそくですが……」

と言いかけたその腕を文子がグイとつかみ、上目遣いに、

「はい、ではまずお父《とう》はんの寝間にご案内します

ね！」

有無を言わさぬ調子で、あの奇怪な縊死現場へと案内していったのだった。

（驚いたな。文子ちゃんは確かに積極的な子だけど、ここまでするだなんて）

その意外なほどの熱意というか強引さに驚きながら、美禰子とナツ子があとを追った——。


——あの夜を境に主を失った二間ぶち抜きの和室は、当然ながらすっかりと片付けられていた。

大鞠茂造の代わりに店頭展示用の蠟《ろう》製の人形が横たわっていた夜具は取り除《の》けられ、あとには青畳が広がっているばかり。

「なるほど、ここに茂造氏が……というわけですか」

方丈小四郎は部屋のあちこちに視線を走らせながら、

「ほかに事件当夜と今とで、変わった点はありますか？」

「さあ……」

美禰子とナツ子は、それぞれ首をかしげ、顔を見合わせた。

「たぶん、変わりはないと思います。いえ、まちがいなく」

美禰子はそう答えたものの、一〇〇パーセントそう保証できる確信があったわけではなかった。

いま述べた寝床を除けば、部屋の調度や家具類も、床の間の美術品だか何だかよくわからない収集品も、事件当夜そのまま——のはずだった。

家の誰かが動かしたとも聞かないし、そもそも動かす理由もないから当然ではあった。だが、こういろいろ置いてあっては、かりに何者かの作為がひそかに加わっていたにしても、容易に気づけそうにないのも事実であった。

「ま、当夜の状況については、あとであらためて東署の方で現場写真を参照することとして」

方丈小四郎は、さりげなく警察とのつながりをほのめかしながら、やおら美禰子たちに向き直った。

「では、質問をもう一つ――事件のさらに以前と今とでは、何か違いや変化がありませんか？　どんなささいなことでもかまわないのですが」

「え……」

「いきなりそない言われても……ねぇ？」

　これはまた、さらに首をかしげさせるに十分な質問だった。

　もとよりあの晩、初めて大鞠家を訪れたナツ子にわかるはずがないが、美禰子もこの部屋にはあまりなじみがない。あるとすれば、妻の喜代江かお才どんぐらいだった。と、そこへ、

「それやったら、あそこしかおませんわ。探偵さん」

　文子が言いながら、この部屋を二つに分かつ欄間のほぼ中央部を指さしてみせた。思いがけない指摘に、美禰子たちが見ると、せっかくの美しい透かし彫りの真ん中に亀裂が生じていた。

「あ……」

　ちょうどその真下にいた西ナツ子が、ぎりぎりまで首を曲げて欄間のその部分を見上げた。それは、大鞠茂造を縊死させたロープが掛けられていた個所にほかならなかった。何しろ特別注文の繊細な細工を施したものだから、大人の体重がかかればひとたまりもないのは何の不思議もない。

　ナツ子はしかし、それ以外のことに不審を感じたようで、

「あれっ、おかしいな……」

　眼鏡の奥で目をこらした。

「どうかしたの。何がおかしいの？」

　かたわらからたずねる美禰子に、ナツ子はコキッと音をたてながら首を元の角度にもどして、

「うん、あのね……あのときは首吊りの縄がかかったままだったから気づかへんかったけど、ほら、見てごらんなさい。欄間の細工が左右に大きくえぐれてるでしょう。あそこからただぶら下がったのなら、ロープが垂直方向に食いこんだだけのは

ずなのに、それにしては壊れ方が大きい気がせぇへん？　まるで死体が左右に大きく振れたみたいにね」

「あ、確かに……」

「ほんまやわ、ナッちゃん先生！」

美禰子がうなずき、文子が声をあげた。次いで三人の女性の目が、さらなる意見を求めるかのように方丈小四郎に集まる。

彼は軽くせき払いなどすると、

「ふむ、これはいい点に気づかれましたね。確かにただの縊死にしてはその点がおかしい。これはぜひ調べてみなければね」

「そんなら、そうしてください」

文子が真剣そのものの、真摯《しんし》と言ってもいい目で彼を見つめた。

「お父はんの身に、ほんまは何が起きたのか、何であんな亡くなり方をせんならんかったのか……探偵さん、今すぐにも調べて、うちに教えてください！」

「いや、そうしなくてはならないのは重々わかっているんだがね」

方丈小四郎は、少女にやや気圧《けお》され気味になりながら言った。

「いくら僕が長身でも、あそこまでは届かないしね。いや、そりゃまぁ、はしごや脚立《きゃたつ》でもあれば別だが、とっさには用意できないだろうし……ああ、やっぱりないか。じゃあ、しょうがないですね。あ、いや、こういうのも本来は警察の仕事だからね。むろん、この目で検分するのが一番大事とはわかっていますよ」

彼は、何かにつられるように視線をめぐらした。その先にあるのは廊下と対面の壁に据えられた、左上がりに段数の増えてゆく風変わりな箪笥《たんす》だった。

その隣にある普通に四角い箪笥も、同じ朱漆塗《しゅうるし》りなので一体のように見えるが、実際は別々である。

「あ、いや、できなくもないか。この上に乗ってもだいじょうぶかな？　ああ、もともとは階段兼用に作られたものだから……よっこらしょっと」

言いながら、方丈小四郎が足をのっけたのは、段々になった箪笥の一番右端だった。それを一段目として、二段、三段と上がってゆく。

おのおのの段差は一尺ほどだから、階段としてはかなり急勾配だが、上りきるのに時間も手間もかからなかった。

「知らなかった……階段みたいな形をしてるし、ずいぶん頑丈に作ってあると思ったら、ほんとにそんな風に使うのね」

「うちも実際に上るとこは初めて見るわ。話には聞いたことがあったけど」

美禰子とナツ子が感に堪《た》えたように言った。するとその背後から、

「これ、『階段箪笥』いうて、ずっと昔はほんまにうちの二階への上り口に置かれてたんですて。けど、あんまり急で危《あむ》ないし、建て替えで要らんようになって、でももったいないからというので、お父はんの部屋に移されたんやそうです」

文子が少しばかり得意そうに、だが、この部屋の主を悼《いた》んでか、かすかに声を震わせながら説明した。

階段箪笥というのは、その名の通り、まさにそれら二つを兼ね備えた什器《じゅうき》で、側面に引き出しや袋戸棚を設け、少しでも空間を節約しようとしたものだった。とにかくやたらと人も物も多い商家では、ことに重宝されることが多かった。

もっとも昔の町家は中二階がせいぜいで、高さもそんなには必要なかった。だいたいあまり高くては、てっぺんの方の引き出しや戸棚からの出し入れが不便でしょうがなくなってしまう。

現に、この部屋に置かれている階段箪笥も、人ひとりがてっぺんに腰掛けられるぐらいのすき間が、天井との間に空《あ》いていた。いつしか使われなくなったのも、大鞠家の建物の天井がかつてより高くなったからだろう。

とはいえ、欄間の破損状態を調べるためには、

かなり身をかがめて簞笥の上を歩いてゆかねばならない。案の定、方丈小四郎は頭を派手に天井板にぶつけてしまった。

「わあっ」

大げさに叫んだ彼が感じたであろう痛みを想像し、美禰子は思わず顔をしかめずにはいられなかった。

だが、それはすぐに驚きに変わった。というのも、単なる衝突にしてはグワン！　とあまりに大きな、しかも妙に反響したような音がしたからだった。

「痛《い》てててて……何かここだけ板が妙にふくらんでいるというか下がっていて、それでつい……」

方丈小四郎は弁解するように言ったが、そのあと不審げな表情になって、

「それにしても、すごい音がしましたね。しかも板がビクともしないもんだから、いやもう痛かったのなんの」

ぼやきながら、天井のほかの部分に触れてみると、ふつうにたわんだり、少しだが持ち上がったりする。

ここの天井裏には、明らかに何かがありそうだ——そう誰の目からも思われたとき、さらに思いがけないことが起きた。

何かがガチャンと落ちる音がしたかと思うと、それに続いて、あろうことかジリジリジリジリ！　とけたたましい音が天井裏で鳴りだしたのである。

「えっ、何これ？」

「電話とか防犯電鈴《ベル》——いや、目覚まし時計の音みたいやけど」

「そういえば確かに……でも、何であんなとこから？」

女たちが顔を見合わせ、次いで簞笥の上の〈探偵〉に視線を注ぐ。間近でいきなりこんな騒音を聞かされた彼の驚きははなはだしく、あやうく簞笥の上から転げ落ちそうになっていた。

——ええっ、僕が？

そう言いたげな方丈小四郎に、美禰子たちはい

っせいにうなずき返した。次いで文子が追い打ちでもかけるように、

「探偵さん――いえ、方丈先生。どうかお願いします」

そう言われてはしかたなく、方丈小四郎は、いくぶん弱まりつつも鳴り続ける目覚ましのベルらしきものに顔をしかめながら、天井板のあちこちを手で押えた。

だが、どこもさっきのように多少動かせはしたものの、外れたり、中がのぞけるほど持ち上がったりはしなかった。釘付けしてあるから当然だし、そうでなくては天井の意味がなかった。

一方、彼が頭をぶつけた部分は、上に何か重いものが載っているようだが、かろうじて持ち上げることができた。もともと点検その他のために開けられるようにした個所らしかった。

「そう、そこ！」

「もっと力出して、ほらほら、だいぶ開いた！」

「がんばれ、もう少しですよ！」

いつのまにか鳴りやんだベルの代わりに、下からの声援を受けながら、方丈小四郎はもう半分やけになって天井板を強引に持ち上げた。と、いきなりそれがガクンと外れたかと思うと、重みのせいで下向きになってしまった。

「うわっ、わわわわ！」

方丈小四郎は焦《あせ》ったように叫びながらも、必死に支えようとしたが、そんな不安定な姿勢で、一度外れてしまった板をはめ直すのは容易ではない。

加えて、天井板の上にひそんでいたものはよほど重いらしく、押しもどすことさえできなさそうだった。美禰子はとっさに階段簞笥を駆け上がったが、そのときすでに何か四角い物体が滑り台の要領で姿を現わそうとしていた。

それは縦横三、四十センチ角ほどの大きさで、小型のトランクか何かのように見えた。まさにトランクの蓋《ふた》さながらにパックリ口を開いていたからだ。

美禰子は方丈小四郎に手を貸し、トランクのよ

うに見えてはるかに小さく、それにしてはえらく重たいその物体をかろうじて受けとめた。だが、そうするのがせいいっぱいで、開いた口から何かが飛び出すのは避けられなかった。

黒くて丸くて薄っぺらなその何かは畳に落ちて一度バウンドし、そばにいたナツ子に「キャッ」と悲鳴をあげさせると、そのままコロコロと部屋の外へ転げ出て行ってしまった。

そちらも気になったが、とりあえずは方丈小四郎を手助けする方が先だった。美禰子に続いてナツ子が手を貸し、そのえらく重たい物体を箪笥の上に安置することに成功した。そのときには、その正体も明らかになっていて、

「……こ、これは」

「ポータブルの――」

「蓄音機？」

珍しいところから突如出現した、珍しくもない品物にあっけにとられた声があがった。

それは、ＳＰレコードをかけるための機械式プレーヤーで、クランクで巻いたゼンマイの力で駆動し、一切の電気的増幅抜きで音溝から拾った音をそのまま流す。単にポータブルといえば、このタイプの蓄音機を指すほどだった。

携帯用《ポータブル》というには大荷物だが、屋内ばかりか野外でも音楽が楽しめる唯一の手段としてかなり普及していた。もっとも昨今では、うっかり洋楽はもちろん流行歌謡でも聴こうものなら非国民として指弾されかねず、出番は大幅に減っていた。

すると、いま畳の上から廊下へと転げ出していった、黒くて丸くて薄っぺらな何かというのは――？　と一同が思い当たったときだった。方丈が支えるのをやめたため、開いたままとなった天井の穴から、続いてまた別の何かが降ってきた。

ポータブル蓄音機よりはるかに小さく、何か細かな部品をゴチャゴチャと組み合わせたそれは、畳に落下するなりバラバラに分解してしまったが、その中心をなすものは一目で正体が知れた。

「め、目覚まし時計!?」

西ナツ子が頓狂な声をあげた。美禰子もそちらを見るなり、

「じゃ、さっきジリジリ鳴ってたのは、やっぱりこれだったのかしら……あれっ、文子ちゃんは?」

そう言うと、階段箪笥から音もなく畳に着地した。何といつの間にか文子の姿が見えなくなっていて、これには方丈もナツ子も狼狽《ろうばい》したが、幸いその行方はすぐに知れた。

「あの美禰子姉ちゃん、ナッちゃん先生……それに探偵さん」

残念そうに、申し訳なさそうに部屋にもどってきた文子は、さきほどの何か——黒くて薄っぺらだが、しかしもはや丸くはないものを手にしていた。

それは、無残にいくつもの破片に分かれたレコードの残骸だった。

「廊下で見つけたんやけど、拾おうと思た矢先に壁に当たって割れてしもて……ごめんなさい」

シェラックを主材料とするSP盤は、直径三十センチほど。毎分七十八回転で再生し、片面五分ほどの演奏が収録できるが、けっこう重いうえに割れやすいという欠点を抱えていた。

「いいのよ、そんなことは」

美禰子は文子をなぐさめるべく言ったが、ようやく階段箪笥から畳に降り立った方丈小四郎は顔をしかめて、

「ふーむ、これは惜しいことをした。天井裏のポータブル蓄音機に目覚まし時計。いったい誰が何の目的で、そんなものを置いたのか。それと大鞠茂造氏の悲劇とどう関係があるのか——それらの謎を解き明かすために、レコードの曲目は重大な手がかりになったろうに……どれ、見せてみなさい」

文子からレコードの破片を受け取ったが、その中心に貼られているはずのレーベルは剝がされていた。そのことを確かめると、方丈小四郎は軽く口笛を吹いて、

「ありゃあ、この壊れっぷりからすると、再生は

不可能か……ますますもって残念というほかありませんな」

「ご、ごめんなさい……」

〈探偵〉のないものねだりな難詰《なんきつ》に、文子は消え入りそうな声でわびた。これには美禰子も許せなくなって、

「そんなことを責めるより、なぜ天井裏に蓄音機《こんなもの》や目覚まし時計《あんなもの》があるのか、推理を聞かせていただきましょうか」

「そう、それに、まずはあの欄間の亀裂についてもご高説をうかがわんとね。もちろん、まるで見当がつかないというのなら、話は別ですけど……」

西ナツ子が真上を指さしながら、言い添えた。

「いや、それぐらいのことはわかっていますとも」

方丈小四郎は二人の勢いに押されてか後ずさり、ギョッとした顔になった。箪笥に浮き彫りされた虎に尻のあたりをぶつけたせいだった。

ムッとした顔で背後をふりかえり、自分がさっき上ったばかりの階段を見やった。その直後、にわかに何かが頭にひらめいたようすで、

「そう……」〈探偵〉は軽くせき払いした。「おそらく犯人がしたことはこうです。この部屋でぐっすり眠っていた大鞠茂造氏の首に縄を掛け――あの、そちらのお嬢さんは外された方がいいのでは」

文子の方にちらと視線を投げながら、意外に繊細な気配りを見せた。

「そう、それは確かに……」

と美禰子がうなずきかけた矢先に、

「いえ、うち聞きたいです。あの晩、お父はんの身に何が起きて、あんなことになったのか知りたいんです」

文子はあらがうように言った。思いがけなく強い語気に、美禰子さえも一瞬言葉に詰まったほどだった。

「――わかりました、そういうことならばお話ししましょうとも」

方丈小四郎は、これまでになく真剣な面持《おもも》ちで言った。あらためて室内をぐるっと見回すと、問

題の欄間を指さして、

「……犯人は大鞠茂造氏の首にロープを掛け、その一端を欄間の透かし彫りのすき間に通しました。そして、その一端を持ってこの階段箪笥の最上段まで上り、位置的なことを考えると、その隣にある箪笥のてっぺんにまで達した。そして、そこからエイヤッと飛び降りたのです。いわば滑車のない井戸釣瓶《つるべ》のようなもので、犯人の重みに引かれて茂造氏の体は引き上げられ、宙吊りにされた。あまりに瞬時の出来事で、気づく機会もなければ抵抗の余地もなく、氏は苦悶《くもん》の末、絶命してしまった……。

こういう形なら、ロープを通した部分にかかる力や衝撃も大きく、また被害者の体も大きく振れるでしょうから、欄間の破損が激しくなるのは当然というもの。犯人はそのあと階段箪笥だけをずらして——この部分だけなら畳の上を引きずって、一人の力でも割合簡単に移動できるでしょう——ロープの掛かった欄間の間近に上がり、そこに結び目を作り、余分を切り落とします。こうして一見、完全無欠な縊死に見える死体が完成したわけです……ただ自殺にしては踏み台がないという一点を除いてはね」

軽く両手を広げてみせるなどして、〈探偵〉としての説明を締めくくった。これが探偵小説なら、誰もが彼の説明を拝聴して納得すべきところ、

「でも、まさにそこが問題やないんですか。犯人はどうしてあえてそのままの状態で現場を立ち去ったんですか。踏み台になりそうなものさえ置いておけば、他殺とは疑われなかったかもしれないのに」

舌鋒《ぜっぽう》鋭く斬りこんだのは、西ナツ子だった。そこには医師として、まだ周囲には明かしてはいないが法医学にいささか志《こころざし》を抱くものとして、そして何かと勝手の違う婚家で奮闘する親友の助けになろうとする思いからの熱意があった。

「そ、それは、犯人が茂造氏の死を自殺であると考えてほしくなかったからではありませんか？

自ら縊れたと解されて追及を逃れるより、はっきり自分の犯行と宣言したかったからだ——と」

ナツ子はしかし、その説明には納得できないようすで、

「さあ、それはどうかしら。まあ、その点は犯人を捕まえて訊いてみるしかないとして、ならばあの人体模型は？　こちらのご主人の代わりに寝床についていていたという……あれに、どんな意図というか事情があったとお考えですか？」

真正面から質問をぶつけたのには、わけがあった。

首吊り死体で発見された大鞠茂造に代わり、彼の寝床の中に横たわっていたそれ——あの蠟製の等身大人形は、彼女自身にとっても、この殺人現場において衝撃的な印象を与えた存在であった。

新米とはいえ医者である彼女には、ある意味、死体より不気味に思えたといっても過言ではない。だから、方丈小四郎なる男が〈探偵〉と名乗るからには、この点についての見解を聞かせてもらわないわけにはいかなかったのだ。

「じ、人体模型ですか」

方丈小四郎は、ややあわて気味に答えた。幸い、それに関する情報ぐらいは得ていたらしく、

「そういえば、そんなものがあったと東署で聞いたな。……え？　あ、いや、別にここにその現物を持ってくるには及ばないです。いや、ほんとにお心だけでけっこうですとも。いやまぁ、何が何でも現物を、虫眼鏡だの巻き尺だのをポケットに詰めこんできて調べるのが、今どきの探偵ではありませんからして、はい」

——問題の人体模型は警察の現場検証のあと、こんなものを押収してもそれ自体は証拠にならず、ただ持て余すだけだということで、大鞠家に厳重保管するようにとの条件を付けて返還された。

そこで困ってしまったのは、大昔に大鞠百薬館の啓蒙《けいもう》広告に使われていたものの、店頭から消えて久しかったそれが、これまでいったいどこに置いてあったのか誰も覚えていないことだった。

御寮人さんの喜代江も知らず、お家はんの多可にそんなことをいちいち訊きに行くのもはばかられ、かといって唯一知っていそうな茂造はあんなことになってしまい、やむなく蔵の空いたところにしまいこむほかなかった。

　ともあれ、この件に関する西ナツ子からの追及はきびしいものがあり、何らかの解釈を下さないことには承知しそうになかった。そこで方丈小四郎は、落ち着きなく畳の上を行きつもどりしながら、

「さよう、あれはこの事件のもっとも謎めいた部分であって、犯人はおそらくこれによって関係者を恐怖せしめ、事件に怪奇の霧をかけようとした……というような単純幼稚なことではおそらくないわけです。近代的な探偵学においては、怪奇で謎めいていればいるほど、そこに合理的理由と必然性を見出さねばならない。であるからして、えーっと……ああ、そうだ、一種の重し、もしくは死体を支えるために使われたんですよ。被害者の体を宙吊りにしたまま、ロープの欄間に食いこんだ部分に結び目を作るといっても、それは容易ではない。犯人がつかんだまま飛び降りたロープの一端から手を離せば、死体はたちまち下に落ちてしまうし、結び目をあとに残すためには余分なロープを切り取る必要があるが、これもなかなか至難の業と言わねばなりません。

　そこで、ロープの一端を階段状でない方の簞笥の引き手に結びつけるなどして固定し、そのあと、この部屋にあらかじめ持ちこんでおいた人体模型に茂造氏の死体を肩車させ、いったん安定させておいたうえで簞笥側のロープを切断し、欄間に結び目をこしらえてしまえば、これで現場完成――というわけです」

　しょっぱなの困惑はどこへやら、よどみなく一つの推理を語り終えた。

　あまりスラスラと語られたせいで、かえって煙に巻かれるようなところがないでもなく、聞かされた美禰子もナツ子も、そして文子も何とも言え

ない表情になっていた。彼の推理の当否がどうこうということではなく、その内容と語り口が問題だった。

確かにあまり聞いて愉快な話ではなかったし、彼女らが沈黙してしまったのも無理はなかった――ロープを手にしながら簞笥から飛び降りる犯人、井戸釣瓶の要領で引っ張り上げられ、宙吊りのまま絶命したあとは、あの気味の悪い人形に肩車される茂造などといった奇怪なイメージに頭をかき回されたとあっては。

一方、方丈小四郎は、三人が感心して拝聴してくれているとばかり思っていたようだった。そればかりか、今の推理がきっかけとなって、アイデアとおしゃべりが一気に調子づいたようで、

「……いや、待てよ。こういう方法もあるな。犯人自身の体重ではなく人体模型のそれを利用し、これを投げ落として茂造氏の体を欄間から吊り下げる。そして人体模型ではなく移動した階段簞笥に死体を座らせ、ちょっと場所的には窮屈だが、自分もそこに上がってロープに結び目を……あの、どうかしましたか？」

喜々として死体玩弄《がんろう》のトリックを語っていた方丈小四郎は、いつのまにか自分に向けられた冷たい視線に気づき、口をつぐんでしまった。

――何とも気まずいふんいきが、いまわしい記憶が今も生々しく漂い、ただでさえ寒々しい和室の空気をいっそう冷えこませた。と、そんなさなか、

「あの、まだ一つわからへんことがあるんですが」

西ナツ子が小さく手をあげた。

「方丈さん、あなたの推理がかりに成り立つとして、何で犯人は、そこまで犯行に使われたロープの結び目を作ることにこだわったんでしょう？そない苦労してロープの一端を切らいでも、一方の端を簞笥にでも何でも結びつけたままにしとけばよかったんと違いますか」

確かに、言われてみればそうだった。犯人よりむしろ、方丈の推理がその点にこだわって四苦八

苦し、無理を重ねてさえいるように見えた。

「そ、それはですな」

方丈小四郎は狼狽気味に答えた。少し考えてから、

「そうしなかった理由は、ロープの一端をそのままにしておいたら、通常の縊死と違う手口が用いられたことが一目でわかってしまうからですよ」

「それなら」ナツ子はすぐさま訊いた。「どうしてまた死体の真下に踏み台になるようなものを置いとかへんかったんですか。それがなかったから、通常の縊死とは違うことが、それこそ一目でわかってしもたんやないですか」

彼女の追及には、美禰子も大きくうなずかずにはいられなかった。確かに、それだけの手間をかける理由も必然性も見当たらなかった。

だが、方丈小四郎も〈探偵〉と名乗るだけのことはあって、そう簡単には軍門に降《くだ》らずに、

「ほう。それなら、どういう手口だったら被害者を事件当夜そうであったように、欄間にくくりつけたロープから吊り下げることができたというんです？　現場に残されていた人体模型の意味と目的は？　あなた方は、僕と違ってその目で現場の状況を見られたんですから、さぞかし正しい解釈がおありになるんでしょうな！」

かえって語気を強め、言い返した。

「そ、それは……」

ナツ子が口ごもり、見かねた美禰子が口をはさもうとした、そのときだった。

「あの……それで、方丈先生」

大鞠文子がおずおずと口を開いた。これには方丈小四郎もやや態度を軟化させて、

「何ですか、お嬢さん」

と訊いた。すると文子はどこか思いつめたような表情で、

「さっき、先生が天井裏から発見されたポータブル蓄音機と目覚まし時計、それに何かの残骸、あの品々は先生の推理にはかかわってはけぇへんのでしょうか。うちがみすみす壊してしもたレコー

ドの中身が大事な手がかりとおっしゃるからには、無関係やないと思うんですけど」

文子の鋭い質問に、方丈小四郎は、またそこへ話が返ってきたかとばかり、たじたじとなりながら、

「いや、それはもちろん、かかわってきますとも。——ちなみに、これは参考までに訊くのですが、ご当家では不要になった道具類などを物置の代わりに天井裏に収納するといったことは、していますか」

「え、不要になった道具類——といいますと？」

いきなりの奇妙な質問に、美禰子が文子に代わって聞き返した。

「いやまぁ、その」方丈小四郎は口ごもった。「このご時世、大っぴらに鳴らすのがはばかられる蓄音機とかレコードとか、それに使わなくなったり修理しそこなったりした目覚まし時計といったものを、そこにしまっておくということはなかったのかと思ってね。ほら、これほどの家だけに、『ぜいたくは敵だ』に抵触するものも、ふつうの家よりはたくさんあるだろうし」

苦しまぎれのような理屈だが、全くありえないことでもなかった。

電蓄——電気蓄音機と違って、こうした機械式のプレーヤーは、蓋の開閉ぐらいしかボリュームの調節しようがない。そんなものをかけたと知られれば鉄拳制裁もののジャズのレコードをどうしても聴きたくて、小指の爪をのばしてとがらせ、これを再生針がわりにターンテーブル上で回転するレコードに接触させ、さらには親指を耳の穴に突っこんで、文字通り〝骨身にしみる〟音楽を体験したという悲喜劇もあったぐらいだった。

だから、ポータブル蓄音機を目につかない場所に隠すというのも絶対にありえないことではなかったのだが、

「それは、ありません！」

彼が言い終わるが早いか、美禰子と文子が口をそろえて答えた。そのあとにナツ子がため息まじ

りに、

「そらそやわ、何でそんなもんをわざわざ天井裏なんかに隠さんならんの」

と思わずもらした、ちょうどそのときだった。

「あのぉ……」

廊下側からいきなり声がしたかと思うと、障子の陰からヌーッと突き出された顔があった。

ナツ子と文子、それに方丈小四郎までもが「うひゃあ」と声をあげ、だがすぐになぁんだという表情になりながら、胸をなでおろした。

「どうかしたの、お才さん」

そう優しくたずねた美禰子に、お才は「へぇ」と頭を下げ、こう続けた。

「何でも、探偵の先生がおいでとうかがいまして、それも旦《だん》さんのお友達の方丈様の息子はんやそうで、ちょっとお耳に入れたいことがおまして……あの騒ぎでつい取りまぎれて、警察の方々には話しそびれてしもたことが、おますのやが……」

「……話してみて、よかったら」

美禰子がうながすと、お才はうなずいて、

「実は、あんまり気色が悪いと申しますか、ご番頭の喜助はんには『そらお才どん、何ぞ古いもんでもつまみ食いして、悪い夢でも見たんやで』てなこと言われたもんでっさかい、『アホらしい、戦争前ならいざ知らず、今はつまみ食いするようなもんなんかおますかいな。あったら古《ふる》なる前に食べてしまいますわ』と答えましてんけど、考えてみたら、この前あんまりお腹すいたもんやから、昔お子たちのためにこさえたげた御手玉《おじゃみ》ほどいて、中の豆さん出してみましてんけど、煮《た》いても煮いても軟《やら》こうなりませんやおまへんかいな。うまいこと行たら、何とか甘味料でも調達して、おぜんざいでも作って月子嬢《とう》さん文子小嬢《こい》さん、それに若御寮人さんにも食べてもらお、思たんやけど、どないにもこないにもならんもんやから、生まれつき歯性《はしよう》のええのを幸い、そのままガリガリボリボリッと食べてしまいましてんけど、ひょっとしたらあれがお腹に障ったんかしらん。けど、あれが夢やとして、あの小鬼見だしたんは、あの豆さん食べるだいぶ前からやから、それとこれとは関係ないねやと喜助はんにはいっぺん言うてやらんなりませんねん。だいたいあの人は、わたいよりはるかにあとからこちらに奉公しだして、まだ肩上げの取れん丁稚の時分には三度三度のご膳から寝しょんべん垂れの始末まで、さんざん世話になっておきながら……」

「ちょっとちょっと、お才さん！」

　美禰子が、あわてて女子衆頭《おなごしがしら》のとめどないおしゃべりを押しとどめた。彼女から「若御寮人さん」と呼ばれることへの、いささかの照れもあった。

「貴重な豆を私にまで食べさせてくれるつもりだったのは、うれしいけれど、お才さんはいったい何の話をしたいの？　夢の話——ではないのよね。それに、いま口にした『小鬼』って何のこと？」

　いっしょに聞いていたナツ子も、それから方丈小四郎までもが、この断固たる介入に安堵のため息をもらした。文子はお才どんの回りくどい、脱線だらけのしゃべり方にとっくに慣れているのか、やっとクスッと笑顔を取りもどしながら見ていた。

「あ……こらまた、えらい相すまんこって。どうぞ堪忍しとくれやっしゃ」

　お才どんは申し訳なさそうに頭をかくと、今度はいきなりこう切り出した。

「実は、ご当家の屋内《おいえ》に夜な夜なお化けが出ますねん。小鬼いうのは、それのことですのや」

　えっ……と美禰子たちは顔を見合わせた。ふと文子を見ると、彼女は真顔になり、小さくうなずきさえしていた。

　——お才の話というのは、実に不思議というか薄気味の悪いものだった。

　それは最近——といっても、始まりがいつのころなのか定かではないのだが、夜中にふと起き出したとき、廊下に不思議な人影を見ることがあるというのだ。

　彼女の寝所は二階の片隅にあり、かつては河内木綿で荒い縞柄の煎餅《せんべい》布団を並べて女子衆たちが寝起きしていた女中部屋を一人で使っている。

若いころからずっとこの家に奉公していて、ほかの世界をほぼ知らない、だからいっそ気楽ではあるが、ときに天涯孤独の寂しさ、だだっ広いばかりの屋敷の不気味さが身にこたえることがある。

――そんなある夜更けのこと。ふと目覚めたあと、のどの渇きを感じて寝床からはい出したお才どんは、あくびまじりに女中部屋を出た。

昔は奉公人たちも山といて、たとえ彼らが全員寝静まっていても、どこかに人の息づかい、温《ぬく》もりのようなものがあった。もっともそのころは、毎日毎日ただ騒がしくせわしないばかりで、そんなことを考えたこともなかったのだが。

それが今はすっかり様変わり。長男《あにぼん》さんの多一郎は医学部卒業までは自宅から通っていたが、その後東京に移り、とうとう外地に赴任してしまった。二男《こぼん》さん――さらに弟がいればその呼び名はそちらに譲り、彼は〝なかぼんさん〟と呼ばれることになったろう――の茂彦は兵隊に取られてしまった。

時局に合わないからとお店は逼塞《ひっそく》、その外側に広がる船場《せんば》のにぎわいも、今は過去のものとなった。とうに縁づくことをあきらめ、先のことなど特に考えたこともない。ただ働きに働いて生涯を終えるばかりだと思い定めている彼女も、ふとぼんやりした不安に襲われることがある。

その晩も、なぜだかそんな思いにかられていた。そのせいか、見飽きるほど見慣れた屋敷内が、ひどくよそよそしく恐ろしいものに見えた――そんなさなか。

「！」

お才どんは、ふいにその場に立ちすくんでしまった。

――何やら小さな人影が、廊下の薄暗がりの奥で踊っていた。

トットト、トットトト、トトトトトトト……不思議な拍子の足音を、かすかに響かせながら、後ろ姿のまま踊っている。踊り続けている。

お才どんは、自分が夢を見ているのではないかと思った、という。

夢といえば遠い昔、まだ小娘の時分に好きな人と所帯を持つことを夢見たこともあるが……いや、そういうのではなくて悪夢のたぐいだ。それも起きたまま見るがゆえに、覚めることのない悪夢だ。

いくら目をこすっても、ほっぺたをつねっても人影は消えず、踊りも足音もやむことはない。

怖さよりも好奇心が先に立ち、お才どんはおそるおそる人影の方に足を踏み出した。先方はこちらに背を向けたままだから、気づかれることはない。雲つくような大男ならともかく、ずいぶんと小さく、しかも弱々しそうだ。

だが、何歩目かをしるした爪先が、ミシッと床板に音を立てさせ、思わずヒヤリとした瞬間——奇妙な人影はふいに動きを止めた。そして、いきなりピョイと飛び上がりざま、こちらをふりかえった！

「!!」

それは、まさに小鬼だった。鬼面のような恐ろしげな顔をして、角《つの》こそ見当たらないが、その代わりに赤い髪を振り乱している——いつか一度だけ見たお芝居の「連獅子《れんじし》」で、迫力ある踊りを見せた片割れの〝赤頭《あかがしら》〟さながらに！

だが、そこまで見た瞬間、お才どんは脱兎《だっと》のごとく駆け出していた。迷路のような二階を駆け抜け、女中部屋に帰り着くと布団をかぶってガタガタと震え……やがて怖がり疲れたのか寝入ってしまった。

目覚めればいつもの朝、いつものお店。昨夜のことは夢としか思えず、だから何もかも夢だったことにして、お才どんは仕事に精を出した。

だが、その夜……夜半ふと目覚めた彼女は、寝床の中でまたしても聞いてしまったのだ——トットト、トットトトとリズムを刻むあの足音を。むろん、あのときのことを思えば、廊下に出てその正体を確かめる度胸などはなかった。

以来、お才どんはめったなことでは、夜中に起き出すことはしないようにしたのだが、それでもどうかした拍子にあの足音を聞き、あの姿を見てしまうことがあった。廊下とは限らず、階下《した》で夜なべ仕事をしているときなどにも。そして、それだけではなく……。

「それが、でございますのやが」

お才どんは、さきほどに劣らない長話の果てに、言うのだった。

「先日のあのご不幸のさなかにも、あの小鬼が出よったのでございます。あれは……そう、浪渕先生とそちらの看護婦さんがおいでになるよりずっと前、とにかくあないややこしいことになるとは、まだ夢にも思わん時分に、赤頭を振り乱した小鬼が確かに目の端を駆け抜けたんでございます。そのときは、お化けどころではない大騒ぎの最中やったもんで、つい見過ごしにしておりましたが、あとから急に怖《こお》うなってまいりまして、ひょっとしたらあれはご当家の不幸災難の前触れやなかったかと……」

そやから私は看護婦ちゃう、言うてんのに――とナツ子が抗議をさしはさむ余地もないしゃべりっぷりだったが、どうにも不可解な話ではあった。彼女はもとより、お才どんの正直な人柄を知る美禰子ですら、にわかには信じられなかった。

とりわけ方丈小四郎には〈探偵〉の領分からはみ出した怪談もしくはヨタ話のたぐいに思えたのか、困ったようにこめかみのあたりをかいている。推理の対象とならないものには、そもそも興味がわかないのか、格別感想も質問もないようだった。

だが、そこへ文子が思いがけないことを言いだした。

「お才どんの言うのん、ほんまのことやと思う。実はうちもその小鬼を見たんよ。今の話にあったのそのままに、赤い髪の毛を振り乱した小鬼が夜中に廊下を飛び歩くのを、確かにこの目で……」

そうして語りだしたのは、彼女自身が一人寝の夜、ふと遭遇した不思議とも奇怪とも言いようのない存在に関するものだった。

彼女がまのあたりにした小さな人影と、その耳で聞いたトットト、トットトト、トトトトトトト……という足音。それらはまぎれもない事実であり、そのときの驚きも恐怖も、何もかもが本物だった。

文子の話は、お才どんの怪談めいた語りを裏づけるに十分だった。そのことは、美禰子たちをいっそうの混迷に追いこまずにはおかなかったが、当の女子衆頭の感激は大きかった。ずっと自分が夢幻を、見るはずのないものを見てしまったことに悩んでいたところへ、そうではないのだ、あの小鬼を見たことを否定しないでいいのだと告げられたのだから、それも当然で、

「おおきに、小嬢《こいと》さん、ほんまにおおきにありがとう存じます。これで、わたいはあのとき自分の頭がおかしゅうなったんやないと信じられます。あの騒ぎのさなか、何がほんまで何が嘘かというのがわからんようになってたんが、これで少しはスッキリした気がいたします。あの小鬼は何者かはわかりまへんが、ほんまにおったんや。ということは、あの晩わたいが見聞きしたことは偽《いつわ》りやなかったんでおますなぁ。ひいてはつまり、こちらのお部屋の前でわたいが聞いた声も、ほんまもんの旦さんの声やった、ちゅうことで……」

感謝感激雨あられといった、さらに拍車がかかった饒舌さにまぎれて、思いがけないことを言いだした。

「え？　なになに、女子衆さん、あんた今、何を言ったんだ。ほんまもんの旦さんの声って、何のことなんだ？」

方丈小四郎が、当然のように聞きとがめた。その唐突な発言にふくまれたものに気がついたという点では、美禰子やナツ子も例外ではなかった。

「ちょ、ちょっと、お才さん、今のはいったい――」

「どういうこと、いきなり何の話やの？」

質問の矢を次々と放たれながらも、お才どんはなおも感激の面持ちで文子の手を取りながら、

「え、何でございますか？　ああ、わたいがあの晩、旦さんのお声を聞いたことでございますかいな。はい、さようでございます。ちょっと小用《こよう》がありまして、この廊下を通りかかりましたら、この部屋の中から何やらガサガサッと気配がしましたんで、ひょっとしてお具合でも悪いのか、何かお入り用のものでもあるかとお察しして『あの旦さん、何ぞご用でも……』声をかけさしてもらいましたところ、中から、

『だんない、何も用はないよって、あっちゃへ行っとれ』

　とお答えにならはりました。まぎれもなく当人のお声でござりました。

　それならば、せっかくおやすみのところをお邪魔してはいかんというので失礼いたしましたが、そのすぐあとに例の小鬼の姿を見かけまして、ウワーこれはかなんなぁ、えらいもん見てしもたなぁと思てね、こんな晩は早《は》よ寝てしまおと床に就きましたら、若御寮人さんがどうも月子嬢《とう》さんのお部屋のようすがおかしいと言うてきはって、それからはご存じの通り……そんなこんなで、その前のことは何もかも吹っ飛んでしもたような次第でござりますのやわ」

「と、いうことは……」

　西ナツ子がすかさず言った。いつのまにかずり落ちてしまった眼鏡を、慎重に押し上げながら、

「こちらのご主人、大鞠茂造氏は、まだそのときには生きてはった。ということは、探偵の方丈さんが述べはった方法が正しいかは別にして、氏が何者かに縊死させられたのは、まちがいなくそれ以降。そしておそらくは月子さんが眠らされ、傷つけられたうえで血のりをまかれたあとのこと──いうことになりますね！」

「そりゃあ、まぁ……そういうことになりますな」

　方丈小四郎が言い、そのあとハッとしたように付け加えた。

「そうですとも、それは絶対そうなりますとも！　犯人はまず大鞠月子嬢を彼女の部屋に襲って昏倒《こんとう》

せしめ、そこで奇妙な犯罪工作を加えたあと、ここで階段簞笥と人体模型を駆使して、大鞠茂造氏を縊死せしめたということに！」

「そこまでわかったんやったら」文子も興奮気味に言った。「きっと憎い犯人も捕まりますね。お父はんを殺し、月子姉ちゃんをあんな目にあわせた犯人もやがては絶対に……ね、探偵さん！」

「も、もちろんだとも。稀代《きたい》の名探偵たる僕の手腕と頭脳に期待しておいてくれたまえ！」

方丈小四郎は、胸をたたいて請け負ってみせた。

一方、美禰子はそこまで手放しで喜ぶつもりにはなれなかった。

どうやら事件は進行しつつあるらしいが、だからといって犯人どころか容疑者すらも、いまだその影さえ見せてはおらず、真相はまだ霧の彼方、闇の奥にあるというほかなかったからだ。

（それに）と美禰子は思った。（天井裏から見つかったこれらの意味は、何一つわかってはいないのだから……）

彼女の視線は、いつのまにか存在を忘れられたように畳の上に鎮座する品々に向けられていた。

――ポータブル蓄音機と割れたレコード、そしてこれも壊れてしまったらしい目覚まし時計と、それをとりまく意味不明の機械仕掛けに。

「さて、と」

方丈小四郎は、どこか肩の荷を下ろしたように言った。

「ここはとりあえずこれまでとして、では……当夜のもう一つの事件についての調査に移るとしますか。いやなに、僕の事情聴取を受けるかどうか、それはご本人の意思次第ですがね……」

＊

――とある年、とある月日、どことも知れぬ部屋にて。

そこに身をひそめたその男――少年の面影さえ残した青年は、もうずっと前から死に瀕《ひん》していた。

本来なら、そんなことはありえないはずだった。

心身ともに健康そのものであり、よほどの災難か事故とでも遭遇しなければ、あと半世紀かそれ以上は人生を楽しむことができるはずだった。

にもかかわらず、彼は死に取りつかれていた。思えばずっと以前から、若くして理不尽に命を奪われることを運命づけられ、それを受け入れるよう強いられていた。

彼はこの国の指導者たちが、愚かな選択を重ね、捨てるべきものを捨てようとしなかった結果、死に追いやられていようとは知らなかった。

一対十、いや、それ以上の戦力差があることを無視し、数字を歪め事実を消し去り、すでに中国大陸で何十万もの戦死者が出た以上、今さら引っこみがつかないという理由で戦争を続け、真珠湾《しんじゅわん》を攻撃すれば功利的で個人主義者のアメリカ人は戦意を喪失する——という理由で世界を敵に回したとも知らされていなかった。

何一つ理由も背景もわからないまま、ただ自分が高い確率で殺されることだけは知っていた。そうなることを、いろんな機会を通じて教えさとされていた。そして、その運命が決して逃れようがないものであることも……。

懐かしい家族に会うことも、新たな家族を作ることもおそらくできないとすれば、せめて願うのは、かつて自分が愛した物語たちのページを繰ること、その一節だけでも読み返すこと。

だが、彼にはそれすら許されなかった。ただできるのは、その断片を脳裏によみがえらせることだけ。そう、たとえばこんな具合に……。


彼は何遍も燐寸《マッチ》をつけなほして、本棚の上を念入りにしらべた。一番上の棚からはじめて、一段づつ秩序的に目を通して行つた。そして下から二段目の棚にある二巻の大きな書物のところまで来ると、ぴつたり視線を据ゑた。それから彼は燐寸を消して、その書物を窓のそばへもつて行つた。

「実に驚いた、」ヴアンスはこの二冊の書物を簡単にしらべをはつてから言つた。「手のとゞくところにある書物で、最近に手を触れたものはこの二冊だけだ？　何だと思ふかね君、この本は？　ハンス・グロス教授の、『裁判官のための犯罪学入門書』二巻になつた古版だぜ。ドイツの原文で『ハンドブツフ・フユル・ウンテルズフヌングスリヒテル・アルス・ジステム・デア・クリミナリスチツク』ていふんだ。」彼はおどけた顔をしてマーカムの方を見た。「まさか君がこゝへはひつて読んだわけぢやあるまいね？」

マーカムは彼の冗談には答へなかつた。彼には一眼《ひとめ》で、口でこそ冗談を言つてゐるが、ヴァンスが心の中《うち》で非常な不安を覚えてゐることがわかつたのだ。……

「ちよいと蓄音機とは見えないな」彼はかう呟いた。「とにかく毛氈《まうせん》づつみは訝《をか》しい？」

彼は、かがんでそれに手をかけた。「アナトリアンか——シーザリアンかな——売るつもりとしても、いくらになるものでもなし……カナリヤの音楽趣味はどんな程度かな。ヴィクトル・ヘルベルトあたりか」彼は毛氈のつつみを解いて、箱の蓋をあけた。機には一枚のレコードがかけてあつた。彼はそれを覗きこんだ。

「ほう！　ベートオヴエンのマイノル・シンフオニイのなかの微急調《アンダンテ》！——マーカム、これ以上の微急調《アンダンテ》はないよ」彼はすぐに機をワインド・アップした。「いい音楽は最上の清爽剤、なによりの憂《うさ》ばらしだ。ねえ君？」

マーカムはヴァンスの軽口を唯《た》だ聞き流して、鬱《うつ》した顔で窓外を眺めた。

ヴァンスはモーターに動きをつけ、針をレコードの初端《はな》において、居間へ戻つた。さうして長椅子の際に思案顔で立つた。私は扉のそばの柳椅子に坐して音楽を待つた。だが私はさつきから可なり焦燥を覚えてゐた。一分か二分すぎた。しかし蓄音機から出る音はただ微かなきしりだけだつた。……

彼——大鞠茂彦は、それらの文字列の反芻《はんすう》から現実に立ちもどった。その口元には、皮肉な苦笑が張りついていた。

いつかはここに描かれたような異国に行ってみたいと思っていたが、何とそことは違う場所に来てしまったことだろう。そして、懐かしいあの家に帰るということすらも、もうたぶんできはしない。

そして、なぜよりによって、これらの場面なのかは自分でもわからなかったが、そこに描かれた人も世界も何もかも、今の彼をとりまくものたちより百万倍は輝いていることは確かだった。華やかな都会生活、ぜいたくで潤沢《じゅんたく》な品々、知性に満ちた会話——そして、そこでくりかえされる殺人と、その結果としてもたらされる「死」すらもが。

昭和二十年、南久宝寺町大鞠家——巡査出動

海原知秋《ともあき》は今でも毎朝、巡査の制服に着替えるたび不思議な気持ちに襲われる。

(このおれがお巡りさんか……)

と。そのあと、腰に安ピカなサーベルを提げるときの気まずさというか違和感に至っては、いっこうに慣れる気配もない。

——商科大学を出て、しかしどこにも行き場はなく、かりに行ったところでいつ徴用や徴兵に引っ張られるかわからない日々。そこへ知人が持ってきてくれた新聞の切り抜きというのが、「大阪府警察官大採用」の広告だった。

時節柄、よほどの人手不足に苦しんでいたらしく、採用人員一千名、満二十歳から四十歳、身長制限その他も以前より緩和されていた。警官になることなど考えたこともなかったが、巡査になれ

ばとりあえず応召が遠ざかるのではないかという、当てにならない希望的観測もあった。

語学に心得のあった海原は正直、その広告の隣にあった海南《かいなん》海軍特務部の「南方海軍要員緊急募集」にも心惹かれたのだが、すすめられるまま学科試験や身体検査を受けたら、あっさり合格してしまい、そのまま城東区関目《せきめ》にある警察練習所に放りこまれた。

そして一か月の速成教習後には大阪府警察局——昭和十八年におなじみの「大阪府警察部」から改称されていた——の巡査となり、誰からも「お巡りさん」と呼ばれる身になったのだが、本人だけがいまだにそのことを不思議がっている。

東警察署の派出所勤務となり、それなりに町内の人たちのため働くうち、しだいに自覚も生まれてきたし、浪渕医師のような街の名医とも知り合うことができた。東署の署長をつとめる日下部警視は内務省の傍流官僚で、流れ流れて地方警察勤務となった変わり者との評判だったが、直接話す機会などはほぼ皆無だった。

そこへ起きたのが、以前はずいぶん栄えたという大鞠百薬館の怪事件であった。そこでの大騒ぎと言ったら不謹慎だが、目まぐるしくも意味不明な出来事の前では、もはや自分のあり方をどうこうと言ってはいられなかった——とりわけ、大鞠家の女性たちから、一人前の警察官として頼りにされたからには!

しかも雲の上のような日下部署長とじかに話せたうえ、司法主任の前で現場報告までさせてもらうことができた。そこへ現われた、よく見とがめられずにここまで来られたと感心させられたモダン紳士スタイルの青年——その名は方丈小四郎。

先の翼賛選挙で当選した代議士の息子だとかで、つむじ風のようにやってきて、署長の名刺をせしめて去っていった。その引き換えに名刺やら手紙を置いて行ったが、そこにはどんな名前や役職、添え書きが記してあったかは想像のほかなかった。

本署の方で、事件の捜査がその後どうなったのか、何らかの進展を見たのかどうかといったことは、一介の平巡査の耳にはろくすっぽ入ってこない。かといって、こちらから介入するわけにもいかず、半ばあきらめかけていた。

だが、それからまもなく、機会は再び彼を訪れた。

「お、お、お巡りさん！　え、えらいことになりましてん。今すぐうちまで来とくなはれ。おたの申します！」

その昼下がり、海原が勤務する派出所に駆けこんできたのは、大鞠百薬館に住みこみで働いている丁稚の種吉こと浦東種二郎少年だった。

一瞬誰かと思ったが、区域内の見回りのときに店の表を掃除しているのを見かけたことがあり、この前の事件で大鞠家に駆けつけたときにも見覚えがあった。

もともとモヤシのような体形、ヘチマのようなご面相なところへ、今のこの慢性空腹、栄養失調時代が重なって、駆けこんできたときにはすでに半死半生に見えた。

「どうした、丁稚どん！」

「あ……お、お、お巡りさん。とにかくえらいことですのや。早《は》よ早よおいでくださいますようにと！」

種吉は息も絶え絶えになりながら、海原巡査を見上げた。

「わ、わかった。で、そのえらいことというのは、いったい何なんだい」

急いで出支度をしながら、問いかけた海原巡査に、

「そ、それが……」

種吉は言いかけて、にわかに顔をクシャクシャとさせた。いきなりワーンと泣き出したかと思うと、びっくりするような力で制服の袖を引っ張った。

「と、とにかく、わてといっしょに来てもろたらわかります。来てもらいさえしたらわかりますのやぁ。エーンエーン」

泣きじゃくりながらも海原から手を放すことはなく、とうとう彼を派出所から引きずり出してしまった。

そのままえんえんと引っ張られ、たどり着いた大鞠百薬館。こんなときでも奉公人の分際はたたきこまれているのか、正面から入って店の間を抜け、通り庭の方に連れてゆかれた。まさか店の履物を借りるわけにもいかず、いったん脱いだ自分の靴を持ってきた。

昨今では警察も制服はスフ、革靴は支給できずに布靴や地下足袋《じかたび》の使用さえ認められている。海原は後生大事に使っているズック靴を履き直すと、通り庭を抜け、奥の間や台所を横目に店の裏手へと出た。

パッと開けた視界の先に、商家の象徴であり自慢でもある土蔵が、鬼瓦《おにがわら》付きの大屋根と、くすみかけた白壁をそびやかしていた。

——そこに、あの日ここで出会った女性たちが居並んでいた。

東京弁で凜《りん》とした当家の嫁、大鞠美禰子。

老警察医・浪渕先生の助手、西ナツ子。

そして当家の二女で、まだ女学生の大鞠文子。

——一人足りない気がした。そのことに得体のしれない不安が襲ってきた。ここに見えないある人物のことを問いただそうとして、つい躊躇《ちゅうちょ》した矢先に、

「巡査様、こちらでごわります」

船場《せんば》に勤務していても、あまり聞くことのなかった言葉つきで、番頭の喜助こと田ノ中喜市がうやうやしく彼を土蔵の入り口に案内した。

番頭に導かれるままに奥に入ると、土蔵独特のにおいと冷気が総身に絡みつくようだった。ほの暗い中、格子窓や網戸を介して入りこむ外光が異様なコントラストをなし、もはや正体も明らかではない道具や調度類がひしめく中を進んでゆくと、一種異様な空間に出た。

壁に沿って何段にも並べられた巨大な木桶《きおけ》、また木桶。まるで造り酒屋か油問屋さながらだ。

ご大家《たいけ》と呼ばれるような商家では、味噌も醬油も漬物も大樽で買いこむというが、果たしてそのためのものか。あるいは商品の原材料用なのかもしれないが、今は詮索している場合ではない。

そのいずれにせよ、今はそんな必要もなく、無用の長物として残されているのだろう。中身はとっくに空《から》っぽになり、むなしく場所を占めるだけ――ただし、たった一つを除いては。

その木桶だけは、蓋が取り外されていた。そしてその周囲だけがなぜかずぶ濡れだった。

ふいに胸騒ぎがして足を速めると、木桶を回りこんだ先に板が敷かれており、その上に横たわる人の姿があった。

体つきや着ているものからして、女性であることは明らかだった。そして、もはや生きてはいないことも。

（やはり……いや、まさか？）

海原巡査の脳裏に、あの惨劇の夜、この屋敷の二階の部屋で見た女性の姿がよみがえった。偽の血潮に染められ、本物の傷を負って横たわる大鞠月子の姿を、その凄惨とも妖美とも言えるありさまを。

海原がさらにもう一歩踏み出そうとした、そのときだった。蔵の入り口の方でバタバタと足音がしたかと思うと、「あっ、いけない！」という制止の声をも振り切って、こちらに走りくる人影があった。

逆光線のいたずらでシルエットと化したその人影は、前方にいる海原や番頭も、あとからついてきた美禰子たちも知らぬげに、まっしぐらに死せる女性に駆け寄った。そして、海原を容赦なく突き飛ばすと、こう叫んだのだ――。

「お母はん！　お母はん！　お母はーん！　何で、何でこんなことに？」

それは日ごろの高慢さはどこへやら、半狂乱となった大鞠月子だった。そして、彼女がすがりつく相手は、その母であり御寮人《ごりょん》さんこと大鞠喜代江にほかならなかった……。

（主人の茂造氏に続いて、今度はその妻・喜代江夫人が殺された……いったいどういうことなんだ？）

一切の状況が見えないまま、一つの死体が厳然としてそこにあった。

「と、とにかく」

海原巡査は何とか沈着冷静であろうと努めながら、大鞠家の人々をふりかえった。

「本署への連絡を大至急お願いします。派出所の海原といえばわかります。そして、とにかく現場の保全を……蔵の中はもちろん、周辺にある全てのものに一切手を触れないように、そしてむやみと足を踏み入れないように。何か不審なものを見つけたら、必ず知らせてください！」

てきぱきと命じると、まず大鞠美禰子に目配せし、なおも母の骸《むくろ》にすがって泣き叫ぶ月子を連れてゆくよう頼んだ。最初は激しく抵抗していたが、妹の文子もいっしょになって、

「な、行こ。お姉ちゃん、あっちで休も。な、な……」

とさとし、さらには女子衆《おなごし》のお才どんも加勢して引き離すと、まるで腑抜《ふぬ》けのようになって蔵の外に連れ出されていった。

そのようすを心配そうに見送る西ナツ子を手招きすると、

「浪渕先生を大至急呼んでください」

と頼んだ。

「わかりました」

と、にわかにキリッとした顔つきになって行こうとするナツ子を、海原は「あ、ちょっと」と呼び止めるとたずねた。

「溺死ですかね、やはりこれは」

「そやと思います。発見されたときは、この樽というか桶の中にはまりこんでいて、蓋まではめられていましたから」

「なるほど。ではそのときの状況をまとめておいてください。本署の連中に報告しないといけませんから。それと、今はまず月子さんの介抱をお願いします」

「――承知しました」

　そう言うと、ナツ子は敬礼のまねごとなどしてみせながら、その場を立ち去った。

「さて、と……」

　海原巡査は、独りごちると、あらためて周囲を見回した。いずれ本署から司法主任たちが駆けつければ自分の出番はなくなるのだし、素人《しろうと》同然の自分がよけいなことはしないが吉《きち》だが、それならそれで見るべきものを見、知るべきことを知っておきたかった。

　彼は、よけいな靴跡などつけないよう気を配りながら、つかのまの現場検証を開始した。

　蔵の中に収められた品物にうっすらほこりが積もっているのは致し方ないとして、土間は日ごろから手入れが行き届いていると見えて、きれいに掃き清められていた。

　見渡したところ塵《ちり》っ端《ぱ》一つ見当たらない中で、片隅に転がった小さな紙切れは、だから妙に目立った。そんなものに大して意味はないだろうと思いながら、用心しいしい歩み寄って拾い上げると、それはまた何とも奇妙にして古風な代物だった。

　ひどく古びて、しわの寄ったそれは切符か何からしく、変てこな円筒形の建物を地紋のように刷った上に、次のような文面が古風な字体でもって並べられていた。

入場券
大パノラマ
日露戦争　旅順総攻撃
金十銭
大阪
難波停車場前
パノラマ館

（パノラマ館……あの江戸川乱歩の小説とかに出てくる明治時代の見世物だろうか）

　海原巡査は首をひねった。建物の絵に添えては《OSAKA NANBA STESHION MAE PANORAMAKWAN》と英語まがいの文字――遠い昔、この家の誰かが難波駅前のパノラマ館の見物に出かけ、たまたまその入場券を持ち帰った名残でもあるのだろうか。

いずれにせよ、目の前の死体、それに先立ってつい数日前に幕を開けたこの家の悲劇と関係があるとは思えなかった。とはいえ、そのままここに捨てるわけにいかず、とりあえずは手帳にはさんでおくことにした——それが大鞠家殺人事件の全ての発端につながるとも知らずに。

*

——母屋の方でひとしきりざわめきが起こり、また静かになった。

かと思うとドタドタとした足音や、何ごとか荒々しく呼び交わす声が折り重なったりもする。

大鞠百薬館が全盛のころならいざ知らず、まして戦争が起きてからは絶えて久しいにぎやかさだった。もっともそれらは、商売繁盛とはまるきり正反対の不吉な響きを帯びていたのだが。

そうした喧騒とはただ一人縁を切り、離れの座敷に端座《たんざ》するものがあった。

お家《え》はんこと大鞠多可——一本残らず真っ白になって久しい髪をきっちりと髷に結い、室内というのに被布《ひふ》をまとい、大きな角袖《かくそで》を鳥の翼のように広げて、終日身じろぎ一つしなかった。

生まれは慶応《けいおう》と明治のはざま。孫たちから誕生日を訊かれたことがあったが、そのころはまだ陰暦が用いられていたので、今の何月何日に祝えばいいのかわからず、結局うやむやになった。

鴻池新田の地主の娘に生まれて何不自由なく、そして誇り高く育てられた多可だったが、船場の小間物問屋への嫁入りは何かと勝手が違った。同じ大阪の市中ですら川の向こうとこちらでは言葉も習慣も違うのだから、河内《かわち》国生まれの彼女など、まるきり田舎者扱いだった。

それが当時は毬屋の若旦那の妻となって数年で、家内の切り回しだけでなく商売にすっかり通暁《つうぎょう》するまで精進し、片腕として最も信頼されるまでに

なった。船場言葉にもすっかり慣れ、雨が上がって空が晴れ渡ったときには、

「お日直りやして、とうないよろしござりやすなあ」

　などと、なめらかに口から流れ出るまでになった。

　旧幕時代以来の小間物商が毬屋商店となり、さらに大鞠百薬館として近代的な化粧品業に乗り出してゆく過程では、多可の果たした役割がきわめて大きかったと言われるが、それは知る人ぞ知る。自ら表に出ることは決してなかった。

　夫の死後は、娘の喜代江と末席番頭をめあわせるまでの中継ぎを務め、だがその後は全てを彼らに任せて、後見の座に退いた。とはいえ彼女がそこにいるからこそ、大鞠百薬館と安心して取引するという商売相手も珍しくなかった。

　外を歩くと、印半纏《しるしばんてん》の職人や肌脱ぎの荒くれ男、はたまた芸妓や役者たちや、学帽をかぶった若者から、うやうやしくあいさつを送られたりもする。彼ら彼女らに人知れずそれだけのことをしてきたという、それは証《あか》しでもあった。

　さすがに近年は体力も衰え、喜寿も越した今となっては、終日離れで過ごすことが多くなった。それでも多可を慕う人々が離れを訪れ、話しこんでゆくことが珍しくなかった。孫の多一郎と美禰子の祝言にやってきた清川善兵衛なども、その一人だった。

　それが途絶えたのは、やはり現当主である婿養子の茂造の悲劇以降のことだった。当人がそれにどんな反応を示したのか、身内のみで行なわれた葬礼に顔を出しはしたものの、それ以外は離れから姿を見せることすらなくなってしまった。

　だが、彼女は何だって知っていた。過去のことも現在のことも、とりわけこの大鞠家の屋根の下で起きたことなら、どんな恐ろしくいまわしいことだって、どんな悲しいことだって……ただ、それをめったと外にはもらさないだけのことだった。

　たとえ、その物静かで峻厳《しゅんげん》とさえ言っていい面

持ちの裏に、どれほど燃える思いが隠れていたとしても、どんなに痛苦がひそんでいたとしても……。

そんな多可の身の回りのことは、もともと娘の喜代江が同じ離れに移って行なっていたが、夫があのような死を遂げてからというもの、その仕事が唯一の生きがいであるかのように、いっそう打ちこむようになっていた。

だが、それも今は……。

多可は、もう自分の世話をするものがいないことを知っているのか。いや、そもそも喜代江が彼女のそばを離れ、この世さえ去ったあとはどうしていたのか――？

と、座敷の障子にさしていた光が、やや翳《かげ》りを帯びたと思われた時分のことだった。

さっきの騒ぎよりはるかに近く、ここの離れに通じる渡り廊下の方であわただしい足音が、それも何人分も鳴り響いたかと思うと、こんな声がみるみる近づいてきた。

「お家はん！」

「お祖母さま！」

「大鞠多可さんっ」

さまざまに彼女を呼ぶ声のあとに、はるかに幼く、そして最も悲痛な叫びが続いた――。

「おばあはん、おばあはん、おばあはん！」

だが……大鞠多可は答えなかった。相変わらず微動だにせず、頭《こうべ》をこっくりと前に垂れ、ただじっと瞑目《めいもく》しているばかりなのだった。

第五章

みんな、これまで、営々とまじめにその生活を築いて来たものもあり、自分勝手に好き放題の生活をして来た者もあり、そこには人さまざまの暮らしがあったが、いま、すべての人の生活が押し流されようとしているのだ！

「けど、なんとかして……」

たか子はひくく呟くと、顔を上げて、一同をゆっくりと見廻した。そして言った。

「とにかく、なにがあろうと、生きて行かないきまへん、なんとかして……。違いますか？」

茂木草介『けったいな人びと』

昭和二十年、南久宝寺町大鞠家
――第二の死体

――その日の朝、美禰子はいつもと同じ目覚めを迎えた。

まぶたを開くと同時にガバッと身を起こし、はねのけた夜具を目にもとまらぬ早わざでたたみ、きっちり四角く重ねた上に枕をちょこんと載せる。

娘時代、友達と泊まり合わせたときには「さすが軍人さんの子ね」と驚かれたり呆れられたりしたし、大鞠多一郎と結婚後は「僕のようなにわかより、よっぽど兵営暮らしが板についてるやないか」と感心されたものだ。

もっとも、これは家のしつけの結果というより、彼女自身の性格によるもので、大鞠家本宅で暮らすようになってからは、姑《しゅうとめ》小姑《こじゅうと》に文句をつけられないために役立った。

「うーん……」

と大きく大きく伸びをすると、手早く着替えをすませる。口をすすぎ顔を洗う前に、やっておくべき用事があった。

冷え冷えとして薄暗い廊下を抜け、同じ二階の虫籠造りの丁稚部屋に向かうと、案の定まだ眠りこけていた種吉を起こす。

「ほら、種吉《たねき》っとん、起きて。起きないと、また番頭さんにしかられるわよ」

言葉つきは優しく、でも有無を言わさず揺り起こすと、ひどくむずがったあげく、ようやく目を覚ました。だが、しばらくはボンヤリして宙を見つめ、それから顔をプルプルさせてやっと正気付くという手間のかかり方だった。

「あ……若御寮人《わかごりょん》さん、お早うさんでござりますでござります」

まだ半分寝とぼけたようすで、それでもペコペコ頭を下げてみせた。美禰子は苦笑まじりに、

「さ、早く支度をして、階下《した》においでなさいよ。二度寝なんかしちゃだめよ」

言い置いて美禰子は丁稚部屋を出たが、まだ少し心配ではあった。だいぶ前からのことらしいのだが、種吉は朝は寝過ごすことが多く、起きたあとも朦朧として、ことに最近はひどく疲れ切っていることがしばしばだ。

特に病気ではないらしいのだが、もともとご飯と漬物、味噌汁が中心の塩分過多の食生活で、唯一お腹いっぱい食べることができた米の飯が欠乏気味なのだから、元気が出るわけがない。

今は朋輩の丁稚もいないから、起きられなければそのままになってしまい、結果として番頭の喜助にどやされることになる。それがかわいそうで、起床後は種吉のようすを見に行くことにしており、おかげでこの少年は、うらなり面にベソをかく機会を一つ減らせているのだった。

種吉が大戸を開け、店の前を掃除する。大鞠家だけでなく、船場の商家のあり方自体が変わり、奉公人制度も成り立たなくなってゆく中で、この習慣だけは堅持されていた。というより、ほかに大した仕事がないのだった。

(今朝もあんまり元気がなかったわね……西さんに診てもらおうかしら)

店の中から、まだ半覚半睡状態で竹箒《たけぼうき》もろともユラユラしている種吉を見やり、美禰子は奥へと向かった。通り庭から台所に出ると、お才どんを助けて朝餉《あさげ》の支度にかかる。そのうち通いの者たちもやってくる。

「東の朝炊き、西の昼炊き」というぐらいで、大

阪では東京とは反対に朝はご飯を炊かず、前夜の冷や飯と残り物ですませる伝統がある。商家はただでさえ倹約《しまつ》なところへ、今はろくなものが食えないが、そこを美禰子とお才どん、ときには文子も加わってあれこれと工夫している。

もっとも船場の商家は地主が多いので小作から米が送られてくるし、かえって麦は別に買わないといけないので、白米だけは潤沢に食べられた。それが奉公人を必要なだけかき集められる魅力ともなっていた。

多可の実家は鴻池新田の豪農でもあり、そこからの食糧支援ルートもあった。それも近ごろはずいぶん不自由になったが、世間的にはまだましな方であったろう。

三度の——といいたいが、しばしば途切れがちの——食事は、美禰子と文子は奉公人たちといっしょにすませ、月子は自室に持ってこさせて食べる。むろん、あの血まみれ騒動以降のことだ。

もっとも、自室にこもりっきりなのではなく、ときどき妙におめかしして、こっそり外に出かけて行くことがあった。

「あれっ、姉ちゃん……」

と文子が声をかけても、足早に駆け去ってしまう。だから彼女としても、

「大日本婦人会の人らには気をつけてね！　近ごろは割烹着《かつぽうぎ》と白だすきは目印にならんそやさかい！」

などと、口うるさい婦人連中に目をつけられないよう注意を喚起するくらいしかできなかった。

ちなみに、文部省系の大日本連合婦人会、内務省肝いりの愛国婦人会、大阪の主婦たちが立ち上げ、陸海軍の支援を得た大日本国防婦人会に縦割りされていた戦争協力のための女性団体が統合されたのは、やっと昭和十七年になってだった。

そんな月子より、さらに変則的な暮らし方をしているのは、御寮人さんこと母の喜代江で、奥の間までお才が、離れに通じる渡り廊下の付け際に、お家はんの多可の分も合わせた二人分の膳を持っ

てゆき、ホコリ除《よ》けの箱に入れておく。

　すると、喜代江がそれを回収し、手ずから離れに運んで行って、実母の世話かたがた食事を取る——という形を取っていた。喜代江は終日ほぼ離れにこもりっきりだが、時折母屋に現われて、美禰子たちにあれこれと指示を出し、食事に注文をつけることもあって、あの惨劇からは多少なりと立ち直りつつあるように思われた。

　多可の世話を、今は生きがいとも張り合いともしているらしく、お才がこれまでそうだったように離れの掃除をしに行こうとすると、

「あんたの世話は要らんよって、母屋のことだけしといなはれ」

　と、にべもなく断わられたりした。美禰子が手伝いを申し出たり、西ナツ子に健康診断をしてもらいましょうかと提案しても、耳を貸す気配さえなかった。

　ひょっとして、夫なき今、大鞠家の支配権がお家はんたる多可に〝奉還〟されたと考えたのか。東京ものの、しかも軍人の娘という美禰子とは妙にウマが合い、頼りにしているようすに危機感を抱いたのかもしれなかった。

　もともと万事自分の思い通りに決める人であり、今は店の切り盛りも必要ないのだから、好きにさせるほかなかった。

　そんなこんなで、日々は過ぎていったのだが、ふとしたことから異変が発覚した。

「あの、若御寮人さん」

　その日の昼前、お才がけげんな顔で美禰子のもとにやってくると、こんなことを報告したのだ。

「今、御寮人さんとお家はんのご膳下げさしてもろて、お昼のんと取り換えよ思いましたら、二人前ともそのままになってますねん」

「そのままって、食べずに残して返してこられたの？」

　そう訊くと、お才は「いいえぇな」と首を振って、

「それが全く手つかずで……どうやら今朝、わた

いが箱に入れさしてもろたままらしゅおますねん」

「え、ということは、離れからご飯を取りに出てこられなかったということ？」

「さいでおますねやわ」

お才はこっくりとうなずいてみせたが、そんなのんきな返事ですまされることでないのは明らかだった。

離れにはむやみに出入りしないようにとは、前前から言われてはいたが、むろんそれに従っている場合ではない。

「すぐようすを見に行きましょう」

と美禰子が腰を上げかけた折も折、

「フワーッ！　え、え、えらいこっちゃ。誰ぞ早《は》よ来とくなはれ。お、お、お助けーっ!!」

魂消《たまげ》るような叫びが、美禰子とお才の度肝を抜いた。

えっ、今のは――と、しばし無言で顔を見合わせたあと、

「あれは……喜助さんの声？」

美禰子の言葉に、お才は目を真ん丸にして、

「ほんに、ご番頭の声だんが。それも蔵の方から！　そない言うたら、わたいが離れのご膳を持て参じますときに、ちょうどそっちゃへ行きはったような……何や知りまへんけど、ご番頭は日ィにいっぺんは蔵にこもりはりますねん」

「というと、今から二、三十分前ね。とにかく行きましょう！」

叫ぶなり、お才と二人して庭に飛び出して見たものは、ぽっかりと開け放たれた土蔵の入り口。その中からアワワ、アワワと悲鳴まじりに聞こえてくるのは、喜助の声だった。

その響きの異常さは、聞くものを躊躇させるに十分だった。それでも美禰子たちは蔵の戸前まで来たものの、お才の歩みは踏み石の手前で止まった。

懇願するように美禰子を見つめるその目を、

（だいじょうぶ、そこで待ってて）

という心をこめて見返すと、戸口の内側に一段

高くしつらえられた煙返しをまたぎ、蔵の中へと足を踏み入れた。

　ほどなく聞こえてきたズルッ、ズルッという物音にぎょっとされられたが、それは喜助が床を這いずってくる音だった。番頭はすっかり腰を抜かしていたのだ。

「あ……若御寮人さん」

　喜助は美禰子に気づくと、驚きと安堵を半々に顔に浮かべ、すがるような目つきで、

「最前、作業場のようすを見に庭の方に参りましたら、どうしたことか扉の締まりが外れておりまして、それで中に入って確かめてみましたところ……ガハッ、ゲヘゴホンゴホン！」

　そこまで話したところで、あわてたあまり唾が気管に入りでもしたか、激しく咳きこんだ。

　だいじょうぶ？　と背中をさすろうとする美禰子を「め、めっそうもない。大事おまへん」と片手拝みにすると、

「あ、あっちの奥の樽《たる》置き場に、え、え、えらいもんが……あぁいや、あきまへん。女子《おなご》のお方があんなもん見たらいけまへん。ど、ど、どうぞおもどりを！」

　日ごろは、やたらといばっているわりには頼りなく、いいかげんなところも多い万年番頭にしては、なかなか男らしく気配りのあるところを見せた。

　だからといって、今さらきびすを返すつもりにはなれなかった。

「私ならだいじょうぶ。それより喜助さん、早く外へ」

　そう言い置くと、番頭の手を取って立ち上がらせた。

「へ、へぇ……」

　喜助はやっと気を取り直したようすで、蔵の出口に向かった。だが、そこに立つお才のシルエットを見たとたん、自分が何をしたかに気づいて、

「わ、若御寮人さん？」

とふりかえった。だが、そのとき美禰子の姿は

蔵の奥に消えていて、彼はあわてて叫んだ。

「あかん、あきまへん！　その先にはえらいもんが！」

　その叫びが美禰子を背中で聞いたときには、彼女はすでに、その〝えらいもん〟と遭遇していた——

「何てこと……これは……これはいったい……！」

　美禰子は、意味をなさない言葉の断片が、文字ともつかず声ともつかず、グルグル旋回するのを感じていた。冷え固まったような土蔵の床が、底なしの泥濘《ぬかるみ》と化して、足元からのみこまれてゆくような気がした。

　それは、この蔵の中にいくつもおかれた樽——といっても西洋式の胴のふくらんだものではなく、酒蔵のそれのような桶形のもの——の一つの縁から、にょっきりと二本の足がはみ出していた。色は生白く、カエルの後ろ脚を思わせてくにゃりと曲がっている。

だが、大きさからしても形からしても、それが人間の足であることは否定しようがなかった。そして、樽の縁から人間の足が突き出しているということは、中に何が入っているかは明らかであり、さらに重要なのは、それがいったい誰かということだった。

　美禰子は勇気をふりしぼり、半ばは何かに引っ張られるように前に出た。ついつい顔をそむけ、薄目になりながらも、蓋の取れた樽の内側をのぞきこんだ。

——満々とたたえられた透明な液体に、頭を下にして身を沈めた人体があった。胴の側材《がわざい》に、すっぽり上半身をはまりこませて逆立ちしているせいで、顔はほとんど見えない。

　だが女であることは、その体つきや着衣、ほどけて海草のように乱れた毛髪からも明らかだった。

　そして、それだけではなく——

（ひょっとして、この着物は？）

　茫然と立ちつくす美禰子の胸を、ふいにギクンと突き上げるものがあった。恐怖をこらえ、樽の中に目をこらした彼女は、次の瞬間、はじかれたようにふりかえり、こう叫んでいた。

「お才どん！　喜助さん！　とにかく誰でもいいから来て！　お義母《かあ》様が、お義母様が大変なことに！」

――無理だとはわかっていた。どう見ても望みはないと知れていたのだが、それでも万一の可能性を無視したくはなかった。

気を強く持っているつもりだったが、やはり衝撃は大きかったと見え、美禰子は叫んだあとでフラリと背後によろめいた。とっさに踏みしめた履物の底に違和感を覚え、ハッとして見直すと丸い板のようなものが下にあった。

大きさからして、樽の蓋であると思われた。すると、樽はずっと開けっ放しだったのだろうか――などと考えているうちに、喜助がお才を連れてもどってきた。

「さ、手を貸して」

美禰子は、怖《お》じ恐れる女子衆《おなごし》と番頭を叱咤しながら樽を倒し、中にはまりこんだ女の足首をつかんで引きずり出した。樽の中の液体が、いまわしい飛沫となって彼らに降りかかる。

そのとき、明らかに水とは違う香りが周囲に広がり、何かがチャリンチャリンと床に落ちた音を響かせた。だが、今はそれらを詮索している場合ではなかった。

ほどなく現われたのは、たとえ苦痛に歪み、固く瞑目し、髪をザンバラに乱していても、見まがいようのない大鞠喜代江の蒼白な顔だった。

「ご、御寮人さん！」

お才が、フーッと意識が遠のいたかのように白目をむき、体をゆるがせた。幸い、危ないところで気を取り直したが、間近で喜代江の死に顔と対面するのは、やはりショックだったに違いない。

美禰子は番頭たちに手伝わせて、喜代江の体を適当な板に横たえた。そればかりか、何かの機会に夫の多一郎から習い覚えた人工呼吸を試みることまでした。だが、もう無駄であることは明らかだった。

着物の前をはだけさせ、触れた肌はすでに冷たく、体には硬直が始まっていた。明らかに喜代江の生命と魂は、もうとっくにその肉体を去ってしまっていたのだ。

「とにかく警察に知らせて……種吉っとんにでも派出所に走ってもらって、大急ぎで巡査さんに来てもらって」

美禰子は姑の無残な、そして異様というほかない骸《むくろ》を前に、ともすればフラフラと揺らぎそうになる体を持ちこたえながら指示を飛ばした。

「それから、今日は浪渕先生のところから、女医の西さんが来る日だったわね。彼女――西さんが来たら、大至急ここに来てもらって！」

「へ、へぇ！」

「承知いたしましたっ」

喜助とお才がそれぞれ頓狂な叫びをあげ、こんな場所に長居は無用とばかり蔵の外へと飛び出していった。

こうして丁稚の種吉が、折よく海原知秋が居合わせていた巡査派出所に走り、入れ違いに西ナツ子がやってきた。

医者としての彼女にできたことは、大鞠喜代江の死を確認することでしかなかったが、それでも美禰子たちにとっては強い味方が来たことに違いなかった。

そして、そのあとに海原巡査が駆けつけてくれた。

――御寮人さんとして大鞠家の〝上〟と〝下〟を支配し、家付き娘として主人さえ従えてきた女性の死が発覚したのは、このようないきさつを経てのことだった。

そして……この日あらわになった大鞠家の悲劇は、これだけにとどまらなかった。

昭和二十年、南久宝寺町大鞠家

――離れの奥の間にて

「うん？　これは……」

日下部宇一署長は、いぶかしげに目を細め、鼻を鳴らした。大鞠家の離れ、そのさらに奥の間に足を踏み入れる前から、強く焚きしめたお香の匂いが嗅覚細胞を強くくすぐってしようがなかった。

「これは沈香《じんこう》……まことに上品《じょうぼん》なところは伽羅《きゃら》に似て、しかし酸味強きところは寸門多羅《すもたら》か、それとも佐曾羅《さそら》と見たが……苦みより鹹《しおから》さを感じるからにはあとの方かな」

日下部署長は、香を聞き分ける素養もあるらしく、そんな薀蓄《うんちく》をつぶやきながら、しきりと鼻をひくつかせていた。その合間に吐く息がほんのりと白いのは、離れ一帯が外と同様、いやそれ以上に冷え切っているからだった。

――控えの間を抜けたとたん、目の前に立ちふさがった後ろ姿があった。いや、畳の上に端座していたのだから立ちふさがったというのはおかしいのだが、そう表現したいほどその人物の背中は威圧的で、実際より一回りも二回りも大きく見えた。

室内は昼なお薄暗く、念の行ったことに部屋の四隅に置かれた香炉の火はとうに消えていたが、なおもそこから濃厚な香気を漂わせている。

だが、日下部署長は、ここに入るなり香道に言う六国五味《りっこくごみ》からは明らかにはみ出した匂いを感じ取った。そして、それがどこから発しているかも。

「……ちょっと失礼しますよ、刀自《とじ》」

日下部署長は、おそらくこの家では使われたことのない古風な呼び名を、その人物に投げかけた。だが答えはなく、きっちりと結われた白髪頭は小ゆるぎもせず、被布をまとった後ろ姿は微動だにしなかった。

署長は、その人物の背後に歩み寄ると、ゆっくりとその前に回りこんだ。その場にしゃがみ込み、

間近から相手の顔をのぞきこんだかと思うと、

「……なるほど、ね」

　一瞬息を詰めたあと、ため息まじりに言った。

　そこにあったのは、ミイラのように干からびた皮膚、うつろに落ちくぼんだ目、やはり凹《へこ》んで二つの穴ばかりが目立つ鼻、ぞろりと歯をのぞかせた口——まるで髑髏《どくろ》に薄皮をかぶせただけのような顔面だった！

　署長はその異貌の主に軽く会釈《えしやく》し、手を合わせると、

「で、こちらが大鞠多可刀自——この家から出た三つ目の死体その人というわけだね」

　立ち上がりざま、奥の間の入り口付近に突っ立っていた海原巡査に言った。署長に同行した東署の面々に遠慮してか、路傍の石地蔵のようにしていたのから解放されて、

「はっ、おっしゃる通りで……」海原は答えた。

「当家の土蔵内で大鞠喜代江の樽詰め死体が発見されたあと、それならば同人がもっぱら世話をしておりました多可の安否はどうかということになりまして、心配した家人がこちらに駆けつけ、このありさまを発見した次第であります」

「家人が、ね」

　日下部は言いながら、控えの間の入り口あたりにわだかまった人々——当家の嫁や、まだ女学生という二女、女子衆《おなごし》、番頭に丁稚らを見やった。

（長女《いとさん》の姿がないな。無理はないとも言えるが……）

　血まみれ騒ぎを起こした月子の姿はないのは、母の死のショックでまたしても寝こんでしまったからという。ともあれ彼女を除く大鞠家の顔ぶれの背後から、

「はい、ごめんなはれや」

　と人垣を割って現われたのは、浪渕甚三郎医師だった。そのあとに続くのは、彼を離れまで案内してきた西ナツ子である。やはり大先生がいると心強いらしく、ホッとしたようすで彼に続き、奥の間に入っていった。

さすが老練な町医者であり、警察医としても場数を踏んだ彼も、この事態には驚きを隠しきれないようだった。とりわけ、後ろから見るのとでは大違いの死者のご面相には、

「うわっ何やこれは！」

と見るなり、叫ばずにはいられなかった。だがすぐに気を取り直すと、持参の検死カバンを開き、ナツ子に手伝わせて死体の検分に取りかかった。

そのあたりは手慣れたものだったが、ふと手を止めると顔をクシャクシャとしかめた。何ごとかと注視していると、ややあって大口を開き、

「ヘーックショイ！」

と、相当にド派手なクシャミを離れとその一帯に轟《とどろ》かした。唖然とする一同をよそに、浪渕医師は、まるで何ごともなかったかのような顔で、

「少なくとも死後数日は経過……ただ奇跡的に腐敗が進行してないのは、このところの寒さのせいやろな。西君、ちょっとあごを持ち上げてみてくれ、首回りを見たいんや。ふむ、ほんなら今度はこっちの生え際を……ふん、なるほど。それから、西君」

と、ふいに助手の顔を見すえて、

「はい」

真剣な顔で答えたナツ子に、浪渕医師はグスグスと鼻を鳴らしていたが。

「すまんが、ちょっとタンマや。どうにも鼻がムズムズしてかなん」

ごく粗悪な、それすらも貴重になった紙で鼻をチーンとかんだあと、急に腑に落ちたようすで、

「なるほど、そういうことか……死臭を隠すために、こない大層に香を焚いとったんやな。こんな年寄りの住まいやのに、火の気がまるでないのも変な話やが、これも死体が腐るのを恐れたさかいかもしれん」

「え……と、いうことは？」

と目を丸くした西ナツ子の言葉に重ねるように、日下部署長が、

「ということは……大鞠喜代江は、とうに亡くな

った母親の世話をし続けていたことになるわけですな」

「そないなりますな」

浪渕医師がうなずくのに、ナツ子が眼鏡の奥で目を見開きながら、

「そんな、まさか――」

「まさか、とは私だって思いたいところだがね」

日下部署長はそう言うと、思い出したように海原巡査をふりかえって。

「それで、もう一人の死体についてはどうなっとるんだ」

すると、「それが……」と答えかけた海原巡査にかわって、

「正式の解剖に送る前に、そちらも見さしてもらいましたが、あれは溺死でまちがいおませんな」

浪渕医師が答えた。日下部署長はおうむ返しに、

「ほう、溺死と」

「さよう」医師は答えた。「ただし、水ではなく酒に溺れた結果でんな。おそらく解剖してみれば、肺からも胃からも大量のアルコール分があふれ出すことでっしゃろ」

「つまり、被害者・大鞠喜代江は酒樽にむりやり突っこまれるとかして、溺れ死んだということになるのかね」

日下部署長が、あごに手を当てた。

「それが……そうでもないようなんでありまして」

海原巡査が口をはさむ。日下部署長が眉をひそめて、

「うん？　そうでもないとはどういうことだね」

「それにつきましては……番頭さん、君から説明してくれ」

海原が大鞠家の人々の中にあって、唯一の成人男性に顔を振り向けると、言った。それは番頭の喜助こと田ノ中喜市だった。

彼は日ごろの万事にぞんざいな態度とは対照的に、お役人のたぐいことに警察官を極度に恐れるタイプの人間であるらしく、

「実はそのぅ、御寮人《ごりょん》さんが……何と申しますが、

お入りになってたあの樽は、もともと空っぽでおまして、まさかあないなことになってるやなんて夢にも思わなんだ次第でございまして、はい」

　この寒いのにダラダラと汗を垂らしながら、やっとそれだけのことを話した。よほど恐縮し、緊張もしていたのに違いなかった。

「お入りに、というのも妙だが」署長は苦笑まじりに、「すると、人ひとりが溺れ死ぬだけの、樽いっぱいの酒というのはどこから来たんだ？」

「そ、それが」番頭は言いよどんだ。「わてにも、さっぱりわからんのでおます。だいたい、蔵の中にある樽は、昔は商売や家内の用に使《つこ》てておりましたが、今は空っぽのはずで……」

「はたして、そうですかな」

　ふいに人々の背後から、ひどく芝居がかった声がかかった。

　え……と美禰子たちがふりかえることで生じた、人垣のあわいから一人の青年紳士がスッと姿を現わした。その一分のすきもない、この非常時には非常識きわまりないスタイルに気づき、美禰子が啞然としたとたん、

「探偵の方丈小四郎さん！……来てくれはったんですね！」

　それまで打ち沈んでいたのから、無邪気な驚きと喜びに満ちて文子が叫び、

「何だ、またあんたか」

　日下部署長と海原巡査が異口同音に、あきれたような声をあげた。

「ええ、まぁお呼びとあればね」

　平然と言ってのけた自称・探偵は、〝誰も呼んじゃいないよ〟と言い返す暇を与えず、

「ここじゃあ何だから、ちょっと場所を変えませんか」

　と、相変わらず突っ立ったなりの人々に向かって言った。

「うん？　まぁそれはかまわないが……ここにいたって私は指紋検出一つできるわけではないからな。じゃ、ここは刑事諸君に任せて……と」

日下部署長は、海原巡査をちらと見ながら、言った。

離れの奥の間のほど近く、植え込み越しに土蔵の見える座敷に移ると、方丈小四郎は長い足をもてあますようにじょらを組む——東京流だと、あぐらをかく——と、そのまま喜助に向かって問いかけた、

「ちょっとうかがいたいことがあるのだがね、番頭さん」

「へ、へぇ……何でおます」

この手のタイプに会ったことのないらしい喜助は、ポカンとするばかりだった。方丈小四郎はそんな彼にたたみかけて、

「君が今日、喜代江夫人の死体を発見するまでの状況について、教えてくれたまえ。特に彼女が樽詰めになっていることにどうやって気づいたか……まぁ、状況が状況だから、むろん、蔵に入ってすぐのことだったろうけれどね」

「いいえ」

と喜助は、即座にかぶりを振った。

「十分や二十分、いや、それよりはよけいにかかったかと存じます。あの樽のそばにおって、しばらくは気づかなんだぐらいで……まことに面目ないこって」

「フーム、そいつは妙だね」

方丈小四郎は小首をかしげてみせた。意味ありげな一瞥を相手にくれると、

「樽の中身は、一目見ればわかりそうなものだが」

「そない言われましても……何せ、樽にはきっちりと蓋がしたぁりましたもんでっさかい」

番頭が申し訳なさそうに答えると、方丈小四郎は意外そうに、

「え、何だって？　樽には蓋がしてあったのかね」

「してございました」

喜助は答えた。そうと聞いて、

（え？　でも、あのときは確かに蓋はなくて、そのかわり足元に転がっていたはずなのに……）

美禰子がとまどうのも気づかずに、番頭は言葉を続けた。

「そやさかい、最初は全く気づきもせんまま、蔵の中の見回りをしておりましたんやが、何やしらん、どこからかミシッミシッというような音がして、はて何やろとあたりを見回した目の前で、いきなりバーンとえらい音がして樽の蓋がはね飛ばされ、中から人間の足がニョキッ！　と飛び出したもんでっさかい、そらもうビックリしたのせんの……それで、もう身も世も無《の》う『フワーッ！　え、え、えらいこっちゃ』と悲鳴をあげましたようなことで」

その話からすると、キツキツに樽に詰められていた死体が、撓《たわ》められたバネよろしく元の形にもどろうとし、酒に浸されて膨張したり、あるいは何かの法医学的現象も起きたことも加わって、蓋を蹴飛ばしてしまったのだろう。

いきなりそんな珍事を目の当たりにしたとあっては、心臓が止まるほど驚愕したとしても不思議ではないし、あの蓋はそのとき床に落ちたものだったのかと、とりわけ美禰子には納得された。

だが、方丈小四郎はその答えでは満足できなかったのか、なおも喜助に突っこんで、

「でも、いくら蓋がされていたとしても、まわりに樽の中身が飛び散っていたとしたら、不審に思いそうじゃないか。そう簡単には乾かないだろうし、匂いや粘り気みたいなものは残っただろうし。何しろ中身はただの水じゃなかったんだし」

「は？」

〝探偵〟のこの問いかけには、あまり頭の働きが俊敏とは言えない番頭も不審を感じたようすで、

「いや、そのようなものは一切《いっせつ》……そんな飛沫《とばしる》が散っておりましたら、おっしゃる通り気づいたかもしれまへんが、そんな跡《かた》は見当たりまへんでしたので」

「よし、わかった！」

方丈小四郎は、番頭の言葉をさえぎるように言った。さらにまた何かご高説が続くのかと思った

ら、そのまま黙りこんでしまった。そのあと急に思い出したように、

「ま、まぁとにかく、君が蔵でこっそり酒を密造……いや、私的にこしらえていたことは、早めに認めておいた方がいいよ。何もないところに大量の酒が突然わいて出るわけはないんだからね」

「！」

喜助はギクリと総身を震わせ、だがすぐにむやり平静を装いながら、

「め、めっそうもない……あれは、他日ご当家で商売を再開するときに備え、化粧品調合その他に用いるために精製したアルコール系薬剤でございまして、決してそれ以外のためのもんやおまへんので、そらもう、天地神明に誓いまして！」

——あとでわかったことだが、決して飲んで酔っ払う目的ではなく醸造された酒ならぬアルコールは、蔵の一段高いところに並べられた樽の一つに、ほぼ満タン状態で詰められていた。

ただし、それは日々少しずつ減っていた。さきほどお才が言ったように、喜助は日に一度は蔵に入り、そこで長々と過ごすのが習慣になっていたが、業務用アルコールの減少は、なぜかそのたびに起きた。

「つまり」方丈小四郎が言った。「番頭さん、君が蔵に入ったのは、そのアルコールの薬剤としての品質を確認し、成分を分析するためだった——というわけだね」

「さ、さようでございますでございます……でございます」

喜助はあわてて答え、何度もうなずいてみせた。

「すると、それが今日は空っぽになっていることに当然気づいたわけだよね」

「はあ……おっしゃる通りでおます。いつもやったら飲み放題……ああいや、コップにくみ放題のところ、いくら栓をひねっても出てこなんだのにはびっくり仰天、とんだ当て外れでございました」

これまでの言い逃れをあっさり認める形で、ぬけぬけと言ってのけた。

これには日下部署長も「なるほどね」と苦笑しながら、

「お前さんは薬剤の品質向上をめざし、検査により正確さを期すべく、日々、自分の舌とのどを実験試料に提供しているというわけか。とはまた、実に感心な話だね」

「へ？　はぁ、こらお褒めいただきまして、ありがとう存じます」

喜助は皮肉と知ってか知らずか、ペコペコと頭を下げた。

もっとも、こんな小理屈をつけなくても、世間では同様な酒の私的製造が行なわれており、しばしば警察の摘発対象となるとともに、健康被害をも引き起こしていた。そもそも、正規に売られている日本酒自体が、原料米の不足から混ぜ物と水増しを重ね、粗悪のきわみとなっている――などということはともかく。

問題の樽に満たされていたのは、まさにそうした私製の酒で、もともとそれが入っていた上段の樽からは、その下部のコックからホースを介して移し替えられたものらしい。それ自体はごく簡単な作業だ。

わざわざそんな手間をかけなくても、死体を樽詰めにして溺れさせるのが目的なら、もともと酒の入っていた方を使えばよさそうなものだが、そうではなかった。というのも密造酒入りの樽は、蔵の一段高いところに据えられ、ほかのものと並んでちょうど中二階のような高さに列をなしていた。

そこに喜代江の体を突っこむには、彼女自身も犯人も高くて不安定なところに上らねばならず、それで床に置かれた空樽を用い、酒を移し替えたと考えれば理屈が合ったが、それならそれで、なぜそこまでして死体を樽に詰めなくてはならなかったかということが疑問だった。

しかも、そのせいで、せっかく大鞠百薬館の唯一の番頭として主家の再興を願い、大切に管理してきたアルコールの大半が失われてしまった。さすがの彼も、死体がどっぷりと浸ったそれを再利用するつもりにはならなかったろう。

そこにないはずの酒の由来はわかった。だが、どうして——理由と手段の二つの意味で——大鞠喜代江がそのような道具立ての中で死をとげなければならなかったについては、どうにも答えが出ないのだった。

と、そこへ奥の間から浪渕医師と西ナツ子が手を拭きふき出てきて、美禰子たちのいる部屋に顔を出した。東署員たちによる現場検証もあらかたすんだようだった。

「あらかたすんだよって、もう遺体を運び出してかめへんで」

そう言う老医師のかたわらで、ナツ子がほのかに美禰子たちに笑顔——とは言わないまでも、励ますような表情を見せた。それは彼女自身、緊張から解放された結果であるとともに、見るものをホッとさせる明るさを帯びていた。

「それで先生、こちらのホトケさんはどんなあんばいでしたか」

日下部署長の問いに、浪渕医師は「うむ、それがですな……」と答えかけ、ナツ子を見やった。

彼女は「え、うち……やない。私が？」と言いたげに自分を指さすと、覚悟を決めたように口を開いた。

「お家《え》はん——大鞠多可さんの死因は、激しい運動や精神的動揺といった何らかのショックを受けた結果の脳出血と思われます。もちろん、ちゃんと中を見ないと断言はできませんが、血腫が生じているのが見受けられました。あと頭部などに外傷がありますが、ごく軽いもので、転倒した際についたものと思われます。ただ、これが脳出血の原因であったか結果であったかについては、現時点ではわかりかねます」

「それで、亡くなられたのは？」

ちょうどそのとき、「オーイ海原、こっちに来て手ェ貸せ」と奥の間から声がかかった海原巡査が、「ハッ」とそちらに向かいかけたところで、ふと口を出した。

　異形にして異臭漂う死体の搬出は当然ながら、彼ら新参下っ端の仕事。それまでは上官や先輩たちに遠慮していたのが、汚れ仕事の前に事実を知りたい欲が勝ってしまい、思わず質問してしまったのかもしれなかった。

「それも正確なところは……」ナツ子は首を振った。「少なくとも、先の事件の段階ではお元気だったようですが、おそらくはその後あまりたたずに亡くなられたというぐらいしか」

「まぁ、そういうところでんな。わしの所見もおおむね同様ですわ」

　浪渕医師が腕組みしながら、言い添えた。日下部署長は「ふぅむ」と大きくうなずくと、

「つまり、こういうことですか。当主だった大鞠茂造が殺され、次いでその義母・多可が、事件性があるかどうかはともかく死を迎え、なぜかその事実を隠蔽していた実の娘であるところの喜代江が酒樽の中で溺死した――ちなみに、そっちの方はいつだというお診立てですかな?」

「さあ、それは」

　浪渕甚三郎医師はあごに手を当て、考えこんだ。

「何せ水没死体の時刻推定というのは、いつも悩みの種で……まして、酒浸しになったホトケはんの検死てなもんは初めてやよってな。ただもう昨夜の午前零時から明け方にかけてというぐらいしか……それに、そのときが凶行時刻とは限りまへんしな」

「というと?」

「あらかじめ酒のたまった樽に被害者を突っこんだのならともかく、相手を樽に閉じこめたあとに上の樽から酒を流しこむという手ェもありますからな。その場合、被害者が襲われた時刻と死亡時刻には差が生じるわけです……なぁ西君」

「はい……私もそない思います」

　西ナツ子はそう言い、再び美禰子たちを見やった。やはり話題が話題だけに、さきほどとは異なって、ひたすら深刻で打ち沈んだ表情となってい

た。

それから、大鞠家一同の取り調べが行なわれ、昨夜からのアリバイが確認された。あいにくその結果は、きわめて平凡なもので、誰も晩になってからは家を出たものはなく、そのあとはちょっとした片付け仕事をしたり、おのおのの部屋で過ごしたりしたというだけに終わった。

去り際に、西ナツ子が美禰子の手を取り、ささやきかけた。

「またすぐに必ず来るからね。そやから、気を強く持って、がんばって……こんなぐらいのことしか言われへんけど」

「ありがとう。私は大丈夫よ。だって、あなたという友達もいるし、それに……」

美禰子は、ある人物の姿を胸に浮かべながら答えた。すると、ナツ子は彼女の思いが通じたのか、少し考えてから意を決したようにたずねた。

「その、旦那さんとは——まだ連絡がつかないの？」

それは、美禰子にとって、ずっと気がかりになっている事実だった
「ええ、全然」彼女は顔を曇らせた。「ひょっとして、どこかよその部隊付きにでも転任したのかも……でも、必ず届くと信じて手紙を書き続けるわ。彼のお父様に続いて、お母様にお祖母様までもが亡くなったと知らせるのはつらいけれど」

——上海陸軍病院に赴任した夫・多一郎からの便りが絶えてすでに久しかった。後方の病院勤務ということで幾分安堵していたが、いつまでもその立場が続くとも思えず、かりに異動命令が出たところで、内地の家族にそれを知らせることが許されるとは限らなかった。

多一郎にこのことを伝えて本当にいいのか——むろん、伝えないわけにはいかないが、もしこの悲報とか訃報というにはあまりに無残な事実を戦地で知った夫が、どう思うかを考えれば、複雑な思いにかられずにはいられなかった。

そして、もう一つの気がかりがあった。もう一

人、この立て続けの死について知らせなければならず、けれど知らずにすむならその方が幸せかもしれない相手がいた。

多一郎と月子の弟にして、文子の兄・茂彦だった。

大鞠茂彦は、美禰子が彼の兄と結婚したとき、すでに召集されていて、漠然と南方戦線に送られたとのみ聞かされていた。ただ、多一郎に紹介されて何度も会うことは会っており、何と似合いの兄弟だろうと好もしく思ったのを覚えている。

見た目も性格も対照的で、冗談一つ言えず、言えば必ず周囲を白けさせ、船場の空気がいやでしょうがなかったという夫に比べ、茂彦はスポーツマンで人当たりもよく、いかにも大阪商人らしい如才のなさとユーモアにあふれていた。

それでいて、二人はとても仲が良かった。寡黙でおっとりした兄と饒舌《じょうぜつ》ではしっこい弟は互いにうまく補い合っていて、片方は学問の道に、もう片方が家業を継ぐことで、全てはうまく行くはずだった――そう、この戦争さえなかったならば。

やりきれなさに、ふとめぐらした視線が文子のそれと出会った。

(大丈夫よ)

ひどくおびえ、涙ぐんだその瞳に、美禰子は心で語りかけた。それは、西ナツ子に言った同じ言葉と少し意味を違えていて、彼女をふくむこの家の人々を自分が守っていこうという意思に満ちたものだった。


「あれ……今のは何じゃいな」

お抱え車夫の源之助は、配給分を切らしたせいで焼け焦げた灰しか詰まっていないキセルをくわえたまま、ヒョイと首をのばした。確かに、いま何か妙なものが見えた気がしたのだが……。

「確かに人影のようやったが、どうも近ごろは目がかすんでかなんわい」

源之助は拳骨で皺《しわ》んだ両眼をグイとこすったが、大鞠家の長く続いた塀の一角、裏木戸を開いて出てきた人影はとっくに姿を消していて、今さらそんなことをしても間に合わなかった。

――あの晩以来、せっかく往診の機会があっても、どうしたことか浪渕医師からのお呼びがかからず、彼の方から「俥、出しまひょか」と申し出ても、「いや、かまへん。歩きで行く」とヒョコヒョコと白髪頭を振りたてて一人で出かけていってしまう。

そんなことでは体がなまってしまうし、源之助にとっては生きがいの問題でもあるので、一度直談判せねばと思っていた折も折、助手の女医さんが自転車で患家に出かけて一人だった先生が、あたふたと医院の玄関から飛び出してきた。

予期せず源之助と鉢合わせした浪渕先生は、一瞬気まずそうな顔になったが、やがて意を決した――というより決死の覚悟といった面持ちで、

「この前行った南久宝寺町《みなみきゅうほうじ》の大鞠さんとこや。頼むで！」

と命じてくれた。どうやら、相当急ぐ用事らしい。

任しとくなはれ！　と喜び勇んで韋駄天ぶりを発揮することしばし、ぶじに着いたときにはなぜか先生の方が病人みたいな顔になっていた。

浪渕医師が大鞠家の玄関をくぐったあとは、そのまま人力車を移動させ、長く続く塀の片隅に楫棒を下ろし、のんびりと用のすむのを待っていた。

「寒いから、玄関にでも上がらせてもろたらどないや」

と浪渕医師からすすめられたのを「かめしまへん。外の方が気楽ですよって」と断わり、のんびりボーッと待つうちに、知らず知らず時間は過ぎていった。

そんなさなかに、ふと人影らしきものを見かけたような気がしたのだが、

「ようは見えなんだが、兵隊のよう着る釣鐘《つりがね》マントみたいなもん着とったな。はてな、ここの家にそんな人がおったんかいな」

と小首をかしげたものの、それ以上は確認のし

ようもなかった。倖を置いて見に行くほどのこともないと思われ、

「まぁええわい、大方おったんやろ」

と詮索をやめたところへ、

「お待っとぉさん。えらい待たしてすまなんだな」

「ご苦労さんでした、源さん」

そうねぎらいながら、浪渕の大先生と女医さんが出てきた。

「どや、帰りは君が乗って帰るか」

「い、いえ……うちは自転車で来てますよって」

と譲り合い、結局は観念したように浪渕医師が「ゆっくり、ゆっくりやで、急がんでもええんやで」と念押ししながら座席に乗りこんだ。

「へ、ほんなら出しまっせ」

そう声をかけ、ナツ子の自転車と並走し始めながら、源之助はさっき見かけた人影のことを話したものか思案していた。

「あこもご兄弟二人とも兵隊に出はったそやよってな。ひょっとの拍子のヒョコタンで英霊たらちゅうもんになって帰ってきはったのかもしれん。こら言うたげたもんか、かえって涙の種になってもいかんしなぁ……」

「え、何、源さん？」

かたわらで自転車のペダルをこぎつつ、ナツ子が問いかけた。

昭和二十年、南久宝寺町大鞠家
――仏前にて

――その日を境に、大鞠家の全てが美禰子の双《そう》肩《けん》にかかってきた。

主人である茂造と、その妻であり家付き娘として家業と家庭を取り仕切ってきた喜代江、そしてその背後に君臨し、世間への信用を担保してきた多可の死――。

息子二人は戦地にあり、末の妹はまだ女学生で、実年齢よりさらに幼く無邪気なところがある。

となると、当然長女の月子が後継者となるべきところで、当人もかねてそのつもりのはずだった。彼女が女学校を卒業し、商売を手伝い始めたときには、すでに化粧品商売は傾いていたものの、兄と弟たちを差し置いて婿養子を取る気満々のようだった。

あいにく、彼女と結婚するような年格好の奉公人は皆無となっていたので、その野望?は果たせなかったが、それぐらいのつもりがあればこそ、大鞠家本宅で暮らし始めた美禰子を、兄嫁でありながら使用人さながらこき使おうとしたりもした。

幸い、そちらはみごとに失敗したが、彼女がおとなしく他家への嫁入りを待つつもりがなく、引き続きかつて知った実家で暮らすつもりであることは明らかだった。

だが、まず第一段階として、茂造殺しの発生とともに、自分が血まみれ騒ぎの主役となったあの晩以降、ひどくものにおびえて人前に顔を出したがらなくなった。もともとわがままな娘なだけに、言いだしたら聞かないところがあった。

それが、いくぶんましになって、気がつくと自室を空けて、いつのまにかどこかに出かけていることもあるようになった矢先に、母と祖母のあのような形での死である。二段構えの衝撃が、あれほど気の強かった彼女の心をへし折ったことはまちがいなく、少なくとも当面は何の役割も果たしてくれそうにはなかった。

　となると、ほかに主人の役を果たすのは、嫁の美禰子しかありえなかった。幸い、といってはいけないのだろうが、今の大鞠百薬館は古くからのお得意とかろうじて取引をするほかは、慰問袋を中心とした雑貨取り扱いが本業のようなもので、それも細ってゆく一方だった。

　とはいえ、商売のことを把握しているのは番頭の喜助一人。それまで喜代江がかなりの部分を担ってきた経理については、美禰子が引き受けるほかなかった。まるで暗号帳のような帳簿と取り組み、不得意な方ではなかったものの、人並外れているわけでもない算盤をはじき、まずは自分が何をしているかということから理解しなくてはならなかった。

　だが、その前にすましておかなければならないことがあった。葬儀である。

　今の時節は通夜も告別式もろくにできず、祭壇を組もうにも資材はなく、仏具は金物と見れば供出させられ、霊柩車を走らせる燃料もなどあるわけがない。やれるのはせいぜい納棺と火葬ぐらい。

　それでも、茂造のときは喜代江がてきぱきと、いくぶん何かに憑かれたかのように差配し、多可がにらみを利かせることで自然に人手も集まった。それが今度はその二人が弔《とむら》いの対象となり、喪主の月子は手を貸すどころかろくに姿も見せないとなれば、全ては美禰子の判断でやるほかなかった。

　むろん西ナツ子が助っ人に来てくれたし、車夫の源之助も雑用係を買って出てくれた。それでも結局は全てを内々《うちうち》ですませ、弔問客は仏前に線香をあげてもらうにとどめるほかなかった。

　そんな中に、二人の珍客がいた。といっても一人目は、大鞠家の古なじみで美禰子もよく知っている清川善兵衛で、彼そのものは少しも珍しい来客ではなかった。

　清川老人は最近すっかり足が弱ったらしく、お才の付き添いで仏前にやってきたのだが、そのあとの問わず語りの長話が、何とも奇妙だったのだ。

彼はある時期、しげしげと多可のいる離れを訪ねていたが、そのとき何やら異様な会話を交わしていたことが、この日初めて明かされた。

「思えば、あんさんは、果報者に見えて気の毒な人でおましたなぁ、お店《たな》は繁盛で万々歳やったものの、やっぱり一人息子が若《わこ》うして、まるで神隠しでもおうたようにおらんようになったんが、一生の後悔、心の重荷になってはったんやなぁ。その千太郎ぼんの姿を最後に見たんがわしということで、くり返しそのときのことを尋《たん》ねはってなぁ。何べん同《おんな》しこと訊かれんねやとは思たけど、あんさんの気持ちがようわかるだけに、こちらも何べんとのう話させてもろたもんやった——あの難波のパノラマ館での思い出話をな。

あのとき見た旅順総攻撃の見世物にも増して思い出されてならんのは、学生姿もりりしい千太郎ぼんの姿や。今も愛用の……おっとと、あの時計はとうに食いもんと引き換えにお百姓に渡してしもたんやった。とにかく、ちょうど今も手にその感じが残ってるんやが、あのネジを巻いたときが生涯の別れになってまうやなんて、夢にも思わへんかったよってなぁ……」

夫・多一郎との祝言のときも、これ見よがしにしていた懐中時計を手放してしまったと聞いて、美禰子はせっかく長生きしたのに、過酷な時代の激変にさらされる老人たちが気の毒に思えた。運命をあやつられるのは戦地にやられる若者、食べ盛りに飢えなくてはならない子供たちだけではないのだ。

だが、それ以上に「難波のパノラマ館」という言葉が耳に残った。そういえば、海原巡査が土蔵で、何かそういった興行の切符らしきものを拾ったと言っていたが……。

清川善兵衛が、お才に助けられて出て行ったあとも、ぽつりぽつりと弔問客が訪れた。中には見かけた顔もあり、まるで知らない人もいて、相応にあいさつだけはすませた。当初は多少緊張していたものの、しだいに慣れて退屈し始めた時分、二人目の珍客がやってきた。

（えっ、この人は……？）

その男の顔を見て美禰子も驚いたが、先方もギョッとしたあとで気まずそうな顔になった。

それもそのはずで、それはかつて店に押しかけ、主人の茂造に会わせろと強《こわ》談判に及んだ〝駄々けもん〟だった。

「こ、これはあのときの朸《おうこ》（天秤棒のこと）の……」

その男は、美禰子から食らった一撃を思い出したかのように恐縮すると、

「どうも、まことに相すまんこって……今日は決して悪さはいたしまへんよって、ご安心とご勘弁のほどをお願い申し上げます。今日はこちらのお家《え》はんに、これまでのご恩とあのときの不首尾のおわびに参りましたんやが……ええい、この際やよって、お家はんのかわりに、ご迷惑かけた若《わか》御寮人《ごりょん》さんに白状さしてもらお。ま、一通り聞いとくなはれ」

「え？　あ、はい……」

最初は身構えていた美禰子も、あのときとは打って変わった低姿勢ぶりに、耳を傾けずにはいられなかった。

——一見してやくざとしか思えなかった男は、もともと大鞠家とかかわりのあった職人で、その後不運と自らの不心得が合わさって身を持ちくずしてしまい、先代の万蔵旦那には出入り禁止を申し渡されたが、多可が小遣いをやったり、働き口を世話したりして陰で面倒を見ていた。

そんなことが久しく続いたある日、彼は多可から呼び出され、妙なことを頼まれた。なるべく顔のわからないようにして店に乗りこみ、旦那を呼び出して何でもいいから難癖をつけろというのだ。

「まぁ、お恥ずかしい話ではおまんのやが、わても悪かった時分には、似たようなことをよそでしたことがおましたよって、出来ん相談ではおませんでした。けど、まさかこちらのご隠居から、おどしと強請《ゆす》りタカリに来いと頼まれるとは……けどまぁ、ご恩ある方からのたってのお申し出でも

あり、また礼金に目がくらみもしましたんで、結局は引き受けましたんやんけどな」

男は正直なところを言い、面目《めんもく》なさそうに頭をかいてみせた。

「それで、あのときあんな格好で——？　今日はまるで違ったお召し物なので、一瞬気づきませんでしたけど」

美禰子が訊くと、男はますます困った顔になって、

「いや、とんでもない。いま着てんのが普段着で、あれはあくまで仮装でっせ。こちらに暴れこむにあたっては必ず昔の軍服姿で来いと、お家はんのご注文で……それで知り合いの東西屋がたまたま衣装にそれらしいのを持ってたんで、そこから借りてきましたんや」

「えっ、じゃあ、あの服装もお祖母様の……？」

「さよだ、さよだ。まんまと人目をあざむき、うまいことといたと思たら、そちらさんの剣道の腕でみごとに退治されてしもて……いや、今日はそのときのおわびもさしてもらえて、よろしゅおましたわ」

男はそう言うと、仏前にもかかわらず、パンパンと盛大にかしわ手を打って出て行った。そのあとで、美禰子は一人、首をかしげ続けていた。

（いったい二人の話は何を意味するのだろう。多可お祖母様は何を思って、清川さんから同じ話をくり返し聞き、服装の指定までつけてあの人をお店に乗りこませたのか……？）

——そんな、知恵の輪のように絡み合う疑問を思い浮かべながら。

昭和二十年、南久宝寺町大鞠家
――お才覚醒

お才はふと目を覚ました。

小娘のころから慣れ親しんだ――というより、それ以外をほぼ知らない女中部屋の天井が、よどんだ闇の向こうに見えた。

にもかかわらず、お才は自分がなぜここにいるのかわからず、しばらくの間きょとんとしていた。たった今まで、自分はミナミのにぎやかな一帯を歩いていたはずなのに、なぜこんなすすけた部屋で固い布団にくるまり、独りぽつんと横たわっているのだろうか、と。

答えはすぐに出た。それは当たり前すぎるほど、当たり前なものでしかなかった。

(夢やったのか……)

そう気づいたとたん、キュッと胸を締めつけるような思いがこみあげてきた。夢にしてはあまりにはっきりとして生々しくさえあったし、だが現実とすれば理屈に合わないところが多々あった。

ついさっきまで、お才はお使いのため戎橋筋《えびすばしすじ》を歩いていたのだが、昔と変わらず人通りはひしめくようだったし、いろいろな店が軒を連ね、食べ物であろうが何であろうが無尽蔵に売られていた……まるで戦争前のように。

ただ、変なことがあった。このまま歩いてゆけば、やがて突き当たりに見えてくるのは昭和七年に竣工し、高島屋《たかしまや》大阪店が入った、南海難波《なんかいなんば》駅の巨大で華麗なビルディングのはず。なのに、いつのまに道を取り違えたのか、何ともおかしな建物が見えてきた。

桶を伏せ、その上に漏斗《じょうご》をのっけたような形をしていて、それがだんだんこちらに近づいてくるのだ。

ハテナ、何であんなところに向かっているのかと考えたとたん、ハッとした。前方にスタスタと歩を進める若い男の後ろ姿があった。見覚えのある学生帽をかぶり、衣服もまた同様のその人は――。

「ぼんぼん！」

お才は思わず夢の中で叫んでいた。そうだ、あれは大鞠百薬館の若旦那――というには少し早い千太郎ぼんであり、自分がさっきからテクテクとミナミの一帯を歩いていたのは、彼のあとを慕ってついていったからだと思い当たった。

夢というのは不思議なもので、長い時間にわたるように見える内容が、実は瞬忽《しゅんこつ》の間に組み立てられるために、しばしば原因と結果が逆になる。

何で自分はこんなところを歩いているのかを疑問に思ったから、脳味噌が辻つま合わせのため、あわてて千太郎を登場させたのかもしれない。

「ぼんぼん、ちょっと待っとくなはれな。わたいだす、お才だすがな。いったい、これからどこ行かはりますの？」

今の彼女なら、こんな風に急ぎ足になりながら前方に声をかけたりすれば、たちまち息が切れてしまうし、加えて慢性的な空腹のせいで参ってしまったかもしれない。だが、そこは夢のありがたさで、少しも苦しい思いをせずにすんだ。

それにしても、ぼんぼんが向かっているらしいあの建物は何だろう。そう考えたとたん、これも夢の便利なところで、天の一角からよく響く美声が投げかけられた。

「これはパノラマ館だよ」

（そや、パノラマ館やった。あの日、千太郎ぼんは難波のパノラマ館に行かはったんや。あの着物やみな、あの日お見送りしたときとそっくりや）

神の声というよりは映画のナレーションさながらなその声に、お才は納得した。次いで総毛立つような恐怖にかられた。あの日、大鞠千太郎は難波停車場前のパノラマ館に出かけ、そして帰ってこなかった。ということは……？

「あきまへん、ぼんぼん！　そっちへ行たらあかしまへん！　おもどりやす、そやないと、ご当家の方々、とりわけお家《え》はん……いや、このころなら御寮人《ごりょん》さんかいな、とにかくみなさん悲しみはります。とりわけ、わたいが悲しみます。待っとくなはれ、おみ足止めとくれやす！」

だが、前をスタスタと行く千太郎は立ち止まらず、ふりかえりもしない。お才は必死にそのあとを追うのだが、全く彼との距離も縮まらなければ、前方のパノラマ館も近づいてはこない。

そこが夢の悲しさで、もう会えないとわかっている人間には会うことはできないし、行けない場所にはどうしてもたどり着くことができない。それでも夢は、というより人間の脳はせいいっぱい期待にこたえようとして、欠落したところをごまかし、話をそらし、ねじ曲げようとする。

だが、いよいよ辻つま合わせに窮すると、夢は最後の手段に出る。目覚めという形で物語を断ち切り、観客を現実世界に投げ返してしまうのだ。

あと少しで、千太郎ぼんに追いつき、パノラマ行きを思いとどまらせて、それきり行方知れずになるのを予防する――その寸前で、お才はパッチリと目を覚ました。そしてそのまま、しばし茫然と天井を見つめ続けていたのだった……。

いつのまにか、お才は涙を流していた。いつしかすっかり忘れていたが、考えてみれば彼女が嫁にも行かず、奉公先を変えもせず、大鞠家にとどまり続けたのも、いつか千太郎が帰ってくるかもしれないと漠然と考えていたからではなかったか。

だが、その願いも、たった今、それこそ夢と消えてしまった。千太郎ぼんはもう帰ってこない――なぜか、はっきりそう確信できた。

さまざまな思いが、お才の中で渦巻いた。やがて、それはこんな奇怪な言葉となって、女中部屋の薄闇のただ中につぶやかれたのだった。

「ひょっとしたら、旦《だん》さんを、それから御寮人さんを殺したのは、わたいやったかもしれへん……」

そのまま身じろぎもせず、天井を見つめ続けていたお才は、やがてむっくりと起き上がった。

ひどくのどが渇いていた。あまり夜中は出歩くなといわれていたが、我慢できそうになかった。

そこで寝間着の上に一枚羽織り、女中部屋を出たところで、ふと怖くなって廊下の奥を透かし見た。――また、あの〝赤頭〟の小鬼が出るんやないかしらん。

ついそんな心配をしてしまったのだが、どこからもその気配はなく、あのトットト……という足音も聞こえてはこなかった。といってグズグズしていたら、いつどこからピョイと飛び出してくるかもしれず、足早に台所へと向かった。

洗い場で冷たい水道水をすくい、一口飲むころには、お才の中でさっきの夢は遠いものになっていた。

(何でもないなケッタイな夢、見たんやろ)

手をふきながらの自問の答えは、すぐに出た。

あの派出所の若い巡査はんが見せてくれた、古びた切符のせいだ。夢の中にそびえ立っていた奇妙な建物は、あの紙切れに刷りこまれていた姿そのままだった。

それに加えて、清川の善兵衛はんがご仏前での昔話にもパノラマ館のことがふくまれていた。それを脇で聞いていたのが頭に残っていて、あの物悲しくもやりきれない一場面となったらしい。

ともあれ、あんな夢を見たせいで変な時間に目が覚めてしまった。今から寝直して眠れるだろうかと案じられたが、どっちにせよこんなところにいては風邪をひくし、小鬼が出ないとも限らない。さっさと寝床にもどろうと、きびすを返したときだった。

「あ、あれは……」

お才は唇を震わせた。何気なく戸外に投げた視線が、裏庭にたたずむ何者かのシルエットをとらえたからだった。

一瞬、月明かりに輪郭が浮かび上がっただけだが、それは確かに人影だった。といっても見えたのは肩から上ぐらいで、せいぜい頭には国民帽らしきものをかぶっているのがわかっただけだった。

その名の通り、着用推奨という名の強制が行なわれた「国民服」の一環として制定された帽子で、台形をして短い目庇がついている。

　ということはれっきとした人間、それも男であるらしい。そこまで気づき、ハッとして見直したときには、もうその姿は闇にまぎれてしまってい
た。

　幸いあの小鬼ではなく現世の人間らしかったが、だからといって安心できるわけではなかった。コソ泥？　それとも押し込み？　いや、今の大鞠家には、それらよりもっと心配しなくてはならない存在があった――殺人者だ。

　何とかしなければ、と思った。といって、どうすればいいのだ。いくら体と同様――若いころは、はるかに華奢《きやしや》だったのだが――肝っ玉が太いといっても、相手が相手だけに何ともしようがなかった。

　警察を呼ぶか？　みなを起こすか？　いや、何かの見まちがいということもあるし、といってグスグスしてはおられない。

　となれば、道は一つ。お才は階段を駆け上がり、廊下を抜けると、とある一間の前で大きく息を吸いこんだ――。

「若御寮人さん、もうし若御寮人さん……」

　襖越しの突然の呼びかけが、美禰子の眠りを破った。え、何？　と、あわてて寝床に身を起こした彼女の耳を、

「若御寮人さん、まことに相すまんこってございますのやけど、ちょっと起きたっとくなはらしまへんやろか。何じゃ怪しい賊が入りこんどるみたいだすよってからに！」

　せいいっぱい押し殺した、けれど安眠を妨害するには十分な声が、猛烈な早口でもって揺るがした。

「ちょ、ちょっと待ってね、お才さん。いま開けるから」

　言いながら腰を上げた彼女の目に、部屋の片隅に置かれたあるものがとまった。

　そのあるものは、彼女の嫁入り道具の一つで、

夫・多一郎との二人所帯ならともかく、大鞠家の人々との同居に当たっては、どう処置したものかと迷った。だが、長年の愛着もあって捨てるにはしのびず、ついこっそりと持ちこんだものだった。

――どうやら、その選択は正しかったらしい、と美禰子はひそかに思った。立ち上がりざまストンと寝間着を脱ぎ捨て、そのまま電光石火の勢いで着替えをすませると、サッと襖を開けた。

その向こうにいたお才の顔にパッと喜色が広がった。だが、美禰子が左手につかんだ〝嫁入り道具〟を目にするや、女子衆《おなごし》はあっけにとられた顔で、

「わ、若御寮人さん、そ、それは……？」

「ああ、これ？」

美禰子はにっこりと、それ――愛用の竹刀を軽く持ち上げて見せると、

「いつかの天秤棒の代わりよ。それより、その賊とやらのいるところに案内してくださいな」

笑顔から、すぐキリッとした表情に切り替えると言った。

「へ、へぇ、ただ今」

お才はこのうえなく頼もしい思いを、表わしながら言った。そして、それから一分少々経過したのち、

「――確かに見たのね、お才さん」

美禰子は、お才をともなって庭へと降り立ちながら言った。お才はうなずきながら、

「さ、さようでございます。ちょうど、あの植えこみの材木の置いてありますあたり……というても、今はよう見えませんが」

「そう」

美禰子はそう答えるなり、闇の中にズイッと摺《す》り足を踏み出した。

あっ、若御寮人さん……と、あわてるお才を手で制して、なおも進んでゆく。いつでも竹刀で一撃を与えられる構えだ。だが、しばらくするとまたもどってきて、

「……いないわね」

と、つぶやくように言った。

「え、けど確かにこの目で……けどまぁ、わたいの見そこないなら、それに越したことおまへんかもしれまへんな」

お才は反駁《はんばく》しつつも、ホッとした安堵をにじませて言った。美禰子はしかし、かぶりを振って、

「ただの気のせいなら、なおさらそうだと確かめなくっちゃ。まずは戸締まりだけでも調べてみましょう」

「そ、それもそうだんな。ほな、ちょっと灯りを取ってきまひょか」

「お願いするわ」

ということで、母屋に取って返したお才は、まもなくナショナルランプ——どこの家にもある懐中電灯を手にもどってきた。今の時世、買い置きの電池が切れたら面倒だがしかたがない。彼女を待っていた間にも、美禰子は侵入者の探索を怠らなかった。

そのあと二人は、侵入者がもし裏庭一帯から姿を消したのだとしたら、それを可能にする場所ないし経路はないか調べてみた。あの惨劇の記憶も生々しい土蔵は、以前にもまして厳重に施錠されており、離れもまた同様に閉じられていた。

土蔵なり離れなりの中に隠れているとしたら、内側から何らかの方法で鍵をかけなくてはならないわけだ。むろん中を確かめてみるに越したことはなかったが、そこまでの余裕はなかった。

「ほかに出口はないかしら」美禰子は首をかしげた。「そうだ、この近くの塀に裏木戸みたいなものがあったんじゃない？　使われているのを見たことはないけれど」

「あ、それやったらこっちだす」

お才は、ナショナルランプを手に先に立った。これだけ捜して気配もないのだから、もう賊は外に出たと安心しているようでもあった。

やがてたどり着いた裏木戸は、裏庭からただ一つの、直接に外部へ出られる場所だった。だが、その裏木戸もまた塀の内側から閂《かんぬき》が下ろされて

おり、ここから出たとも考えにくかった。

「……もどりましょうか」

ひとわたり検分したあとで美禰子が言うと、お才も「そうだんな」とあきらめたように言った。夜の寒気にやっと気づいたようにブルッと体を震わせると、

「白湯《さゆ》でも入れさしてもらいますわ。若御寮人さんまで、とんだことでお騒がせしてしまいまして」

「そのことは、いいのよ。でも、温かいものをいただけるのはありがたいわね」

美禰子は笑顔で言いながらも、どこかしら納得できないわだかまりのようなものを払拭することができなかった。もしお才をおびえさせたのが、幽霊ならぬ枯《か》れ尾花《おばな》でなかったとしたら、どこにも逃げ場はないはずだったからだ。

——もし美禰子が、いま調べた塀のすぐ外側で目撃された人影のことを知っていたなら、その裏木戸にもっと注目していたかもしれない。だがあいにく、車夫の源之助はそのことを浪渕医師や西ナツ子に語ってはいたものの、彼女にはまだ伝わってはいなかった。

母屋にもどった美禰子たちは、厳重に戸締まりをし、月子や文子たちの無事をそれとなく確認した。

姉妹二人とも、この深夜の珍事には気づかなかったらしく、ことに文子はかわいい寝息を立てて寝入っていた。それならばと、あえて起こすことはせず、美禰子は朝までの短い眠りについた。

あくる朝、いつものようにテキパキと朝の支度をすませ、今日一日の仕事の段取りを立ててしまうと、彼女はあらためて裏庭に出てみた。

「月子……さん？」

意外な人の姿をそこに見出して呼びかけると、月子はドキリとしたような表情でふりかえった。

「何や、あんたか」

ぶっきらぼうに言いながらも、そこには明らかなおびえが見て取れた。それは父・母・祖母と相次いだ悲劇に対する衝撃や悲しみもさることなが

ら、彼女自身に迫る恐怖を感じているように思われた。だが、それが何なのか、不安にさいなまれる根拠はあるのかについては、頑として口を開こうとしないのだった。

「ご飯なら、うちの部屋に運んどいてんか。それとも、ほかに何かうちに用でもあるのん？」

美禰子は「いえ」とかぶりを振ると、

「ここで何かしておられるのかなって思って」

と率直にたずねた。

「何もしてへんよ。かりに何かしてたにしても、何であんたなんかにいちいち言わないかんの」

月子は、常よりもとげとげしい口調で言った。どうも、あの流血の一件以来、いっそうきつい性格がきわだった感じだった。

切りつけられた傷は癒えても、その跡が消えるには至ってないらしいことを考えると、それもやむを得ないことではあった。そこで美禰子が、

「そうですか」

と軽く受け流すと、月子はますますイライラしたようすを見せ、屋内にもどろうとした。と思ったら、ふいに立ち止まってふりかえりざま、

「あんたも昨日の晩、ここで何か見たん？」

と思いがけず訊いてきた。美禰子はまたかぶりを振ると、

「いえ、私は……ただ、お才さんが国民帽らしいものをかぶった男を見かけたと聞いただけで」

「国民帽？　でも、お才どんかて、ちゃんと見たわけやないいんでしょ？」

「ええ、でも誰かがそういう帽子をかぶって、この家に入りこんでいたことはまちがいないと」

「ふん、はたしてどうだか」と月子は鼻で笑って、「国民帽なんて今どき珍しくもない。それにひょっとしたら、兵隊帽かもしれへんでしょ。そんなもんかぶった人やなんて、今日び珍しくも何ともないいんやから」

ここでいう兵隊帽とは、陸軍略帽とか戦闘帽と呼ばれるものだ。甲号と呼ばれる開襟式の国民服に付属する帽子が烏帽子《えぼし》風なのに対し、立折襟を

採用した乙号国民服のそれは、兵隊帽ときわめて形が似ていた。

「確かにそうですけど……でも、何で兵隊さんがうちになんか？」

「さあ、脱走兵とかやないの」

月子はそう言ってしまってから、その不穏さに気づいたように口をつぐんだ。もし、そんなものが本当にいて、この家に侵入したのだとしたら、それは殺人犯以上の大問題となりかねなかった。

少なくとも官憲にとっては、大阪の一商家で次々と人命が奪われることよりも、戦いの場から兵隊が逃れ出ることの方が由々しく、あってはならないことだった。

だが、そのこと以上に、夫を戦地に送り出した美禰子にはこたえるものがあった。夫が脱走兵となることなど想像したこともないが、絶対にありえないことではなかったし、戦死とどちらを選ぶかといえば……。

「な、何やのよ」

いったん顔を曇らせた美禰子に焦ったのか、月子はいっそう突っかかるように言った。

だが、美禰子は答えなかった。答える必要もなかったからだが、そこへ、

「ひょっとして、小さい兄ちゃんが帰ってきたんと違う？」

だしぬけに背後から浴びせられた声に、美禰子は驚いてふりかえった。

「文子ちゃん……」

いつのまに出てきたのか、文子がそこに立って姉と義姉《あね》を見つめていた。その表情は真剣そのもので、どこか思いつめたようなところがあった。

「見も知らん兵隊さんが、うちに忍びこむことかて、絶対にないとは言われへんけど、それよりはありうる話と違うの」

文子の言葉は美禰子をびっくりさせたが、それ以上に月子にとって衝撃のようだった。その、どんなときも高慢さをたたえた顔はみるみる青ざめ、引き攣《つ》ったように歪んだ。

「な、な、何を……あ、あんたいったい……」

ゴクリと唾をのみ下してから、

「い、いきなり何を言いだすのん。何でまた茂彦が、だ、脱走なんかを……」

狼狽と畏怖を半々に、それでもせいいっぱいの目力で文子をにらみすえた。だが、文子の目はまっすぐに月子を見つめ、微塵もひるむようすはなかった。

「姉ちゃんはそやったらええと考えはらへんの。新聞は調子のええことばっかり書いてるけど、最前線はもうえらいことになってるて、みんな陰では言うてはる。それやったら、いっそ逃げて帰ってきてくれはった方が幸せと違うの」

「何を……何ちゅうことを。そないなこと言うあんたは非国民や。憲兵や特高が聞いたら、すぐにも連れて行かれるで。そ、それに何で茂彦の方と決めつけるのん。あんたの理屈やったら、脱走兵は多一郎兄さんでもええことになるやないか」

美禰子には鋭く冷たい一瞥を、文子には反駁の言葉を投げつけてきた。それは美禰子の心を揺すぶるに十分だったが、文子は少しも引かなかった。

「そやかて、もし大きい兄ちゃんやったら、お嫁さんの美禰子姉ちゃんが出てきはったのに名乗りもせず、そのまま姿を消すはずないやないの。はるばる異国から帰ってきたいうのに」

言われて、月子はウッと言葉に詰まった。文子はたたみかけるように、

「美禰子姉ちゃんがお嫁に来はったのは、小さい兄ちゃんが出征しはったあと。それまでに会うたことはあっても、暗がりの中では誰かわかれへんかったやろし、たとえわかってたにせよ、とっさには声をかけられへんかったとしても不思議やないんやない？」

「そ、それは……」

言いかけてまた言葉に詰まり、月子は黙りこんでしまった。

そのあとに、三人三様の沈黙が交錯した。そんな膠着《こうちゃく》状態からどれぐらいたっただろうか、お才

が母屋から出てきて、彼女らのようすに気づき、ギョッとしたように立ちすくんだ。そのあとに、ひどくとまどったようすで、

「あの……浪渕先生のとこの女医さんがおいでござりますのやけど」

と言った。さすがに西ナツ子が看護婦でないことは、彼女ももう知っていた。

「帰ってもろて」

月子は間髪を入れず、答えた。美禰子にとってナツ子の来訪が、ひとときの安らぎであることは百も承知なようすで、

「うち、もうどっこも悪いことないよって、もうあんたにわざわざ来てもらうには及びまへんと、そない伝えといてんか。医者によらず何によらず、うちはもう誰にも会いとうないんや！」

「はあ、さようでございますか。そういうことでございましたら」

さすがのお才も、月子のわがままを持て余したように言った。そのまま玄関の方に向かったと思うと、ほどなくもどってきて、

「あの、どなたにもお会いにならんとのことでしたが、今おいでになったお方もお帰り願うた方がよろしゅまっしゃろか」

「当たり前やろ。何べん同じことを言わせるのやいな」

月子はいらだたしげに言い、そのあと急に何かに気づいたようすで、

「今おいでになった方て、誰？」

「はあ、あの方丈はん、言いなはる探偵さんで」

お才が答えると、月子は瞬時に不機嫌の色を消し去り、だがいくぶんかはきまり悪そうに、

「それを早《は》よ言いんかいな！」


「おやおや、また何かこちらで起きているような虫の知らせ——などと迷信的のことを言っちゃいかんね、探偵としての第六感に従って来てみれば、案の定昨夜そんなことがあったのですか。……ふふん、するとその怪しい人影というのは、この閉

じられた空間で忽然と消え失せたことになるわけですな。なるほど、なるほどね」

美禰子たちのもとに現われた方丈小四郎は、いつものモダンな洋装に白いマフラーを軽く流し、これまたいつものように一方的にまくしたてた。

「だが、忍術遣いとか透明人間でもなければ、そんなことはありえないのだから、ちょっとあたりを検分してみようじゃないか。もし生きた人間であれば、何一つ痕跡を残していないという方が不自然なのだからね。さ、調べてみようじゃないか。何かそうした抜け穴や隠れ場所がないかどうか」

そう言うなり、さっさと女性たちの先に立って歩き始めた。

「ねぇ、これってどういうことなん？　ここで何があった、いうの」

そうささやきかける西ナツ子に、美禰子は「まあまあ、くわしいことはあとで」と目で合図した。

さすがに、片方の客だけ門前払いを食らわせるわけにはいかなかった。加えて、この自称探偵が「ごいっしょに」と言ってくれたおかげで、ナツ子もいつも通り邸内に入り、裏庭までついてきていた。何しろ、見舞う相手がそこにいるのだからしかたがない。

そんな微妙な空気をものともせず、方丈小四郎は今はなき新興・大都あたりの探偵映画の主役よろしく虫眼鏡や巻き尺を取り出したり、かといってそれらを使うでもなく地面や木陰を注視したりした。そのようすは本気のようでもあり、ごっこ遊びをしているようにも見えた。

そんな彼を月子はひどく険しい顔で見つめ、文子ははしゃいでいると言ったら語弊があるが、明らかに何かの期待に胸をはずませていた。それが証拠に、

「方丈先生、あっちの方は調べはった？　ほら、こっちこっち！」

と先に立って案内し、方丈小四郎は渋い顔になりながら、そちらにも足を向けるといったありさまだった。

だが、そのおかげで、美禰子は昨夜調べきれなかった場所があることに気づいた。それは、土蔵の裏手にあって、地面近くに斜めに設けられた鉄の二枚扉だった。

「これは……防空壕？」

美禰子が思わずつぶやいたのを、月子が聞きとがめて、

「まぁ、そんなもんや。戦争の初めのころに、お父はんの思い付きで造ったもんの、ろくに使われることもなく、その間に公共の防空壕がいくつもできたよってな」

——日本本土に対する空襲は、昭和十七年四月十八日のいわゆるドゥリットル空襲が最初で、東京・横浜・横須賀・名古屋そして神戸に爆撃が行なわれたが、その後はパッタリと止み、その反動でか空への備えは忘れられた。

その後、マリアナ諸島が米軍の手に落ち、そこを拠点として日本全土を標的とした空爆が始まったが、いたずらに「我方の損害軽微」「敵機多数撃墜、相当な戦果」とのみ報じられる中では、被害地域以外にとっては遠方の火事のように縁遠いものだった。

昨年十二月から大阪上空にもひんぴんとB29爆撃機が飛来するようになったが、ほとんど被弾はなく、市民たちはのんきに空を指さして見物する始末。むろん、あわてふためいて防空壕に飛びこんだものもいたが、あまりにも使用されなかったためゴミ溜めや公衆便所と化していて、鼻をつまんで逃げ出すというドタバタさえあった。

ふだん日本側の被害を過少報道している新聞が、このときとばかり「府民の猛省」をうながしたのは言うまでもない。

とにかくそんな状況だったから、せっかく造られた防空壕が放置され、忘れられていたとしても不思議ではなく、

「そうだったんですか」

と美禰子は素直に答えるほかなかった。だが、そのことに月子はかえって反発を覚えたと見え、

「そうだったんですかって……うちに嫁に来ていながら、ここにこんなものがあることも知らんかったんかいな。そんなことであんた、ようわがもの顔で店のこと仕切ってられたもんやな」

唇ばかりか顔までいっしょくたにゆがめながら言った。これには、そばで聞いていた西ナツ子が憤然として、

「あなたねぇ……」

と眼鏡の奥で目をむき、身を乗り出そうとした。美禰子はそれを手で制して、

「それなら、いつ月子さんにお返ししてもいいんですが……何でしたら、今すぐにでも？」

と、ものやわらかに言った。

「い、いやまぁ、それはまだ先でええけど……なぁ？」

と誰に同意を求めるのかわからない言い方で、お茶を濁《にご》した。そこへ方丈小四郎が、その場を取りつくろおうとするように、

「な、なるほど、ここなら闖入者の一人や二人、姿を隠せるかもしれないね。といっても、まさか今もここにいたりはしないだろうが……」

そう言うと、このあたりにもう用はないとばかり、きびすを返して立ち去ろうとした。と、そこへ、

「けど、方丈先生」文子が言った。「このあたりから外へ出られる裏木戸は、内側から閉まっていたし、ほかに身をひそめる場所もなかったとすると、お才どんが見たという人影は、まだうちの敷地内にいるということになりませんか？　そやとしたら――」

言葉につれ、鉄の扉に視線を移すのにつられて、美禰子たちもそちらを見やった。次いで彼女らの目が方丈小四郎に投げかけられると、彼は観念したように、

「わかった、わかりましたよ。それほど言うなら調べましょう。しかし万一、中から賊が飛び出してきたら――？」

「そのときはお任せを」

美禰子はそう請け合うと、手ごろな得物はないか目で探した。小ぎれいな竹竿が一本見つかったが、やや長すぎて躊躇していると、

「ちょっと待っとくれやっしゃ」

お才がそう言い置いてダッと駆けだし、すぐに美禰子の竹刀を持ってもどってきた。すると、その竹竿を西ナツ子が代わって受け取ると、

「美禰子さんが剣道なら、私は薙刀《なぎなた》にいささか心得がありますから」

と、なかなかピタリと決まった手つきと腰つきで構えてみせた。

「……わかりました」

方丈小四郎は不承不承言うと、鉄の扉に歩み寄り、小腰をかがめた。万一のときにすぐ飛びこめるように、また誤って中に閉じこめられることを慮《おもんぱか》ってか、外側からは錠前や閂《かんぬき》のたぐいはつけられていなかった。

「では……」

方丈小四郎は、扉の取っ手をつかんだ。そして思い切って開けるが早いか、

「ほーら、中には誰もいないし、何もなかったでしょう?」

と、おどけた口調で、扉の内側を指し示した。

そこには確かに防空壕として使えるぐらいの窖が掘り抜かれていた。

だが、女たちの表情は、方丈が予期していたものとは違っていたようだった。一様に驚きと、そして全員ではないにせよ一種の恐れをふくんでいた。

彼が言ったように、そこには確かに誰もいはしなかった。だが、何もなかったかというと、決してそうではなかった。

「え? こ、これは……」

「いつのまに、こんなものが」

「――いったい誰が?」

期せずして起きたざわめきが、にわかにぽっかり開いた空間に吸いこまれ、ほんのかすかな反響を起こした。それらにつられて窖の奥に目をこら

した方丈は、

「！」

その気取った表情の上に驚きをはじけさせた。

鉄の扉の向こうにあったのは――部屋だった。

美彌子たちは最初その中をのぞき見し、やがて吸いこまれるように奥へと足を踏み入れた。

空襲から身を守るためというよりは、生活を楽しむためにしつらえられたとしか思えないそこには机があり、照明があり、寝具があり、そして何より本があった――それも『赤毛のレドメイン一家』『十二の刺傷』『樽』『Yの悲劇』といった特定の分野《ジャンル》のものばかりが。

　大人たちの背後から首をのばし、それらの書名を読み取ったとたん、

「あ……これ、みんな茂彦兄ちゃんが好きやった探偵小説やわ！　ほら、机の上にある文庫判ほどのは『グリイン家惨殺事件』（現行訳題『グリーン家殺人事件』）と『カナリヤ殺人事件』……どっちも兄ちゃんがお気に入りの名探偵フィロ・ヴァンスの活躍するお話やないの」

　文子は、たったいま読みさしたように置かれた二冊の袖珍本《しゅうちんぼん》を指さし、驚きと喜びをないまぜにしながら叫んだ。そのあとふと小首をかしげて、

「小さい兄ちゃんが出征してから、いつのまにか本棚からなくなってしもて、どこに行ったんやろかと思てたんやけど……そうか、ここにあったんや。よかったよかった！」

　ひたすら素直に喜びをあふれさせた。それとは対照的に、月子はにわかに何かにおびえた表情となりながら、

「そんなはずは……そんなはずはあれへん。あの本もこの本もみんな処分したはずやのに、何でこんなとこに……未練が残って涙の種になったらいかんから、全部捨てたり売ったりしたはずやのに！」

「そしたら、誰かがまた買いもどしたのかもしれへんね、月子姉ちゃん」

　文子がどこまでも無邪気に言うと、月子はます

ます動揺して、

「誰かって、誰が買いもどしたというの」

「さあ、それは……」文子は考えこんだ。「でも、もしそやとしたら、ほんまに茂彦兄ちゃんが帰ってきはったのかもしれへんね。そやかて、ほら、よう見たらこの机も腰掛けも座布団も茂彦兄ちゃんの持ち物やない。ほらほら、このランプは茂彦兄ちゃんがキャンプに行くときに多一郎兄ちゃんがあげはったのとそっくりや！」

「アホなこと言いな！　この子は、ほんまにこの子は……」

月子はそう言いざま、文子につかみかかりかねない勢いだった。見かねた美禰子が割って入ろうとし、方丈小四郎が「えっと、あのですな……」と狼狽気味にそれに続いたときだった。

「あの、みなさん。そんなところで、どうかされましたか？」

とまどったような男の声が背後からしたのに、彼女らはいっせいにふりかえった。

そこに立っていたのは、派出所の海原知秋巡査だった。彼はけげんそうな顔で、

「ちょっとまた現場を見せてもらいたくて来たんですが……何かあったんですか」

「はい、実はうちの小さい兄ちゃんが……」

と言いかけた文子の口を押え、月子がとっさに叫んだ。

「いいえ、何でも！　ただちょっと、わが家の防空壕の点検をと思いまして……そやね、美禰子さん？」

「は、はい！」

勢いに押され、思わずそう答えてしまった美禰子だった。

昭和二十年、南久宝寺町大鞠家
——ある丁稚と『丁稚物語』

海原巡査は、防空壕をチラとのぞきはしたものの、その中身が何を——むしろ誰を意味するかには気づくことはなかったようだった。昨夜の人影の話をしようにも、はっきり目撃したのはお才だけであり、それを出征中の茂彦と結びつけられて詮索されても困るので、つい言いそびれてしまったのも一因だった。

お才は店に、月子と文子は自分の部屋に引っこみ、方丈小四郎は結局何か成果があったのかないのかはっきりしないまま立ち去った。

そこで、彼の現場検証には美禰子とナツ子が立ち会うことになったが、まず取りかかった土蔵でのそれでは、死体の詰まっていた樽そのものではなく、むしろその周辺に目が向けられた。段梯子で蔵の二階に上がり、ろくに柵もない吹き抜け部分から危なっかしく身を乗り出して樽を見下ろしたり、蓋の強度を調べたりした。

それから茂造が首を吊った寝間に移動し、いろいろな角度から彼がぶらさがった欄間を観察した。それから階段簞笥の上にある天井板を見つめながら、

「あの方丈氏が、あそこから蓄音機《ポータブル》といっしょに発見した時計仕掛けですがね、あれはやはり一種のタイムスイッチでしたよ。目覚まし時計の機構を応用し、本来なら時鈴《ベル》を打つゼンマイの力で蓄音機のストッパーを解除し、ターンテーブルが回るようにしてあったんです」

ご法度であるはずの外来語を大盤振る舞いしながら、美禰子とナツ子のどちらに話すでもなく言った。この部屋でのそれらの発見は、むろん警察にも伝えてあった。

「すると」美禰子は言った。「指定の時間が来たら、レコードが鳴り出すようになっていたわけですね。あいにくあのとき蓄音機とその時計仕掛け

といっしょに見つかったレコードは、落として割ってしまったけれど……」

「あの方丈とかいう自称探偵のヘマのせいでね」

ナツ子が憎々しげに言った。

「そういうことのようですね」海原は残念そうにうなずいた。「あれさえ無傷だったら、そしてあの時計まで落として壊れてしまわなかったら、何時に蓄音機が回り出し、この部屋にどんな音楽が流れたかわかったでしょうしね。でも、あいにくそれらは二つともかなわない夢となってしまった……」

「音楽というのは確かなんですか」

美禰子が口をはさんだ。ハッと何ごとか心づいたようなナツ子を横目に、

「レコードといったっていろいろあるでしょう。それに必ずしも既製品とは限らず、まして曲や歌でもなく、自分で誰かの声を吹きこむことだって、できるはずではありませんか」

美禰子が言い、ナツ子も思い当たったのは、ここで蓄音機と目覚まし時計のなれのはてが発見された際に、女子衆《おなごし》のお才がしてくれた証言——彼女が聞いた「だんない、何も用はないよって、あっちゃへ行っとれ」という茂造の声だった。

「いや、おっしゃる通りです」海原は頭をかいた。「でも、外国ならいざ知らず、そんなことが簡単にできるとも思えませんが。素人が録音スタジオなど借りられませんし、そんなことをしたら簡単に足がついてしまうでしょう」

「いや、あるらしいですよ、外国の作家とかビジネスマンが使っている口述録音機《ディクタフォン》とかいうものが。多くは蠟管式ですが、円盤レコードに録音できるものもあると聞いたことがあります」

ナツ子がなおも食い下がる。

「でも、外国ならいざ知らず、そんなレコード録音機みたいなものを持っているものが、そうそういますかね。いるとしたら、よっぽどの金持ちで趣味人……」

なだめるように言いかけて、海原はあごに手を

当てた。

「たとえば、軍や官庁にも顔が利く翼賛議員の息子とか、ね」

ナツ子が海原の内心を代弁するように言った。

「ちょっと、ナツ子ちゃん……」

美禰子が思わずたしなめた、そのときだった。

「あのぅ……ちょっとよろしゅおますやろか」

思いがけず投げかけられた子供っぽい声が、美禰子たちを驚かせた。

「あなたは……ここの丁稚さん？」

ナツ子が目を丸くしながら声をかけた。そのとたん、ビクッと戸口の柱に身を隠したのは海原の巡査姿におびえたらしかった。それと察した美禰子が、

「どうしたの、種吉《たねき》っとん。何か用？」

優しく話しかけると、丁稚の種吉はホッとしたように弱々しい笑顔を見せながら、

「へぇ……最前、お才どんから聞きましたんやが、何でも茂彦ぼんのご本がお蔵裏にしもてありましたと聞きまして、それでうかがいにあがりました……」

「うかがうって何を？」

美禰子が訊くと、ふだんからどことなく魯鈍《ろどん》さを漂わせた種吉は、いっそう要領を得ないようすで、

「へぇ……と申しますのは、そちらに『丁稚物語』ちゅうナニはおましたやろか、いうことで」

「丁稚物語？」

三者三様のけげんな声が上がる中、種吉はすっかり縮み上がってしまいながら、

「はぁ……わてがこちらに奉公に来た当座、今よりもっと慣れんことだらけで、御寮人さんやご番頭にしかられてばっかりやったときに、茂彦ぼんが聞かしてくれはったのが『丁稚物語』で……それがもうおかしゅうて、けど涙が出てしょうがのうて。へぇ、同じ話やのに何べんでもそないなりますねん。ただ、ご番頭《ばんと》はんはこの話がお嫌いのようで、いつも茂彦ぼんは『喜助どんにはないし

ょやで』言わはって……」

「喜助さんが？　何でだろう？」

美禰子は首をかしげたが、種吉はそのわけを知っているのか知らないのか、語らないままに、

「それが、茂彦ぼんがお国のために兵隊に行かはってからは、そうそうお借りするわけにもいかんようになりまして、それはしゃあないことでおますのやけど、いつのまにか見えんようになった茂彦ぼんのご本やとか、お身の回りの品が見つかったと聞きまして、『丁稚物語《あれ》』も残ってたらええなぁ、ぶじに凱旋しはったら、またお借りしたいなぁ――そない思いまして」

訥々《とつとつ》とした口調ながら、自分の思いを吐露し終えたところを見ると、この子をグズだ不器用だと周囲が考えているのはまちがいだと思えてならなかった。そこで美禰子はなるべくていねいに、

「そう……茂彦さんという方は、私は少ししか会えなかったけど、明るく愉快なだけでなく、やさしい心持ちの方だったのね。あいにく『丁稚物語』という題名のものは見当たらなかったけど、また折があったら中を見て捜しておくわね」

そう言ってやると、種吉は「おおきにありがとさんでござります」とペコペコしながら去っていった。それを見送ってから、

「ナツ子さんは『丁稚物語』って知ってる？　海原さんはご存じ？」

そう訊くと、西ナツ子は「さあ……」と思案し、海原巡査は首を振った。もっとも二人とも、何か記憶に引っかかっているようだったが、それ以上はっきりとは思い出せなかった。

題名と、種吉の話しぶりから推察するに、丁稚として昔ながらの商家に奉公する少年が、いろいろと活躍したり失敗したりする姿を描いて、笑わせたりホロリとさせたりする筋立てなのだろう。種吉には身につまされ、励まされもする内容だったと思われ、だからあんなにも懐かしみ、その本を貸してくれた茂彦に感謝しているのだろうと、その純情がとても好もしく思われた。

だとすると、同じ丁稚上がりの番頭・喜助が好かないというのがわからないが、たぶんこのへんは個人の嗜好と考えるほかなかった。

――美禰子のその考えは、おおむね当たっており、しかしかんじんのところで大きく外していた。実は種吉の方でも同様であり、お互いの勘違いにはいっこう気づいていないのだった。

……その夜、種吉は夢を見た。

いや、夢の中でぐらい本名の浦東種二郎と呼んでやるべきなのかもしれないが、あいにく夢の中でも、彼は前垂れに厚司の丁稚姿で忙しく立ち働いていた。

でもふだんの自分とは反対に、何でもテキパキとできて口も達者。意地悪な番頭や先輩店員たちの鼻をあかすこともしばしばで、おまけに近所の小町娘とも大の仲よしときている。しかも、先方からは好意を寄せられているというから、こたえられない。

だが、何だかおかしい。そんなにうまく行くはずはなく、しかもどこかで聞いたような話だと思ったら、あの『丁稚物語』のお話そのままで、何と自分はその主人公になっているらしかった。

自分のまわりにいるのは、あの物語の登場人物で、みんないい人ばかり。誰もが孤独な少年を元気づけ、親切にしてくれる。こんな都合のいい話はないし、いつまでも続きはしまいと思ったら、案の定の大失敗をやらかしてしまった。

こうなってはしかたがない。人はいいけど怒ったら怖い番頭さんに捕まって、

「種吉、何をしてんねや!」

と毎度のごとく一喝され、必死に逃げ出すはめになったのだが……あれっ?

しかられるときだけは、もとの自分、大鞠百薬館の丁稚種吉になってしまい、これでは話が違う……と抗議したくなったとき、ふっとわれに返った。

それまでのワイワイとにぎやかなお店《たな》は一瞬に

消え失せ、まわりにあるのは暗く冷え冷えとした空間だった。

　どこか遠くで、サイレンの音が鳴っている。最近めっきり聞く機会の増えた空襲警報のそれだ。どうやら、その無粋な響きが彼を元の世界にもどらせてしまったらしい。

(夢、か……)

　種吉は何ともやるせない思いで、目をこすった。しかもここは丁稚部屋ではなく、二階廊下の片隅だ。いつのまに、こんなところまで出てきてしまったのか。いくら寝相が悪くても、寝床からここへ転げ出したりはしそうになかった。

　便所にでも行こうとして、途中で眠ってしまったのか。尿意がないところからするとすました帰りかもしれないが、とにかくこんなところにいては風邪をひくし、誰かに見つかってしかられるかもしれない。

　種吉はまだ半分ボーッとした頭で、よろよろと歩き始めた。と、何気なく投げかけた視線の先に、思いがけないものの姿があった。

　それは——赤毛の小鬼だった。

　小柄で、真っ赤な髪の毛を長くおどろに振り立てた、どう見ても人ならざるもの。それが、こちらの顔を、目をじっと見つめているのだ。

　そんなお化けが、この家に出るという噂は聞いていた。ただでさえ怖がりの彼は、それだけで夜中に便所に立つのが恐ろしくなってしまったが、幸いこれまで一度も見ることはなかった。

　あの豪胆そうなお才どんまでもが、その小鬼におびえているというのは何だか面白かったし、自分だけ見ていないというのは損をしたような気がしなくもなかったが、現実に出くわしてみて、それがまちがいだったとわかった。お化けなどというものは、見ないに越したことはないのだ。

(でででで、出たァー!)

　心の中では叫んだものの、口からはアワワ、ワワワワと声なき悲鳴がもれ出るばかり。種吉はそのまま大きく後ろに飛びのくと、くるりと方向転換したあと猛スピードで廊下を疾走した。一刻も早く寝間にもどろうとしたためだが、『丁稚物語』の主人公と違って運動神経に問題のある彼は、スッテンコロリと廊下で足を滑らせてしまった。

あまりの痛さに、しばらくは声も出せずにいたところ、

「どないしたの、種吉?」

何とも愛らしく優しい女性の声が、耳元でささやかれた。ふだんの暮らしでは、めったとかけられるものではないだけに、種吉はまたあの楽しい物語の中に入れたのかとうれしくなったが、そうではなかった。

もっとも、うれしくないと言えばうそになった。というのも、その声の主がすぐ間近にいて、自分を見つめてくれているという事実は、種吉の胸を高鳴らせるに十分だったからだ。

「……文子嬢《いと》さん」

種吉はその人の名を呼んだ。すると相手はにっこりと微笑みかけて、

「どないしたの。ずいぶん寝とぼけてたみたいやけど、だいじょうぶ?」

「だ、だ、だいじょうぶだす。どうもおおきに」

種吉は、文子にそう答えるのがやっとだった。

「とにかく寝間にもどり。ほらほら、着物もワヤになってるから、あんじょう着替えて。うちが手伝うてあげるから。今はやんだけど、またいつ警報のサイレンが鳴るかわかれへんねからね」

文子は優しいお姉さんのように言うと、てきぱきと丁稚の世話を始めた。

「へぇ……」

気の抜けたような返事をした種吉は、またもや眠りの世界に半ば入りかけていた。

＊

「遅くにお疲れさまです、浪渕先生」

日下部宇一署長は、低燭光《ていしょっこう》の電球がほの明るく照らすだけの、留置場より寒々として、しかも異臭漂う部屋で、老警察医に話しかけた。

「急に検死の呼び出しというので、てっきりまた南久宝寺町《みなみきゅうほうじまち》の方で何ぞあったんかと思いましたが……そうでのうてホッとしました。どっちゃにせよ死人が出てるからには、そんなこと思てはいかんのですが」

浪渕甚三郎医師は、いつになく沈鬱な、心痛さえ感じさせる表情で言った。

「いや、全くで……とにかく私の勝手で、無理を聞いていただいて、ありがたいというほかないですよ」

日下部署長の顔にも、いつもの余裕や諧謔《かいぎゃく》はかけらも見られなかった。

彼らの間には粗末なベッドがあり、その上に掛けられた覆いは人間の形に盛り上がっていた。そして異臭は、その覆いの下から立ちのぼってきているのだった。

日下部は顔をしかめ、そのあとふと思い出したように付け加えて、

「今日は、あの若い女の助手さんは連れずですか」

「ええ、まぁ」浪渕医師はうなずいた。「署長じきじきのお電話、しかもただならんようすに、あえて呼び出すのはやめておきました。まだ若い身空で、面倒に巻きこんではいかんと思いましてな」

「さすがのお診立てですな。こちらの事情をご明察いただいて大変助かります。とにかく、某方面からさっさと処理して、できれば遺族に引き渡す前に焼いてしまえ。よけいな詮索はするな——というのを、ほんの形だけ、短時間のあいだだけでも、こちらで調べさせてもらうことにしたので、本当だったら先生を巻きこみたくもなかったのですよ」

「某方面というのは——いや、詮索は無用でしたな」

浪渕医師は、憲兵か特高かと言いたいところをムニャムニャとごまかし、やっとここで皮肉な笑みを浮かべると、

「わしのことまでご心配いただいてありがたいですが、というて、署長さんに死体検案をさせるわ

けにもいきませんからな。何はともあれ、かかりますかな。どのみち時間もないのでしょうし」

「これまたご明察ですな」署長も表情をやわらげて、「実はそういった次第なのでして、某方面からはこちらにくわしい解剖はおろか、記録も取らせたくないらしく、とにかく早くしろ早くしろの一点張りでね。――では、お願いします」

「わかりました」

そう言うと、浪渕医師は一気に覆いをはぎ取った。その下から現われたのは、むろん人間の死体。それほどまだ時間は立っていないとみえ、死後の現象は顕著に生じてはいなかったが、それでも目前の骸《むくろ》のありさまは、この老練の医師をして、

「むぅ、これは……」

とうなり声をあげさせるに十分だった。それほどに死体の状況は凄惨というか、悲哀をさえ感じさせるものだった。

日下部署長は、浪渕医師のかたわらに回りこみながら、

「表向きの死因は、飛び降り自殺というんですがね。いや、実際そうに違いはないようなんだが、そこに至るまでの事情というのが問題なんですよ。このホトケさんの総身に刻まれた無数の傷跡を見ればね」

「――確かに」

浪渕医師は言い、その中年というよりは初老といってもいい男性の体の隅々にまで目を走らせた。

「転落による骨折や打撲とは、明確に別の由来を持つ傷が多数見受けられますな。ざっと数えただけでも殴打が原因と見られる内出血は十数か所。口腔内にも切創があり、これは死のしばらく前に、この人がおそらくは多人数からの暴行を受けたことを物語っています」

「やはり、そうですか。つまり、この人物は、さっき言った某方面――あぁいや、何者かによって拷問、ではなく暴行を受けた。そして、そのあといったん解放されたのか、必死に脱出したのかは知りませんが、とにかくそのあげく転落死をとげ

てしまった、ということに？」

日下部署長が言うと、浪渕医師も暗然となりながら、

「そういうことになりますな。つまり自殺ではなく事故であった可能性もある、と。さらには暴行と同様、転落もまた他から強いられたという想像も否定はしきれない……それでどないします、このホトケさんの死因に関する報告書は作成しますか？」

「もし、お願いできれば」署長は答えた。「ただし公の記録としての提出はせず、あくまで私個人が保管するものとします。それでよろしいでしょうか？」

「それは、もちろんかまいませんが……では、わしの方でも一通保管しておくとしましょうか」

浪渕医師はそう答えると、死者に見納めの一瞥をくれた。顔だけを除いて覆いを掛け直してやったあと、日下部署長をふりかえると訊いた。

「それで……某方面とやらから、こんな目にあわされたこの人はいったい何者なんです。いったい何をやらかして、こんなひどい死に方をするはめになったんですか？」

すると日下部署長は力なく、いささか自嘲的に首を振って、

「あいにく、それは申し上げられません。それこそ、そちらにご迷惑をかけることになりかねませんからね。ただ、とある役所の吏員であったことは明かしておきましょう。それも、兵事係関係のね」

「兵事係……」

浪渕医師は、おうむ返しにくり返し、そのあとハッとしたように口をつぐんだ。

兵事係とは各市町村役場にあって、徴兵検査の対象者や在郷軍人の管理調査を行なう役職だ。だが、長い長い戦争が始まってからは、それらの仕事よりはるかに忌まわしく重苦しい役割を背負って、一般国民と接することになった。

それは、いわゆる赤紙——召集令状を配達する

ことだった。

「そういう重責を担わされた人物が、もし某方面——二つあるうちのどっちかは知りませんが、身柄を拘束され、きびしい尋問という名の拷問を受けたとしたら、その理由はおそらく——いや、やめておきましょう」

「それが賢明のようですな、浪渕先生」

日下部署長は、老医師をさとすように言った。

それから二人は、あらためて哀れな兵事係吏員の死に顔を見やり、そのあと合掌しつつ顔をも覆った。

——もしもこの場に、故人もふくめた大鞠家の人々がいたら、ベッドに横たわる死者の顔に見覚えがあることに気づいたかもしれない。

そしたらきっと思い出したことだろう。あの夏の日に、一家の誰からも愛された大鞠家の二男坊・茂彦に赤紙を届け、戦場へと送りこむきっかけをつくったのは、この男であることに……。

昭和二十年、南久宝寺町大鞠家
——浴室にて

日下部署長と浪渕医師が感じた嵐の予兆は、しかし東警察署からほんの五百メートルほど離れた大鞠家では、そよ風ほどにも届いていなかった。

そんななか、美禰子はといえば、店の帳場で慣れない帳簿仕事に取り組んでいた。

今や大鞠百薬館の主力商品となった慰問袋の販売も、ここに来て細りつつある。かつて大阪市内に豪壮な外観をほこり、心豊かで贅沢《ぜいたく》なふんいきをふりまいていたデパートは売るものもなく、がらんどうの内部は軍部に使われていた。

かろうじて、慰問袋だけは特売市が開かれるなど主力商品となっていたが、それを買う人も中に詰める品も、戦地に送る手段も絶えてきたとあっては、もうどうしようもない。戦地で飢え、病みつつある兵士たちは増加の一途をたどっていたが、彼らからはもう袋をほどく力すら失われつつあった。

だが、とにかく商いの車輪は回し続けなければならない。そして、それを回す役割を担えるものは、この広壮な屋敷のうちに美禰子しかいなかったのである。

「あ、若御寮人《わかごりょん》さん、そこは違います。そこを差し引きしても何にもなりませんねん。へぇへぇ、そこをそないしなはって……さようでございます。ふぅ」

最後にそっとため息をつかれたのが気になるが、番頭の喜助がつきっきりで教えてくれるうちに、何となくだがわかってきたような気がした。算盤《そろばん》はもともと得意な方だったし、合間合間に簿記や会計の本を読むなどして——伝統的商家の方法は、それらとはずいぶんやり方が違ってはいたが——自分なりに勉強に努めてはいた。

台所での指導教官系相棒が女子衆《おなごし》のお才なら、帳場でのそれは喜助——本名・田ノ中喜市だった。

今はもうほとんどいなくなった従業員たちと同様、子供のときから大鞠家に仕え、この屋根の下に寝起きして、全てをささげつくしてきた。

そのささやかな代償として、中年も過ぎたころに暖簾分けをしてもらい、やっと所帯を持つことが許される。だが、そんな望みはとっくに絶え、といって今さらほかに転職もできず、故郷には帰る家もなくなってしまったとかで、ここで飼い殺しも同然に暮らし続けている。

最初はとっつきが悪いように見えたが、この家でおきたさまざまな事件や悲劇の中での美禰子の対応を見るにつけ、だんだんと心服したようすを示してきた。だからこそ家内の、しかも限られたものしか見ることが許されない帳合いを教えてくれるまでになったのだ。

義妹の月子がはっきりと、「今後の往診は無用」と告げてしまったので、西ナツ子がそれにかこつけて来てくれることも少なくなった。そんな中で親しく話ができる相手が一人でも増えたのはありがたいことに違いなかった。

「ちょっと一服しましょうか」

　とりあえず作業に一段落をつけたところで、美彌子が言った。といっても、つまむ菓子もなければ、色が出る程度のお茶っ葉を出すのも惜しいありさまだが、それでも数字からの解放はうれしかった。

　とりとめもなく雑談を――ただし今の戦況に触れることは注意深く避けながら――始めるうち、美彌子はふと気になっていたことを喜助に訊いてみた。

「私、よく知らないのだけど『丁稚物語』って話、喜助さんはご存じ？　あ、そういえばあなたはお嫌いなのだっけ。だったらごめんなさいね」

　すると、喜助は「へ、『丁稚物語』ですか」と小首をかしげたが、すぐにポンと額をたたくと、饒舌にしゃべり始めた。

「うわっ若御寮人さん、そんな話どこでお聞きになりはりましたか、まことに面目ないことで……『丁稚物語』いうのは、もとはＪＯＢＫ（大阪放送局）の放送劇でな。あんまり面白いというのでレコードにもなりまして、それをこちらのご兄弟――確か長男《あにぼん》さんの方が買わはって、ご弟妹《きょうだい》はもとより、わてら店のもんにも聴かしてくれはったんで。へぇ、音楽でも落語でもポータブルでようかけてくれはりましてん。そないいうたら、あのご愛用の蓄音機、最近見まへんが……それはともかくとして、その『丁稚物語』いうのは、鶴吉いう生意気盛りであわてもんの子供が主人公で、これがよう怒られますねん。へぇ、お店のご主人はまことに仏さんみたいにエエお方で、御寮人さんもきびしいけど優しいお方で、そのかわりに番頭いうのが気ィの弱いアカンタレのくせに下のもんにいばってばっかりの憎まれ役ですねん。でまぁ、みんなわてをその番頭にあてはめて面白がってたみたいで、かなんなーと思てたら、この番頭がしじゅう丁稚をしかりつけますねん。それも、

『鶴吉、何をしてんねや！』

いうてな。わてがたまたまそれを耳にしたとき、たまたま別のことに気を取られてましたんやが、ついこれが芝居やというのを忘れて、

『すんまへん、ご番頭《ばんと》はん、堪忍しとくれやす！』

と、年百年じゅうしかられては追い使われてた昔の自分に返って、ついつい叫んでしもたんだすな。それで、もう家内じゅう大笑いで……そんなことがあってからというもん、『丁稚物語』と聞いただけでわての機嫌が悪なると誤解……いやまぁ誤解やおまへんねけど、とりわけあの種吉はそない思いこんでしもたみたいですな。あいつこそ気ィの弱いアカンタレやよって……」

「え？　ちょっと待って」

美禰子は喜助の長話を面白く聞きながら、かんじんのことがわからずにたずねた。

「なぜ『鶴吉、何をしてんねや！』というセリフで、そこまでのことになったの？」

するど、喜助は「あかんあかん、つい自分のことだけに言い忘れてましたわ」と照れ臭そうに笑い、そのあとに付け加えた。

「わて、丁稚やったころは鶴吉いう名前でしてん」

え……？　と意外な答えに驚く美禰子に、喜助は昔を懐かしむ顔になりながら、

「と申しますのは……わては小学校を出るか出んかという歳で、はるばる大阪へ出てご当家への奉公に上がりましたんやが、そないなりますと親からもろた名前を捨てて、奉公人としての名前をつけてもらわんなりまへん。ふつうは本名から一字取って、下に吉とつけますのやが、『喜吉《きき》』となりますと言いづろおますし、というて市の字を取ってイチキチちゅうのも舌かみそうでっしゃろ」

「そういえば、確かにそうよね……あ、ごめんなさい」

美禰子は納得しつつ噴き出してしまい、人の名前を笑いの種にしかけたのをわびた。

喜助は「いえいえ、めっそうもない」と苦笑まじりに言葉を続けて、

「それより具合の悪おましたんは、ご当家の嬢《いと》さ

んである喜代江様と喜の字がぶつかることでおましてな。それでなおさら、別の名前をつけてもらわんならんかった次第でおますねや」

「あ、そんなことが……」

美禰子は軽く驚いてしまった。この二人の名前の字が共通することなど、ましてそれが差し障《さわ》りになるなどとは、考えたこともなかった。

「まぁ丁稚なんて吹けば飛ぶようなもんで、その名前なんて目印みたいなもんやから、こっちが譲らんわけにはまいりませんやろ。けど、ようしたもんでな、ひょっとしたらお聞き及びかも存じまへんが、そういう場合に備えて使い回す文字が用意したぁるんでございます。ご当家で申しますと鶴・亀・虎・竜てなところで、そのときたまたま空いていたのをもろて『鶴吉』となりましたんやが、それが手代となったらもうええやろとお許しが出、それに『喜七《きひち》』ならまだしも舌をかむこともないというので、ようやく喜市の喜の字を取り返しましたような次第で」


このあたり、いかにも大阪商人らしい合理主義というよりは、人を人とも思わない冷血さというべきか。美禰子はあらためて、船場《せんば》という世界の怖さを知った思いだった。もし、自分が嫁入ったのが、大姑の多可のようにその全盛期であったなら……。

「それで、それまでは鶴吉さんだったわけね……」

彼女の感嘆まじりの言葉に、昔話を聞いてもらう機会などなかったろう喜助は、まだまだ語り足りないようすで、

「けどまぁ、いきなり何のなじみもない名前に変えられて納得できたかと申しますと、これは嘘になります。わてが何とのう割り切れんというか情けない顔をしてたのを見抜かれたのか、そのころもう女子衆《おなごし》づとめしてはったお才どんが、こないなぐさめてくれはりました。

『あのな、あんたみたいなことはようあるのやで。現に手代のお一人もそんなんで、たまたま似た名前の先輩丁稚がおったせいで、あんた同様使い回

しの名前をつけられてな。それで最初はショボたれてたけど、今や旦《だん》さんらのお覚えもめでとうて何人抜きかで番頭に上がらはるともっぱらの評判や。その先輩の方はかわいそうに思わん事故で体が不自由になってしまい、郷里《くに》へ去《いな》されたいうから、人の運というのはわからんもんや。そやよって、おまはんも気張って修業するのやで』

とまぁ、そない言われたのを励みに今日《こんにち》まで踏ん張って、番頭にまでならしてもらいましたけど、世の中がこんなあんばいで商売は成り立たず、手代はみな兵隊に取られ、種吉のほかに目下のもんはなし、まして別家の望みは絶え果てて、今後もこのまんま——と、とんだ当て外れの人生でございましたわ。ハハハ……」

力ない笑いで、長談義をしめくくった。暖簾分け、別家によって独立することがかなわないということは、終生田ノ中喜市という名にもどれないことを意味していた。

そのあと喜助は、よそから来たとはいえ主家の一員と親しげに語りすぎたことを恥じるように、

「おーい種吉！　いてるかいな……何やそんなとこにおったんかいな。今の話聞いてたんかいな、なに聞いてまへん？　嘘つけ、ニヤニヤしやがって、ほんま悪いやっちゃな。今日はお風呂焚《わ》く日やが、薪の支度はできてるか？　こらっ、笑ろてんのやない。早《は》よ仕事《こうべ》にかかれ！」

ヒョイとのばした首をめぐらせ、半ば照れ臭そうにしかりつけながら、自分も何か用事があるのか美禰子のもとを離れていった。

かつて丁稚鶴吉だった中年男のそんなようすを、美禰子は何となく微笑ましく、ほっこりした思いで見送った。彼女はそこで初めて、自分が種吉との話で出た『丁稚物語』について、とんだ勘違いをしていたことに気づいたのだった……。

「さっきの番頭はん、いつもとちょっとようすが違《ちご》たな。やっぱり若御寮人さんが別嬪《べっぴん》さんなせいかいな。それにしても、番頭はんが一生番頭のま

まやったら、わても一生丁稚のままなんかな。それもかなんな。けど、誰か入ってきたら。わても手代にしてもらえるんかいな。そうなったらええな」

丁稚の種吉は、薪束を提げて庭を行ったり来たりしながら、そんなとりとめもないことを考えていた。番頭の喜助に言われるまで、今日が風呂を沸かす日であることを忘れていた。

今、彼がせっせと薪を運び、火をくべている大鞠家の風呂場は、主人・茂造の寝間の奥、多可と喜代江の離れの手前にあった。

むろん、主人一家のためのものだが、彼らが入ったあとであれば奉公人たちも入浴を許されるのが、大鞠家の習わしであった。

内風呂がなければ近所の銭湯に走らねばならず、冬場などはなるべく遅くに行って湯につかり、体がまだ温まっているうちに寝についてしまうのが得策とされた。掛け布団と敷布団だけで毛布などなく、行火《あんどん》や炬燵《こたつ》に至っては夢のまた夢なのだから、そうしないですむのはありがたい。

だが、それはあくまで副産物。雇う側からすれば、いちいち湯銭をやらずにすみ、店からみだりに出させないというのが利点であった。また医者に行くのすら許しのいる奉公人にとっては、「風呂に行ってきます」というのは、唯一文句を言われずにすむ口実だった。

もっとも、その銭湯も燃料不足で休業がち。いつ行っても芋の子を洗うような大混雑で、しかも湯水は手桶に何杯までと決められている。あらためて内風呂があるのをありがたく思えよと、恩着せがましく言われるゆえんだが……とはいえ、風呂番は楽な仕事ではなかった。

あとで掃除のついでに残り湯につからせてもらうのだけを楽しみにせっせと釜の火を継ぎ、刻々変わる湯加減に気を配っても、外にいるこちらは凍える寒さ。ことに今の季節、焚き口からの熱気だけでは冷えを防ぎきれなかった。

「手代にしてもらうのは無理でも、せめてわてのほかに丁稚を雇てほしいわ。そないなったら、風《こ》呂《こ》場の当番を割り振ってもらえるのにな」

フーフーと火吹き竹に息を送りこむ合間にも、種吉はぼやかずにはいられなかった。夏場と違って、毎日風呂をたてるわけでないのがまだしものことだった。それに故郷の村なら、せっせと水を湯舟にくまなければならないところ、こちらは水道の蛇口をひねって待てばいいのだから楽なものだ。

もっとも今日はちょっと焦った。いつもより早く姉嬢《あねいと》さんの月子が風呂場に向かう姿が見え、あわてて釜の前に座りこみ、必死で火を熾《いこ》らせるのに集中した。

亡くなった茂造旦さんも湯加減にはうるさくないことはなかったが、万事ざっくばらんなところがあり、ことに亡くなる前は気もそぞろで、沸かす前の水風呂に平気で入っていこうとしたほどだった。

御寮人さんは、お家《え》はんの世話をしながら共に入浴するのが常で、湯加減は自分で調整していた。その後、「私が離れで軽く湯浴みさせ、体を拭いてあげているから、お風呂は要らへんわ」と出てこなくなったが、まさかあんなことになっていたとは……。

そして今や当家で一番風呂の権利を獲得したのは長女の月子。これがまたいつも急に言いつけられ、しかも湯がぬるいとおかんむりになるから困ってしまう。今日は明らかに沸くまでの時間が足りなかったからヒヤヒヤしたが、とりあえずお叱りの言葉はないようだった。

（さて、こんなもんかいな）

冷え切った背中とは対照的に火照《ほて》った額をひとなですると、種吉は立ち上がった。とたんに何かがコツンと頭に当たったかと思うと、その何かが地面に転げ落ちてガンガラガンと派手な音を立てた。

ちょうど風呂釜の真上にバケツや箒《ほうき》が吊り下げてあり、それを突き上げてしまったのだが、何でこんなものがとぼやきつつ、自分で自分の頭をなでた種吉は、そのまま視線を釘づけにしてしまった。

――ちょうど湯気で曇ったガラス越しに白い裸身と、その肩から胸のあたりに流れ落ちる黒髪が見えた。

（うわっ、えらいもん見てしもた。姉嬢さん、かんにんしとくなはれ！）

種吉は向こうから気づかれもしないのに、心の中でペコペコ頭を下げた。

それ以上、妙齢の女性の裸身を観察するには種吉は素朴でありすぎ、でも目をそむけてしまえるほど律儀でもなかった。いや、目をそむけはしたのだが、首が逆方向にねじ向けられてしまい、結局はまた見ることになってしまった。だが、次の瞬間、

「え……どういうこっちゃ？」

種吉は思わず声をあげてしまった。風呂場の窓の向こうに、もう一つの人影が見えたからだった。それも男としか思えない後ろ姿が！

その人影は、浴室の洗い場の窓際にペタリと腰掛けているように、肩から上の部分をガラス越しにのぞかせていた。男と見えたのは、黒髪が耳の下あたりで断ち切られているように見えたからで、あいにく種吉は断髪だのボブだのの髪形をした女性を見たことがなかった。

それ以上に、種吉の念頭になかったのは、男女が同時に入浴するという状況で、知る限りではどんな夫婦ものであれ、こっそりと野合《どれあ》っている同士であっても、そんなことをしているのは見たことも聞いたこともなかった。

そもそも、二人以上で入れる風呂桶など銭湯以外で見たことがなく、初めて見たときはさすが大阪の金持ちは違ったものだと感心させられた。だが、それもつかの間、

ガコン！

と手桶か腰掛けが引っくり返るような音がしたのに驚いて見直すと、女の方の人影が大きく右腕

を振り上げながら、男の方に近づいたかと思うと、やにわに右手に持った何かを男めがけてたたきつけた。何かで斬りつけたようにも見えた。

　ドンッという音こそしなかったが、それぐらい聞こえても不思議ではない勢いで、男のものらしい後ろ姿が窓ガラスに押しつけられた。

　それまでは湯気で曇ったガラス越しで、ぼんやりとして見えなかったのが、ぴったりくっついたことで、その輪郭や色合いまでもがくっきりと見えた。妙に生白くヌメッとした背中だった。

（な、何やあれは？）

　ひどい恐怖と嫌悪感に襲われ、しかし好奇心に引きずられて、種吉が首をのばしたときだった。

　白い背中のそばのガラスに投げつけられた液体が、ビシャッと赤黒い蜘蛛手《くもで》を広げた。その液体が何かに気づかないほど鈍い種吉ではなく、そのことにおびえずにいられるほど豪胆でもなかった。

「アワワワ、ワワワ……」

　種吉は腰を抜かし、しばし総身を凍てつかせたあと、チンパンジーのように身をかがめ、両手を地面に突かんばかりにして風呂釜から離れた。あの窓の向こう側の惨状、そこにひそむ恐ろしいものを想像すると、とてもそちらに行ってようすを確かめる勇気はなく、ほうほうの態でほかに人のいる母屋へと向かった。

　そんな種吉の前に立ちふさがったものがあった。それはもんぺをはいた女の脚部であり、しかも一人分ではなく全部で四本もあった。ぎょっとして、そのままの姿勢で凍りついた彼の耳に、

「どうかしたの、種吉《たねき》っとん？」

「そんなとこに蹲《つくも》って落とし物でもしたん？」

　頭上から、二色のそれぞれに涼やかで優しい声が降ってきた。おずおずと視線をもたげると、そこには若御寮人さんの美禰子と下の嬢さんの文子が心配半分、けげんさ半分の表情でのぞきこんできていた。

「あ……お二人でよかった。ほんまによろしゅおました」

種吉は長い吐息とともにそう言うと、安堵のためか、それとも単に酸素不足だったせいなのか、その姿勢のままスッテーンと尻もちをついてしまった。

　びっくりして、その場にしゃがみこみ、手を差しのべる美禰子と文子。一方、種吉はわれに返ったようにある方向を指さし、震え声でこう告げた――。

「お、お、お風呂場の方で、え、え、えらいことが……！」

　――美禰子は廊下から脱衣室に足を踏み入れた瞬間、すでに異変に気づいていた。

　浴室との隔《へだ》てとしては、すりガラスのはまった引き戸があり、その半ば開いたすき間から、中に横たわる何者かの姿が見えた。

「あれは、まさか……」

　早くも最悪の事態を想像した美禰子は、こわごわ後ろをついてきた文子には、

「廊下で待ってて」

　と言い置いて、自分ひとり脱衣室の板の間を進んだ。見たところ、着物を入れるための乱れ箱はどれも空だった。

　敷居の向こうの浴室は、床が石敷になっており、さらに奥には枡《ます》形の浴槽がデンと据えられている。優に数人が入れそうな大きさだ。

　ちょっとした温泉宿並みだが、今はそこに見なれぬ湯治客が訪れていた。むろんそんなはずはなく、ここにいるはずのない人物が、絶対にあってはならない状態でそこに身を横たえていた。

（あれは……方丈小四郎？　何で彼がこんな場所に……しかも、あのようすは……死んでる？）

　――ここにいるはずのない自称探偵が、浴室の床に、全裸で、しかも死体となって転がっているという絶対にあってはならない光景が、目の前に展開されていた。

「……こんな、こんなことが」

　茫然とつぶやき、立ちつくす美禰子の手をギュ

ッと握るものがあった。

「警察を呼んで、文子ちゃん。それと浪渕先生のところにも」

美禰子は、細かく指を震わせる少女の手をより強く握り返し、言った。


「後頭部に打撲による裂傷あり、形状からして鉄梃《かなてこ》もしくは釘抜きのようなもので殴ったものと思われるが、直接の死因はその際転倒し、浴槽の縁に前頭部をぶつけたもの……ざっとこういったとこかいな。――西君、記録してくれてるか」

浪渕甚三郎医師は、踏みつぶされた蛙みたいに床に張りついた方丈小四郎の死体から顔を上げると西ナツ子に話しかけた。

「はい、この通りです。こんな感じでよかったでしょうか」

ナツ子は、裏の白い紙をかき集めて作った手製のスケッチブックを老医師に示すと、言った。それを日下部署長がかたわらからのぞきこんで、

「おう、これはなかなかうまいもんですな。昨今は、現場写真一枚撮るのも不自由な世の中だけに助かりますな。これなら、あのとき来てもらってもよかったかもしれませんな」

などと、つい口をすべらせたのを、浪渕医師はことさら声をはりあげて、

「あ、いや、その……さよう、署長もお目が高いと申しますか、彼女はわしなんかと違《ちご》て絵ェが上手やよって、今や欠かせぬ助手ですわ。なぁ西君？」

そうほめられて、ナツ子は「いえ、それほどでは」と謙遜してみせた。署長が言いかけ、浪渕医師があわててごまかした〝あのとき〟とは何のことなのだろうと、小首をかしげながら、

「でも女学校時代から好きは好きでしたから……けど、そうしますと先生、この人はここで襲われ、絶命したことでまちがいないわけですね。脱いだはずの洋服がないのは不審ですけど」

「それは、もちろん」と浪渕医師はとまどい顔で、

「それ以外、どんな可能性が考えられるというんや」

「それは、その……そやとすると、この方丈いう人は、よその家のお風呂に勝手に入ったということになりますし、しかもそのことを知ってた犯人に襲われたことになってしまいませんか」

「むぅ……そない言われると変は変やが、そもそもこの方丈なにがしは、大鞠家の風呂を使わしてもらうような関係ではなかったんかいな」

「それは、もちろん……そうでしょ、美禰子さん？」

　ナツ子は、脱衣室あたりから現場検証を見守っていた親友にたずねた。すると美禰子は大きくうなずいて、

「ええ、そんな話は聞いたことがありません。現に今晩だってこの人を招き入れるどころか、やってきたってことさえ全然……ねぇ、種吉っとん？」

　廊下の方に視線を投げかけると、当人ではなく女子衆のお才の声で、

「ほれ、何してんねんな種吉、ちゃんとお答えせんかいな。ほらほら、もっと前へ出んかいな」

　そんな風にうながされ、さらにはお才に後ろから押し出されながら、丁稚の種吉が姿を現わした。まずはお才が、

「いくらあの探偵さんがなれなれしい言うて、当家のお風呂に入りはるてなことは、わたいの知る限りなかったはずでおますのやが……それとも種吉、そんな話は聞いてたか？」

「い、いえ、そそ、そんなことは」

　種吉は、おそるおそるといった感じで答えた。彼が目撃した事実と、その後の騒動を思えば無理もなかった。

「今晩かて、第一番に月子嬢さんが入りはると聞いとりまして、現にお姿も見かけておりましたし、窓にそれらしい人影が映ってもおりましたのんで、てっきり……それがまさか、こないなことになってたやなんて、夢にも思いまへんでした。ほんまだす」

「帰ってきたということは、どこかに出かけてたということ？　その間、ここでお風呂に入ってたはずの人が？」

「なるほどね」日下部署長はうなずいた。「まさか、いるはずの人が煙のように消え去って、こんな男の死体だけがあとに残されていたとはね。となると、この事件の鍵を握るのは……」

そこまで言いかけ、美禰子やナツ子、お才までもがハッとした表情を見せたとき、どこかでワーワーと騒ぐ声が聞こえ、何やら騒がしく不穏な空気がここらあたりまで吹きこんできた。

「ちょっと、何がいったいどうなってる、いうの。ちょっとそこ通しなさいよ。うちがうちの家に入って何がいかんのよ。ええい、もう腹の立つ！」

――それは、まぎれもなく大鞠月子の声だった。

日下部署長と浪渕医師が無言で顔を見合わせたそのとき、海原巡査があたふたと風呂場までやってきて、

「今ちょうど、この家の長女が帰ってきました」

と告げた。

「え、どういうこと？」

西ナツ子が、いぶかしそうな声をあげた。

昭和二十年、南久宝寺町大鞠家
――ゼロアワーへ

――月子は、この騒ぎのさなか、自宅の周囲をうろついているところを警察官に見とがめられた。内玄関に通じる門に向かおうとしたり、裏木戸から入ろうとしたりしていたらしいが、そのときはすでに警官や野次馬が群がっていて果たせなかった。ふつうに堂々と入ればよさそうなものだが、そうしなかったことが混乱を呼んでしまった。

最初は何が起きたのか理解できないようすで、ひたすら突っかかるような態度で押し切ろうとした。それが彼女の問題解決法のもっとも一般的なものだったからだが、今回に限っては良策とはいえなかった。

ただ、大鞠月子を知る者にとっては自明のことがあった――このわがまま娘がこんな態度を取るときは、何か当て外れなことがあった場合であることを。当然うまくゆくと思いこんでいた期待が裏切られたときの、これは典型的な反応であることを。

とはいえ、警察関係者に対してまで、そんな態度で臨むのは危険きわまりないことではあったが、相手が顔見知りの海原巡査であることが、彼女を図に乗らせていた。

そんなわけで、彼が大鞠家の人々からの証言をもとに、

「あなたは、今晩は風呂に入って、そのまま就眠するはずではなかったのですか。いつのまに外へ出たんですか」

そう訊いたのに対し、ひどくぶっきらぼうな、不遜でさえある物腰で、

「さあ？　そんなことすると決めた覚えはありませんけど？　そらお風呂には入りますよ、このあとすぐにでもね。それをあんたらが邪魔したんやおませんの？」

「はあ、そうでしたか」海原は軽く受け流して、

「でも、こちらの家の方々は、あなたの指示に合わせて湯をわかしたそうですし、寝間着などの支度をして脱衣室に向かうあなたの姿を見かけているんですが……」

それは、丁稚種吉とお才の述べた事実だった。

「まあ、そこまで知られてるんやったら、しゃあないわね」

月子はギクリとしながらも、これも彼女の悪癖である強がりと居直りを見せた。

「た、確かにお風呂に入るつもりやったんやけど、ちょっと気が変わって、外へ出かけたのよ」

「気が変わって？　あらかじめ抜け出す予定だったんではないと？」

「想像だけなら、どないにでもご勝手に」

月子は言い切ったが、それは彼女の迷いと揺らぎを示すことに彼女自身気づいていたかどうか。

「それで、風呂場のかわりにどこに行かれていたんですかな？」

ふいに背後から投げかけられた声に、月子はビクッとふりかえった。海原もそちらを見て、

「署長、いつのまに？」

「大鞠月子さん、あなたは誰かに会いに行かれていた……違いますかな」

「え、ええ」

ふいを突かれたせいか、月子は一瞬動じたようすを見せたが、すぐに強気を取りもどして、

「うちは確かに会いに行ってました――あなた方も一目置く名探偵の方丈小四郎先生に、いっこも埒《らち》のあけへん事件の解明について相談するために」

「！」

そうと聞いたとたん、海原の顔に驚きと困惑が浮かんだ。とっさに日下部署長を見やると、その表情からはいつものとぼけた風味が消え、何とも複雑なそれが加えられていた。嫌悪とも哀れみとも、何ともつかないものが。

「見せてやれ」

署長の声は石のように硬く、温度を感じさせなかった。

――ギャーッという獣のような叫びが、大鞠家の奥まった一角に轟いたのは、その数分後のことだった。

「こここ、小四郎はん……なな何でこないなことに……うち待ってたのに、約束の場所で待ってたのに……何でここで死んでんの、誰がこない惨《むご》いことしたん……」

それらの言葉に重なり、はさまれる絶叫、嗚咽《おえつ》、哀号。まるで雑音まじりのラジオのようで聞き取りづらい月子の声が鳴りわたる。風呂場独特の残響が、それに輪をかけた。

その場に居合わせた警官や刑事たちですら取り押えきれない狂乱ぶりで、方丈小四郎の死体を担架に載せることとさえ、困難をきわめるありさまだった。

「と、嬢《とう》さん、ど、どうかお静まりをば……」

おそるおそる近寄った番頭の喜助は、いきなり腹を蹴られて吹っ飛び、

「お姉ちゃん、お願いやから正気に返って！」

と見かねてたしなめた文子には洗面用の金盥《かなだらい》や石鹼箱を投げつける始末だった。幸いこれらはお才がその腕で払い落とし、あるいはわが身で受け止めたが、彼女の陰に隠れた文子の表情は悲痛にゆがんだあまりか、かえって泣き笑いしているように見えた。

それを見て、月子は正気を取りもどしたかに見えたが、それも一瞬のことで、キーッとひときわ高らかな奇声が人々の耳を貫いた。

「ひゃあっ」

喜助は着物の袖で頭を覆い、うずくまったが、そこまでおびえる必要はなかった。その直後、月子は嘘のようにおとなしくなったからだった。

土気色と化したうつろな表情で、いつのまにか目の下に隈《くま》さえ作っている。そのままおかしな格好でゆらめいていたが、ふいに白目をむいたかと思うと、グラリと倒れかかった。

「！」

驚いた海原巡査が、とっさに体を支えてやらなかったら、月子は床に頭を激突させ、脳震盪《のうしんとう》くらいは起こしていただろう。

自分の腕の中で、ブツブツとわけのわからないことをつぶやき続ける月子を海原は持て余し気味だったが、やがて日下部署長が、

――彼を手伝って、連れて行け。

と目とあごで合図したのを受け、ほかの刑事や警官たちが手を貸した。ぬけがらのようになったのを連行するのだから、一人でも造作のないことだったが、途中ちょっとした異変が生じて署長の慧眼《けいがん》が明らかになった。

廊下にたたずみ、痛ましげな表情で見送る美禰子の姿を目にとめたとたん、月子は猛然と抵抗を開始し、こう叫んだのだ。

「わかった、わかった、わかったわかったわかった！　美禰子！　お前が何もかもやったんやな！ゆくゆくはうちが大鞠家の身代《しんだい》と暖簾を受け継いでゆくのをお前が邪魔したんや！　東京もんの分際で、商人の血なんか一滴も入ってへんくせに、ようもようもお家横領をたくらみやがったな。この家はな、大鞠百薬館はな、竈《かまど》の灰までうちのもんなんや。誰がお前らみたいなもんに渡すか。ふん、お前らみたいな売女《ばいた》に引っかかった多一郎兄も同罪や。最前線に送られて支那兵のヒョロヒョロ弾にでも当たって苦しみ抜いて死んだらええのや。そんで美禰子、お前は死刑や！　お父はんを殺したんもお母はんを殺したんもお祖母はんのあのざまも、みんなお前がしたことや！　あげくの果てにうちの恋しい恋しい恋しい小四郎はんまでようもようも殺しよったな！　あのお方が大鞠家の当主になるのがそんなに嫌やったか、恐ろしかったか。ええい、覚えとれ覚えとれ覚えとれ！」

バリバリと歯を噛み鳴らし、口角から血の混じった泡を飛ばしながらわめき続けた。それは海原たちに引きずられ、廊下を遠ざかってゆく間じゅう、やむことはなかった。

そのあとに、茫然と立ちつくす美禰子の姿が残

された。

「……美禰子姉ちゃん」

「……若御寮人《わかごりょん》さん」

文子たちがかける声も、彼女にはほとんど聞こえていなかった。

――月子の暴言が一から十までデタラメであり妄想であることは明白で、この場に居合わせたもの の誰ひとり、本気にするものはなかったとしても、これほどの悪意をまっすぐに投げつけられては、心穏やかでいられるはずもなかった。

彼女に好かれていないことは知っていたし、先方の性格を理解するのも困難なことはわかっていた。わかったうえで言うべきことは言い、無視した方がいいことはそうしてきたつもりだが、そうしたことも全く無意味だったことがわかった。

人は、ある種の人間に関し「あの人はああいう人、相手にしても無駄」「何を言われても軽く受け流しておけばいい」とおためごかしの忠告をする。要はお前が辛抱しておけ、黙っていろというだけの卑怯な言いぐさなのだが、そのむなしさをつくづくと思い知らされた。

月子をそういう人だと思い、何をされても受け流してきた結果がこれだ。美禰子の心は深く傷つき、胃の腑には重いものがのしかかった。何より、総身に寒気が走るような気がした。惨い殺人現場を目の当たりにしたとき以上に、いやないやな気がした。

だが、そのおかげで美禰子は、その後の月子の運命について、よけいな気を回さずにすんだ、ともいえる。もしその一端だけでも想像することができていたなら、とても平静ではいられなかったに違いなかった――。

「やれやれ、えらいことになったもんやなぁ」

丁稚の種吉はその翌日の夕方、風呂釜回りを掃除しながらぼやいていた。まさか自分が風呂釜の番をしていたさなかに、あんな恐ろしいことが起きるだなんて……。

ことによったら、自分が人殺しと出くわしていたかもしれないし、あの探偵さんの死体を見つけていたかもしれない。

　それはまだしも幸いだったが、あんな大騒動のあったせいで、昨夜はろくに眠れなかった。その割に疲れが出ていないのがありがたくも不思議だった。

　不思議と言えば、ぐっすりと深い眠りに落ちたあとの朝の方が、ぐったりと疲れて身動きならない。このことを美禰子若御寮人さんに相談したが、あんな賢そうな人でもわからないことらしく、

「さあ……どういうことなのかしら。お医者の西さんに訊いておきましょうね」

　と首をかしげたのみだった。もっとも相談したのがあの人で幸いで、ご番頭にそんなことが知られようものなら、

　——なに、寝ん方が元気で働ける？　それやったら、これから夜通し仕事ばかりにしようかい。

などと言われかねなかった。物を使えば減るが、丁稚は減らないから使って使って使いまくるというのが船場に限らない商家の定法だから、本当にそういうことになりかねない。現にこうして、昨日の今日というのに、こんな場所の掃除をするはめになっている。

　あんなことがあったあと、しばらくは誰も内風呂に入りたがらないはずだが、だからといって、ほったらかしにもできなかった。昨夜、あたりにぶちまけたバケツや箒もそのままだし、釜の火も放置してしまった。

　薪の束や焚きつけ用の新聞もそのままで、あのときは暗くて気づかなかったが、そこにはこんな見出しと記事が見て取れた。

B29約百三十機、昨暁帝都市街を盲爆
約五十機に損害　十五機を撃墜す
「大本営発表」（昭和二十年三月十日十二時）
本三月十日零時過より二時四十分の間B29約百三十機主力を以て帝都に来襲市街地を盲爆せり

右盲爆により都内各所に火災を生じたるも宮内省主馬寮《しゅめりょう》は二時三十五分其《そ》の他は八時頃迄に鎮火せり

日付は三月十一日。これだけ読むと、皇居の馬小屋が被弾して燃えたのだけがめぼしい被害のように見えたが、そうではなかった。

「其の他」でひとくくりにされた中には、実際には十万を超していたという死者八万三千七百九十三、負傷者四万九百十八、罹災者百万八千五、焼失家屋二十六万八千三百五十八がふくまれていた。

いわゆる「東京大空襲」の第一波。そこで一夜にして生じた空前の惨害は、ろくすっぽ報じられていなかったし、単機や少数機による爆撃以外、これといった被害を体験していない大阪の人々にはピンと来る内容ではなかった。

まして、種吉のような少年にとってはなおさらだ。この新聞を見て彼が考えたのは、一昨日届いたばかりの紙面を、早々と風呂の焚きつけに使わなくてよかったということだった。古新聞というには新しすぎるし、まだ誰か読むつもりだったらいけないからだ。

ちなみに今日、すなわち三月十三日の新聞の一面では、十二日未明にB29二百機が名古屋市街に対し行なった大規模空襲が報じられた。前日の東京より小規模であったとはいえ（そしてその後の名古屋大空襲とはくらべものにならないとはいえ）、これまでにない多数の死傷者が出、市街の二十分の一が焼失した。

だが、大本営にとっての関心は、三種の神器のうち草薙剣《くさなぎのつるぎ》を祀る熱田神宮《あつたじんぐう》の安否だけで、「火災を生じたるも本宮、別宮等は御安泰なり。市内各所に発生せる火災は十時頃までに概《おおむ》ね鎮火せり」と、まるで満足すべき結果であるかのような発表ぶりだった。

もっとも二面の頭《トップ》——といっても、今や新聞は表裏二ページしかないのだが、そこには、次のような見出しが躍っていた。

今度こそ来るぞ！阪神空襲

と。大本営発表の垂れ流ししかできない記者たちも、それぐらいの危機感はあったし、それを読者に伝えようという意思はあったのだろう。

だが、それは漠然としてしか大阪市民には伝わらなかったし、その紙面も早晩、火中に投じられる運命にあった――大鞠家の人々がしばらくは銭湯を利用するつもりで、ここの風呂釜に出番がなかったとしても。

（そや、念のために見とこ）

種吉はふと思いついて、釜の焚き口を開いてみた。すると、そこには昨夜、最後の方に投じた薪が生焼けの状態で残っていて、釜の火が途中で消えてしまったことを示していた。

おかしいな、確かそんなに前でなく煙突や煙道の掃除をしてもらったはずだが……そう考えた種吉は、薪を何本か引っ張り出すと、焚き口の奥をのぞきこんだ。

中はむろん灰や煤がこびりついていたが、薪の燃焼に支障が出そうなほど大量ではない。

もし何か問題が生じているとしたら、番頭はんを介して修理してもらわねば――そう考えて、風呂釜が冷え切っているのを幸い、顔を焚き口に押しつけて、さらに奥の方を注視した。

と、そのとき――種吉は、釜の奥から自分を見返す顔に気づいた。暗いうえに、一部しか見えなかったが、それは人間の頭部らしき輪郭を持ち、カッと目を見開いているように見えた。

風呂釜の中に人間が入れるわけはなく、たとえ頭だけだとしてもまず無理だった。にもかかわらず、その顔はまさしくそこにあった。

「！」

次の瞬間、種吉は大きく後ろにすっ飛び、せっかく整頓した薪や古新聞、バケツや箒を弾き飛ばしてしまった。だが、そんなものにかまってはいられない。

「お、お、お化け……お、お、お助けぇ！」

　種吉は腰を抜かし、尻もちをついたまま後ずさった。そして、やっとのことで立ち上がると、ヒョロヒョロした手足をもつれさせながら、猛スピードで母屋の方に逃げて行ったのだった。ちょうどそこへ、

「あーあ、明日は終業式やいうのに、何の変わりもあれへん。ほんまにしょうむない……うん、どないしたん？」

　目の前を駆け抜けた種吉を、文子がきょとんとして見送った。その背後の時計は、ちょうど四時を十五分回ったところだった。

　文子はその後ろ姿を、「ほんまにけったいな子やこと……」と笑って見送っていたが、ふとかすかに聞こえてきた声と、戸をたたく音に気づいて、

「あれ、誰か来はったみたいよ。郵便屋さんかいな。種吉、ちょうどええよって、ついでに見といてんか！」

＊

　種吉がおびえて逃げ出した午後四時十五分、チャモロ標準時同五時十五分――。

　大阪から離れること二千五百キロ、グアム島のアンダーセン飛行場を第三一四航空団の先導機が飛び立った。その十五分後、主力部隊が発進して続々と北上を開始した。

　次いで四時五十分、サイパン島のイズリー飛行場から七三航空団の、テニアン島のノースフィールド飛行場から三一三航空団の先導機が飛び立った。主力部隊の出撃は、それぞれ十分後のことであった。

　とき、日本時間午後五時、現地時間同六時――それこそは、合衆国第二〇空軍第二一爆撃集団司令官カーティス・ルメイが発した「大阪《ビーチブロウ》並びに神戸《ミドルマン》市街地への攻撃命令」のまさに予定行動開始時刻《ゼロアワー》であった。

　昨年、次々と失陥した南方の島々は、今や日本

壊滅の前線基地となっていた。開戦とともに、その責任者である東條内閣は昨年七月に退陣していた。

この日の作戦に参加した〝超空の要塞〟ことB29型爆撃機は計二百九十五機。中国本土を発進基地としていたときには、燃料との兼ね合いから不可能だった量の焼夷弾《しょういだん》を満載して、刻々と大阪に向かいつつあった。すでに東京・名古屋二都の空襲をすませて、人員も機材もそれまでの工場・港湾などを対象とした精密爆撃から、非戦闘員や住宅・商業地をも標的とする無差別爆撃への転換を終えていた。

先導機にはAN－M47A2一〇〇ポンド炸裂《ナパ》型油脂《ーム》焼夷弾、主力部隊にはE46五〇〇ポンド収束焼夷弾が、飛行距離に合わせて四・五トンから七トンも積みこまれた。

それらの投下に当たっては、綿密に目標が定められていた。

たとえば港湾地帯への爆撃は、港区市岡元町《みなとくいちおかもとまち》を照準点とするグアムからの第三一四航空団を主力として行なわれ、同じく市の中心部は北区扇町《きたくおうぎまち》、西区阿波座《にしくあわざ》を照準点とするサイパン第七三航空団に攻撃されることになっていた。

ちなみに船場《せんば》一帯をふくむ東区は、南区や浪速区ともども、テニアンから飛来した第三一三航空団のうち三分の二によって焼きつくされることになっていた。照準点は浪速区塩草町《しおくさまち》である。

これら第二一爆撃集団の編隊は、小笠原諸島を経て午後十一時過ぎには潮岬《しおのみさき》南西方面に到達する見込みであった。大阪市の上空に姿を現わすのは、さらにその約三十分後――それまでにはまだ時間があり、もう猶予はないともいえるのだった。

＊

「何や君、どないしたんや」

海原知秋巡査は、東警察署の公廨《こうかい》に足を踏み入れるなり、たまたま居合わせた司法主任に声をかけられた。

「は、実は……」

いつもの制服制帽姿に風呂敷包みを抱えた珍妙ないでたちで、とまどい顔のまま立ちすくんだ。こんなことを上司に伝えてもいいのか、そもそも大鞠家の事件でやたらと現場に出入りしている自分のことがどう思われているのか心配でもあった。

「実はこのようなものを預けられまして、その、どうしたものかと……」

「預かり物？　落とし物の届け出ならともかくやな、警官たるものがいったい何を預かったちゅうんや」

司法主任は、けげんそうに眉をしかめて海原をヒヤリとさせたが、やがて風呂敷に染め抜かれた手毬の意匠に目をとめると、

「これはあの店の……ということは、大鞠月子への差し入れか何かか」

「お察しの通りです。実は私を介して何とかならないかと頼まれたのですが」

海原は、司法主任のカンの鋭さに舌を巻きながら言った。

「ということは、その前に何ともならんかったということやな。ま、巡査を差し入れの取り次ぎに使うこと自体、どうかしとるが」

「――申し訳ありません」

「まぁええ、肉親の情としてわからんでもないし、いつものわしなら大目に見んこともないのやが、大鞠月子に関しては無理やな」

「そう……ですか」

上司にそう言われては海原も従うほかなかったが、司法主任は単に規則上の問題で言ったのでないことがわかった。

「何しろ渡そうにも、大鞠月子はもう東署《ここ》にはおれへんのやから。そして、ここへもどこへも帰ってくる見込みはない」

「えっ」

沈痛さを帯びた司法主任の表情と声音に、海原が思わず声をあげたときだった。

「主任さん、署長がお呼びです」

小走りにやってきた、いつぞやの給仕の少年が声をかけた。司法主任は「わかった」と声をかけると、

「この件に関しては、日下部署長もだいぶ踏ん張らはったんやけどな。これはあくまで東署《うち》の事件やと。けど殺されたあの自称探偵だけやなく、父親の方丈代議士自身いろいろ疑惑のある男やったからな。聞いてないか？」

「いえ……けど何とはなしに」

海原はあいまいに答えた。

司法主任は「そうか……ま、知らんならそれに越したことはない」と言い捨てて、

「ま、そんな男とかかわったんが身の因果やったな。方丈小四郎については、翼賛議員の親の威を借りた不正行為がバレて、憲兵と特高課に目をつけられて泳がされとったとこに、あの殺しやろ？　まさに双方とも面目丸つぶれで、しかもその最大容疑者が月子ときては、どうでも女の身柄をよこせと奪い合いや。その末に、どっちがつかんだかは訊かん方が身のためや」

「そ、そんな……」

ため息まじりに言い捨てて、署長室に向かうのを見送りながら、海原は啞然として立ちつくすほかなかった。

そのあと、ふいに思い出さずにはいられなかった。伝わってすぐに緘口令《かんこうれい》が敷かれた、区役所兵事係の変死事件のことを——。


「や、や、やめて……もう、もうやめてください……」

月子はあえぎあえぎ哀願した。その声はつぶれ、口は歪み、頬は腫れ、鼻はひしゃげ、まぶたの片方はドームのように盛り上がり、もう片方はつぶれたように開かなかった。

もはやその顔は、熟《う》れてはじけた石榴《ざくろ》だった。もっと即物的に言うなら、ただの血袋のようなもの。ただし生きて蠢《うごめ》く血袋だった。

その下にある体は、上半身がむりやりはだけら

れ、しかし本来白く滑らかだったはずのそこは、文字通り完膚なきありさまだった。中でも乳房への凌辱はすさまじく、いまわしい痕跡があちこちに残されていた。

そんな惨い姿をさらしながら、頑丈な椅子に縛《いまし》められた月子のまわりには、黒い人影がいくつかたたずんでいた。まるで亡霊か幻影のような……ありようは、彼女のぼやけた視野にはそうとしか見えなかっただけだが、いっそそれが実体だったらどんなによかったろう。

彼らがただの霊体や錯視であれば、その拳は彼女の体をすり抜けたろうし、棍棒だろうと鞭だろうとつかむことができなかったろうから。だが、あいにくそうではなかった。

無限にも思える拷問と尋問の連鎖がふと途切れたとき、いっそうかつてのありさまを失った顔面の、もうありかさえ定かではなくなった口元からうめき声がもれ出た。

「ち、が、う……違う……うちやない……」

ささやきよりもかすかなそれを、黒い人影たちは聞き逃しはしなかった。その一つが月子のそばに顔を寄せると、

「違うとはいったいどういうことだ。家のものは風呂を沸かすよう命じたあと、風呂場に向かう貴様の姿を見ており、窓越しに貴様が方丈小四郎を殺すところを見ていた……で、ほかに誰がいるというんだ」

すると第二の黒い人影が、そのあとに続けて、

「方丈小四郎は全裸で頭を殴られて死んでいた。こっそりと他人の家の風呂に入る方も入る方だが、誰か誘いをかけたものがいたのはまちがいなく、奴はその誰かにやすやすと殺されるほど油断していた……で、ほかに誰がいるというんだ」

「貴様と方丈小四郎の関係は、とっくに知れている。いつ知り合い、どのように情交していたかもな。そして問題の晩、ひそかに風呂場を脱出した貴様が市内各所をさまよい歩き、あげく自宅に舞いもどるまでのいきさつも……で、ほかに誰がい

るというんだ」

　第三の黒い人影が、そのあとに付け加えた。それらの指摘を受けて、月子はブツブツと意味不明なことを口走っていたが、やがてどこにそんな余力があったのかと思われるほどの大声で、

「そや、そやわ、何もかもあいつが……あの子がやったことやわ。調べてみてください。どんな手段を使ったかは知らんけど、うちらをこんな目にあわしたのは誰かはわかってます。それは……弟の茂彦です！」

　これには、冷酷で残忍きわまりない人影たちも、一瞬あっけにとられたようだった。

「貴様の弟の……」

「大鞠茂彦だと？」

　驚きあきれたようすに力を得たのか、月子はさらに声を振りしぼって、

「そ、そ、そうです。茂彦です。あの子はこっそり日本に帰ってきて、わが家の蔵の裏手の防空壕に隠れ住んでたんです。きっと隊を脱走したんやわ。もともと戦争に反対意見を述べるような非国民で、赤紙がいつ来るかビクビクするような卑怯者やったから、きっとお国のために戦うのがいやになって、敵兵が怖《こお》うて逃げ出したんやわ。それで筋違いな怨《うら》みごとで方丈はんを殺したんや。うちにその罪を着せたんや。いや、方丈はんだけやない、お父はんを殺したのもお母はんを殺したのもお祖母はんを殺したのも、ひょっとしたら……そやわ、きっと頭がおかしなって帰ってきた茂彦のしわざやったんや！」

　わめきちらしたところで体力の限界を迎えたのか、にわかに黙りこみ、息をするさえ苦しそうにあえぎ始めた。

　そして、どれほどたったろう。目の前にかかげられた一枚の紙に、月子はかろうじてまぶたを開いた。

「――――？」

　けげんそうな月子に、黒い影の一つが言った。

「そこまで言うなら、特別に面白いものを見せて

やろう。これを読んで、なおもわが弟を犯人というか、自分の罪をなすりつけられるものかどうか――さあ、見ろ！　読むんだ！」

そこには次のような文字が、紙と同様ごく粗悪な印刷で記されていた。

死亡告知書

本籍　大阪市東区南久宝寺×丁目――
　陸軍上等兵　大鞠茂彦
右昭和二十年二月十八日
南方××××戦線ニ於テ戦死セラレ候条此
段通知候也
追而《オツテ》市長ニ対スル死亡報告ハ戸籍法第百十
九条ニ依リ官ニ於テ処理可《イタスベク》　致候
　昭和二十年三月十三日
　　大阪聯隊区司令官
留守担当者　大鞠茂造殿

それはいわゆる「戦死公報」そのもの――そこに弟の名が記されていることの意味に気づいたとたん、月子の苦痛に満ちた顔に、驚愕が重ね焼きされた。

「こ、こ、こ、これは……」

たぶんそう言いたかったのだろうが、シュウシュウとした息音としか聞こえなかった。

そこへ追い打ちをかけるように、黒い人影の一人が言った。

「これは写しで、すでに同じものが貴様の宅にも届けられたことだろう。区の兵事係の手で――ただし方丈小四郎に買収されるか脅されて召集令状《あかがみ》の送り先をねじ曲げたあげく、こと露われて〝事故死〟した男とは別の吏員の手でな」

もはや月子からは、抵抗の意思はもちろんのこと恐怖も絶望も、ありとあらゆる感情が消え失せていた。肉体の灯はかろうじてまだともっていたが、精神はもうとうに失われていた。

そこへさらに容赦ない棒の一撃が加えられ、彼

女を「ゲェッ」と叫ばせたかと思うと、

「英霊と化した肉親に罪を着せようとは、何と薄汚い……さて、それでは、また始めるとするか」

別の黒い人影が言い、しのび笑うような声が彼らの間に交わされたときだった。

ふいに黒い人影たちが押し黙ったかと思うと、このいまわしい空間にわずかにうがたれた窓の方を見やった。

高い位置にある上にひどく狭く、しかも厳重に格子がはめられたそこからは何も見えず、風すら通ってはこなかった。

だが、それらの条件をものともせず、ここ尋問室兼拷問房に入りこんできたあるものは、黒い人影たちを黙らせ、硬直させるに十分だった。

それは——もうとうに聞きなれたはずの防空サイレンの音だった。

昭和二十年三月十三日午後十一時、主立ったビルディングや工場の屋上に取り付けられたサイレンが、三分間ぶっ続けに鳴り響いた。それに添えてカーン、カンカンと「一点ト二点斑打《はんだ》」の警鐘が打ちたたかれる。

それは「警戒警報」を告げるものだった。

多くの場合、それは「警戒警報解除ー」の口頭伝達によって取り消される。だが、この日はそうではなく、それればかりか、かつてない緊張が大阪全市に張りつめていた。

ごく過小に報道されたとはいえ、東京と名古屋がB29の猛爆を受けたという事実は、次なる標的を想像させずにはおかなかった、
次いで十一時二十分、今度はサイレンが四秒ずつ十回、八秒の間をあけて吹鳴《すいめい》され、「一点ト四点斑打」の警鐘が鳴らされた。それらに加えて、各町内の役員や警防団員がメガホンを手に、

「空襲警報発令ー」

と叫んで回る。すでにラジオからは、紀伊水道を敵機多数が北上しつつあるとの中部軍管区情報が流されていた。

かと思うと、電灯という電灯が数秒ごとに五度点滅し……そのあとまもなく、かつて日本一とうたわれたメトロポリス大大阪《だいおおさか》は闇の底に沈んだ。

それと入れかわるように空を埋めたのは満天の星――ではなく、それを押しのけてひしめくB29の機影と、それらがきらめかせる赤い翼灯だった。

人々は続々と街の至るところに掘られた防空壕に向かい、だが、相当数が中には入らずに攻撃の始まるのを待った。

防空頭巾をかぶった彼ら彼女らは、たっぷりの水と砂を用意し、それらを収めたバケツやムシロ、ひしゃくに鳶口《とびぐち》、それに竹棒の先にシュロ縄束をつけた箒かハタキの出来そこないみたいな代物を装備していた。

最後のものは「火叩き」といって、これらをひとまとめにして「防空七つ道具」といった。焼夷弾が落ちたら、バケツとひしゃくで水をぶっかけ、砂をまき、濡れムシロで覆い、鳶口で家屋の火のついたところを壊し、そして火叩きで――これの使い方は読んで字のごとくだった。

それが、新聞が説き、役所から配られた冊子が教える焼夷弾の消し方だった。たとえ家が直撃されても、まだ燃え広がらない間に落ち着いてシャベルですくって捨てればいいとのことだった。

そんなことで助かると信じていようといまいと、人々はここにとどまらなくてはならなかった。「防空法」によって空襲時には住民は避難を許されず、そのまま消火に当たらなければならなかったからだ。

一家の主人はもとより主婦も子供も老人も、「防空七つ道具」を備えて待機していた。何しろ、政府が作成した冊子『時局防空必携』によると、「隣組には何発中《あた》るか」という問いには「断定は出来ないが隣組では各〻一発中るものとして準備すればよい」と安請け合いされていた。

「空襲の実害」についても「弾は滅多に目的物に中らない。爆弾、焼夷弾に中つて死傷する者は極めて少ない。焼夷弾も心掛けと準備次第で容易に火災とならずに消し止め得る」と書いてあるのだから、そんなに心配する必要はないに違いなかった。

「さあ、来るなら来い！」

まだ小さくて純粋な子供たちほど、そんな威勢のいい声をあげていた。隣組の組長さんたちは、誰かが怖気づいて消火活動を怠ったら責任問題になるので、

「逃げるな、火を消せ。逃げるな、火を消せ」

と口の中で何度も練習していた。頭上の敵機の腹部が次々と開き、何か巨大なものがいっせいに降ってきたのは、まさにそんなさなかだった。

米軍側の記録によれば、投弾の開始は三月十三日午後十一時五十七分。あと少しで日付が変わろうとするころだった。

あれは何だろうと見上げた次の瞬間、人々はあっけなく吹っ飛ばされ、全身火だるまとなった。たとえお上の無責任な計算通り、一つの隣組に当たったのがたった一発だったとしても、皆殺しにするには十分だった。

このとき先導機から投じられたのは六個ずつ収束されたAN－M47A2焼夷弾で、まずこれで起こした爆発的火災で日本側の防戦能力をくじくとともに、後続の主力部隊がE46焼夷弾を投下する目標を作る。M69尾部噴射油脂焼夷弾を四十八本束ねたもので、空中で分解するや火を噴きながら降下してゆく。

ザーッと砂利を流すような音をともない、夜空に赤い尾を引いて落ちてゆくありさまは、まさに火の雨というほかなかった。着地とともに六角柱の内部からナパーム剤が噴き出して、たちまち家屋を、人を焼きつくす。

先の名古屋でたった五百十九人しか殺せず、二万五千七百三十四戸しか焼けなかった反省から、大阪へはできるだけ密集した編隊で飛来し、焼夷弾の投下間隔も百フィートから五十フィートに縮められた。その効果はむろん絶大だった。

天を摩《ま》すばかりな火柱と猛煙が、あちこちから

立ちのぼった。炎は輝く紅蓮の怒濤となって打ち寄せ、たちまち市街をなめつくした。デパートなどのモダンなビル群が防波堤となって火の氾濫《はんらん》をせき止めなければ、はるかに被害は広がっていたことだろう。

とりわけ黒瓦と土壁の、昔懐かしい町屋に満ちた船場一帯は、まるで徳用のマッチ箱に火種を落としたようなものだった。そこで蓄積された町人たちの富も美学も、丁稚たちが流した涙も、ぼんぼんや嬢《いと》さんたちの思い出も、あっという間にまばゆい光を放ち、黒焦げて燃え落ちて行った。

化粧品のまち南久宝寺町《みなみきゆうほうじまち》一帯も、むろん例外ではなかった。

日付が変わる直前、船場のただ中を南北に走る堺筋《さかいすじ》の東側一帯に焼夷弾が集中投下された。一気に火の手が上がる中、西側はしばらく無事であったが、そちらにあって長年親しまれてきた南御堂《みなみみどう》――難波別院《なんばべついん》はすでに炎上していた。

火の海は大鞠百薬館にも迫りつつあった。そんななか、

「みなさん逃げて、早く！　防空壕や待避所に入ってはだめ、もうじきここも火の海になります。その中で蒸し焼きになりたくなければ、今すぐこの一帯を離れて！」

店の前に立ち、このあたりでは珍しい東京弁で必死に叫ぶものがあった。

言うまでもなく美禰子だった。ありふれた防空頭巾にもんぺ姿でありながら、まるで女武者絵から抜け出したような凜々しさで、彼女は人々に声をかけ続けた。

転んで動けなくなった年寄りや、親にはぐれて泣き叫ぶ子供たちを誘導することさえも、彼女の仕事だった。そんなとき、彼女はこう伝えることを忘れなかった。

「つらいだろうけど荷物はあきらめて、みんな身一つで逃げてください！」

――この一帯では、昨年の夏から道路下に何十か所も防空壕を掘り、屋内に待避所を設けて、防

空演習の際は訓練の一環として飛びこんでいたのが、その後も警報サイレンのたびに逃げこむのが習い性となっていた。

だが、かんじんの大空襲本番を迎えたとき、それらは何の役にもたたなかった。道沿いの建物がいっせいに燃えさかっているさなか、真下の窖《あなぐら》にもぐる勇気のある者はいなかったろう。ただでさえ、人々の意識は逃げることより火を消すことに向けられていた。

あいにくこのかいわいは、疎開したり廃業してしまった空き家が多く、そんなことはおかまいなしに屋根を貫いた焼夷弾は、木と紙でできた日本家屋を容赦なく燃やし始める。やむなく、他人の家の戸を蹴破ってまで火消しに奮闘しなくてはならなかった。

とはいえ町内備え付けの手押しポンプは断水で役に立たなくなっていたし、そもそも火叩きをいくら振るおうが濡れムシロを掛けようが、焼夷弾に効果はなかった。

それは船場だけでなく、大阪の人々が今夜初めて知らされた事実だったが、美禰子はその数少ない例外だった。

実は彼女は、夫の多一郎から恐ろしい話を聞かされていた。彼と同じ大阪帝大の浅田《あさだ》常三郎《つねさぶろう》理学部教授が、押収された米軍焼夷弾の燃焼実験をした結果、「消火は不可能」という結論に達した。にもかかわらず、この事実は握りつぶされ、できもしない自主消火が強要された。

だから覚悟はしてはいたものの、敵にこうまで手も足も出ないとは思わなかった。となれば、たとえ無知で無邪気な愛国男児や軍国乙女の顰蹙《ひんしゅく》を買い、ときに非難されたり、つかんだ手を振り払われても、みんなが躊躇しているすみやかな避難を呼びかけるほかなかった。

となれば当然、女子衆のお才や番頭の喜助、それに丁稚の種吉がありったけの荷物を背負い、腹掛けにしてまで持ち出そうとするのに対しても、

「そんなものは置いて！　ほらほら火が移った。

すぐに捨てて！」

と容赦なく叱咤を飛ばした。

言われて、わが身の火事に気づいた喜助は「フワーイ」と荷を投げ出し、種吉もご番頭にならった。だがお才は、美禰子には素直に従いつつも、ある品物だけはしっかり胸に抱いたまま、

「若御寮人《わかごりょん》さん、せめてこれだけは……これだけは」

そう言いつのって、放そうとはしなかった。

見ればその品物というのは、大鞠家の象徴であり誇りといっていい暖簾だった。毬印の商標と屋号を記したそれは、この期に及んではお荷物にほかならなかったが、主家に人生をささげてきたお才の思いも理解できた。そこで、

「わかったわ。じゃあ、それは私が預かります」

美禰子はていねいにたたまれた暖簾を受け取ると、かろうじてこれだけ持ち出して肩掛けにした袋に押しこんだ。こんなことで嫁としての立場を果たせるなら、お安いご用だった。そのあと美禰子はふいにあることに気づいて、

「文子ちゃんはどこ？」

と叫んだ。その言葉に喜助とお才はギョッとし、あわてて周囲を見回した。

「えっ」

「あ……そない言うたら」

ついさっきまでいっしょにいたはずの文子の姿がなかった。種吉にも訊くと、

「そ、そ、そない言うたら、ついさっき中へ入りはる姿を見たような」

との返事で、喜助は「阿呆っ、それを早よ言いんかいな」と目をむき、お才に至っては腰を抜かしかけてしまった。

しまった！　と美禰子は唇を痛いほどかみしめると、

「ひょっとして……ちょっと見てきます！　二人とも必ず逃げてね！」

――家の中は、外の阿鼻叫喚がうそのように静

まり返っていた。いや、違う。太い柱や梁《はり》は今や細かく震え、軋み音を立てている。

頭上から聞こえるバシッ、バシッという響きは、いよいよ焼夷弾がこの屋敷にも降り注ぎ始めたしるしだろう。と見る間に、六角形をした棒状の物体が畳や板の間に転がって、たちまち火を噴き始めた。

棒で土間や庭にはじき出せるものはそうしたが、いくらそんなことをしても無駄なのはわかっていた。もはや炎上も時間の問題だった。

「文子ちゃん、どこにいるの文子ちゃん！」

美禰子は叫び、なおも奥へと歩をすすめた。ときに焼夷弾が間近をかすめ、銃弾さながら体に突き刺さるのを危うく免れながら――そのようにして絶命する人が後を絶たなかった――義妹の姿を捜し続けた。

ふいに、嗚咽のようなものが聞こえた気がして、美禰子はふりかえった。バシッという音に続いて、悲鳴らしきものもあがった。

もう駄目だ、引き返せという声を心に聞き、しかもそれが夫のそれに似ていることを感じながらも、美禰子は文子とおぼしい声の源を求めるのをやめなかった。

そして……文子はいた。仏壇の前に正座して、こちらに背を向けたまますすり泣いていた。

なぜ、こんなところにと、いぶかる必要はなかった。仏壇に供えてあったのは、よりによって、今日の夕刻届いたばかりの大鞠茂彦の戦死公報だった。

何も知らず、女学校から帰ってきた文子の衝撃といったらなかった。当然のこととは言いながら、ずっと押し黙ったまま、警報サイレンにも反応を示さなかったほどだった。

その気持ちが痛いほどわかっていたから、美禰子もとっさには声をかけかねた。だが、この部屋にまで焼夷弾が撃ちこまれ、畳に次々と突き刺さるに及んでは黙っていられなくなった。

「文子ちゃん！」

美禰子が駆け寄り、文子が泣きぬれた、それでいて全てをあきらめたような不思議な笑顔をふりかえらせたときだった。

すさまじい大音響とともに天井が真っ二つに断ち割られ、銀色をした何か巨大な物体がギロチンの刃《やいば》さながら降りかかった。まるで文子と美禰子の間を引き裂こうとするかのように……。

その衝撃には、さすがの美禰子も失神しないではいられなかった。加えて、あちこちに噴き出し、たちまち間近に迫ってきた火や、総身にぐいぐいとのしかかってきた瓦礫に、

――ああ、もう死ぬのか。

そう思いかけたとき、いきなり頬を打った冷たい手のようなものに、遠ざかる意識を引きもどすことができた。

誰かが頭から水をかけてくれたのだった。おまけに、体に落ちかかった木切れだの破片だのを取りのけてくれたらしい。

誰かとは言うまでもない。美禰子はその名を呼び、その人の姿を捜し求めた。

「文子ちゃん、どこ……？」

すると、折り重なった家の残骸の向こう、鬼火のように浮かんだ無数の炎を背に立つ文子が見えた。

ちょうど彼女は、何やら大きな布を水に濡らしたものを頭からかぶろうとするところで、美禰子に気づくとにっこりと微笑んでみせた。

「美禰子姉ちゃん、この暖簾、ちょっと借りるね！」

その言葉に荷物入れを探ると、確かにさっきまで突っこんであった暖簾がなくなっていた。と見る間に、文子の姿は鬼火の群れの向こうに消えてゆく。

「待って！」

美禰子はあわてて立ち上がると――幸いにも、あっさりそうすることができた――彼女のあとを追おうとした。だが、その行く手は瓦礫にはばまれ、いよいよ激しくなった崩壊の気配に断念せざ

るを得なかったのだった……。

第一回大阪大空襲は、米軍側の記録によれば三月十四日午前三時二十五分をもって投弾を終了した。

大阪府警察局の報告によると、死者三千九百八十七、重傷者七百六十三、軽傷者七千七百三十七、行方不明者六百七十八、罹災者は五十万千五百七十八に上った。全焼家屋は十三万四千七百四十四、半焼千三百六十三――ほとんどの被害が大阪市内に集中していた。

大阪市の罹災者は全人口の三八パーセント、焼失面積は三〇パーセントに達した。最も被害のひどかったのは浪速区で、その難波署管内は人口の九五パーセント、戸数の九六パーセントが一夜にして消滅した。

東区はまだしも半数以上の世帯が残った。だが、船場は大半が焼け野原となり、とりわけ南久宝寺町一帯は完全無欠の壊滅状態となったのだった……。

これに対する日本側の反撃は、全くの期待外れで、頼みの高射砲はほとんど役に立たず、戦闘機による迎撃も被害を与えられなかった。B29の損失はたった二機で、一機は離陸時の故障による事故。残る一機だけが撃墜の成果で、堺筋の南久宝寺町付近に墜落して爆発炎上。

機体や翼、乗員の死体は四散して付近一帯、そごう百貨店の御堂筋側や地下鉄心斎橋駅入り口でも発見された。大鞠百薬館にとどめの一撃を加えた銀色の物体とは、まさにこの撃墜機の一部だった……。

以来、大阪大空襲は八回におよび、細かなものを入れれば軽く数十を超えた。焼夷弾は二千ポンド通常爆弾AN－M66、通称一トン爆弾に変わり、為政者たちの優柔不断によって引きのばされた敗戦日の前日までくり返され、大阪からは百万人の人口が消えてしまったのだった――あたかも、それ自体が巨大な殺人事件であったかのように。

第六章

船場、島之内。＝昔から大阪の富といふものは、みな、この碁盤目の中から光りを放つてゐたのだ。
あるとき、この船場、島之内に碁盤目を引く道路を、一つ残らず歩かうとするには、何時間かかるかといふ問題について議論をした。実際に測つてみると、道路の延長が約二十里ほどあるといふことが分つた。これではなるほど一日という訳けには行かない。

北尾鐐之助『近代大阪』

昭和二十一年、廃墟にて・Ⅰ

——焼け爛《ただ》れた廃墟のただ中を、薄汚れた路面電車が芋虫さながら、トコトコと走り抜けていった。

窓のガラスはほぼ失われ、素通しになったり板でふさがれたりしている。座席の布はとうに引っぺがされ、板張りになっているのはいい方で、まるごとなくなっていたりした。

最悪の乗り心地にもかかわらず、車内は超満員。すし詰めにされた乗客は窓からはみ出すだけではたりずに、外側に鈴なり状態でしがみついていた。

戦災で市電は車両の八割が使用不能となり、車庫は二つを残して焼け、被弾や過熱焼損のため百キロに及ぶ営業路線の大半が不通となっていた。それでも復旧は徐々に進み、寸断された市民の足が再開通していった。

ここ堺筋《さかいすじ》線の日本橋《にっぽんばし》三丁目－北浜《きたはま》二丁目間も、その一つ。とはいえ、吹きさらしの車窓からの風景は、あの大空襲の日々から大して変わっていなかった。

（ここが、かつては御堂筋《みどうすじ》をしのぐ大阪のメインストリートだった、あの堺筋……）

身動きならず、首をねじ向けることさえままならない状態で、乗客の一人がつぶやいた。二十歳代半ばの活動的な——いや、もう英語禁止どころか〝カムカムエヴリバディ〟の時代なのだからスポーティーとでも呼ぼう――洋装に身を包んだ女性だった。

彼女の嘆きも無理はなかった。全くそれは異様ななながめというほかなかったからだ。

かつて大大阪と呼ばれ、びっしりと建てこんでいた家並み街並みがきれいさっぱり消え失せて、西には心斎橋筋《しんさいばしすじ》の大丸・そごうの両百貨店、そのまた向こうには四《よ》ツ橋《ばし》の電気科学館までが見はるかせようとは……だが、そのことに気づいたとたん、

「降ります！　ここで降ります！　すみません、ちょっと通したってください！」

女性乗客はそう叫びざま、はじかれたように体をのばした。あわてて大荷物を抱え上げると、強引に満員の車内を突っ切ってゆく。

「何や何や」

「ちょっとやあれへん、えらい大荷物やないか」

などという苦情の声にまじって、

「ハハハ、何しろ目印がみな焼けてしもてるよって、降り忘れてもしゃあない」

「そない言うたら、わしもこないだ終点まで行てしもてあわてたわ」

「そらあんたが、だいぶんにアホや」

と同情したり、まぜかえしたりする声もあった。それらを背中で聞きながら、

「すみません、通ります……はい、ちょっとごめんなさい」

言葉つきは遠慮がちに、だがそれとは裏腹な強引さで、女性乗客は人垣を押し割っていった。

（ふう、あぶなく乗り越すとこやった……）

――数分後、その女性は照りつける太陽に目を細め、そんなことをつぶやきながら、焼け跡の道なき道を歩いていた。何しろ、この一帯には日陰というものがなかった。

そこへもってきて、彼女の両手に背中、それに首筋には荷物の重みが容赦なくのしかかり、結び目が皮膚に食いこむ。その痛みに耐え、足場の悪

さに悩まされながら、

（しかも、節電のため南久宝寺町《みなみきゅうほうじまち》の電停には止まれへんやなんて、ほんま殺生《せっしょう》やわ！）

そんな風にぼやきたくなったとしても、当然というものだった。

そのくせ、いっこうにめげたようすも見せない。ひ弱な外見には似合わないそのタフさは、自分たちの青春をめちゃくちゃにした為政者への反骨精神がもたらしたものかもしれなかった。

それからえんえんと歩いて、彼女はかつての小間物・化粧品街の一角に足を踏み入れた。ふと立ち止まると、『大阪仕入独案内』といった題のついた冊子を開いた。だが、そのとあるページに目を通し始めてまもなく、

「こらあかんわ」

と、ため息まじりにしまいこんでしまった。まさかここまでひどいとは、思わなかった。

その冊子には業種別の索引のほか、主な問屋街の案内図がついていて、どこに何という店があるか一目でわかるのだが、かんじんの建物がきれいさっぱり消え、わずかに幸運な例外が飛び飛びに見えるぐらいとあっては、役に立ちそうになかった。

——船場《せんば》は、北浜一帯から平野町《ひらのまち》の西半分にかけてが楔形《くさび》に焼け残った以外は、八割近くが戦災を受けた。たとえば薬のまち道修町《どしょうまち》は、一部に戦前からの店並みを残しながらも、広範囲に被害を受けていた。さらに南にある各町の被害は壊滅的で、ことに南久宝寺町は不要不急の業種として枯死させられたあと、焼き殺されたようなものだった。

それでも、敗戦から数か月が過ぎ、年が改まり春を迎えるころになると、しだいに人が帰ってきて、防空壕を転用した壕舎や廃材やトタン板でこしらえたバラックが見られるようになった。

せっかくもどってきたのだからと商売を再開するところもあった。だが、何とかかき集めた商品を並べ、露店を開いたと思ったら瞬時に売れてし

まい、次の仕入れに四苦八苦したりした。きびしい統制経済下、人々が群がるのは鶴橋《つるはし》や大阪駅前、阿倍野、天満《てんま》橋筋《ばしすじ》から天六《てんろく》駅前、寺田町《てらだちょう》、布施《ふせ》に開かれた闇市であり、かつてのような商取引は夢のまた夢だった。

もっとも、焼け跡のただ中を行くこの女性にすれば、百も承知のことだった。それどころか、彼女がかつぐ大荷物こそは、そこをしたたかに生き抜いている証拠であり、成果ともいえるのだった。

そんな彼女をも驚かせたものがあった。第一次大阪大空襲で唯一撃墜され、放置されたままのB29だった。

（そうか、あれが噂の……ということは、この近所でまちがいないわけやね、目指す大鞠百薬館は！）

そう心につぶやくと、彼女はのしのしと歩を進めた。やがて見えてきた、とある区画とそこに建つバラックを見つけたとき、彼女のやや日焼けしてつややかな顔がほころんだ。

その屈託ない笑顔は、バラックの前で鍬を手に、畑仕事か整地作業にいそしんでいる同年配の女性の姿を見出したとき、いっそう明るく輝いた。

（あ、あれは、もしかして――？）

彼女はいつしか早足になっていた。これまでけっこうな距離を移動してきた疲労も、ますます感じられる荷物の重みも忘れ、先方の敷地内に駆け入った。鍬を手にしたその女性が気づくより早く、

「お久しぶり、中久世……やない大鞠美禰子さん！　お元気やった？」

そう声をかけると、「え？」と相手の女性は、とまどいつつ顔を上げた。次の瞬間、

「あなたは――」

相手の女性はそう言いざま、信じられないとばかりに声の主を見返した。だが、その驚きはたちまち喜びに塗りつぶされ、こんな叫びが口をついて飛び出した――。

「――あなたは、平田《ひらた》鶴子《つるこ》さん!?」

それは、美禰子にとって短くも印象深い大阪で

の女学校時代において、とりわけ印象的な人物の名前だった。

父の第四師団赴任に伴って大阪に移り、今となっては妄想というほかない計画のほんの一端にかかわったとき、美禰子はそれゆえに真の意味での友人をつくることはできないだろうと覚悟していた。

だから、数少ない思い出となるだろう修学旅行でも自分を隠し、壁をつくったままに終わるはずだった。まして、東京をはじめとする各地を巡る旅のさなかに、自分の〝任務〟にからむ事件が起きたとあっては……。

だが、その壁をやすやすと崩し、美禰子の閉ざされた心に入ってきたものがあった。それが西ナツ子とともに同じ班になった平田鶴子だった。

父親が千日前《せんにちまえ》のレストラン王——当時すでに左前だったというが——という彼女は、いかにも大阪娘らしく気さくで明るい少女だったが、それとは別に不思議な才能を持っていた。混乱した事実を解きほぐし、真実を見出すという才能を。

鶴子はいともあっさりと事件の真相を、美禰子の抱えてきた秘密を見抜き、その懐に飛びこんできた。それは彼女にとって救いであり、結局は無駄な努力に終わった大阪での日々を、苦いだけのものにせずにすんだのは鶴子のおかげだったと言ってもいい。

同じくクラスメートだった西ナツ子と思いがけない再会を果たしたあと、二人の話題に上った友人というのは、当然鶴子のことだった。それがまさか、こんな形で、しかもこんな場所でまた会うことができただなんて……。

「いったい、どうしたというの。今まで何をしていたの、そしてどういうわけで、こんなところへ——？」

息せききって、質問を連打しないではいられない美禰子だった。すると、鶴子は女学校時代と変わらない、けれどいくぶんたくましくなった笑顔を見せて、

「それがね……話せば長いことなのよ。たぶん美禰子さんに負けないぐらいにね。そう、あれは――」

そう前置きして話し始めたのによると、鶴子は卒業後、両親の仕事を手伝って、さまざまな商売を体験したが、ご多分にもれず戦争で烏有《うゆう》に帰した。そのあとは焼け出され、疎開、売り食い、買い出し――常識で考えれば異常で不条理きわまりないはずなのに、今や何の変哲もない当たり前のものとして老若男女に強《し》いられている日々を、彼女もまた送っていた。

「それで、今は何を？」

美禰子が訊くと、平田鶴子はニコッと笑みを浮かべ、

「うん……近ごろはこういったものをね」

そう言うと、地面に下ろしていた包みを次々に解いてみせた。そのとたん、美禰子が目を見開き、

「え、これは……」

と嘆声をあげたのも無理はなかった。そこには米やパンがあり、ちょっと得体は知れないが肉や魚があり、横文字つきの菓子もあれば煙草もあり、さまざまな和服洋服とともに、どちらにもまだならない布地があり、生活に欠かせない日用雑貨もそろっていれば、今のところ使い道のなさそうな装飾品や置物までふくまれていた。

道理で大荷物だったわけだが、まるで風呂敷の一つひとつが西洋の童話に出てくる魔法のテーブル掛けのようで、開かれるたびに目をみはらないではいられなかった。

「それで、これは……？」

最後の一つが開かれ、そこからは化粧品や小間物のたぐいが転がり出すのを見とどけたあと、美禰子はさきほどと似たような嘆声をあげ、ゆっくりともたげた視線を鶴子に向けた。

「つまり、こういうものを仕入れては売りさばくのが、今の私の仕事というわけ。でも、ようやく小さなお店を開くめどが立ったから、この稼業もそろそろおしまい。そこへ折よく美禰子さんの消

息を聞いたから、まとめてプレゼントしようと思て、ね」

ニコニコとして答える鶴子の声を、美禰子は半ば茫然と聞いていたが、やがてハッと相手の笑顔を見直すと、

「えっ、プレゼントって……これを私に？」

信じられないという表情で訊いた。

「もちろん」鶴子は言下に答えた。「毬印の大鞠百薬館といえば、私らも子供のころから知ってるお店。そこへ同窓生が嫁いで、しかも今の状況を考えたら、少しはお役に立つかなって……あ、むろん自分たちで使ったり食べたりしてもろてもかめへんのよ」

「あ、ありがとう……」

何があっても、めったと涙を流すことのないよう努めてきた美禰子だったが、このふい打ちのような再会と、そこで示された厚意には目頭が熱くなった。そのあと、ふとあることに気づいて、

「でも、どうして私がここにいることを知ったの。私もずっとあなたの行方を気にしていたのに……せっかく大阪に来たのに、あなたやほかの人たちに会えなくて残念だったのに」

「そう、それはね……」

訊かれて鶴子はそう答えかけ、「あ」と美禰子の背後を指さした。そこには眼鏡をかけた一人の女性が、こちらに手を振りふり、危なっかしく駆け寄ってきていた。

「西さーん！」

「ナッちゃあぁぁん！」

美禰子と鶴子はこもごも、叫んだ。

もはや説明の必要もないことだったが、戦中のある時期から連絡方法が途絶え、戦後も大阪を離れることの多かった鶴子と、西ナツ子が最近になって接触の機会があり、彼女の口から美禰子のことが伝えられ、それが今日のお土産満載の訪問となった。

ナツ子は鶴子とこの近辺で落ち合うつもりが、今の勤務先の病院で急患があり、それで到着が遅

れた。ともあれ、こうして府立芝蘭高等女学校の五年生を同じクラスで過ごした三人組が、ほぼ九年ぶりに顔をそろえたのだった――。

「それで、私も一時は船場《ここ》を離れて実家に身を寄せたりしてたんだけれど、番頭さんや女子衆《おなごし》さん、丁稚さんも幸い無事で、でも今さら郷里《くに》にも帰れない事情があるとかで、また大阪で働きたいという連絡があったのね。それに、もし夫の多一郎が帰ってくるとしたら、南久宝寺町のこの場所しかないのだから……というので、いろんな人たちに助けてもらって、こんな仮住まいを建てたというわけなの」

美禰子は久しぶりのお茶らしいお茶を入れながら、ひどくうきうきしたようすでこれまでの事情を語った。なるべく欠けの少ない碗を鶴子たちに配りながら、

「そういえば、浪渕先生はまだ医院を再開されないの」

ふと西ナツ子に訊いた。

「うん……北久太郎町《きたきゅうたろうまち》の医院は丸焼けになったし、車夫の源之助はんも俥が燃えてとうとう引退というので、正直やる気をなくさはったみたい。まだまだお元気はお元気やなんけどね」

ナツ子が答えると、鶴子は納得したようすで、

「へえ、それでナッちゃんは、今の病院に勤めだしたのね。それで、こちらは旦那さんのほかにご家族は――？」

何気なく問いかけて、すぐ口をつぐんだのは、この質問があまり芳しくない反応を呼んだことに気づいたからだ。家族親戚の誰かに戦争の犠牲者がいないもののない昨今、こうした何気ない問いかけすらタブーとなりうるのだった。

「ううん、いいの」

美禰子はかぶりを振ると、大鞠家の人々を見舞った運命について、できるだけ簡略に、そして率直に物語った。

「すると……その特高だか憲兵だかに連れて行か

れたという、長女さんの生死については不明なんやね」

鶴子が訊くと、ナツ子が「ううん、それが」とかわって答えた。

「この近所に勤務してて、ひんぱんにここへ来てた巡査の海原さんの話では、大鞠月子さんが連れて行かれた先が全焼してあとかたもなし。あの第一回空襲では東警察署自体が被災して、えらいことになったらしいけどね。幸い、海原さんも署長の日下部さんもぶじやったみたいやけど」

「え、日下部署長って、今度、警察局長になった日下部宇一氏？　へえぇ、内務官僚上がりには珍しく民主思想の持ち主やというのでGHQの評価も高いという、いま話題の人がかかわってたんやねぇ」

仕事のためか日々の新聞を読みこんでいるらしい鶴子が、ニュース通なところを見せた。この日下部宇一はやがて新設の大阪市警察局長となり、史上たった二人しか存在しなかった大阪警視総監の初代に就任するのだが、それはまだ少し先の話だった。

「そういえば、あの海原さん。日下部さんの引き立てで近々刑事になりはるらしいよ」

とナツ子が言えば、鶴子が美禰子に向かって、

「そういえばナッちゃんからは、そのお巡りさんの名前が時折出るんやけど、ひょっとして……？」

冗談半分に問いかけた。すると美禰子は珍しく人の悪い笑みを見せて、

「そういえば、二人はけっこう気が合って、よく話してたみたいよ。うん、ひょっとすると、ひょっとするかも」

ちらっとナツ子を見やりながら言った。とたんに彼女は眼鏡がずれるほどブンブンと首を振りながら、

「ないないないない、そんなこと。だいたい私は断固として独身主義なんやから。あの人と議論してたのは、純粋に医者としての、法医学的興味にあったんやから」

そう言ったあとで、「いやまぁ、なかなか男前のお巡りさんではあったけどね」とわざとらしく付け加えたのは、話題がついかつての事件に踏みこみそうになったからに違いなかった。

そのことがわかっていたから、三人の会話はそのあといくぶんギクシャクとなった。それを打開しようとした鶴子が、

「あ、そない言うたらね、今、松屋町《まっちゃまち》のオモチャ問屋街では、珍しいものが流行りの商品になってて、それが何と漫画の本や、いうのよ。何でも赤本いうて……」

と世間話を始めようとした。だが、それをさえぎるようにして凜と響いたのは、美禰子の声だった。

「平田、鶴子さん」

いきなりあらたまった態度で呼びかけられて、鶴子は「は、はい？」と答え、どぎまぎしたようすで美禰子の顔を見返した。

「実は、あなたにお願いしたいことがあるの……聞いてくださる？」

鶴子は「え？」と声をあげ、何やら気配を察したナツ子が真剣な面持ちで座り直すのを見て、ますますとまどいの表情を浮かべた。だが、美禰子の意を決した顔に気づくと、こっくりとうなずいてみせた。

「ほかならぬ美禰子さんの頼みなら、何なりと」

「ありがとう……」

美禰子は軽く頭を下げ、軽く息を吸うと続けた。

「あなたに、この大鞠家——いえ、かつてここにあった大鞠家の屋敷で起きた事件の一部始終を聞いてほしいの。そして解き明かしてほしいの、その謎と真相を。ここで何が起き、できればそれが誰によって行なわれたかの全てを、あなたにわかる限りで……かつて、あの修学旅行でしてくれたようにね」

そのあとに、しばしの沈黙があった。バラックに射しこむ外光も、いつのまにかすっかり翳っていた。

「――わかったわ」

鶴子も決意を固めたようすで言った。かたわらの西ナツ子を見やると、

「美禰子さんからは、できる限りお話を聞かなければいけないけど、あなたも教えてね。医者として見聞きし、考えたことの全てを」

もちろん！　と西ナツ子が強く深くうなずいたのは、言うまでもなかった。


それから三人の元女学生は語り合った――あとかたもなく消えた街の消えた家で、消えた人々が織りなし、それ自体とうに消え失せた悲劇について。とりわけ、今となっては探りようもない謎と、つかめるはずもないその真相に関して……。

たった四つの、今となっては取るに足らない数の殺人。大阪市だけで一万三百八十八人の死者を出した空襲、日本全体で三百十万人にのぼるという戦死者とくらべては、塵芥《ちりあくた》にも等しい些事に過ぎない。

だからこそ、今それをあえて掘り起こすことは、どうしようもない現実へのあらがいでもあった。彼女たちの奪われた時間と人生を取りもどそうとする試みでもあった。

美禰子が語る記憶を、ナツ子が克明に取ったメモやスケッチ――それは彼女が今も肌身離さず持っているノートに記されていた――をもとに補足した。わずかに残る写真や書類も、貴重な証言者だった。

彼女らは暮れなずむ焼け跡に立って、そこにかつてあった建物を思い描き、中空に想像の図面を引き、輪郭線を描いた。

広壮さを誇り、趣向を凝らした店も母屋も離れも、そうやって再現するほかなかった。せめて裏の蔵は？　幸い、空襲当夜は周囲から炙《あぶ》りつける炎に持ちこたえたのだが、中にこもった熱気に耐え切れず、翌日に内部から火を噴き、燃え落ちてしまった。

ときにはありあわせの品を並べ置き、まるでま

まごとか箱庭遊びのように、かつての姿をよみがえらせようとすることもあった。

いつしか空は暗くなり、かつての大阪からは想像もつかないほどに無数の星が、ひしめき輝く夜天が頭上に広がった。

灯火管制は今や昔話で、遠くには街の灯がいくつとなくきらめく。だが、あいにくこの一帯の電力事情は貧弱なままで、ろくに新聞を読むこともできず、商品の良しあしも確かめられないと人々は嘆く。

しかたなくなけなしの油を奮発し、カンテラを提げて外を歩き、またバラックにもどって語り合った。そんな三人芝居を、外での用事をすませて三々五々帰ってきたお才や喜助、そして種吉が不思議そうに見ていた。

――あのあと、彼らは美禰子の指示通り外に避難し、できるだけ火に強くて頑丈な建物ということで、避難所として開放された帝国銀行船場支店に逃げこんだ。

美禰子もそのあと駆けつけたが、そのときは街路に熱疾風が吹き荒れ、空にはトタン板が舞い、路上には誰かが持ち出したものの放置した仏壇に火が付きかけていた。

避難民たちは、あくる昼になって市立東高等女学校に移動し、そこで乾パン一袋の配給を受けて飢えをしのいだ。

そこからいったんバラバラになって、それぞれの縁者を頼ることになったが、種吉は行き場がなく、お才が引き取った。再び合流することができたのは、敗戦の年も終わりがけのことだった。大鞠家の姉妹、月子も文子もついに帰ることなく、茂彦の戦死公報の届いたその夜の大空襲ということで実感のわかないまま、廃墟での生活が始まったのだった――。

お才はやや老けこんだものの元気で、種吉を子供がわりに世話していた。喜助は外からの通いとなり、近々念願の所帯を持つことになっていたが、大店《おおだな》で飼い殺しにされていたころから比べると、なかなかの商才を発揮していた。

美禰子がとまどったことといえば、小さな屋根の下で暮らし始めてわかったのだが、種吉が夜中に急にいなくなったり、またもどってきたりすることで、お才もこんな奇癖があるとは彼を引き取るまで知らず、驚いたという。

いつしか彼ら三人組も、この奇妙な、だが切実な劇に参加していた。そして、ささやかな、あまりにささやかな晩餐をはさんで、彼女らの一座は後半へと幕を進めようとしていた。

――平田鶴子という〈探偵〉を主人公とする幕へと。

その幕間に、美禰子は微笑とともに二人の親友に語りかけた。

「長い夜になりそうね……二人とも、今日は泊まってゆくでしょう？」

「そう……何から話せばええのんかしら。私が気になったのは、明治の終わり……ああ、明治三十九年ね、その年に起きたという大鞠千太郎さんの失踪なんですよ。私が、というよりは、亡くなられた大鞠多可さん、美禰子さんには大姑に当たるお家《え》はんが生涯、気にしておられたことにね。それは当然でもあるやろうけど、多可さんは何とか一人息子がパノラマ館に消えた真相を突きとめようと努め、現に突きとめたと思われる節がある。

弔問に訪れた清川善兵衛さんは、多可さんが一時期しきりと話を聞いていた相手というけど、この人は千太郎さんの姿を最後に目撃した人物でもあり、同じくお線香を上げにきて、大鞠家に暴れこんで美禰子さんに撃退された男の人は、何と多可さんに頼まれてやったことだと告白した。お家はんともあろう人が、何のためにそんな物騒なことをしたのかしら？

――お才さん、あなたは千太郎さんがパノラマ館に消えた当日のことを覚えている唯一の人。何かおかしな点に気づきませんでしたか、清川善兵衛さんの証言に？」

「え、わたいだったか？」

いきなり話を振られて、女子衆のお才はドキリとした顔になった。少し考えてから、「そや」と独り深くうなずくと、

「へぇ、確かにおかしな……けったいなことはおました。あの日、千太郎ぼんは確かに書生絣《しょせいがすり》の着物に袴《はかま》、学生帽という姿でお出かけになったのに、清川はんが学校の制服を着てはったと話されたことでござります」

清川善兵衛は、その食い違いもあり、当初はパノラマ館で千太郎らしい人間を見かけたことを大鞠家には黙っていたが、周囲にもらした内容が回りまわって多可に知れ、呼び出されて問いただされることになったらしかった。

「その清川さんのことなんやけど」鶴子は訊いた。「何でも懐中時計が自慢で、戦争中に手放してしもたあとも、いかにそれを大事にしてたか話してたそうですね」

「へぇ」「ええ、そうよ」

お才と美禰子が同時に答えた。二人は互いに「お才さん、どうぞ」「若御寮人《わかごりょん》さんこそ」と発言を譲り合ったが、やがて美禰子が、

「そう、そのために決まった時刻にしかネジを巻かないというのが一つ話で、現にラジオの時報に合わせて実演してみせたわ。私たちの結婚式の宴会の最中にね」

「パノラマ館のときも、確かそんな話がなかった？」

鶴子が訊くと、美禰子は「あ」と思い当たったように言い、同時にお才がポンと手を打った。今度はお才が発言の機会を譲られて、

「そない言うたら、ありましたありました。ちょうど時計のネジを巻いたときに千太郎ぼんらしき人を見かけた、と」

「そのころはラジオの時報なんかなかったわけやけど、清川さんは何で時刻を知りはったのかしら？」

「それは、おそらく……大阪城で撃っていた午砲《ごほう》

のドン？」

ナツ子が口をはさんだ。すると、お才どんがハッとした顔になって、

「さよさよ、あのころならお昼の午砲《ドン》が目安……けど、おかしおまんな、そのときすでに千太郎ぼんの姿はパノラマの展望台から消えてたはずでおます。わたいも確かにそう聞きました」

「そう、そんな話でしたね」鶴子はうなずいた。

「そして確かにおかしな話です……千太郎さんの姿が消え、騒ぎになりかけたさなかに清川善兵衛さんは彼の姿を見かけていた――それもなぜか学生服に着替えた姿を」

「着替えた？　何のためにそんなことを」

ナツ子が頓狂な声をあげた。鶴子は答えて、

「正確には、学生服に似た何かの姿に、かしら。詰襟の制服に赤い襟章や肩章に似せた紙を貼り付け、帽子にもそれらしい細工をし、きわめつけに白襷《しろだすき》でも掛ければ……」

「白襷でも掛ければ……えっ、それってまさか旅順攻囲戦の白襷隊？」

おうむ返しにくり返したナツ子は、眼鏡の奥でぎょっと目をむいた。

それは司令官乃木希典《のぎまれすけ》の命による決死隊で、夜襲において敵味方の区別がつくようにした結果、ロシア兵の格好の標的になったという、いかにも帝国陸軍らしい存在だった。

「そう……となれば当然、旅順総攻撃の大パノラマには同じいでたちの人形が無数にいたはず。千太郎さんは、あるのっぴきならない理由からそれらと同じ格好をしようとしていた――ああ、その理由についてはもう少し待ってね。

私も江戸川乱歩さんの小説で知ったけど、パノラマに向かうまでには長い暗がりの廊下を通らなくてはならない。その途中で絣の着物と袴から詰襟の制服姿に着替えることは簡単だったでしょう。そして、展望台の物陰で軍服風の装飾を付け加え、さらにすきを見て、係員用に設けられていたであろう通路からパノラマに下りて、生人形の兵隊さ

んたちにまぎれこんだ。そして展望台での騒ぎが収まるのを待って、係の人の出入りや展示物その他の搬入搬出用にあったに違いない裏口から、こっそりパノラマ館の外に脱出した……」

「鶴子さんは、もう少し待ってねと言ったけど、千太郎さんは何のためにそんなことを？　そもそも、彼の失踪は自分の意思によるものだったというの？」

美禰子がたまらなくなったようすで、訊いた。鶴子はそれに答えようとしたが、お才が何か言いたそうなようすに、「どうぞ、話してください」とうながした。

お才は「へぇ……」と遠慮がちにうなずくと、これは言わねばならないと思い切ったようすで口を開いた。

「わたいには、千太郎ぼんのお気持ちがわかるような気がいたします。あのときぼんぼんは学校を出なはって、そのあとよそのお店に奉公に出される手はずになっとりました。船場の商家では、女のお子はどうせ嫁にやるか婿《むこ》を取るかやというので、かえって上の学校に上げてもらえますのやが、男のお子は学問なんか無用、それより世間学校で商売人の修業した方がええのやというので、小学校出たらすぐに放《ほ》りだされるのが当たり前でおました」

「少し前までは、そんな感じやったそうですね。私はその話を聞いたとき、船場の気位ばかり高い人らにさげすまれる立場の、ミナミの水商売の家に生まれたことを喜んだもんやった……」

鶴子が言うと、ナツ子がうんうん私も、とかたわらでうなずいた。お才は続けて、

「ただ、当時の万蔵旦那は、それはさすがに古いというので、ぼんぼんに進学を許さはりました。それでも、人の下で苦労したもんやないと先々になつて旦那衆の間で幅がきかんというので、卒業したらほどのう家を出されることは決まっておりました」

「でも、千太郎さんはそれを嫌がっていた？」

鶴子が訊くと、お才は「へえ、実は……」と痛々しそうな表情で、

「何で自分はこんな目にあわんならんのや。朝から晩までこき使われ、叱られ殴られ、見知らん土地で慣れん仕事に追い回され、泣き暮らす丁稚を日々目にし、というたところで、どないもしてやられへんかっただけに、怖《こお》うてとても奉公には出たぁない――てなことを折々に言うておいででございました」

「お才さん、あなたは――」

美禰子は思わず言いかけ、だがすぐに口をつぐんだ。今でこそどっしりとした中年女だが、かつては可憐な少女だったのではと思わせる面影が残っている。

もし、彼女がぼんぼんこと大鞠千太郎に、ほのかにでも想いを寄せる立場だったとしても少しの不思議もなかった。千太郎もまた、そんな内心を打ち明けるほど彼女を信頼していたとしたら、ひょっとして二人の関係は……？

そして、彼女がこの家を離れず嫁にも行かず、ここで働き続けたことと、それが関係していたとしたら？　むろん、そんなことを今ここで問いただす気にはなれなかった。そこで気を取り直すと、

「すると、大鞠千太郎さんには、この家を捨てて出てゆく動機があったというのね。そんな手の込んだ芝居をしてまで、姿を消したかったわけが……」

「さいでございります」

お才はうつむきながら言い、袖で目頭を押えた。

「千太郎ぼんは、決してご家業がお嫌いというのではおまへなんだんでございります。新しい商売のやり方やら宣伝について熱心に勉強してはりまして、どんな品物がこれから喜ばれ、どんな名前を付けて売り出せばええか……そしてすぐにもそれらを実地に試してみたいことをわたいごとき下働きに語ってくれはりました。あのときは、ぼんぼんのお気持ちが今一つわからへんかったんでございりますのやが……」

「自分の夢を実現するために、何年か我慢するよりか、もっと自由な場で修業したかったんやろか。西洋式の新しい会社とかで。そのためのパノラマ大芝居……」

　ナツ子が割って入った。そのあと、いぶかしげな表情になって、

「けど、そうやとすると誰か共犯者というか協力者がいないと、この芝居は成り立たんことになりますよ」

「いたやないの、千太郎さんには忠実な協力者が」鶴子が言った。「何だか私と名前が似てるのが気に食わないけれど、鶴吉という丁稚さんが。千太郎さんの早変わりと籠抜けを手助けし、まだ制服姿で展望台にいた彼がもういなくなったように大騒ぎして、パノラマに下りるすきを作った鶴吉《つるき》っとんがね」

「へえっ!?　わてのことでおますか」

　突然奇声をあげたのは、それまで黙っていた番頭の喜助だった。そのあとあわてて手を振り首を振って、

「ち、違《ちゃ》いまっせ。確かにわても丁稚のときは鶴吉と呼ばれとりましたが、わてがご当家に奉公に上がりましたんは大正に入ってから。亡くなられた御寮人さんが祝言をあげなはる前の年か、そのまた前の年のこって……鶴吉は鶴吉でも、先代の鶴吉のことに違《ちが》いごわへん！」

　そこまで言うと、またシュンと静まり返ってしまった。それをとりなすように、

「確かにそうね」美禰子がうなずいた。「それに、鶴吉というのが、本名から丁稚名がつけにくいときの使い回しの名前であること、そして喜助さんの前にもその名をつけられた丁稚がいたことは、あなた自身の口から聞いたわ。そうすると、明治三十九年当時のこの家で『鶴吉』と呼ばれていた少年が、千太郎さんの失踪を手助けしたことになるけど、それは……？」

　そのとき、二人の古参奉公人の顔に狼狽と驚愕が走った。とりわけお才の反応には憂愁の色が濃

く、ついにこの件に触れるときがきたかといった諦念すらうかがえた。

「さようでおます」彼女は静かに言った。「この喜助どんのすぐ前に『鶴吉』を名乗った丁稚は確かにおりました。本来でしたら、親からもろた名前から一字取って『茂吉《もきち》』となるべきところ、すでに同じ名前の丁稚がおったために、使い回しの『鶴吉』の名をいただいた奉公人が。そちらの茂吉が思わん事故でお店をやめたおかげで、手代に上がったときには『茂七』、番頭としては『茂助』を名乗ることがでけたお方――すなわち、先にお亡くなりの茂造旦さんでございます」

一気に語ったあと、一呼吸置いて付け加えられた言葉は、限りなく重いものだった。

――本来、大鞠百薬館を継ぐべきだった大鞠千太郎の失踪――それにかかわった丁稚が、あとになって彼の妹と結婚し、一家の主となった。一方、千太郎の意思としてはやがて成功の後に生家に帰ってくるつもりだったのではないか。だが、ついに彼は姿を現わさず、全ては鶴吉こと茂造のものとなった。

「ちょっと待って、鶴子さん」

沈黙を破ったのは美禰子だった。にわかに身を乗り出すと、

「私がつい剣道の技で撃退してしまったあの人は、多可お祖母様の依頼でやってきたもので、しかも日露戦争のときの軍服で来るよう言われていた。ひょっとして、それもパノラマ館の件と関係があるの？」

「大ありですよ、もちろん」鶴子は答えた。「おそらく大鞠多可さんは息子さんの失踪後、その一番そばにいた丁稚の鶴吉――のち婿となる茂造氏から根掘り葉掘り事情を訊いたことでしょう。そのときはそれで納得したものの、ずっとあとになって清川善兵衛さんから話を聞き、そこから当日の装い、それに午砲《ドン》をめぐる矛盾に気づいた。で、それを確かめるためにわざわざ人を雇い、その場に居合わせた中での茂造氏の反応を見たんやと思

う」

「確かにあのとき、義父の恐慌ぶりはただごとではなかった……」

美禰子は、記憶のフィルムを映写するかのように中空を見つめた。その視線を素早く鶴子に転じると、

「それで、それがそのあとの事件につながった、とでも？」

「おそらくはね」鶴子は言った。「これから、私なりの推理を披露しようと思うのやけど、もしよろしかったら、問題のお部屋があった場所に行ってみたいのやけど……どない？」

「それはかまわないけれど……でも、本当に何もないわよ、ほかと同じにただの更地になっていて」

美禰子が首をかしげながら、ナツ子をかえりみる。すると、自分よりずっとたくさん〈探偵〉としての鶴子を見ているらしい彼女は「いつものことよ」とささやきかける。

「更地やから、焼け野原やからこそよ」鶴子は答えた。「事件の晩を推理してみることで、せめていっときでも、ここにあった家と人とをよみがえらせようやないの。ほな、行きましょ！」

それから更けゆく夜空の下、奇妙な一幕が始まった。

それは何も道具のない前衛劇のようでもあり、あるいは能舞台のようでもあった。何もないところに何かがあるかのように振る舞う点では、パントマイムというべきだったかもしれない。

「箪笥の置かれた壁がこのあたりで、入り口は……こっち？　それで、ここのあれぐらいの高さに欄間が走っていて……で、寝床には店頭展示用の蠟人形、と。なるほどね」

鶴子はしばらく、ありもしない壁に寄りかかり、柱をなでたりしながら考えていたが、やがて寝床に当たる位置に立って考えこんでいたが、やがて、ほどよい高さに首を向けると、

「かつての丁稚――先代鶴吉とでも言えばいいの

かな——大鞠茂造氏は、あそこらへんで首を吊ってはったたわけやね。いかに近年の食糧不足で痩せ細ってたにしても、茂造氏はれっきとした成人男性やったわけやから、むりやり首を吊らせるのは一苦労で、たとえ縄を掛けるのに成功したとしても、体をあんな高さまで引っ張り上げるには大変な力が必要やったはず。ということは相当な怪力の持ち主か、でなければ共犯者がいたのでなければならない。でも、どうでしょう。最初から被害者が首を吊るに十分な高さにいたとしたら？」

「ど、どういうこと？」

美禰子とともに現場の状況を知るナツ子が、目をしばたたいた。すると鶴子は指を一本立ててみせながら、

「そう、たとえば……茂造氏は寝床の中ではなく、壁際に置かれた簞笥の上に腰掛けていたとしたら？　ナッちゃんの記録によれば、簞笥といっても段々になった階段簞笥と呼ばれるもので、その気になれば簡単にてっぺんまで上ることができる。欄間の高さどころか、天井板に頭がつかえるほどの高さにね」

「た、簞笥の上に腰掛けてた？　な、何でまたそんなことを、お布団にも入らんと……」

ナツ子はレンズの効果では不可能なほどに、眼鏡の奥で目を見開いた。

「そやかて、布団の中には自分の身代わりに、蠟人形が寝かされていたんやもの。あいにく現物は見てないけど。それが昔、街角によう立ってたような種類の人形やったら、あまり添い寝はしたくないでしょうね」

そう説明されても、ナツ子は頭上に？マークを生やすばかり。そこへ美禰子が、

「待って、鶴子さん。いま身代わりと言ったわね。ひょっとしたら、お義父様は蠟人形を身代わりに寝かせておいて、簞笥の上で誰かが来るのを見張っていた——むしろ待ち伏せしていたとでも？」

「そう、そういうこと」鶴子は満足そうに、「お家《え》はんが仕組んだ一場の俄《にわか》——美禰子さんには茶

番と言う方がわかりが早いかな——とにかく旅順総攻撃のパノラマでの失踪劇を思い出させる日露戦争時の兵隊さんの仮装は、十分すぎるほどの効果をあげた。それはお家はんの疑惑を確信に変えるほどの反応をもたらしただけやなく、茂造氏本人に絶大な恐怖を与える結果になったのよ。自分の旧悪を知る誰かが、いつか寝込みを襲ってくるのではないかと思いつめるほどにね」

「それで、あんなことを……」

美禰子が唖然となったところへ、やや離れてこの一幕を奇異な目でながめていたお才が、

「す、すると、何でございますか。あの晩、わたいが障子越しに聞きました『だんない、何も用はないよって、あっちゃへ行っとれ』というお声は、お床やなしに箪笥の上からかけはったもんでございましたんか！」

急に思い当たったようすで、息せききって言った。

「そう、ウトウトした拍子にでも物音を立ててしまったのでしょうけど、入ってこられては何もかも台なしですからね」

鶴子が答えると、ナツ子がまた首をかしげて、

「でも、そうやって人形を囮《おとり》に待ち伏せをしてた茂造氏が、どうやって首を吊らされることに……あっ！」

言葉も半ば、叫びとともに手を打ち合わせた。

「階段箪笥に腰掛けた茂造氏に、一端を欄間に結んだ首吊り縄を掛け——そのときには深く眠りこんでいる必要があるけれど——何らかの方法で突き落とす。そしたら、そのままブラーンと……」

「でも、そんなにうまくいくかしら。無理に押して目を覚まされたらおしまいよ」

美禰子がそう言い、一同が「うーん……」と考えこんだ、そのときだった。

「鶴吉、何をしてんねや！」

びっくりするような大声が、背景も道具もない舞台一帯に鳴り響いた。そのとたん、お才以上に茫然となりゆきをながめていた喜助が、

「ひゃあっ、堪忍しとくなはれ！」

と叫びざま、頭を抱えてうずくまってしまった。

とたんに種吉がプーッと噴き出して、

「ご番頭《ばんと》はん、これ『丁稚物語』いう劇でっせ。鶴吉いうても、あんさんのことと違いまっせ」

「あ……」

夜目にも顔を赤らめながら立ち上がった喜助は、「こらっ」と照れ半分、種吉にゲンコツを食らわそうとしたが、軽くかわされて空振りしてしまった。

一方、とんでもない大声で、およそ無意味なことを叫んだ鶴子はすましたもので、

「もし、夢うつつでの状態で、間近からこんな一声を食らった茂造氏はどうしたでしょう。今の喜助さんと同じく、いえ、それ以上に驚きあわてて、ただでさえ不安定な階段簞笥から転げ落ちてしまったのではないでしょうか。そして首の縄が絞まり……」

さすがにこの続きはあからさまに言いかねたか、言葉を濁した。

「茂造氏の体内から睡眠薬のたぐいが検出されたかどうかは知らないけれど、何もそうしたものを使わなくても、寝しなのお酒に強いものをまぜておいたり、エーテルのように痕跡の残らないものを嗅がせる手もあります。あまり深い眠りに陥らせる必要はなくて、というのも『丁稚物語』の一節で飛び起きないようでは困るしね。

実は私もこの放送劇を何度か聞いたことがあって、今のセリフにはびっくりしたり、照れ臭い思いをさせられたりしました。では、茂造氏が聞いた『鶴吉、何をしてんねや！』はどこから聞こえてきたかというと――」

「屋根裏の……ポータブル蓄音機！」

「それと、あの目覚まし時計を改造した時限装置で！」

美禰子とナツ子がこもごも叫んだ。鶴子は満足そうに、

「そう……『丁稚物語』のレコードの、そのセリ

フの直前にサウンドボックスの針が来るよう蓄音機の回転を止めておき、時計仕掛けでストッパーを解除する。もちろんこれは、私が見破ったわけではなく、とうに正体の知れた仕掛けやから大した発見でもないけどね」

するとナツ子は「いやいや、とんでもない」と手を振って、

「なるほど、そこでそのセリフやったんかぁ。実は私は、ひょっとしたらお才さんが聞いた『だんない、何も用はないよって』うんぬんの声を吹きこんだレコードが再生されたのやないかと思てたわ。ほら、何か、そんな探偵小説があったでしょ？」

と、親友の影響か、妙な知識を披露した。そこへ、種吉が珍しく口をはさんで、

「ということは……茂彦ぼんが、よう聞かしてくれはった『丁稚物語』のレコードは、そんなとこに隠されとりましたんやな」

「そういうことになるわね。見つかったときにすでに割れてたらしいけど」

鶴子の答えに、種吉はひどく落胆した顔になった。そこで、そのあとに付け加えて、

「種吉っとん、あのお話が好きやったの？　それやったら、ええこと教えたげる。またラジオであのドラマが始まるのやて。こちらに受信機はあるの？　そう……まだまだ電力事情が悪いけど、新しい『丁稚物語』が始まるころには、きっと聴けるようになってますとも」

「ほんまだすか！」

「ほんま、ほんま」

小躍りする種吉に、鶴子はにっこりと微笑みかけた。そのあと、やや表情をあらためると、

「さて……茂造氏の悲劇と同じ晩には、もう一つ事件があったわけやけど、それより先に第二の殺人について話しておきましょか。それでは……」

と、そのまま歩き始めて、すぐに立ち止まると、

「土蔵ってどのあたりでしたっけ」

と美禰子たちをふりかえった。すると、そこに

いた美禰子やナツ子たちの顔が明るく浮かび、まぶしげに目が細められた。

「君ら、いったい、そこで何をしているんです……何だ、あなたたちか」

オイコラ警察から「きみ、きみ」に変わったという呼びかけ方をそのままに、懐中電灯を向けてきたのは海原知秋巡査だった。ただ、おなじみの制服ではなく私服姿なところを見ると、勤務時間外なのか、それともすでに刑事に転じていたのかもしれなかった。

何しろ、今は塀もなければ、道路と敷地の区別もない。ふつうに歩いていれば鶴子たちの行動が見えてしまう。だが、それだけの理由で声をかけたのではなく、

「東署も派出所も焼けてしまって、今は別のところに勤務してるんですが、どうにもあの事件が気になってしまいましてね。あの件がなかったら、終戦と同時に転職してたかもしれない。それに最近、大鞠百薬館があったあたりに人が帰ってきてるのに気づいたんで、つい……何しろ日暮れ以降の焼け跡なんて物騒きわまりないですからね」

とのことだった。

それからまもなく土蔵跡にたどりついたが、家屋の大半が空襲で一掃されたのに比べると、まだしも残骸ぐらいはとどめられていた。もっとも、B29の猛襲にからくも持ちこたえたと思ったら、翌日になって内部から火を噴き、燃え崩れたというだけに、中にあったさまざまな道具類や、ずらりと並んでいた薬品樽も原形をとどめたものは何一つなかった。

そのあおりを食って、そばに掘られていた防空壕も完全に埋没して、今となっては中身を掘り起こすすべもなくなっていた。

「ああ、やっぱり今となっちゃ再確認は無理か……」

と、海原は懐中電灯を手にため息をつきながら、

「ここでの御寮人さん――大鞠喜代江さんの事件については、僕もいくらか調べてみたんですがね

ぇ。死にざま――あ、いや、お亡くなりようは旦那さんに劣らず凄惨なものでしたが、寝床の蠟人形だの天井裏の蓄音機だのといった道具立てがなかった分、とっかかりがなくて往生したものでしたよ。といって、あの首吊り事件の真相がわかったわけではありませんがね」

そこで西ナツ子が、「実は、こちらの彼女がね……」と鶴子による大鞠茂造殺しの謎解きを語って聞かせると、海原はあっけにとられ、次いでひどく感心したようすだった。

それもあってか、海原巡査もしくは刑事は、自分が特に熱心に調べた土蔵の溺死事件について、彼女らを半ば頼りにするように、半ばは挑みかかるように語り始めた。

「いくら中年の女性とはいえ、人ひとりを樽に詰めこむのは並大抵なことではありません。抵抗するのを無理やり押えつけてという場合はもちろん、何らかの方法で眠らせていたとしても、あの樽にはある程度の高さがありますから、引っ張り上げるのはなかなか大変です。被害者の上に樽を伏せて、まるごとひっくり返せばどうかとも考えましたが、当然その段階では中に酒は入っていなかったとしても、一人の力でやれることではないと思い直しました。

あと考えたのは、どこか高い場所――たとえば蔵の二階部分に誘い出し、すきを見て後ろから突き飛ばし、真下に据えた樽の中に転落させるというものでしたが、僕が検分した限りでは、そんな都合のいい場所はないし、そううまくは樽の中に突き落とせそうにない。しかも二階部分には転落防止用の柵があって、そこには破損した個所もなければ、争った形跡も残ってはいませんでした。結局、どの方法も脈なしと言ったところでした。

あと現場に残されていたパノラマ館とやらの古い切符も、何やら意味ありげでしたが、それもわからずじまいでした……」

まさにそのパノラマ館が、一連の事件の端緒であるらしいことを知らされると、これまた驚いたようすだったが、それが何かの道具に使われたとしても、大鞠喜代江を樽詰めにするには、今一歩材料が足らないようだった。

一方、鶴子の質問は全く予想外の方向から投げかけられた。かつては蔵の中の「アルコール系薬剤」の管理を引き受けていた番頭の喜助に、

「失礼ですが、あなたがその薬剤の味見――やない成分分析をするときには、何か道具などは必要でしたか。今では見当もつきませんが、その薬剤の入った方の樽は一段高い位置に置いてあったそうですが」

「へぇ、酒樽……やない、薬剤タンクの取り出し用コックは、わての手をのばしたんより、もうちょい高いとこにありましたが、ちょっとした踏まい継ぎ（踏み台のこと）でもあれば、開け閉じするには不自由はおませなんだ。それが、何か……？」

「いえ、かなり長身のあなたがそうやって届く位置となると、女性にとってはけっこう不自由な高さではないかと思いましてね」

「はぁ、そらそうかもしれまへんな」

「喜代江御寮人さんはどうでしたか。女性としたら大柄な方でしたか？」

鶴子が投げかけた思いがけない質問に、他の者たち――ただし種吉は除く――はハッとしたが、喜助は相変わらずの調子で、

「いや、全く。あの年代のお方としてはスラッとした部類でおましたが、こちらの嬢《いと》さん方よりは小柄で……それが何か？」

「いえ、大したことでは」

という言葉とは裏腹に、鶴子は美禰子たちに向き直ると、

「もし喜代江御寮人さんが喜助さんと同様の習慣――早い話がアルコール系薬剤の試飲をこっそりやっておられたとすると、コックを開き、中身を注ぐのに踏み台だけでは足りなかったでしょう。では、どうしたかというと、踏み台を使っていったん土間に置かれた樽によじのぼり、そこから薬剤タンクという名の酒樽のコックを開いたのやな

いかしら」

「お義母様が……まさか、そんなことを」

美禰子が信じられないようすで言い、ナツ子がはるかにあけすけに、

「えっ、つまりは密造酒の盗み飲みをしてはったと!?」

「そう、それもおそらくは毎夜毎夜、離れを抜け出し、こっそりと土蔵に忍びこんでね。一見危なっかしくても、慣れれば楽な作業だったでしょう」

あっさり二人にうなずいてみせた鶴子は、さらにあからさまなことを口にした。続けて、

「でも、問題の晩は少し違っていた……いつもだったら体を支えてくれる樽の蓋が別のものとすりかえられるか、もしくは細工されており、おまけに難波パノラマ館の入場券がのせてあった。ふだんは樽の縁に近い部分に足を掛けるのに、その日はつい中心近くまで踏みこんでしまった。言うまでもなく、パノラマ館の券を拾おうとしてね。だけど次の瞬間、蓋は縁から外れてもんどり返り、喜代江御寮人さんは身を逆さまに樽の中に突っこんで動けなくなってしまった。蓋が跳ね返った拍子に券は宙に飛び、床に落ちる。

そこへ犯人が現われた。言うまでもなく茂造氏殺しのそれと同一のね。犯人は適当な踏み台を使ってコックをゆるめ、その中身を喜代江御寮人さんの詰まった樽に注ぎ入れ、かくて彼女は苦しい姿勢のまま、徐々に満たされてゆく酒によって、残酷にも溺殺されてしまった……」

ここに至って、誰もが言葉を失った。そんな中、鶴子はゆっくりと迫る宵闇の中で、指を三本立ててみせた。

「ただし、こういう殺人が行なわれるためには、三つの条件が必要となります。すなわち――

第一に、大鞠喜代江さんには、にわかにアルコールに溺れるだけの理由があったこと。

第二に、大鞠喜代江さんは、難波パノラマ館の入場券が持つ意味を認識できていたこと。

そして第三に、大鞠喜代江さんは、夫に劣らず

残酷な殺され方をするだけの理由をつくってしまっていたこと。

　これらを満たすためには、あるいまわしい想像を事実として前提としなくてはなりません……すなわち、大鞠喜代江さんは実母である多可さんを殺害していたということを！」

「お家《え》はんこと、美禰子さんには大姑に当たる多可さんは、実の息子の千太郎さんが失踪した謎にこだわり続けていた。でも手がかりはないまま年月は過ぎ、清川善兵衛さんの証言を得たことから、ようやく千太郎さんの服装をめぐる食い違いに気づいた。学生服とは実は日露戦争パノラマの兵隊さんの仮装ではなかったかということにもね。そこからさらに元出入りの人を使った俄芝居で、大鞠家の現当主である茂造氏がそれに関与していたという確信に至った。パノラマ館での失踪劇の首謀者が千太郎さんだったとしても、当時の丁稚鶴吉がそれを手伝ったのはまちがいなく、だからこそ彼は大鞠家に入ることができた。そのことだけでも、多可さんが茂造さんを怨む理由としては十分だったでしょうが、もし茂造氏がそれ以上のことをしていたとしたら……」

「それ以上のことって？」

　美禰子が声を低め、訊いた。

「たとえば、千太郎さんが帰ってこられなくしたのも、茂造氏のしわざだったとしたら？　具体的にどういうことだかは、むろんわからへんけれど」

「！」

　鶴子が答えたとたん、お才が膝をガッとつかみ、もう一方の手で自分の口を押えた。何か叫び出しそうになったのをこらえるためらしかった。

「御寮人さんの喜代江さんは、たぶんそこまでの事情を知らず、だから夫があのような最期を遂げたことに錯乱し、嘆き悲しんだ。そのあまり、いつのころからか茂造氏に冷ややかな態度を取っていただろう母の多可さんを逆恨みし、当たり散らしたかもしれない。その結果、多可さんが茂造氏に関する疑惑について語ってしまったとしたら？　お前たちのせいで愛息子の千太郎が放逐され、大鞠家は婿養子に乗っ取られたのだとまで口にしてしまったとしたら――？」

　そのあとに沈黙が流れた。虫の季節ではないためか、それとも生命の種が根こそぎ焼き払われてしまったためか、聞こえるのはかすかな風の音ばかりだった。

「た、確かに」

　ややしばらくして、西ナツ子が静寂に耐えきれないように口を開いた。

「大鞠多可さんの死因は、打撲傷などもありますが、激しく争った結果のショックによるものと思われ、計画的な殺人というよりは突発的な事故と思われて……はい、そういうことです」

「やっぱりね」鶴子はうなずいた。「でも、喜代江御寮人さんが結果的に多可さんを死に至らせたという事実は、犯人を憤怒させるに十分でした。本来だったら、大鞠家乗っ取りの消極的共犯者として、さほど怨みを買ってはいなかった彼女がむごたらしく殺されることになったのは、まさにこの突発的事故のせいでした。アルコールを求めて夜ごと土蔵に通うようになったのは、夫の死後か、それとも実母のそれのあとかは知りませんが、その行動――踏み台を使って土間の樽のうえに上がり、酒樽のコックをひねるという習慣が把握されれば、それを利用した計画を練るのは簡単なことだったでしょう」

「なるほどね」

　海原が感に堪えたように言った。嘆かわしそうに頭をかきかき、

「何度も蔵の検分をしていながら、僕はいったい何を見ていたんだろう。今後、刑事として仕事をするときには、あなたの着眼を参考にさせてもらわねばね。だけど、あなたの話だと、犯人の殺意はこの三人の死――うち直接手を下したのは二つだけど――で完結したはずですよね。すると、そのあとの方丈小四郎殺しの理由は？　やはり探偵

として、彼が真相をつかんでしまったからですか？　正直とても、そんな敏腕家には見えなかったが……」

「その前に訊きたいんですが、方丈小四郎殺しの犯人として逮捕された大鞠月子さんは、何で海原さんたち正規の警察ではなく、治安関係の人たちに連れて行かれたんですか」

　海原は「それは……」と口ごもり、「まぁ時代も変わったからね」と苦い笑いを浮かべると続けた。

「方丈小四郎は、赤紙――召集令状の不正発給にかかわっているという容疑でひそかに内偵を受けていた。ご存じの通り、赤紙は役所の兵事係が戸籍簿をもとに人選を行なったうえで発行送付し、その手続き過程は厳密に定められているが、多忙のために軍事演習に参加しなかったとか、思想や操行に問題があるとされた人間が、優先的というか懲罰的に戦場に送られたのも周知の事実だ。政府を批判した新聞記者を死地に追いやろうとし、そのことを隠蔽するために本来なら召集されなかったはずのものが巻き添えを食うことすらあった。

　当然そこには不正や恣意《しい》の入りこむ余地があって、方丈親子は翼賛議員の地位と軍や官庁とのコネを利用し、有力者の子弟が召集されないように圧力をかけていたという風評がかねてからあった。そこへ小四郎が殺されたものだから、その特殊関係人である大鞠月子が尋問、いや拷問を受けることになった――つまりは、そういうことですな」

「方丈小四郎の特殊関係人、月子さんが？」

　美禰子は驚きをこめて言ったが、そこには半ば納得がふくまれていた。そこの誰とも全く他人の関係なら、家の風呂に入ったりはしないだろうからだ。

「でも、もうしそうだったとしたら」ナツ子が口をはさんだ。「なぜ方丈小四郎は、探偵だなんて名乗って大鞠家の事件に入りこんだのかしら。どう考えても推理の能力なんてなさそうだったのに……言うことはみんな的外れだったし、天井裏から蓄音機と時計仕掛けを発見したのだって、ただのなりゆきの結果だったし」

「それはね」

　鶴子は、何やら複雑な表情になりながら言った。

「何のかかわりもないはずの家に入りこむには、探偵という名乗りが最も好都合だったからよ。シャーロック・ホームズはもちろん、レニーヌ公爵やジム・バルネを名乗っているときのアルセーヌ・ルパンも、もちろんフィロ・ヴァンスもエレリー・クイーンもエルキウル・ポワロも、私のとりわけ好きなアントニー・ギリンガムも師父ブラウンも、それから明智小五郎だって、依頼があったとか警察関係の友人がいるとかいうのは付けたりの理由で、いつのまにか他人様の事件へ勝手に介入している……。ほら、現に私にしたかて、彼らよりはるかに無名の存在なのに、こうやって厚かましくも好き放題な推理を述べているやないですか」

「でも、それを言うてしもては……」

　ナツ子はなだめるように言ったあと、あることに気づいたようすで、

「え、つまり、方丈小四郎の目的は、月子さんに会うため大鞠家に入りこむこと……？　そのために、わざわざあんな格好をして探偵を名乗った、と……」

「服装に関しては、わざわざではなく、元からああだったようですけどね」海原が言った。「かねて愛人というか恋人というか、とにかく大鞠月子さんとそういう関係にあった方丈小四郎は、彼女が一連の事件の発端となった〝流血の大惨事〟の当事者となったことから、何とかあって事情を聴きたいと思ったが、同時に当主茂造氏の怪死という事件が起きたことから、よほどの理由か名目がなければ足を踏み入れられないと考えた、と。バカバカしいようで案外名案でもあるというか、しかし何とも言いがたい話でもある……」

「あ、そないしますと」

　何か思い当たる節があったと見え、お才が自ら発言した。

「いつかの晩、わたいが裏庭で見かけ、若御寮人さんといっしょに詮議した、あの怪しい人影も、正体は方丈小四郎やったんでっしゃろか」

「そう……たぶんそうね。月子さんと忍び合うためにこっそりと裏木戸からでも入りこんだんでしょう」

美禰子はうなずき、鶴子にそのときのことを手短に説明したあと、

「あのとき、兵隊帽をかぶった脱走兵じゃないか、なんて物騒な話もあったけど、あれはやっぱりただの国民帽で、あのモダンな服装ではさすがに目立ち過ぎるので、ありふれた国民服姿で来たんでしょうね。あらかじめ月子さんに裏木戸の閂を外してもらって中に入りこみ、自分で再び下ろした。そして逢瀬を楽しんだあと、外に出ようとしてお才さんに見つかってしまった。私たちが確かめたとき閂がはまったままだったのは、逃げ場に困って再び月子さんの部屋に逃げこんだからでしょう。そして、私たちが引っこんだのを見計らって、今度こそ裏木戸から脱出した。

翌朝、私が出くわした月子さんは、ちょうど裏木戸の閂を締めにきた直後だったのでしょう。彼女は何食わぬ顔で恋人の脱出をうまくごまかし、そのあと再び探偵としてやってきた方丈小四郎を何食わぬ顔で迎えた……と、鶴子さんのようにはいかないけれど、どうかしら、私の推理は？」

そう語り終えて微笑んでみせた。ひどくさわやかな表情になったのは、推理というものが、徒手空拳の人間にとって数少ない武器であり、〈探偵〉となることが、どうしようもない現実へのせめてもの抵抗であることを知ったかのようだった。

鶴子は「おみごと！」とにっこりし、ナツ子に至っては小さく拍手さえしていたが、

「あ、そんなら私も私も」

と前置きして、こんな推理を披露した。

「実は、御寮人さんとお家はんの事件で、私と浪渕の大先生がこちらにおじゃましている間、車夫の源さんが外に俥を止めて待っててくれたんやけ

ど、そのときに今も話題に出た裏木戸らしい場所に『兵隊のよう着る釣鐘マントみたいなもん』をまとった人影を見たと教えてくれたのね。

　そのことと、夜中に兵隊帽の男が侵入したとか、それは脱走兵ではないかとかで騒ぎになってるのを目の当たりにして、これはひょっとしてそういう人物が本当に大鞠家に侵入したのかも……と思ったんだけど、実は源さんはその人影が男だったとも、まして軍人だなんて一言も言ってなかったのね。

　ただ何しろお爺さんだから、人影の服装の表現しようがなくて、やむなく釣鐘マントと言っただけのこと。つまりこれは、婦人用のショールとかコートを羽織った姿だったと考えるのが自然で、だとすると、大鞠月子さんが、方丈小四郎と外のどこかで逢引きするために出かけて行くところだったと考えられはしない？　源さんは、その人影が塀の中へ入っていったのか、それとも出てきたのかさえ断言してなかったんだから……どう、西ナツ子のこの推理は？」

　あいにく、その推理というほどでもない証言は、本人の意気込みほど周囲の感銘を得ることはできなかったが、少なくとも一つの問題提起にはなった。

「その大鞠家にまつわる二人目の兵士のことなんですけど」

　鶴子は、何ごとか考えこみながら海原に問いかけた。

「方丈小四郎がかかわったという召集令状の不正発給なんですが、その対象者の具体的な名前はわかっているんですか」

「それは、赤紙を免れた方の具体的名前ですか。それとも、不正に押し付けられた方の――？」

「あとの方です」

　鶴子は瞬時に答えた。海原はその勢いにやや気圧され気味だったが、やがて答えた。

「そう、方丈小四郎が殺され、大鞠月子とその調べ官たちまでもが空襲の犠牲となった今となっては確認しようのないことなのですが……。

本来だったら、まだ来ないはずだった召集令状を受け取らされたのは、大鞠茂彦。

方丈小四郎を通じて兵事係に圧力をかけ、そうなるよう仕向けたのは、大鞠月子。

――とのことでした」

そのあとに、また沈黙が流れた。沈黙というよりは、一同が絶句した結果、おとずれた静寂というべきだったかもしれない。よほどたってから、

「そんな、まさか、月子嬢《いと》さんが……」

お才があえぐように言い、そのあと泣き崩れた。あってはならない、聞きたくもない事実が、とうとう明らかになってしまった。だが、絶対にありえない話でもないことは、とりわけこの場の女たちに理解できた。

船場の商家に生まれた女の選択肢は二つ。他家へ嫁入って舅《しゅうと》姑《しゅうとめ》小姑《こじゅうと》に仕えて苦労するか、生まれ育った家で婿養子を取り、〝上〟と〝下〟の両方に君臨し、家政から経営まで一切をとりしきる座につくか。現に月子の母は、跡取り息子である長男の失踪によって、その地位を手に入れた。

当代の長男、すなわち月子の兄は家業を継がず医者、それも軍医になってしまった。当然自分が後継者だと思ったら、弟である二男坊が柄にもなく化粧品商売に意欲を示し、両親の心もはっきりそちらに向いてしまった。

そのころは、戦時体制でこの業界が窒息死させられる前で、かつてほどではないといえ、大鞠百薬館の名前もまだまだ燦《さん》とした光に包まれていた。そして、ひそやかな遊び仲間を通じて知り合った方丈小四郎は、若くしていくつもの会社の社長や重役に名を連ね、父親と同様、いやそれ以上の政商をめざしていた。

月子は何としても小四郎には捨てられたくなく、父が翼賛選挙に立候補するなど絶えず莫大な金を必要とする彼のために、生家の全財産と大鞠百薬館が抱える数々の銘柄《ブランド》や特許《パテント》を手中にしたかった。

そして、おぞましい計画は実行に移され、しか

も成功してしまった。まさかそのあと、大鞠家があそこまで没落するとは小四郎も思わず、だがそれは月子の妄執をいっそう深くして、二人の関係をますます腐れ縁的で濃厚なものとしたのだった。

「――なるほど、それでわかりました。いや、ほんまはわからないことだらけなんですが」

平田鶴子は、しばらくして口を開いた。

「なぜ最後に方丈小四郎なる人物が殺され、大鞠月子が犯人として捕えられなければならなかったか、です。そして、おそらくはそのトリックも」

「本当に？」

西ナツ子が目を丸くした。お才は手に汗を握って鶴子を注視しており、美禰子はそんな彼女をそっとなだめなくてはならなかった。

「方丈小四郎が大鞠家の風呂場に入浴しにきていたのは、月子さんとのもともとの関係がなくてはありえないことで、その前提さえはっきりすれば謎は解けます。彼は月子さんとの密会と、あんまり口にしたくありませんが、当節流行りのカストリ雑誌風に言えば〝痴戯〟を楽しむために、こっそりと忍んできた。おそらくこれが初めてではなかったのでしょう。もっともこれは罠で、犯人による偽の誘い出し。密会相手の月子さんは別の場所で待ちぼうけを食らわされるとともにアリバイを失っていました……。

さて、浴室の扉を開けた方丈は、いきなりそこで驚愕します。目の前に月子さんが倒れているからです。顔から上半身にかけてはタオルか手拭いがかかり、周囲に湯気が立ちこめてはいるものの、生白い肢体はどう見ても女性のそれ……驚いて近づき、かがみこんだところを背後から釘抜きのようなもので一撃を食らいます。犯人は、脱衣室の片隅か風呂場の外側で待機していたもので、相手は囮の死体に気を取られ、しかも姿勢を低め、後頭部をさらしている。これなら私にだって犯行可能だったでしょう。

方丈小四郎はそのまま浴室の床に倒れこみ、浴槽の縁にでも頭を強打して死亡。すると犯人は自分も全裸で浴室に入り、たった今、方丈を罠にかけた囮の死体を抱え上げると、窓際まで引きずってゆき、ことさら物音をたてるなどしたうえで、囮の死体めがけて凶器を振るう演技をしてみせます。

　むろん全ては、外で釜焚きをしている丁稚の種《たね》吉《き》っとんに見せるため。案の定、彼が驚いてその場を逃げ出したのを見計らい、犯人は方丈小四郎の死体を残し、自分は囮の死体を抱えて風呂場から姿を消した——というわけです。

あ。それからもう一つ、脱衣室の乱れ箱に方丈の衣装がなかったのは、彼がおそらく目立たない国民帽に国民服姿でやってきたのを隠蔽し、いつものモダンスタイルで身を固めていたように印象づけるためでしょう。以前の深夜の闖入者が実は小四郎であったと気づかせないためにね」

　一気に語り終えたあとに待っていたのは、人々の唖然とした反応だった。ひとり種吉だけが、

「ひええー、ほんならあれは作りもの、全くのお芝居でおましたんか！」

　とのけぞったが、美禰子もナツ子もきょとんとするばかりで、

「あの、鶴子さん……」

「『囮の死体』って——何？」

「え、わからへんかった？　これは失礼しました」

　周囲の人々以上に鶴子はきょとんとし、次いで申し訳なさそうに、

「てっきり囮の死体といえば、わかってもらえてると——茂造氏の事件でも使われた蠟人形、あの広告展示用の人体模型のことやと！」

　確かに、首吊り事件以降、あの人形の行方はわからなくなっていた。警察はあのような大きな証拠品を持ってゆくものではないし、かといってそのままにもしておけず、誰かが適当に始末するか、どこかに放りこんだものと思っていた——だが、まさか犯人がこっそりと取りこんでいたとは！

「そや、確か……種《たね》吉《き》っとん、それからみんなも来てもらえますか」

鶴子はそう言うと、一同とともにバラックにもどった。持参した荷物から、やや小ぶりな台紙を綴じたアルバムを取り出し、やがてとあるページを開くと、

「やっぱり、あった……」

つぶやいた次の瞬間、「しまった」とでも言いたげな表情になったが、そんな後悔を思い切ろうとするようにかぶりを振ると、

「種吉っとん、この写真のはしっこに写ってる人形の顔に見覚えない？」

と、そこに貼られた写真の一枚を指さした。

「？……」

種吉はけげんな顔で、とぼしい灯りに照らされた写真をのぞきこんでいたが、やがて、

「あっ、これだすこれだす！　確かにこれとそっくりの顔が、風呂釜の中にいよりました！　すぐさま人を呼びに行きましたんやが、その次調べたときには影も形ものうなってて笑われてしまいましたが、ご番頭、お才どん、わてが見たのはまさしくこれだす！」

「やっぱり、ね」

鶴子は微笑んだが、その表情には妙な硬さがあった。

「方丈殺しの犯人は、浴室から持ち出した囮の死体——すなわちこの人体模型を、何しろ蠟製ですから軽々と持ち出し、格好の始末場所として風呂釜に放りこんだ。でも、いくら熱に弱い材料でもそう簡単には融《と》けず、そればかりか不完全燃焼を起こして釜の火を消し、燃え残ってしまった。その始末をする前に種吉っとんに見つかってしまったわけね——よりによって、この顔の部分が」

えっ、というのでナツ子や美禰子が見ようとすると、鶴子はなぜか痛ましい顔で写真に手をかざした。だが、そんなことをしても無駄と思ったのか、

「今日、あなたたちに会えるというので、この写真帳を持ってきたんやけど、そういえばここに大鞠百薬館の蠟人形が写ってたなと思いだしたもん

やから」

確かにそこには、あの人体模型が端の方に写りこんでいた。どうやらすぐ近くに大鞠百薬館の分店とか、特約店のようなものがあったらしい。

だが、その写真の本来の主役は別にあった。かつての彼女らと同じ芝蘭高女の制服を着た少女たちだ。

それは、戦前の一時期流行したスプリングカメラによるスナップ写真だった。撮影したのは鶴子自身、場所は当時まだ大鉄といった近鉄の阿部野橋駅かいわい。そして被写体はというと——。

「あ、これは確か私たちと同じ学級の……短い間だったけど、はっきり覚えてるわ」

と美禰子の顔がほころび、ナツ子も懐かしさに目を輝かせて、

「そやそや、懐かしいなぁ。あの人形に見覚えがあったような気がしたんは、たぶんここのことやつたんやね。それにほら、こっちにいてるこの子たちは隣の学級の……みんな今ごろどうしてんのかなぁ」

「ほんとにねぇ、元気だといいのだけれど」

そう言い合って鶴子の顔を見たとたん、二人の表情が曇った。写真に収まったクラスメートのその後の運命について、訊かずとも知れたからだった。

「あ……」

「も、もしかして……」

かんにん、と鶴子は小声であやまった。

度重なる空襲を経て、理不尽にも死に追いやられた少女たち。自分たちが生きのびたことの方が奇跡であり、罪悪感を覚えずにはいられない。それ自体が理不尽なことだとはわかっているのだが。

「——鶴子さん」

やや間を置いて、美禰子がうながすように言った。

「気持ちはわかるけど——わかりすぎるほどだけど、どうか話の続きを聞かせて。あなたの推理を、私たちを巻きこんだ殺人と死の真相を、そして犯

人は誰だったのかを」

　鶴子はハッとし、美禰子たちを見つめ直した。西ナツ子もお才も無言でうなずいてみせる。そして、さまざまな思いを振り切るように、

「……わかったわ」

　と答えた。そして、これまで以上に意を決したようすで語り始めたことというのは――。

「ここでみなさんに考えてほしいのは、犯人の動機です。彼もしくは彼女にはまず何より、大鞠茂造氏を殺害する動機がなければならない。その背景には、茂造氏が本来は後継者となるべき大鞠千太郎氏を失踪させ、結果的に跡取りの座を奪い取ったことへの憎しみがなければならない。

　まず第一に考えられるのは、お家はんの大鞠多可さんでしょう。茂造氏のせいで、実子である千太郎さんの人生がめちゃくちゃにされたと知った多可さんが彼を怨んだのは当然。

　その復讐として茂造氏を殺してしまったとして、もしその事実を喜代江御寮人さんが知ったとしたら、実母と激しい争いになり、ついに……ということも考えられなくはありません。

　とはいえ、すでに体のご不自由だった多可さんに、あのような手の込んだトリックが可能とは思えませんし、これはみなさんからお家はんについての話をもれ聞いての推測にすぎませんが、誰か他人をあやつって殺させるというのも人柄的に違う気がします。

　したがって、喜代江御寮人さんが多可さんを殺してしまったのは、あくまで不幸な事故による過失死と考えたいのですが、それは犯人に新たな動機と標的を与えてしまった。多可さん殺しの復讐としての御寮人さん殺しです。もし喜代江御寮人さんが夫茂造氏の旧悪を知らなかったとすると、犯人としても彼女にまで手を下すつもりはなかったでしょう。ところが、お家はんを過失とはいえ死なせたことで、喜代江御寮人さんは夫と同等の罪悪を背負ったことになり、考えられる限り残酷なやり方で処刑されなければならなくなったので

す。

　そして犯人は、茂彦さんに深い愛情を抱くと同時に、彼を不当に戦場に追いやった方丈小四郎と大鞠月子さんに強い怒りを抱いていた。おそらく二人の睦言を盗み聞くなどしてその事実を知ったのでしょう。ひょっとして、それは方丈のただのハッタリだったのかもしれませんが、犯人にとっては、彼らにそういう意図があり、結果的に赤紙が来たことだけで万死に値しました。その結果として起きた方丈殺しの手口を考え合わせると……」

「犯人はわたい……いうことになるんやおまへんやろか」

　鶴子の言葉をさえぎるように、お才が言った。いつものように物柔らかで回りくどい、けれど断固として引かない口調だった。

「わたいは、もしもかなうことでござりますのならば、千太郎ぼんにずっとお仕えさしてもらうつもりで、ひたすらお帰りをお待ち申しておりました。おかげさんで、とうとう嫁にも行かず、子ォもなさずじまいでござりましたのやが、それは今さらしゃあないこととは言いながら、もし千太郎ぼんをお家から追い出し、今日に至るも帰ってこられへんようにした人間がおるなら、たとえお主《しゅう》というても許すわけにはまいりまへん。あの日お出かけになったぼんぼんのお衣装が、いつのまにやら書生絣に袴から学校の制服に変わっておりましたことは、わたいも承知しておりましたから、茂造旦さんこそぼんぼんの仇、わたいにとりましても一生を棒に振らした張本人やいうことには気づいておりました。

　また旦さんが、まだ丁稚やった昔は鶴吉、いう名であったことを、じかに知っておりますのは、今となってはわたい一人でございます。ついでながら、旦さんより先にご当家に奉公して『茂吉』を名乗っておりました丁稚が、けがで親元に去《い》なされたにつきましても、今にして思えば当人の不注意とばかりは思えん節が多々ござりました。茂造旦さんというお方はそうやって手代茂七、番頭茂助とよじ登ってきたお方で……」

　唖然とし慄然ともする一同をしりめに、ゆっくりと海原に向き直ると、

「……とまぁ、さような次第でございますので、警察のお方、どうぞわたいにお縄を頂戴しとう存じます」

「え？　いや、まさかあんたが」

　と海原は後ずさりしたが、お才は重ねて突き出した腕を引っこめようともしない。

　茂造殺しのレコードを使ったトリックは彼女らしくないと言えば言えるが、酒樽を用いた喜代江殺しはいっそ鶴子が述べた段取り抜きで、被害者を樽詰めにする怪力ぐらいはありそうだ。方丈殺しでの、窓越しに月子の裸身と見せる芝居は、いささか貫禄のありすぎる体形になったとはいえ、肌は今もつややかに白く、種吉の目をあざむくぐらいは不可能ではなさそうだった。

　だからといって、突然のこの告白を信用するわけにはいかなかった。お才は誰かをかばおうとしているのか、それとも一人の女子衆《おなごし》としてだけ生き、何ごともないまま絶えようとする人生に彩りを加えようとしているのか、それともこの世に何か爪痕を残したいのか。いずれにせよ、容易なことでは引き下がる気配もなかった。

　これには、推理を中断された鶴子も、どうしたらいいかわからなかったが、そこへ美禰子が、

「それはおかしいわよ、お才さん。あなたが清川善兵衛さんの証言を聞いたのは、お義父様はもとより、お祖母様もお義母様も亡くなられたあとの、お線香を上げに来られたときのこと。だったら、千太郎さんの失踪について不審に思うことはできなかったはずじゃないの」

　これにはお才もグッと言葉に詰まり、そこへナツ子が、

「それそれ！　私も全く同じことを考えてたわ、美禰子さんとまさに同じ瞬間」

　と割って入った。そのあとに続けて、

「それにお才どん、あんたに月子さんを殺せるわ

けがない。私が初めて大鞠家に駆けつけて、浪渕先生の診立てで彼女が流した血がつくりものとわかったとき、心の底から安心したようにゴーッとすごい吐息をついたでしょう。あれはあんたが大鞠家の兄弟姉妹に深い愛情を抱いてる証拠よ。そんなお才どんに月子さんを殺せるわけがない」

　お才はこれには虚を突かれたような顔になり、だがなおも、

「けど、わたいは確かに……お願いだっさかい信じとくれやす」

　と言い続けていたが、その声はしだいに小さくなっていった。そのまま彼女がうつむいてしまったとき、鶴子が再び口を開いた。

「そう、確かにお才さんが言う通り、私がこれまで述べた一つ一つの事件のトリックは、必ず誰かでないとできないということはない。でも、それじゃあ推理としては失格。だから、これから誰かが犯人であるために必要な条件を並べてゆくことにしますね。条件というよりは、犯人でなければなしえない行動というべきかな。そう、たとえば――」

　鶴子は大きく息を吸いこむと、あとは一気呵成に、

「まず、茂造氏殺害の現場を事件後に検分したとき、方丈小四郎は見せかけの探偵の割には、まんまと天井裏の蓄音機と時計仕掛けを発見しました。では、そうなるように仕向けたのは誰か。そんなからくりを看破するなど思いもよらない彼に、階段簞笥を上るよううながし、頭上からの異音に気づかせたのは誰だったでしょう。お才さんでしたか。違いましたよね？

　そのときいっしょに発見されたレコードは、レーベルこそ剝がされていたものの蓄音機にかけてさえみれば、中身は『丁稚物語』だとわかったはず。では、せっかく発見されたレコードを割る機会があったのは誰でしょう。お才さんはもちろん、その場に居合わせたほかの誰にもできないことでした――たった一人を除けば。

大鞠家に忍びこんだ方丈小四郎がかぶっていた国民帽を、兵隊帽だとごまかしたのは逢引き相手の月子さんでしたが、その言葉尻をとらえて脱走兵が茂彦さんではないかと暗示し、彼女をおびえさせたのは誰だったでしょう？　もとより侵入者は自分自身だったのだから、まじめに捜査する気もなかった方丈を追い立てて土蔵の裏手に導き、防空壕を開かせたのは——？

その誰かは、大鞠月子さんが茂彦さんの影におびえ、彼の生活の痕跡を見れば恐怖することを知っていた。これら二つを合わせれば茂彦さんがひそかに生還し、屋敷内に潜伏している可能性が浮かび上がるわけですが、それは彼女の最も避けたいことでもあった。

つまりその誰かは、月子さんが方丈小四郎の協力を得て茂彦さんを戦場に追いやったことを知っていた。彼女にとって弟がぶじに帰還することは最も避けたいところで、まして脱走したうえで潜伏しているとなれば、自分たちの悪事を知り復讐しに来たと恐れおののくだろうということを知っていた。

そのうえで、方丈小四郎と月子さんのどちらかが殺され、どちらかがその罪で処刑されることを、その誰かは強く望んだ。彼らの犠牲となった茂彦さんの復讐を果たすために……。

ただ、私にはわからない。その誰かは彼らよりまず当主茂造氏に殺意を抱いていた。それが、氏がかつて大鞠千太郎さんに対して行なった罪悪に対する復讐であることは、御寮人さん殺しの現場にパノラマ館の入場券が残されていたことに示されているんだけど、私にはどうにも結びつけようがない。だから、どうしてもその誰かの名を今ここで明かすことができないんです……」

「鶴子さんの言いたいこと、なのに言えないことが何か、私にはわかるような気がする」

美禰子が言い、ナツ子が深くうなずいた。お才に至ってはうつむいたまま、顔を上げようともしない。

次いで美禰子が鶴子をまっすぐに見つめると、問いかけた。

「それを聞かせてもらえるかどうかはともかく、あなたにはたずねたいことがあるの。鶴子さんは、私たちが女学生時代に出会った事件のときとは違って、今回はその場に居合わせることができなかった。今日はこうして来てくれたけれど、そのときには街も建物もあとかたもなく消え失せ、人間も多くがいなくなってしまった。なのにどうして、そこまで全てを見通すことができるの？」

「えっ、そんな……決して全てを見通してなんかはいてへんし、そんなつもりもないのやけど」

平田鶴子は、とんでもないと言いたげに手を振ってみせた。「そうかな、そんな風に見えるのかな。やっぱり傲慢不遜なのかな。でも……」などと独り考えこんだあと、おもむろに顔を上げると、

「なぜかといえば」鶴子はきっぱりと答えた。「あなたたちが探偵小説の中にいるからよ。私は外側にいてそれを読んでいるだけの存在で、それ以上のことをしていると偉ぶるつもりは毛頭ないわ」

何とも異様な答えを返してきた。彼女はさらに続けた。

「ううん、別に大した話ではないのよ。私は事件についてあなたたちと語り、でもその中には入れず外からながめるだけ。あたかも一冊の探偵小説を読むように、どんなに没入しても世界そのものには触れられず、文字と言葉の連なりとして見るだけ。でも、だからこそ見えてくるものもあるのよ。登場人物が読み取ることのできない作者や作品そのものからの伝言や息づかいのようなものが」

「伝言や……」

「息づかいのようなもの？」

ナツ子と美禰子が、こもごも彼女の言葉をくり返した。

「そう……この事件には、まさに探偵小説としての刻印があちこちに刻まれている。たとえば、蓄音機がまさにさっきナツ子ちゃんが言ったような重要な役割を果たすのが、ヴァン・ダインの『カ

ナリヤ殺人事件』……確か、大鞠茂彦さんの蔵書の中にもあったんでしょう？　しかも特にお気に入りの二冊のように」

「ああ、そないいうたら」西ナツ子は思い当たったように、「私のあの推理自体、昔ツルちゃんから聞いた『カナリヤ殺人事件』の話に影響されたものやったんかも……えっ、そんなら『グリイン家惨殺事件』も？」

いきなりそう言われても、美禰子らはきょとんとするばかりだったが、鶴子は大きくうなずいて、

「そう、あなたが最初に出くわした〝流血の大惨事〞ね。方丈小四郎もこれ見よがしに持参したというハンス・グロッスの著書が、まるで万能の知恵袋のように大活躍する本でもあるけど、『グリイン家惨殺事件』における最初の惨劇では、いっときに死者と重傷者が発見され、そこに事件の真相が隠れていた。それと同じ線を狙って、大鞠月子さんは眠らされたうえで何か手近な刃物で傷つけられ、ことさら狂言であるかのように血のりがばらまかれた。池で見つかった刀はたぶん本物の凶器ではなく、あらかじめ水の中に突き刺してあったもの……。

そういえば、月子さんの体には大小の傷と、無傷の皮膚に血のりをつけた跡があったんですって？」

「ええ」とナツ子は記録を繰りながら、「浪渕先生に言われて調べてみたけど、本物の大きな傷が一つ、軽くつけただけのが三つ、ただの血のりの跡が八つ……」

「全部で十二――つまり『十二の刺傷』、か」

鶴子は唐突に言い、とまどう美禰子たちに、

「クリスティにそういう探偵小説があるのよ。いつか見せたと思うけど」

と説明した。ちなみにその原作が、原題通り『オリエント急行の殺人』として再刊されるのは、まだ八年ほど先の話であった。

鶴子はふと、以前読んだジョン・ディクスン・カアという作家の『魔棺殺人事件』の一節を思い

起こしていた。その「密室の殺人」という章で、探偵役の「フエル博士」が相棒の「ハドリ警部」たちを相手におかしなことを言いだすのだ。

『ところで、われ〳〵が探偵小説を愛好するのは、有りさうもないこと、つまり信じ難きことに対する嗜好に基くのだ。今Aが殺されて、BとCが有力な嫌疑となる場合、無関係に見えるDが有罪であるとは信じ難い。が然し、Dが有罪である。若しGが、その他のアルハベツトにより凡《あら》ゆる点に於いて確認されたアリバイを持つとすると、Gが犯罪を行つたといふことは有り得ない。が然し、Gが犯人である場合がある。また探偵が、海岸で小量の粉炭《ふんたん》を拾つた場合、それに大した重要性がありさうには思へないが、然し、実際はとても重要な証拠であつたりする場合がある。要するに有り得べきことでない、といふ文字は、詮じつめると全く無意味であつて、一つの小説の結尾《むすび》に至るまで、有り得《う》べからざる、などといふことは無いのだ』

といった調子で急に探偵小説談議が始まり、そのあと小説に登場した密室トリックが列挙される。この人たちは何を言ってるのかと思ったが、ひょっとして(翻訳は、雑な仕事で探偵小説ファンに悪名高い伴大矩《ばんだいく》だった)何かその前に抜け落ちている文章があるのではないかと思った。たとえば、——われわれは探偵小説の登場人物であり、そのことを素直に認めようではないか。ここは探偵小説の中の世界なのだから、探偵小説を語ることは事件の解決にとって無意味ではないのだ。

といった宣言があるのではないかと。もっともその疑問が解消されるのは、この作品が『三つの棺』と題してちゃんと訳し直されるのを待たねばならなかった。ともあれ、この本の記憶が今回の推理に影響を与えたことは否めなかった。

「ほかにも」鶴子は続けた。「この事件には奇妙にゆがめられた形で探偵小説のモチーフがまぎれこんでいる。そう、たとえば……」

　それにその樽は他のとは大分格好が異《ちが》つてゐて、ブラウトンには、どうもそれがノルトン・バンクス商会の委託品ではないやうに思はれた。第一、作りが頑丈で、仕上げも上等で、明るい樫色の上にワニスが塗つてあつた。のみならず、それには明かに酒が入つてはゐなかつた、と云ふのは樽板の上に出来た割目から少しばかりではあるが鋸屑がこぼれ出てゐたからである。……

『こ、こゝを覗いてごらんなさい！』

　息づまるやうな声だつた。ブラウトンが代つて覗きこんだ。と彼も亦《また》、『あツ！』と云つて飛び退いた。それも道理、樽の中につまつた鋸屑の間から、人間の指が三本、ぬつと突き出してゐたのだ。

「クロフツのその名も『樽』という探偵小説……ロンドンとパリを舞台に、女性の死体が詰まった樽をめぐっての精緻なアリバイくずしの物語なんやけど、大鞠家の事件にも死体詰めの樽が登場している。もちろんクロフツの小説に出てくるのは真ん中がふくらんだ洋樽で、樫材を鉄の帯で留めたもの。一方、こちらで使われたのは杉材をねじった竹の箍《たが》で固定した和樽。樽と桶の違いは蓋の有る無しという説もあるそうだけど、日本でいう樽は桶と同じく側面がまっすぐで、西洋のとは見た目がまるで違う。何も合わせる必要はないけど、こちらの事件の犯人は、『樽』に出てくる樽が、呼び名だけ同じでまるで別のものであることを知らなかったようね。

　似たような食い違いは、ほかにもあって、たとえば……」

　見知らぬ男はいかにもこれが自慢であるらしく、時折耳のあたりまで先を捻り上げた。この口髭は狐色に赤かつた。この髭の下に大きな白い歯が、男が割りに甲高い声で話す毎にチラチラと覗いた。この男は熱情的な心の持主であるやうに思へた。彼の目は灰色をして小さく、肉厚な鼻を中にして目と目の間は普通よりも少し広かつた。短く刈り込まれた頭髪は火のやうに赤く、これはその巨大な口髭よりももつと激しい色合ひの赤さであつた。

「フィルポッツの『赤毛のレドメイン一家』……シャーロック・ホームズ譚に『赤毛連盟』というのもあるけれど、この赤毛《レッドヘア》というのは、本当は絵の具のような、あるいは街角のゴーストップのような真っ赤ではないんですってね。確かにそんな人は外国人の中でも見たことはないけど、字だけ見たら、そう考えてもしかたがない。まして欧米文化は何でも禁止で触れる機会がなくなっていたとしたらね。

もし、そんな人がいきなり『赤毛』という言葉に接したら、いったいどんなものを想像したでしょう。赤毛、赤い毛……真っ先に思いつくのは歌舞伎の連獅子。親獅子の白頭と対になって勇壮な毛振りを披露する仔獅子の赤頭ではないかしら。こうして西洋ではありふれた髪色のはずが、

〽それ牡丹《ぼたん》は百花の王にして、獅子は百獣の長とかや。桃李に勝る牡丹花の、今を盛りに咲き満ちて、虎豹に劣らぬ連獅子の、戯《たわむ》れ遊ぶ石の橋……

と謡《うた》いだしてしまうわけね。こうして、何も知らない種吉っとんは寝ている間に赤頭のカツラをかぶせられ、寝間着を派手な衣装に着替えさせられ、廊下やあちこちで怪しい踊りを披露させられることになった……」

「え、ちょっと待って何のこと？」

「ツルちゃん、何言うてんの」

とたんに、質問の声が次々とあがる。

鶴子は「それはね」と言いかけ、ふと唇に指をあてがい、押し殺した小声で、

「ほら、あれを見てみて、種吉っとんのしぐさを。起こしたら台なしやから、そっとね」

と指し示した先には、夜を徹しての談議となっ

たのに耐え切れず、うつらうつらどころかコックリコックリと舟をこぎ出していた種吉が、ふいに立ち上がり、ヒョイと手を挙げた。そして、そのまま歩き始めようとして……。

「お才どん、そのまま！」

　種吉の行動に気づいたお才が止めようとしたのを、鶴子が小声で押しとどめる。すると、種吉は奇妙なリズムで室内を跳び歩き始めたのだ。トットト、トットト、トットトトト、トットトト……。

　しばらくそうしていたかと思うと、またパッタリと倒れ、疲れたのかやや荒い寝息をたてて眠りこんでしまった。

「こ、これは――夢遊病!?」

「そう、Somnambulisms《ゾムナンブリスムス》（夢中遊行症）……」

　美禰子とナツ子がそれぞれ声をあげた。そこへお才が困惑顔で、

「ああ、またやらかしよりましたか。これがこの子の唯一の病で……けど、これ治るもんでっしゃろか」

「それならだいじょうぶと思うけど」ナツ子が答えた。「これは子供のときに多い症状で、成長とともにだんだん治まってゆくというから……えっ、そんならツルちゃん、大鞠家に夜な夜な出た赤頭の小鬼は、この丁稚さんやったの？」

「そういうこと……これもおそらく犯人のいたずらね。おそらく夜中にこの子が踊りながらフラフラ屋敷内をさまよっているのを偶然見かけて、それを利用することにしたんやと思う。『赤毛』の趣向のつもりで、家の中にあったろう歌舞伎の連獅子人形とかのカツラや衣装を使ってね」

　現にそれらしい人形はあったし、お才もこの小鬼を目撃したことがあるらしく、「ほんなら、あのときのあれは……」と茫然となっていたが、

「けど、この子から聞いたんでは、本人も夜中に小鬼に出くわした、いいますのやが。何でも警戒警報が鳴った何べん目かの夜に……あんまりびっくりしたんで気絶したとかで」

「それはきっと小鬼に化けさせられてフラフラし

ている最中に、サイレンの音ででも覚醒してしまったのね。そして自分がお手水《ちょうず》にでも出たのかと思い、鏡で自分の姿を見てしまった……そのあと犯人が見つけて寝床に連れ帰り、寝間着姿にもどしたんでしょう」

鶴子の答えに、「なるほど……」と感嘆ただならないようすで引き下がったお才だった。

と、そのとき種吉がムニャムニャとむずがりながら、口を開いた。

「……さん、おおきにありがとさんに存じます。いつも助けてくれはって、いつぞやは小鬼が出たとこを介抱していただいて……」

一瞬ほほ笑ましい気持ちになった鶴子たちが、いっせいに、この少年の口元を見つめる。すると種吉は夢うつつのまま、確かにこう言ったのだった——。

「ほんまにありがとうございました……文子嬢《いと》さん」


何もかもが、ヒッソリ静まり、死んだやうになつたかと思はれた。微風は突然にきえ、彼等の視野の中で唯一つの動いてゐるものであつた水鳥が、するすると何処かへと辷り去つてしまつた。しばらくすると、泉水の中の金魚を追ひ廻してゐたクエーシイが、いきなり嬉々とした声をあげた。それがはじめて緊張を破つた。

「どうですか、お信じになりますまい」

レーンのこの声に、タムが咳ばらひをして、口をきかうとした。が、声が出なかつたのでもう一度咳ばらひをした。「信じられませんとも。信じることはできませんよ」

「いや、そんなことは不可能だ！」ブルノオは叫んだ。「そんなとんでもないことが、あるはずがない！」

——はからずも、少年の寝言が真実を射抜いた形だった。

平田鶴子は、ひどくつらそうな顔をし、それでいて安堵したようなため息をもらしていた。

まだバーナビイ・ロスという作者名で紹介されたままの、あまりにも恐ろしく哀しい物語の一節。鶴子のつらさは、ただの二十歳代の女性でありながら、あのシェークスピア俳優上がりで黒のインバネスをまとった名探偵ドルリー・レーンのような役割を背負わされたことから来るものであり、安堵は推理の最も忌まわしい部分を口にせずにすんだせいだった。

だが、それで全てがすんだわけではない。彼女は重い口を開いた――。

「大好きだった二番目の兄がこよなく愛し、でも一枚の赤紙によって彼から奪い取られ、読むことがかなわなくなった探偵小説。時代と権力によって殺されたと言っていい探偵小説。兄から手ほどきを受けて、それらを読み始めていた彼女は、やがてそれらに影響されて一編の物語と一連のトリックを創り出し、ついにそれを実行に移した。まるでそうでなければならないように取り入れられた探偵小説の要素は、悲しいかな、いろいろとまちがっていた。重々ありえないことではあるけど、これがもし茂彦さんの創案によるものだったら、決してしなかったようなまちがいをね。私たちより何年か遅れて生まれたせいで、いっそうひどい国粋教育を受けたこともあるし、そもそも本物の西洋の樽も赤毛も見たことがなかったんやからしかたがないけど、それはまぎれもない彼女の姿を事件の中に刻みこんでしまう結果ともなった――。

でも……私には今でも信じられないし、どうしてもわからへんのです。犯人が、そんなにも大鞠茂造氏を憎まなければならなかった理由がね。まるで、千太郎さんの復讐をするような凶行を、なぜ彼女が……」

「それは」

そのとき、外から声があった。低いがよく響く、どこか甘さをふくんだ美声だった。

「それは――文子が、千太郎伯父の実の娘だったからだよ。僕たちと同じ茂造・喜代江夫婦の子ではなかったからだ……」

「！」

鶴子ははじかれたように声のした方――バラックの入り口をふりかえった。だが、美禰子の行動ははるかに素早く、しかもその反応はまるで違っていた。

「あなた！」

美禰子は叫び、入り口にいつのまにか立っていた人影に駆け寄った。

見れば、知らぬうち東の空は明るみ、摩訶《まか》不思議な色合いをした光が、焼け野原をお伽の国のように照らしていた。

「あなた……！」

美禰子はもう一度叫び、相手の襤褸《ぼろ》同然な軍服に飛びつき、その胸に体をゆだねた。

それは、まぎれもなく大鞠多一郎だった。元軍医中尉で上海陸軍病院に赴任し、その後部隊勤務となって以降、消息を絶っていた多一郎が、痩せ細って顔色も悪くなりながらも、目の前に立っていた。

「ただいま、美禰子」

多一郎は半ばレンズの曇った、ぼろぼろの丸眼鏡の奥から微笑みかけた。

昭和二十一年、廃墟にて・Ⅱ

　上海を離れたあと、中国戦線を転々としての、ようやくの帰国だった。多一郎は大鞠家で起きた事件について、断片的に知っていたもののどうにもならず、そのあと町ごと焼き払われたと知って、絶望しつつも必死に帰国の道を探した。

　抑留や処刑を免れたのは、ほんのちょっとした僥倖《ぎょうこう》の差に過ぎなかった。船に乗り日本に着き、疲労困憊《こんぱい》しながら夜遅く大阪に着いた。

　そしてひたすら暗い想像と悪い予感にさいなまれながら、生家のあるあたりを目指した。そして、彼はそこで妻たちの元気な声を聞いたのである。

　折しも長い長い推理談議の終盤近くだったが、そこで彼はずっと前線で抱えこんできた秘密が、まさに目前で問われているのに気づいた。

　それは、多一郎がまだ上海陸軍病院にいて、ひっきりなしに運びこまれる傷病兵の処置に当たり、その死を看取ったり、傷ついた手足をはじめとする人体の構成部品を切除したり、そして多くは再び最前線に送り返していたころのことだった。

　彼は大阪の生家にいる妻からの手紙と、心づくしの品を受け取った。まだそのころはお互いにやりとりができたのだ。ほぼ毎回遅延し、届かないこともしばしばだったが、あとの音信不通を考えれば、どれだけましだったかしれない。

　だが、そのとき大阪から届いた小包は、いつもにはない一品、いや二品が加わっていた。

　祖母・多可からの手紙である。なぜか厳重に封印されたそれには、美禰子からの添え状がついており、それによると、店でちょっとした騒ぎがあり、彼女がそれを退治したあと、祖母に呼ばれてあることを頼まれた。それというのは、

　――これから手紙を書くから、厳封したまま多一郎に送ってほしい。くれぐれも中身を見てはならないが、こうしたものをお前に託したこと自体、

家内の誰にも知られないようにしてくれ。
とのことだった。言われてみると、美禰子にも覚えがあって、それはあの日露戦争の軍服を着た男が暴れこんだ日のことだ。あの件で疑惑を深めた多可が、せめて外地にいる孫と秘密を共有しようとしたようだが、その内容はあまりにも驚くべきもので、それを押しつけられる形になった多一郎をずっと悩ませ続けることになった。

それは……大鞠文子が、というより大鞠家の末子となるはずだった子供が生まれようとするときのことだった。

喜代江の体調はそのときわめて悪く、とある療養所に入院させ、多可が専任のように付き添っていた。当人の意識もなくなり、胎児の生命も危ういと宣告されて、さすがの多可も動揺を隠せずにいた。

動揺の理由はもう一つあった。その療養所に多可を訪ねてきた女があって、一目見てこちらも出産間近とわかったが、名乗りを聞いて驚いた。何と失踪したきりのわが子・千太郎の内縁の妻であり、お腹の子の父は彼だというのだ。

何でも千太郎は、大阪から遠く離れた地の線路脇で重傷を負って見つかった。どうやら鉄道から振り落とされたらしく、しかし困ったことに記憶を失っていた。身元を訊いても、何かよほど恐ろしい目にあったのか、ガタガタと震えるばかり。

それから何十年間も、彼は記憶も戸籍もない男として、最底辺をふくむ仕事をして働き、放浪し続け、やがてその女と生活を共にした。読み書きができたり、英語が多少読めたり、算盤が達者だったりして重宝され、何とか生活できていたという。

ところが、長年の無理がたたってか病の床に就き、困窮の極みの中で何かの発作を起こし、そのあとふいに記憶をよみがえらせた。自分は大阪船場・大鞠百薬館の跡取り息子・千太郎だというのだ。家出をしたあと何者かに襲われ、走る列車の屋根に突き落とされ、はるばると見知らぬ土地まで運ばれ、以来各地を転々としてきたのだと。

千太郎の記憶はまだらになっていて、かんじんな部分が欠落していたり、思い出そうとして記憶にブレーキがかかることがしばしばだった。

そんななか、女の妊娠がわかり、千太郎はその子がぶじに生まれるようなら、大鞠家の当主である父万蔵か母多可を頼れと言って、あるものを託した。ずっと肌身離さなかったそれは、一冊の古びた手帳だった。

上海に手紙とともに送られてきた二品目がこれで、自分も老い先短い身だが、余人には託せず、美禰子は見どころのある嫁だが、まだ気心をわかりきったほどではないので、お前のもとに送らせることにした――のだという。

祖母によると、そこにびっしり記された文字も絵も、千太郎の手《て》跡以外の何ものでもないとのことで、その最終ページには「この手帳持参の女人××××《なにがし》は我妻たること実正なり。胎内の子は即ち御両親様の孫なり」と書き添えられ、指印まで捺《お》してあった。何でも、ほかに何かの切符がはさまれていたが、まだ調べたいこともあり、全てを手放すのは惜しいので、これだけは手元に置いておく、と。

女の話を信じざるを得ないところまで追いこまれた折も折、喜代江の死産が発覚した。ほぼ同じころ、女を託していた妊婦預かりの宿――当時は秘密の出産のためそういうものがあったのだ――から女子安産との報があった。

その後、秘密裏に行なわれたことは、後世の常識からは考えられないことであり、多可ひとりの采配で断行され、秘密がもれることがなかったというのが驚異であり、空恐ろしくもある。

母体が昏睡状態のうちに産まれてみれば、人間の形もなしていなかった死児と、千太郎の〝妻〟が生んだ女児のすりかえが実行されたのだ。文子と名づけられたその子は、あやういところで意識を取りもどした喜代江のかたわらに寝かされ、その生母には多可から半年ごとに多額の援助がなされることになった。

なお、千太郎のものとされる手帳には、明治の末から大正期に大鞠百薬館を飛躍させた「ラヂウム水」や「人工美女液」のアイデアや宣伝文句、広告図案などが記されていた。丁稚の鶴吉――のちの茂造はその内容を千太郎から聞かされていたのだろう。本当はそのノートそのものを奪いたかったがかなわず、記憶を頼りにまんまと成功を収め、それが尽きたところで行き詰まったのだとすると、何やら平仄《ひょうそく》の合う点が多々あり、そのことがまた恐ろしい。

千太郎を走る列車の屋根に突き落としたのが誰かについては、もはや言うまでもない。茂造はときにそのときの悪夢に悩まされることなどはなかったろうか――たとえば大鞠家に婿入りし、自分が殺めた（と信じた）男の母・多可の視線に射すくめられたあとの夜半などに。

彼の罪悪を物語るパノラマ館の入場券は多可の手元にあり、その死後、文子の手に渡ったものだった。

ともあれ、これで大鞠家殺人事件の欠けた環《ミッシングリンク》が、ぴったりと塡《は》められた。大鞠文子は、実の父の復讐を行ない、祖母の敵を討ち、大好きだった次兄――実は従兄弟《いとこ》を陥れたものたちを滅ぼした……要するにそういうことだった。

＊

その後、大鞠多一郎と美禰子は、小さいながら医院を開業し、数十年をともに過ごした。

大鞠家の家業は、喜助こと田ノ中喜市、種吉こと浦東種二郎、そして近藤才に任される形によって引き継がれた。大阪初のアメリカ式ドラッグストアがそれである。

西ナツ子は大学に入り直し、あらためて法医学を学んだ。その方面の著作が多数あり、犯罪捜査の現場にもしばしば臨んだ。

海原知秋は大阪市警察局、のちの大阪市警視庁で日下部宇一の信任のもと敏腕警部として活躍した。しかし自治体警察は日本の独立回復後のいわゆる〝逆コース〟によって解体され、その後の消息はわからない。

平田鶴子は《レストラン・ヒラタ》の再建という宿願をなしとげた。あわせてコーヒーショップ《謎譚亭《めいたんてい》》を営み、自身は謎と推理を愛する人たちが集うこちらに詰めることが多かった。

そして――

エピローグ

「そうなのよ」

　その人物は、ベッドに張りつけられたまま、自己生殖でもしているように増え続けるチューブやコードをものともせずに語り続けていた。

「それで私は、《大鞠百薬館》と染め抜いた暖簾を濡らし、それをかぶって土蔵裏まで来たの。そのまま防空壕に飛びこんだんだけど、それは私の身を隠すというより茂彦兄ちゃんの本を守るためだった……。

　たちまち中は灼熱地獄、息が詰まって死にそうで、実際気を失ってしまったけど、それでよかったのかもしれない。だってあのとき扉を開けていたら、猛火に襲われて黒焦げになっていただろうから。目覚めたときにはもう苦しくて苦しくて、扉のすき間から炎が見えなくなっていたから、思い切って出てみたら、火事は収まっていた。

　本に暖簾を掛け、外に出たんだけど、もう家もないし行き場もない。いずれ私のしたことは知れるだろうし、もう気づかれているかもしれない。何食わぬ顔で、大鞠文子として、家族の中にもどることはもうできないし、できたとしても自分が耐えられないと思った。それに、あの戦死公報を見せられちゃね。

　これからどうしよう――そう思ったとき、気づいたの。あの家にあとから入ったよそ者の自分はもともと大鞠文子ではないし、これから何にでも、誰にだってなれるっていうことにね。かつて私の父・千太郎がそうだったように。父と違って、私には過去の記憶があるし、明確に別の自分になろうという意思がある。だから、何とかなるし、何だってできるってね。

　小娘の妄想、過信と言われるかもしれないけど、じゃあその小娘にあっさり殺された大人たちはいったい何だったという話よ。その自負が私を今まで生きのびさせてきた。だから、あなたたちがどう言おうと、そんなに死ぬ気がしないのよね」

　その人物は、ふと顔をしかめた。もはや聞こえるはずのない窓外からの削岩機や油圧ショベル《ユンボ》の騒音を嫌悪し、壊されゆく街並みを哀惜するかのように。もうそんな感情は持ち合わせていないはずなのに……。

「ああ、でも大鞠文子でいたかったな。二人のお兄ちゃんが大好きな、そして上のお兄ちゃんのお嫁さんにあこがれてる女の子でいたかったな。自分が取り換えっ子だなんて知りたくなかった……私の本当の母親だって人が、お祖母さんを訪ねてくるところに出くわしたりしたくなかったな。まして、自分の父親だと思っていた人が、私のほんとの父を線路に突き落として殺そうとしただなんてね。

　でも、最大のきっかけは、下のお兄ちゃんに召集令状が来たことね。あれが月子姉ちゃんと方丈小四郎の悪だくみの結果であろうとなかろうと、私はこの国を、世界の全てを呪っていたと思う。あんな形で人の人生を、かけがえのない命を奪うことを許した大人たちなんて、みんな死ねばいいと思った。だから、〈探偵〉を名乗って入りこんだあいつを信じたふりで、親の許しをもらったなんて小芝居を打って迎え入れ……そして殺してやったのよ。ああ、でも月子姉ちゃんには、自分が何であんなむごいめにあわなければならなくなったか、教えてあげたかったな。自分が茂彦兄ちゃんの探偵小説原稿を捨てたからだと、私があとになってその行方をたずねたとき、『茂彦の書いたもん？　ふん、あんなもんとっくに捨てたわ。紙不足の折柄、便所の落とし紙にしてな』と答えたからだと――。

　でも、私は心のどこかで信じてる。あの戦死公報が何かのまちがいで、下のお兄ちゃんがひょっこり帰ってくる可能性がゼロではないことを。そしたら、あの防空壕の本を返してあげたいな。そして、私が文章とは別の形で描いた探偵小説のことを知ったら、どんな感想をくれるかな。ほめてくれるかな、それとも何てことしたんだとしかられるかな。とても楽しみだし、ちょっと怖くもあるかな」

　周囲の医療機械が、次々と警告音を発し始めた。混濁する意識の中で、同じ言葉がくり返された。

「そう、だから生きなきゃ、生きて待たなきゃ。生きなきゃ、生きなきゃ生きなきゃ、生きなきゃ生きなきゃ生きなきゃ……」

「ご臨終です」

　若い医師が、ことさら感情を殺した声で言い、頭を下げた。


「ありがとう、いろいろと」

　そこにたたずんでいた三人の老婦人の一人が答える。若い医師が足早に立ち去るのを見送りながら、

「これで……終わったのかな。まさか、何十年もたった今になって、ひょっこりと見つかるやなんてね。それも、ふと《大鞠百薬館》の名前をつぶやいたのがきっかけで」

　二人目の老婦人が、眼鏡の奥で目をしばたたきながら言った。

「そう、今度こそ、ね。これで最後の最後のパズルピースが発見された――というより、彼女の思いが聞けてよかった。それは小ざかしい謎解きなんかより、百万倍も大事なものだから」

　三人目の老婦人が、含羞《がんしゅう》をにじませながら、ほっと息をついた。

「さて……私たちはこれからどうしましょうか」

　一人目の老婦人が問いかけた。すると二人目の老婦人が、

「さあ……お茶でもします？　女学生時代もその後もしばらくは、そんなことさえ不自由やった腹いせも込めて？」

「そやね」

　第三の老婦人は、ここでようやく朗らかさを取りもどした。

「とにかく街に出ましょ。そして見て歩くのよ、すでになくなっていたり、残っていてもこれから壊されるかもしれない建物を。せっかく焼け残り、あるいは復興した街並みも次々根こそぎにされようとしているこの都市をね。いつかは、大阪市という名前すら消されてしまう日が来るかもしれないけれど、そやからこそ私たちの記憶が確かなうちに！」

あとがき――あるいは好事家のためのノート

この作品は、私にとってほぼ十年ぶりの「大阪小説」であり、その先進性やモダニズムではなく、独特の冷えびえとして仄《ほの》暗い伝統の部分を掘り下げる初の試みであり、そして大阪商家を〝お屋敷《マナーハウス》〟ものや〝一家一族《ファミリー・クラン》〟もののミステリとして書くという点では、おそらく前例のない作品となったのではないかと自負しています。

どっしりとした店構え、非人間的といっていいほど精密に組み立てられた身分制度、橋一つ渡っただけで一変する独特の言葉遣いと生活習慣、どうにも動かしがたいマナーと鼻持ちならないほどのプライド、そして都市の中の都市《シティ・イン・シティ》とも呼ぶべき、四方を水路で隔《へだ》てられた「船場《せんば》」という、それ自体特殊な空間――。

それらはかつて、主として大阪出身の作家たちの手で小説や映画、テレビドラマにしばしば取り上げられてきましたし、上方落語にも「正月丁稚《でっち》」「口入屋」「百年目」など商家を舞台にしたものが多数あります。それらを通じて、私たちは丁稚、番頭、御寮人《ごりょん》さん、嬢《とう》さんといった言葉を覚え、厚司《あつし》や前垂れ、ご飯と漬物だけのお膳、結界に算盤《そろばん》に大福帳といったビジュアルイメージを植えつけられていったのでした。

しかし、それらも今は遠いものとなり、ましてミステリとして触れられることはありませんでした。おそらくは自分より下の世代の人々にとっては、親たちから話に聞くどころかフィクションとしても触れたことがないのではと、少し寂しい気がしましたが、それもやむを得ないことではありました。

一方で昨年、十年越しで完成した『鶴屋南北の殺人』（原書房）で、時空と虚実を極限までクロスさせるという小説上での実験的アトラクションに一定の手ごたえを得た私は、伝統的な探偵小説に回帰する必要性を感じていました。メタ的構成や時系列のシャッフルをあえて排し、《物語》の興味で惹きつけるものを書いておかねば、と。

その際、私の心に浮かんだ先行作品がどんなものかはご想像通りだと思いますが、それらに挑むためには、閉鎖的で排他的な村落や、一地方を支配する豪閥《ごうばつ》、はたまた没落華族の邸宅に比肩する舞台を選ばなくてはなりませんでした。その結果、選ばれたのが、さまざまな失望から題材としてとりあげることをあえてやめていた大阪であり、しかしその中でも未着手の領域――「明智小五郎対金田一耕助」で道修町《どしょうまち》の薬種商を描きはしましたが――の船場商家という世界だったのです。

私の中には長らくあこがれの作品があって、それはNHKで放映された茂木草介《もぎそうすけ》氏作のテレビドラマ「けったいな人びと」（一九七三年四月～七四年三月）、「続けったいな人びと」（七五年四月～七六年三月）で、今は小説版『けったいな人びと』全三冊と『大槌家の人びと』で内容をしのぶしかないのですが、この自由で闊達《かったつ》で頼りなくて愛すべき、古き良き大阪人群像（船場とは外れた靭《うつぼ》の海産物商というのも、明るさの要因だったでしょう）をいつか描いてみたいという思いがずっとあり、それが動機の一つでもありました。

とはいえ、どんなものでもそうですが、いざ書こうとすると、自分がそれについて何一つ知らない現実を突きつけられるものです。まず突き当たったのは、大鞠家《おおまりけ》の商売はそもそも何なのかということ。何を扱うかで店の場所もほぼ決まってしまうのですから、これを決めないことには話にならないわけです。ドラマや芝居に登場するメジャーどころで呉服商か糸の問屋、ややハイカラなところでメリヤスやラシャ。もう少し商品として個性の強いものを扱わせたいところですが、薬屋はすでに使ってしまっています。

そこで必死に縋《すが》ったのが、私の大阪時代からお世話になり、解説を書いていただいたこともある橋爪紳也《はしづめしんや》博士で、スカイプで、また直接にお目にかかって、実にさまざまなことを相談させていただきました。戦前の電話帳や仕入れ商人用のガイドマップを調べて、何の商売ならどこにあることにすればいいか、戦時体制によってそれはどんな影響を受けたか。大正年間と大戦中に結婚式が行なわれるが、それはどんなものでありえたかについてはデパートの広報誌をもとに――といった具合で、たとえば冒頭に登場する難波《なんば》のパノラマ館というのは正確な場所さえ残っていないのですが、そこへ船場から向かうには市電のなかった当時、どんな交通手段を使えばいいのかまで考証していただいたのです。

そうした中で、明治の大阪で刊行された宮武外骨《みやたけがいこつ》の「滑稽新聞」にしばしばパロディ化されて掲載された広告の中で、化粧品というのが新奇にしてレトロで面白かったことをふと思い出しました。そうなると大鞠家の所在は南久宝寺町《みなみきゅうほうじまち》ということになり、そのことから大阪大空襲時にここで起きたB29をめぐる数奇な出来事を描くことにつながってゆきました。

そんなこんなで、全てが手探り状態ではありましたが、そうしながらの執筆は楽しいの一語で、登場人物たちが今は失われた古くて耳に心地よい大阪弁をしゃべり出すと、こっちもつい調子に乗って止められないことがしばしばでした。

　今回この作品を寄稿するに当たっては、編集担当の古市怜子さんから一つつけられた注文がありました。それは、「これをスタンドアローンな作品とし、森江春策をはじめとする既存のキャラクターを一切出さず、他のシリーズとも接続させない」というものでした。とはいうものの、大鞠美禰子《みねこ》という名前は短編「雨の午後の殺人喜劇」（「小説宝石」二〇〇九年十二月号）に登場していて、畑違いの家柄から大阪の商家に嫁いだという設定はすでにできていました。

　戦前か戦後かは決めていませんでしたが、とにかく読者にはなじみのない舞台を描く視点人物としては彼女ほどの適任はなく、そもそもこの物語自体が彼女の存在から発想されたからには外すわけにはいきませんでした。そのかわり、それ以外のキャラは約束通り出さないつもりでいたのですが、美禰子さんをあまりに孤立させ、それこそ花登筺《はなとこばこ》ドラマばりのイビリの標的としてはかわいそうだと思ったのか（「細うで繁盛記」のヒロインが、大阪の名門料亭の娘として生まれながら、戦後没落して環境も人情もまるで違う伊豆・熱川温泉の旅館に嫁いで辛酸をなめたような鬱展開も考えたのですが！）、二人、三人と駆けつけてくれたのはうれしいことでした。

　連載途中の二〇二〇年十一月一日、いったんは市民の多数意見により否定されながら、〝勝つまでジャンケン〟方式によって再度蒸し返された、いわゆる大阪都構想——というのは看板だけで、その実大阪市を廃止し自治を奪うに過ぎない計画——の住民投票があり、私は参加する権利のないその結果を、半ばあきらめつつ見守っていました。形勢は全く不利のようで、そのことは、すでに「ミステリーズ！」誌に第二回まで掲載されていた『大鞠家殺人事件』にも影を落としていて、ことに「プロローグ」には大阪〝市〟の消滅が暗示されています。

その意外にしてうれしい結果はご存じの通りで、私自身はその速報を午後十時四十六分九秒にツイートしていますが、これもひょっとしてこの作品に何か影響を与えたかもしれません。「大阪市生存祝い」の意味があったかどうかまでは断言できかねますが、少なくとも、第三回で描かれる予定だった殺人トリックに物足りなさを覚えて急遽《きゆうきよ》差し替え、新たな要素を付け加えたのは事実です。たとえば本書では第二章の末尾で西ナツ子が口走る「流血の大惨事」は、その時点では全く別の出来事を指す予定だったのです。

そんな話をしだすとキリがありませんが、作者としては本作品を、こうした物語がきっとお好きな読者《あなた》に読んでいただきたい気持ちでいっぱいです。最後になりましたが、本当に構想の隅々までお知恵を拝借した前出の橋爪紳也先生、休刊前の「ミステリーズ！」に連載枠を取ってくださったうえに、後半の書下ろし部分、さらに本作りまで全てにわたり尽力してくださった東京創元社編集部の古市怜子さん、作中の不思議な探偵の造形に当たって「方丈《ほうじよう》」という素敵な名字を使うことをご快諾くださった第二十九回鮎川哲也賞受賞者の方丈貴恵《きえ》さん、そして初出時も今回も素晴らしいイラストを提供し、読者に世界観のイメージをつないでくださった玉川重機《たまがわしげき》画伯、さらにはウチの細君にこの場を借りて心より御礼申し上げます。

それでは、いざまず〝正調お屋敷一家一族連続殺人本格探偵小説〟の世界に……ようお越ししとくれやした！

二〇二一年八月

芦辺　拓

【主要参考文献】

橋爪紳也『大大阪モダニズム遊覧』『明治の迷宮都市―東京・大阪の遊楽空間』他多数
大阪市『大阪市戦災復興誌』
小山仁示『改訂 大阪大空襲 大阪が壊滅した日』
大阪府警察史編集委員会『大阪府警察史 第二巻』
香村菊雄『大阪慕情 船場ものがたり』
大阪久宝寺町卸連盟『せんば繁昌誌 船場久宝寺町復興三十年記念』
船場昭五会編『船場を語る 大正末期から昭和初期の中船場』
前川佳子構成『船場大阪を語りつぐ 明治大正昭和の大阪人、ことばと暮らし』
三島佑一『船場道修町 薬・商い・学の町』
石田あゆう『図説 戦時下の化粧品広告 1931―1943』
高野芳樹『化粧品《スキンケア》の広告表現100年の変遷』
井上ゆり子『船場朝日堂物語』
小澤眞人・NHK取材班『赤紙 男たちはこうして戦場へ送られた』
吉田敏浩『赤紙と徴兵 105歳、最後の兵事係の証言から』
コニシ株式会社『小西家の佇まい 大阪道修町の商家』
大阪市交通局『市電 大阪市電廃止記念誌 市民とともに65年』
大林組「季刊大林 No.26 パノラマ」

本文中に引用した『グリイン家惨殺事件』は博文館・世界探偵小説全集24巻、『カナリヤ殺人事件』は平凡社・世界探偵小説全集19巻所収のいずれも平林初之輔《ひらばやしはつのすけ》訳、『樽』は柳香書院版・森下雨村《もりしたうそん》訳、『魔棺殺人事件』は日本公論社版・伴大矩《ばんだいく》訳、『赤毛のレドメイン一家』は雄鶏社おんどり・みすてりい『赤毛のレドメイン』、『Yの悲劇』は新樹社ぶらっく選書のそれぞれ井上良夫《いのうえよしお》訳をテキストとしました。

本書は「ミステリーズ！」vol.102〜105（二〇二〇年八月〜二一年二月）に
連載後、書き下ろしを加え刊行しました。

大《おお》鞠《まり》家《け》殺《さつ》人《じん》事《じ》件《けん》

2021年10月15日　初 版
2022年 5 月20日　再 版

著者
芦《あし》辺《べ》 拓《たく》

装画
玉川重機

装幀
岩郷重力+R.F

発行者
渋谷健太郎

発行所
株式会社東京創元社
〒162-0814 東京都新宿区新小川町1-5
03-3268-8231（代）
http://www.tsogen.co.jp

印刷
モリモト印刷

製本
加藤製本

 ISBN978-4-488-02851-0　C0093